广视角·全方位·多品种

权威·前沿·原创

港澳珠三角蓝皮书

BLUE BOOK
OF HONG KONG, MACAO AND
THE PEARL RIVER DELTA

粤港澳区域合作与
发展报告
（2010~2011）

主　编／梁庆寅　陈广汉

ANNUAL REPORT ON COOPERATION AND DEVELOPMENT
OF HONG KONG, MACAO AND GUANGDONG
(2010-2011)

社会科学文献出版社
SOCIAL SCIENCES ACADEMIC PRESS (CHINA)

法 律 声 明

　　"皮书系列"（含蓝皮书、绿皮书、黄皮书）为社会科学文献出版社按年份出版的品牌图书。社会科学文献出版社拥有该系列图书的专有出版权和网络传播权，其 LOGO（　）与"经济蓝皮书"、"社会蓝皮书"等皮书名称已在中华人民共和国工商行政管理总局商标局登记注册，社会科学文献出版社合法拥有其商标专用权，任何复制、模仿或以其他方式侵害（　）和"经济蓝皮书"、"社会蓝皮书"等皮书名称商标专有权及其外观设计的行为均属于侵权行为，社会科学文献出版社将采取法律手段追究其法律责任，维护合法权益。

　　欢迎社会各界人士对侵犯社会科学文献出版社上述权利的违法行为进行举报。电话：010 - 59367121。

社会科学文献出版社

法律顾问：北京市大成律师事务所

港澳珠三角蓝皮书编委会

主　　编　梁庆寅　陈广汉

副 主 编　蔡　禾　魏明海　李仲飞

编　　委　（按姓氏比划排列）

冯增俊　刘　恒　刘祖云　李江帆　李若建

李仲飞　陈广汉　陈春声　陈瑞莲　周永章

袁持平　舒　元　蔡　禾　魏明海

主编简介

梁庆寅 中山大学哲学系教授，逻辑学专业博士研究生导师。逻辑与认知研究所副所长，华南农村研究中心主任，中山大学广东决策科学研究院院长，中共中山大学党委常务副书记。

梁庆寅教授主要从事逻辑哲学、辩证逻辑、非形式逻辑和法律逻辑的研究。在逻辑哲学和辩证逻辑方面，对真理理论和辩证思维理论有深入的研究，出版了专著《辩证逻辑学》、《真理——科学探索的目标》。在非形式逻辑和法律逻辑方面，对定义理论、非形式论证和法律论证有专门研究，主编出版了《传统与现代逻辑概论》、《法律逻辑研究》，主持翻译出版了《法律论证与证据》，在《哲学研究》、《哲学动态》、《学术研究》等刊物上发表过70多篇论文。曾获首届金岳霖学术奖中青年逻辑论著优秀奖，第二届金岳霖学术奖西方现代哲学论著优秀奖，广东省哲学社会科学优秀成果奖。

梁庆寅教授近期主持了教育部人文社会科学重大项目"逻辑在法律中的应用研究"，教育部重点基地项目"开放世界中认知逻辑结构的哲学基础"，广东省社科基金项目"现代逻辑哲学与哲学逻辑"、"逻辑在决策中的应用研究"，广东省科技三项项目"创新能力与创新型广东建设研究——批判性思维理论与应用"，广东省重点基地重大项目"广东农村区域差异与新农村建设模式比较研究"，教育部985一期项目"非形式逻辑与法律逻辑"、985二期工程港澳研究哲学社会科学创新基地项目"港澳研究"。

社会兼职：中国逻辑学会常务理事，全国辩证逻辑专业委员会主任、全国科学逻辑专业委员会副主任，广东哲学学会会长。

陈广汉 中山大学教授，经济学博士，博士研究生导师。美国杜克大学访问学者。现任教育部人文社科研究基地，中山大学港澳珠三角研究中心主任。教育部"985"二期工程港澳研究哲学社会科学创新基地港澳经济研究负责人、

"985"三期港澳珠江三角洲研究创新基地负责人，中山大学"211"三期粤港澳区域合作项目主持人。

长期从事西方经济学理论、发展经济学、区域经济学的教学和研究工作。参与编写的《西方经济发展思想史》于1995年获国家教委高校优秀科研成果一等奖，第三届"国家图书奖"和国家社科基金项目优秀成果二等奖。专著《增长与分配——发展中国家面临的选择》于1996年获广东经济学会经济学优秀成果一等奖，1998年获广东省高教厅人文社会科学三等奖；《刘易斯的经济思想研究》于2005年获首届广东省哲学社会科学优秀成果二等奖。主讲的《西方经济学》课程1997年5月获广东省教学成果一等奖。论文《澳门经济增长的总需求分析（1982～1997）》于2005年获首届澳门人文社会科学优秀成果一等奖。参与国家商务部和广东省委省政府有关CEPA、《泛珠三角区域合作发展规划纲要》、《深化粤港澳合作》、《珠三角地区改革发展规划纲要》等课题和重要文件的研究和咨询工作。

社会兼职：国务院发展研究中心港澳研究所高级研究员，福建省政府顾问，中共广东省委政策研究室特约研究员、广东省政府发展研究中心特约研究员，广州市政府决策咨询专家，东莞市委市政府首届特约研究员，上海社会科学院港澳研究中心常务理事，教育部文科重点研究基地、武汉大学经济发展研究中心学术委员会委员、兼职教授，中国经济发展学会副会长，中华外国经济学会理事，广东港澳经济学会副会长，中山大学文科学术委员会委员等。

摘　要

自 1978 年实行改革开放后，珠三角成为改革开放的先行区，香港和澳门的资本和工业北移，开启了粤港澳区域合作的进程。经过几十年的发展，目前粤港澳地区已在制造业、金融业、专业服务业、旅游业、教育业等众多产业中展开合作，成绩斐然。粤港澳的紧密合作是"一国两制"下三地的融合发展，其经济发展具有不可复制、不可替代和独特的整体竞争力。在 2009 年 10 月 28 日最新颁布的《大珠江三角洲城镇群协调发展规划研究》表明，粤港澳地区是中国目前唯一有条件成长为最具有竞争力的"全球城市区域（Global City-Regions）"。随着三地区域合作的进一步发展，珠三角已经逐渐成为"世界性制造业基地"，港澳也逐渐形成为"国际性服务业中心"。

尽管目前粤港澳区域合作进展相对顺利，但在合作的过程中还面临着很多困难，三地都面临巨大的产业转型压力，国际国内市场竞争日趋激烈，三地合作存在一定体制束缚等，同时每一产业的合作又面临着各自的问题与发展方向。因此，本书对粤港澳合作的各个领域分别设立专题，通过总结过去合作的经验。分析合作面临的新形势，以世界的眼光谋划和推进粤港澳的全面融合。

研究报告分为九大专题，首先从粤港澳区域合作的总体层面简述其合作历史与现状，并对《珠江三角洲地区改革发展规划纲要（2008~2011）》与 CEPA 对粤港澳经贸合作的影响进行详细的分析；其次，分别论述粤港澳区域合作中金融业、专业服务业、制造业、会展与文化创意业、旅游业、教育业、基础设施建设这七个产业领域的合作状况、所遇问题以及未来的发展方向；最后，结合《大珠江三角洲城镇群协调发展规划研究》中所提出的粤港澳未来共建"优质生活圈"的目标，从空间发展格局的角度，探讨三地如何在经济快速发展的背景下共同建立优质、宜居的生活环境。

Abstract

Since PRD became the first reform and openness region of mainland China in 1978, capital and industry of Hong Kong and Macao have mover to PRD.. After decades of development, Guangdong, Hong Kong and Macao have cooperated to develop many industries such as manufacturing, financial services, professional services, tourism, education. Now PRD has become a global manufacturing base and Hong Kong and Macao have become the international services centres. This close cooperation among three regions is a mode of economics integration under " one country two systems" and impossible to be copied and replaced. A new report which entitled as " A Study of Greater Pearl River Delta Co-ordinated Development Plan" , shows that this area is the only area which has conditions to become a " Global City-Regions. " with the unique overall competitiveness.

However, this area has still faced to many difficulties of development in future. Three regions all have enormous pressure on industrial restructuring because they have met increasingly competition from other regions or countries. They have their own interest bases and institutional limitation to reform themselves or co-ordinate with each other. This book has set many topics to analyze the new situation of the development and explore the possible paths for the full integration of the three regions in future in the base of the conclusion to the practical experiences of the pass cooperation.

This research report will be divided into nine themes. Firstly, It descripts the history and current situation about the regional cooperation among Hong Kong, Macao and Guangdong briefly, and analyze how "the Outline of the plan for the Reform and Development of Pearl River Delta (2008 – 2020) " 'and CEPA will impact on the economic and trade cooperation among Hong Kong, Macao and Guangdong. Secondly, analyze the different cooperation conditions, encountered problems and future development in financial industry, professional services, manufacturing, exhibition and cultural and creative industries, tourism, education, infrastructure construction industry and so on. Finally, we discuss how to creat a high-quality and a livable environment in Hong Kong, Macao and Guangdong as the goal of" high quality living community "that raised in" the Outline of the plan for the Reform and Development of Pearl River Delta (2008 – 2020) ".

目 录

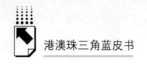

𝔅 V　制造业合作

𝔅 VI　会展与文化创意合作

𝔅 VII　旅游业合作

𝔅 VIII　教育合作

𝔅 IX　基础设施合作

𝔅 X　共建优质生活圈

皮书数据库阅读**使用指南**

CONTENTS

B I General Report

B II Synthesis

B III Finance

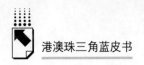
𝕭 IV   Professional Services

𝕭 V   Manufacturing

𝕭 VI   Exhibition and Creative Industries

𝕭 VII   Tourism

B VIII Education

B IX Infrastructure

B X High Quality Community for Living

总 报 告

General Report

B.1

港澳珠三角区域合作的回顾与展望

陈广汉*

摘　要： 自改革开放以来，珠江三角洲与港澳的经济贸易往来越来越密切，港澳与珠三角地区之间在制造业领域的"前店后厂"式产业分工体系，开启了粤港澳区域合作的进程。这种区域经济合作不仅推动了珠江三角洲地区高速的经济增长和工业化进程，使得珠三角发展成为"世界制造业基地"，也使香港逐渐转变成为国际金融、贸易和航运中心。尤其在 2008 年年底，国家颁布了《珠江三角洲地区改革发展规划纲要》（简称《规划纲要》），首次将与港澳紧密合作的相关内容纳入珠三角的发展规划，要求珠三角"发展与香港国际金融中心相配套的现代服务业体系，建设与港澳地区错位发展的国际航运、物流、贸易、会展、旅游和创新中心"。然而，随着经济的发展，尤其中国加入 WTO 和内地市场全方位开放后，珠三角地区原有的特殊优惠政策条件有的已经取消，有的已经失去"特色"，在新时期

---

* 陈广汉，中山大学港澳珠江三角洲研究中心主任，教授。

以内地市场局部开放为基础的"前店后厂"模式，也已经不再适应新形势下内地与港澳经济发展的要求。如何进一步改善粤港澳区域经济合作模式，已成为珠三角地区需要迫切解决的问题。本文通过回顾粤港澳合作发展的历程，总结粤港澳区域合作的成功经验，并分析新形势下粤港澳区域合作重点、难点和转变，为粤港澳三地在政治制度、经济体制、司法制度、价值观念和生活方式的协调提出若干政策建议，促进三地进一步发展互利共赢的区域合作关系。

关键词： 区域合作　共同市场　服务业　互利共赢

在中国的改革开放进程中，香港和澳门一直是内地与国际经济体系连接的纽带和桥梁，在推进内地的改革开放与经济发展中发挥了独特的作用。从 20 世纪 80 年代开始，珠江三角洲有幸成为中国改革开放的先行区。港澳企业抓住内地改革开放的机遇，将生产环节转移到珠三角地区，形成了港澳与珠三角地区之间在制造业领域的"前店后厂"式产业分工体系，开启了粤港澳区域合作的进程。这种以比较优势为基础，以国际市场为导向的区域经济合作不仅推动了珠江三角洲地区高速的经济增长和工业化进程，使珠三角发展成为"世界制造业基地"，而且使香港从劳动密集型制造业中心转变成为国际金融、贸易和航运中心。港澳与珠江三角洲地区的经济联系日益密切，成为支撑中国经济发展的重要基础。

港澳的回归和以中国加入 WTO 为标志的内地市场的全方位开放，为内地与港澳地区经贸关系的发展提供了机遇和挑战。以内地市场局部开放为基础的"前店后厂"模式，已经不再适应新形势下内地与港澳经济发展的要求。2003 年 3 月和 6 月内地先后与港澳签署了《内地与香港关于建立更紧密经贸关系的安排》、《内地与澳门关于建立更紧密经贸关系安排》（简称 CEPA）。这标志着港澳与中国内地的经贸关系进入新的历史时期，粤港澳的经济合作也将跨入一个新的阶段。2008 年 7 月签署的 CEPA 补充协议五赋予了广东在对港服务业开放中先行先试的权利。2008 年年底，国家颁布了《珠江三角洲地区改革发展规划纲要》（简称《规划纲要》），首次将与港澳紧密合作的相关内容纳入珠三角的发展规划，提出了"坚持'一国两制'方针，推进与港澳紧密合作、融合发展，共同打造亚太地区最具活力和国际竞争力的城市群"；要求珠三角"发展与香港国际金融中心相配套的现代服务业体系,建设与港澳地区错位发展的国际航运、物流、贸易、会展、旅游和创新中心"的发展目标,提出从"推进重大基础设施对接、加强产业合作、共建优质生活圈和创新合作方式"等方面,全方位推进珠三角与港澳更紧密合作。2010 年和 2011 年,《粤港合作框架协议》以及《粤澳合作框架协议》分别签署,提出了"在'一国两制'方针指导下,放眼世界、面向未来,在全球格局深刻变化、周边地区竞争加剧以及国家的发展中,以战略思维谋划粤港合作发展思路,完善创新合作机制,进一步建立互利共赢的区域合作关系,有效整合存量资源,创新发展增量资源,推动区域经济一体化,促进社会、文化、生活等多方面共同发展,携手打造亚太地区最具活力和国际竞争力的城市群,率先形成最具发展空间和增长潜力的世界级新经济区域"的目标。港澳与珠三角的经济关系进入了一个新阶段。

一 港澳地区与中国内地经贸关系发展及其演变

中华人民共和国成立后,影响香港、澳门与内地经贸联系的因素包括两个方面,即内地市场对外的开放度和区域之间比较优势的变化,其中内地市场对外开放程度和开放方式是基本的要素。根据中国内地市场的对外开放程度和开放方式的差异,我们可以将港澳地区与内地经贸关系的发展分为三个阶段。

第一阶段,20 世纪 50 年代至 70 年代末。这一时期,内地实行计划经济体制,加上西方国家的经济封锁,内地经济与西方市场经济几乎没有联系。香港作为一个英国管制下的自由港,与内地的经贸活动急剧下降。香港作为中国重要对外贸易转口港的地位在 19 世纪末已经形成。在这一时期,经香港进口的货值占中国进口总值的比重曾一度高达55%,而出口值则在40%左右。① 中华人民共和国成立后特殊的国际政治和经济背景,以及相当长的一段时期发展思路的偏差使中国内地与国际市场处于隔离状态,中国基本上只能同以前苏联为首、以计划经济为特征的社会主义阵营国家进行有限的以货易货的贸易。在这一时期香港几乎成为中国内地与国际市场联系的唯一通道,香港凭借自由港的地位、国际性的商贸网络和与中国内地的特殊联系,承担了中国内地与国际市场之间有限的贸易转

---

① 甘长求:《香港对外贸易》,广东人民出版社,1990,第 12~13 页。

口港的作用。即便如此，香港作为中国内地转口港的地位还是日渐下降。香港与中国内地的贸易额占香港贸易总额的比重由 1950 年的 27.2%，下降到 1970 年的 8.8%。

第二阶段，20 世纪 70 年代末至 21 世纪初。这一时期从中国内地实行改革开放到中国加入 WTO 和 CEPA 签署为止。1978 年中国采取了改革开放的基本国策。中国内地的市场开放选择了符合自身国情的渐进式、局部性开放的道路。这种局部对外开放可以从两个方面理解：从地域来看，开放首先是从沿海城市和地区开始的，在改革开放初期建立的 4 个经济特区中有 3 个在广东、其中 2 个位于珠三角，紧邻港澳地区；从领域来看，开放首先是从直接投资市场开始的。在大力引进海外直接投资的同时，为了有利于国内本土工业的发展，对国内市行实现了不同程度的保护，特别是对外资企业产品的内销市场实行了比较严格的限制。这是导致粤港之间"前店后厂"的产业分工模式的直接原因。"前店后厂"的产业分工模式实际上是一种投入和产出"两头在外"的、"大进大出"的直接投资和产业分工模式。在这一模式中，投资和贸易是互动的，正是投资和贸易相互补充与相互促进导致粤港之间贸易量的高速增长，使香港自由港的制度优势发挥到了极致；同时在制造业中实现了加工生产和其他环节的分工，珠三角主导制造，香港主导生产服务，从而使香港成为一个国际性的贸易、金融、物流和商贸服务中心。"前店后厂"合作模式是香港的体制、资金和它掌握的国际市场与内地及珠三角的劳动力、土地等资源优势，在中国内地市场局部开放条件下相结合的产物。中国内地在香港外来直接投资和香港向外直接投资中均名列首位，2001 年底中国内地对香港的直接投资的头寸为 9581 亿港元，香港对内地的直接投资的年底头寸为 8440 亿港元。[1] 2002 年香港与中国内地的贸易额占香港贸易总额的 42%，香港转口贸易的 90% 与中国内地有关。同时，中国内地与香港的贸易也占中国内地贸易总量的 11.2%，香港成为中国内地第三大贸易伙伴。[2]

第三阶段，21 世纪初开始至今。2001 年年底中国加入世界贸易组织（WTO）以中国加入 WTO 为标志，中国内地市场进入了全面开放时期。中国内

---

[1] 香港特别行政区政府统计处：《香港统计年刊 2003》，第 387～388 页。
[2] 吴光正：《CEPA 揭开内地与香港经贸关系新页》，载《香港经济年鉴 2004 年》，香港经济导报社，2004。

地市场的全方位开放使珠三角早期的改革开放先行一步的优势消失，这对港澳地区作为内地与国际市场的中介作用产生重要影响。香港已经不是国际资本进入中国的唯一通道了。香港回归后，经历了亚洲金融危机、美国网络经济泡沫破灭、"非典疫情"的系列冲击，经济一度处于危机状态，港人的信心极度低迷。香港与内地的经济关系对香港的影响就好比"两扇门"，当"两扇门"全部关上时，作为国际金融、贸易和行业中心的香港经济将不复存在；只有这"两扇门"打开一半时，香港才能活得好。改革开放初期，中国内地采取的局部开放政策是最有利于香港和澳门发挥中介作用的时候，内地全方位开放会对港澳在内地对外经贸关系中的中介作用发生影响。CEPA就是在内地市场全方位背景下，在"一国两制"和港澳作为独立关税区的政治和经济的框架下，促进内地与港澳发展经贸关系的一种制度安排。

二 粤港澳区域经济合作与发展进程

香港和澳门位处中国大陆南部边缘，与广东地域相连。近代以来，港澳地区一直是中国南部沿海重要的江海交通中转站和对外交往的门户。1952年之前粤港居民自由往返两地，香港和澳门大部分家庭与广东居民具有或远或近的血缘关系，港澳地区通行的语言是广府语，与现在广东省的通行语言相同。虽然在20世纪50年代以后，广东与港澳地区也存在少量的贸易往来，但主要是为了维持港澳地区生活需要的一些农副产品贸易，真正意义上的经贸合作是从内地的改革开放之后开始的。内地的改革开放使珠三角成为改革开放的先行区，香港和澳门的资本和工业北移，推进了珠三角的改革开放，开启了粤港澳区域合作的进程。

1. 利用港澳优势，发展对外贸易，开启中国对外开放的新篇章

1979年2月，国务院批准了广东省关于利用毗邻港澳的优势，在宝安、珠海发展外贸基地的设想，随后将宝安县和珠海县改为深圳市和珠海市。同年7月，中共中央、国务院批转广东省委、福建省委关于对外经济活动实行特殊政策和灵活措施的两个报告，批准在深圳和珠海试办出口特区，待取得经验后再考虑在汕头和厦门设置。特区内允许华侨、港澳商人直接投资办厂，也允许某些外国厂商投资设厂，或同他们兴办合营企业和旅游等事业。1980年5月《中共中央、国务院关于〈广东、福建两省会议纪要〉的批示》指出：广东、福建两省毗邻

港澳，利用港澳扩大对外贸易有独特的优越条件，潜力很大。肯定了广东、福建两省在对外经济活动中，实行特殊政策和灵活措施是正确的。①

2. 通过开放促进改革，珠三角成为中国改革开放的试验区

中国的改革开放遵循邓小平"摸着石头过河"的策略，珠三角就是凭借毗邻港澳的优势成为改革开放的试验区。深圳、珠海从最初的发展外贸基地转变成为出口特区，最后成为综合性的经济特区。1980年5月，中共中央、国务院关于《广东、福建两省会议纪要》的批示中指出："广东、福建两省的进行经济体制改革，不但有利于加快两省经济的发展，而且有利于促进全国的经济体制改革。"在这个会议纪要中还指出："特区主要是实行市场调节，为了吸引华侨、外商投资，所得税、土地使用费和工资可略低于港澳。所得税率初步定为15%。土地使用年限应根据不同情况灵活掌握。原则上同意广东省起草的《经济特区暂行条例》，待经进一步修改后报国务院批准后实施。""经济特区主要是吸收侨资、外资建设。"② 这个文件还要求大量发展外向型经济，深圳、珠海经济特区海关，在管理上实行"内紧外松"原则，特区所需的机器设备、原材料、零部件等生产资料允许免税进口；特区产品和进口产品一律不得内销等政策。这个文件基本确定了深圳和珠海经济特区的发展模式，是借鉴香港和国际的一些经济管理体制，吸收港澳资金和外资，利用廉价的要素优势，发展外向型的市场经济模式。

3. 港澳资本和制造业的北移，港澳和珠三角之间"前店后厂"合作模式的形成

20世纪70年代开始，港澳地区由于工资和土地成本的上升，以劳动密集为特征的香港制造业发展受到成本上升的约束，香港的经济开始向多元化方向发展。珠三角特别是经济特区的发展为港澳地区的制造业发展创造了新的机遇。港澳地区的制造业利用珠三角开放的机遇，将工厂（生产环节）转移到珠三角，从而在港澳和珠三角之间形成了制造业之间"前店后厂"的产业分工模式。这一区域合作和产业分工模式，成功利用珠三角和港澳的优势，参与国际产业分工体系和国际市场竞争，促进珠三角世界性制造业基地的崛起和港澳国际金融、贸

---

① 钟坚、郭茂维、钟若愚主编《中国特区文献资料（第一辑）》，社会科学文献出版社，2010。
② 钟坚、郭茂维、钟若愚主编《中国特区文献资料（第一辑）》，社会科学文献出版社，2010。

易、航运和旅游中心的形成。

4. 珠三角世界性制造业基地的崛起

珠江三角洲是中国内地第二大三角洲，北起广州，呈扇形向东南和西南放射，由广州、深圳、珠海、佛山、江门、东莞、中山、惠州、肇庆九个城市组成，其土地面积54744平方公里，2008年年末常住人口4771.77万人。改革开放以前，珠江三角洲只是一个地域概念。在这片广袤的土地上，温暖湿润、土壤肥沃、河道纵横、阳光充沛，是最适合农业生产的地方。勤劳的三角洲人民将这里建设成为全国著名的"鱼米之乡"、"桑蚕之乡"、"蔗糖之乡"和"果蔬花木之乡"。1978年中国共产党的十一届三中全会以后，改革开放的春风为珠江三角洲注入了生机和活力，使其成为中国改革开放的缩影和经济发展的奇迹。在30年左右时间里，珠三角从"鱼米之乡"的农业社会成为世界性的制造业基地，走过了发达国家用近百年时间才走完的发展之路。

1990～2008年，以当年价格计算珠江三角洲GDP总量由1066.88亿元增加到29745.58亿元，人均GDP由4295元增加到62644元（按常住人口计算），年均增长分别为20.3%和16.1%；从产业结构看，第一产业占GDP的比重大幅下降，从15.3%下降到2.4%，以制造业为主体的第二产业在GDP中的比重由43.8%上升到50.3%，第三产业的比重从40.9%上升到47.3%；地方财政收入由80.03亿元增加到了2550.77亿元，年均增长21.2%；对外贸易出口总额由222.21亿美元增加到3872.08亿美元，年均增长17.2%。在经济飞速增长的同时，城乡居民的生活水平大幅度提高。从居民可支配收入看，2008年在珠三角中收入最高的深圳市为26729元，比2000年的21577元增长了23.9%；收入最低的肇庆市也达到13462元，比2000年的7300元增长了84.4%。从人均消费支出看，2008年最高的广州为20836元，比2000年的10989元增长了89.6%；最低的肇庆为10068元，比2000年的6751元增长了49.1%。在医疗和教育方面，2008年珠三角共有医院、卫生院数686个，医院卫生院床位数达到128264张，医生86763人，普通中学1404所，中等专业学校246所。

珠三角地区能在30多年的时间里取得如此骄人的经济发展成就得益于制造业崛起推动的高速经济增长和经济结构的转型。珠三角地区制造业的发展与承接港澳地区制造业的转移密切相关。从20世纪80年代开始，珠江三角洲地区利用毗邻港澳的区位优势和改革开放先行一步的制度创新优势，把握住港澳和东南亚地区产业转移的机遇从而迅速崛起。在广东和珠三角地区的外来直接投资中，港澳资本捷足先登，起到了重要的示范和带动效应。港资的流入在初期形成了香港与珠三角"前店后厂"的加工贸易模式，香港主要制造业大约80%以上的工厂或加工工序转移到了广东，其中转移到珠三角的占94%，这一迁移催生了珠江东岸地区加工工业的高速发展。港资启动了珠三角的工业化进程，导致珠三角外向型经济的快速发展，同时也创造了众多间接经济效益，比如技术、知识和人力资本在珠三角的外溢效应，珠三角基础设施建设的发展，珠三角人们社会观念的转变。1979～2008年，广东实际利用外资2136.58亿美元，其中61.4%来自香港。

外向型和集群式发展是珠三角制造业发展的两大特征。珠江三角洲特别是珠三角东岸的制造业是在开放的市场条件下，通过直接参与国际产业分工发展起来的。与发展中国家传统的进口替代工业化模式相比，它是后发性经济成功地利用后发优势，在开放经济条件下实现工业化的一种模式。开放经济条件下的工业化模式，不仅克服了传统进口替代工业化可能产生的外汇和市场的约束，以及由此引起的国际收支困难，而且为发展经济提供大量的外汇储备，开拓了国际市场。开放条件下的工业化模式的成功，最终取决于这些制造业的产业链在本土的延伸和研究与开发的本土化。这种制造业的产业本土化和研发本土化趋势在珠三角已经开始。与此同时，珠三角西岸地区的制造业发展却遵循着"进口替代——出口鼓励"的模式。例如，顺德、中山等地的家电产业最初就是依靠本地资本、国内市场发展起来的，并创出了自己的品牌。当这些产业的国内市场出现饱和状态时，它们迅速进入国际市场，成功地实现了国内市场与国际市场的接轨。在我国区域经济的发展中，珠三角还是产业集群形成与发展最早的地区。

以珠江三角洲东岸的深圳、东莞、惠州的电子及通信设备制造业为主的全国最大的电子通信制造业基地，被称为"广东电子信息产业走廊"。用30年左右的时间，深圳从一个小渔村发展成为现代化的国际都市，成为国家重要的信息产业和高科技产业基地，拥有华为、腾讯、中兴、比亚迪等著名的企业。惠州不但是中国重要的彩电制造基地之一，拥有TCL王牌、康力、彩星、乐华四个在国内外市场颇有影响力的彩电品牌；也是国际高级电工产品基地，拥有奇胜、国际电工两大品牌；还是亚洲重要的电路板制造基地。

以珠江三角洲西岸的珠海、中山、顺德、江门为中心，形成了以家用电器、五金制品为主的产业带。顺德拥有国内外闻名的科龙、格兰仕、美的等企业；中山则以"一镇一品"为特色，北部为小家电、小五金，中部为服装业和家具业，西北部为灯饰加工，南部以外向出口加工企业为主。

以中部的广州、佛山、肇庆为中心，形成了汽车、电气机械、钢铁、纺织、建材产业带。通过与日本丰田、本田和日产三大汽车公司和国内东风汽车公司的合作，广州的汽车工业迅速崛起，一个以整车与零配件生产相结合的汽车生产网络正在广州和周边地区建立起来。佛山的南海区拥有全国最大的纺织镇和全国最大的建筑陶瓷生产基地，佛山照明、日丰建材管等都是省内乃至全国驰名的品牌。

5. 港澳国际性服务业中心的形成

香港是一个拥有 680 万人口，1102 平方公里土地的城市服务经济体系。从 2008 年数据来看，香港人均 GDP 达 30883 美元，居亚洲前列；是世界第十三大贸易体系；以货物吞吐量计算，排名世界第三；以国际货物处理量和乘客量计算，香港国际机场是世界上最繁忙的机场之一。香港整体服务业的产值占 GDP 的比例高达 92%，香港服务贸易总值为 10772 亿港元，服务贸易净输出为 3626 亿港元；有形贸易（包括转口、港产品出口及货物进口）总值达 58680 亿港元，相当于 GDP 的 350%，若把服务输出和服务输入的价值也算在内，比例更高，可以达到 414%。[①] 上述数据表明香港经济对外部经济具有高度依赖性，贸易和物流成为香港的第一大支柱产业。香港的第二大支柱产业是金融业。香港著名学者饶余庆教授根据 1995 年的数据资料，按照银行业、外汇市场、衍生工具市场、黄金市场和基金管理等指标，对香港金融业在国际上的地位进行了排名和比较分析，其结论是："香港是亚洲太平洋区第二大国际金融中心，全世界第四大国际银行中心，和全世界第六或第七大国际金融中心。……香港不能和全球性的金融中心如纽约、伦敦和东京相比，但是香港至少和其他第二级的重要金融中心如法兰克福、巴黎、苏黎世、新加坡等齐名。"[②]

香港以其独特的营商环境成为跨国公司云集之地和国际商务服务中心。截至 2009 年 6 月 1 日，海外公司驻香港的地区总部 1252 家，地区办事处 2328 家。其

---

① 港澳研究中心：《港澳经济年鉴 –09》，港澳经济年鉴社，2010。
② 饶余庆：《香港国际金融中心》，商务印书馆（香港），1997。

中按母公司注册国家或地区划分的地区总部公司结构为：美国 289 家，占 23.1%；日本 224 家，占 17.9%；英国 115 家，占 9.2%；中国内地 96 家，占 7.7%；德国 74 家，占 5.9%；法国 66 家，占 5.3%；荷兰 54 家，占 4.3%；瑞士 46 家，占 3.7%；新加坡 43 家，占 3.4%；意大利 40 家，占 3.2%；澳大利亚 22 家，占 1.8%；瑞典 21 家，占 1.7%；中国台湾 19 家，占 1.5%；韩国 18 家，占 1.4%；丹麦 15 家，占 1.2%。按这些地区总部公司在香港的主要业务范围划分：从事批发、零售及进出口贸易有 627 家，占总数的 50.1%；专业及商用服务业有 204 家，占 16.3%；运输、仓库及速递服务业为 128 家，占 10.2%；金融及银行业为 129 家，占 10.3%；制造业为 72 家，占 5.8%。按地区总部公司母公司的主要业务范围划分：制造业 448 家，占总数的 35.8%；批发、零售及进出口贸易业 432 家，占 34.5%；专业及商用服务业 122 家，占 9.7%；金融及银行业 159 家，占 12.7%；运输、仓库及速递服务业 134 家，占 10.7%。按区内所负责管理的地方（香港以外）划分的地区总部公司为：负责管理中国内地的公司有 1079 家，占 86.2%；管理中国台湾地区的为 415 家，占 33.1%；新加坡 408 家，占 32.6%；韩国 321 家，占 25.6%；泰国 296 家，占 23.6%；日本 293 家，占 23.4%；马来西亚 279 家，占 22.3%；印度 261 家，占 20.8%；菲律宾 252 家，占 20.1%；澳大利亚 235 家、占 18.8%。调查表明影响跨国公司选择香港作为地区性总部或地区办事处的前 10 项因素、按重要程度依次排序为：资讯的自由流通、简单税制及低税率、廉洁的政府、不存在外汇管制、通信运输及其他基础设施、政治稳定及安全、法治及司法独立、自由港地位、英语水平、中国内地商机。[①] 从上述资料可以看出香港是国际跨国企业覆盖亚太地区，特别是以中国内地为主的大中华经济区的一个商贸服务中心。香港能成为这样一个国际商贸服务中心，除了其地理位置外，更为重要的是其经济和司法制度。

据世界经济论坛发表的《全球竞争力报告：2009～2010》显示，中国香港排名第 11 位。美国传统基金会多年来一直将香港定为世界上最自由的经济体系。

20 世纪的后半个世纪，香港经济经历了两次重要的转型。

---

① 香港特别行政区政府统计处：《2009 年海外驻香港的地区代表按年统计调查报告》。由于一个跨国公司的地区总部会管理一个以上的国家或地区的事务，因此，按区内所负责管理的地方划分的区域总部公司数目比总数要大。

第一，工业化阶段。在第二次世界大战以前，香港主要是一个从事转口贸易的自由港，对外贸易是香港的主导产业，中国内地是香港对外贸易的主要对象。20 世纪 50 年代初，朝鲜战争爆发后，以美国为首的西方国家对中华人民共和国实施经济封锁和禁运。在美国的压力下，港英政府也参与了禁运行列，香港失去了与最大的贸易伙伴——中国内地开展贸易的条件，使香港转口港的地位和整体经济受到沉重打击。在这种情况下，香港被迫开始了工业化进程。内地大量的资本和劳动力的流入，加上发达的国际商贸网络，使香港外向型的、以劳动密集为特征的轻工业产品和日用消费品工业迅速发展起来。从 20 世纪 50 年代中期开始，以纺织品和制衣为主的出口加工业崛起，使港产品出口迅速增加，香港本地工业产品在对外贸易中的比重不断上升。到 70 年代初，香港轻工和日用消费产品的出口占总出口的比重曾高达 80%。① 经过近 20 年的工业化发展，香港从一个以转口贸易为主的自由港成为以本港产品出口为主的自由港。1970 年香港四大支柱产业及其在本地生产总值中的比重是：制造业，30.9%；零售、批发、出口、酒楼、酒店业，19.6%；社区、社会及个人服务业，18%；金融、保险、地产及商业服务，14.9%。1971 年上述四大支柱产业的就业在总就业中的比重分别为：47.7%、16%、14.7%、2.6%。② 从产值和就业两个方面看，在 1970 年前后，香港经济的工业化水平达到了峰值。进入 70 年代后，在纺织品和制衣的出口加工业继续保存主导地位的同时，香港的工业和经济结构开始向多元化方向发展。以电子、钟表、仪器、家用电器和化工等为代表的新兴工业得到了快速的发展，与此同时，金融、运输、港口、仓储、码头、商贸服务等新兴服务业也迅速发展起来。这一时期尽管制造业仍然保持了快速增长，但其比重开始下降，贸易、金融和商贸等服务业的比重上升，香港以其工业化主导下的高速经济发展成为"亚洲四小龙"之一。但是，与韩国和中国台湾不同的是，香港的工业化是在一种完全开放的条件下实现的，出口加工业占有相当的比重。这是因为香港与韩国和中国台湾相比，工业化的产业结构和经济制度的初始条件完全不同。

第二，后工业化阶段。从 20 世纪 80 年代开始，随着中国内地的改革开放，

① 张俊义：《战后对外贸易与航运》，载《20 世纪香港经济》，三联书店（香港），2004。
② 华润贸易咨询有限公司：《香港经济贸易统计汇编》，1988。

香港的制造业向中国内地主要是珠三角地区迅速转移，香港开始了向国际金融、贸易和商贸服务中心的转型。香港不仅迅速恢复了转口贸易港的贸易中介地位，而且成为中国内地引进外资的重要窗口。20世纪90年代初，中国内地对香港的进出口总值占内地进出口总额的比重曾超过了35%；香港在内地的直接投资占内地实际利用外资的比重也曾一度超过65%。[①] 香港与中国内地之间贸易与投资的这种互补与互动关系不断强化，使香港的转口贸易不断增长。2008年，香港的转口占整体出口总值的比例达到96.8%，内地为转口的第一目的地。制造业向内地的转移成就了珠三角地区工业的飞速发展，而珠三角地区生产能力的扩大和对外贸易的迅猛发展为香港的国际贸易和国际金融中心的发展提供了支撑，形成了对香港商贸服务的巨大需求。自1980年以来，香港的服务业年均增幅达到16%，香港逐渐形成一个以服务业为主导的经济体系，进入了后工业化社会。与此同时，珠三角也从传统农业经济转变成为工业主导型经济，进入了工业化的后期阶段。香港向国际性服务经济中心的转型和珠三角向世界性制造业基地的发展过程在时间上的契合，来自于两者在发展过程中的内在联系，这是一个相互依存、相互促进的统一发展过程。

面对后金融危机时代的国际和国内经济环境，港澳和珠三角地区的经济发展都面临新的挑战。以科学发展观的提出和中共十七大的召开为标志，中国内地的经济进入了一个新的发展阶段。广东要做到可持续发展必须按照科学发展观的要求，实现产业结构调整和发展方式的转变。对于广东来说，争当科学发展观的排头兵的难度毫不亚于30年前"杀出一条血路"的改革开放。就此而言，广东的经济发展又站在了一个新的起跑线上，珠三角的产业结构和发展方式正在发生深刻的变革。香港回归之后，虽然战胜了亚洲金融风暴、"非典疫情"等一系列冲击，保持了香港经济的繁荣和稳定，但同时，香港经济和社会发展的一些深层次的问题也逐渐暴露出来。在经济全球化和区域经济一体化的背景下，面对日益激烈的国际竞争和快速发展的国内经济，香港要保持和提升国际金融、贸易和航运中心的地位也需要有新的思路和发展策略。

澳门回归后，通过博彩业的开放，引入了竞争机制和国际资本，加上内地"自由行"制度的实施，使澳门的博彩业得到了空前的发展，推动了澳门经济高

---

① 陈多主编《港澳经济年鉴－04》，港澳经济年鉴社，2004。

速增长，使人均 GDP 一度超过了香港。但是，博彩业一家独大的弊端也日渐显现，产业结构的适度多元化成为澳门经济不能破解的难题。深化粤港澳三地的合作，可以扬长补短，携手共创新辉煌。

三　新时期粤港澳区域合作重点、难点和转变

正确认识粤港澳经贸合作关系的特性和港澳自由市场经济体制，是正确把握深化粤港澳区域合作的着力点和矛盾的主要方面的基础。港澳与珠三角之间"前店后厂"合作模式是在内地市场局部开放和广东特别是珠三角改革开放先行一步的特殊政策优势的背景下形成的。中国加入 WTO 和内地市场全方位开放后，珠三角地区特殊政策优惠条件已经取消。粤港澳区域合作是在"一国两制"条件下，中国内地的一个省份与两个特别行政区之间的合作。港澳分别是两个独立的关税区，而广东并不具备独立关税区的地位。此外，港澳特别是香港实行的是高度开放、经济自由的自由港，在经济上实行对外"不设防"的经济体系。这两个特点决定了深化粤港澳合作的着力点在于广东向港澳进一步开放市场，而广东开放市场则需要有中央的授权和特殊的制度安排。

1. 深化粤港澳区域合作的重点和难点

经过 30 多年的发展，珠三角和港澳地区的经济已经融为一体，作为内地与港澳经济的结合部——珠三角在保持港澳的经济繁荣和稳定中具有独特作用，而港澳因素仍然是促进珠三角发展的独特优势所在。如何进一步发挥珠三角在对港澳经济合作中的独特作用，不仅是广东省也是国家需要考虑的问题。从上述分析可以得出这样的推论：进一步开放广东的市场，降低港澳资本和服务业进入的门槛是推进和深化粤港澳合作，构建更紧密的粤港澳区域经贸关系的重点；而在中国进入全方位开放和广东处于国家经济发达地区的条件下，在不违背 WTO 原则和兼顾国家全局利益的前提下，中央如何把握赋予广东在开展与港澳经贸合作中更大的开放度和自主权，是深化粤港澳合作的难点。

目前，这一难点已经取得了部分突破。2008 年 7 月商务部与香港特区政府签署了《内地与香港关于建立更紧密经贸关系的安排》补充协议五（简称 CEPA 补充协议五）。根据 CEPA 补充协议五，内地将在 17 个服务领域推行 29 项开放措施，所有服务贸易的开放措施将于 2009 年 1 月 1 日生效。为进一步深化粤港

经贸合作，该补充协议允许香港和广东省政府在广东率先推出或试行共25项开放和便利化措施。涵盖的服务领域，包括会计、建筑及相关工程、医疗及牙医、人员提供与安排、环境、社会服务、旅游、教育、海运、公路运输和个体工商户等。CEPA补充协议五允许广东省对港合作中具有先行先试的权利，这意味着中央赋予广东在与港澳合作中更大的自主权。《珠江三角洲地区改革发展规划纲要》（简称《规划纲要》）则在国家层面上首次将珠三角与港澳紧密合作的内容纳入了珠三角规划。在珠三角的发展定位中提出："要坚持'一国两制'方针，推进与港澳紧密合作、融合发展，共同打造亚太地区最具活力和国际竞争力的城市群"；珠三角要"坚持高端发展的战略取向，建设自主创新新高地，打造若干规模和水平居世界前列的先进制造产业基地，培育一批具有国际竞争力的世界级企业和品牌，发展与香港国际金融中心相配套的现代服务业体系，建设与港澳地区错位发展的国际航运、物流、贸易、会展、旅游和创新中心"。从基础设施对接、产业合作、共建优质生活圈、创新合作方式等方面提出了推进珠三角与港澳紧密合作的内容，明确表示要"支持粤港澳合作发展服务业，巩固香港作为国际金融、贸易、航运、物流、高增值服务中心和澳门作为世界旅游休闲中心的地位"。《规划纲要》从国家层面对珠三角和港澳发展的功能定位、产业分工和合作内容进行比较明确的说明。上述一系列政策措施的出台，将会进一步推进粤港澳合作和三地的经济发展。2010年4月签署的《粤港合作框架协议》，是第一份在中央政府主持下，由内地一个省与香港签署的区域合作框架协议，首次提出了香港与珠三角实现经济一体化的任务。2011年3月《粤澳合作框架协议》也在北京签署。粤港和粤澳合作框架协议实际上是将《规划纲要》中有关推进粤港澳区域合作的要求更加具体化。在这种背景下，粤港澳三地的政府、企业和社会各界可以充分利用中央赋予的"先行先试"的权利，探讨新的合作模式和机制，推进区域经济一体化进程，实行共同发展。

2. 粤港澳合作的三大转变

第一，从合作模式看，"前店后厂"将转向"共同市场"。内地与香港和澳门关于建立更紧密经贸关系安排，实质上是在"一国两制"和WTO的框架下，中国内地与香港和澳门两个特别行政区之间的一种自由贸易的制度安排，它包括货物贸易自由化、服务贸易自由化和投资贸易便利化三个方面的内容。区域经济一体化的本质就是通过共同产品和要素市场的建立，减少和消除区域内各地或各成员之间各种形式的差别待遇，充分发挥市场在区域资源配置中的作用，促进区域内产业分工和经济增长。从合作的模式看，CEPA 的签署表明香港和澳门与内地经贸关系将从功能性整合向功能与制度性整合相互协调和相互促进的方向转变。这一变化将会对粤港澳之间的经济合作产生重要影响，也为深化粤港澳经贸合作提供了新的空间。粤港澳之间制造业领域垂直的生产与服务的产业分工体系即"前店后厂"的模式，将向建立开放共同的商品和要素市场的转变。区域经济一体化成为粤港澳深化经贸合作的基本方向。

第二，从合作内容看，以制造业为主体的合作向以服务业为主体的合作转变。改革开放以来，粤港澳之间的经济合作，主要在制造业领域。香港有近 6 万家企业在广东建立工厂，雇用了 780 万～1300 万名工人，在葵涌码头和香港机场物流的员工中有七成来自珠三角。在货物贸易自由化、服务贸易自由化和投资便利化三大内容中，其中影响最大的是服务贸易的自由化。香港已经成为一个服务经济体系，服务业具有很强的国际竞争力。同时，香港与内地特别是珠三角之间已经存在着千丝万缕的社会、经济和文化的联系，中国内地服务业对香港的提前开放和更加优惠的安排，为香港经济的发展创造了更大的空间和腹地，为两地的互利合作提供了新的机遇。与制造业相比，服务业更需要有良好的制度环境才能生存和发展。CEPA 为香港的现代服务业进入广东和珠三角打开了一扇大门。CEPA 实施的实践表明，香港服务业进入珠三角还需要进一步降低门槛，需要不断完善广东的制度环境，需要在深化改革，扩大开放上下工夫。在推进珠三角港澳企业转型升级的同时，大力推动现代服务业的合作。

第三，从合作机制看，市场引导下的企业自发合作将向市场主导、政府规制和企业为主体的自觉合作转变。粤港澳之间过去以功能性整合为特征的经济合作，主要是在市场机制的引导下，由企业和商人推动的自发性合作。中国内地市场的有限开放、港澳与珠江三角洲地区要素价格的巨大差异造就了"前店后厂"的制造业合作模式。当经济的整合在一体化的要求下从功能性整合发展到制度性整合的层面时，政府将在经济合作中发挥重要作用。在不同独立的关税区之间的经济整合中，需要政府签订各种双边和多边的贸易和投资协议，保证商品和生产要素能在区域内各成员之间的自由流动，为区内的所有厂商创造公平的营商环境和国民待遇。CEPA 是内地与港澳之间的制度性安排，粤港澳经贸合作是内地一个省份与港澳两个特别行政区之间的合作。粤港澳合作可以作为 CEPA 实施的先

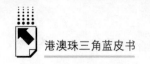
行者和试验区，中央应该赋予广东在开展港澳合作方面更多的自主权和开放度，以此丰富和完善 CEPA 的内容和合作机制，推进中国新一轮改革开放，维护港澳的长期繁荣稳定，推动广东经济的科学发展。

四　深化粤港澳区域合作的六大协调

虽然，粤港澳之间人缘相亲、地缘相邻、文化同源，但是，港澳特别是香港与广东省在政治制度、经济体制、司法制度、价值观念和生活方式等方面还存在较大的差异。"一国两制"的政治制度、独立关税区的自由港经济地位和长期受西方文化教育形成的价值观念，使港澳特别是香港和广东之间的经贸合作存在各种有形或无形的障碍。同时粤港澳合作也是牵涉经济、社会、体制等方方面面的复杂工程，需要协调和统筹各方面的关系。

1. 制度的协调

如果说区域经济合作或一体化的本质是减少和消除区域内各成员之间的差别待遇，那么建立起一个使整体利益和各成员方利益兼顾，区域福利最大化的制度安排则是首要任务。按照新制度经济学的定义，制度是游戏规则，它包括正规制度（如政治、经济制度、法律等），非正规制度（如观念和习惯）。制度通过产权、激励和交易成本等传导机制影响一个国家的宏观和微观的经济绩效。由于港澳与广东在正规制度和非正规制度方面都存在较大差异，制度的协调、学习和借鉴非常重要。对于香港的制度要从两个方面看：一方面有些制度是由香港的基本政治和经济体制决定的制度，我们在短期内是难以借鉴的，这些只能通过包容和并存来协调；另一方面对于香港一些符合市场经济规律和现代社会发展要求的经济与社会管理制度和规则，广东则可以借鉴和学习，不断改善广东经济发展的软环境，为粤港澳合作创造更好的制度条件。从早期的资本引进到制度和规则引进，应该成为深化粤港合作的重要内容和努力方向。

2. 基础设施的协调

促进区域内商品、人员、资金、技术、信息的自由流动是区域经贸合作的重要内容，上述商品和要素的自由流动需要软环境和硬环境。软环境就是前面提到的制度，而硬环境则是承载商品和要素流动的基础设施。香港具有发达的机场、港口、公路、铁路（包括地铁）、通信网络、国际资金清算体系等基础设施；珠三角也正在构建现代轨道交通系统、高速公路体系、机场、港口等基础设施。为了使区域合作顺利展开，粤港澳之间的基础设施必须协调和对接。三地之间要建立起保证区域内商品、人员、资金、技术、信息高效和快捷流通的跨境基础设施。

3. 产业和城市功能的协调

形成优势互补、各具特色的区域产业分工体系，是区域合作成功的一个重要标志，它应该由市场的力量主导而形成。港澳和广东之间已经形成了服务业和制造业的分工格局。香港已经具备选择性发展一些高科技产业的条件，但是，在服务业领域这种分工还没有形成。港澳已经成为服务业占绝对优势的经济结构，大力发展现代服务业是珠三角地区特别是广州、深圳等中心城市的产业结构调整和发展方式转变的一个方向。在金融业方面，要维护和提升香港国际金融中心的地位，珠三角要发展与香港国际金融中心相配套的现代服务业体系。在物流、会展、空运、港口等服务业领域，粤港澳区域之间的竞争在所难免。在这些方面需要政府协调，实行错位发展，避免恶性竞争引起的重复建设、资源浪费和效率下降。通过港澳和珠三角之间产业和城市功能的分工协调，共同打造世界级国际大都市圈。

4. 长期利益和短期利益、全局利益和局部利益的协调

区域合作必须是互惠互利，共同发展才有生命力。近年来，粤港澳合作虽然在不断推进，但是实质性进展缓慢，其中一个重要原因就是没有找到利益的共同点，没有从趋势、全局和长远的角度寻找区域合作中长远利益和短期利益、全局利益和局部利益的交汇点。深化粤港澳合作要从经济全球化和区域经济一体化趋势中把握合作的方向，从全局利益和局部利益的平衡中不断提升合作的水平，从长远利益和短期利益兼顾中推进合作的进程，从政府行为和市场机制结合中构建合作的机制，推进粤港澳经贸关系的紧密合作。

5. 整体推进和重点突破的协调

整体推进就是争取中央给予广东省在对港澳经济合作中更大的开放度和自主权，以此进一步完善广东市场经济制度、法制环境，提升行政效率，在整体上为粤港澳合作创造更好的条件。重点突破包括重点领域和重点区域。重点领域可以放在服务业，或者是在服务业中粤港澳之间互补性强、利益冲突小的行业；重点区域可以放在与港澳相邻的边境地区，如珠海的横琴岛、深港的河套地区、深圳

的前海、广州的南沙都被确定为粤港澳合作的重点区域，重点区域的开放应该是全方位的。重点突破的成功经验可以在面上实施，通过整体推进和重点突破的"点面"协调，开创粤港澳合作新局面。

6. 经济、社会和环境的协调

社会领域和生态环境的合作滞后于经贸合作，这种状态不改变会对粤港澳的经贸合作产生负面影响。随着三地经贸关系的发展，香港和澳门在广东跨境居住、生活和工作的人口大量增加，随之而来的是就学、就医和社会管理等方面问题的出现。环境污染和生态保护近来日益成为粤港澳合作中不可回避的问题，大珠三角区域的空气、水资源等生态环境的保护问题应该成为继续深化粤港澳合作的重要内容。通过不断深化港澳与珠三角之间的环境和社会方面的合作，促进经济的合作，优化区域投资环境和生活环境，共建优质生活圈。

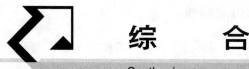

综　合
Synthesis

B.2

落实《纲要》精神，
推进粤港融合

张家敏　马家华*

　　摘　要： 为抓住《珠江三角洲地区改革发展规划纲要（2008～2020年）》赋予"先行先试"的契机，大珠三角商务委员会①在2009年围绕产业和民生两个方面进行调研，写出《回应〈珠江三角洲地区改革发展规划纲要〉研究报告》（简称"研究报告"），为促进粤港合作提出一些构思。本文将从历史的角度出发，讨论落实"研究报告"的原则与立场，归纳出重点建议，最后提出落实建议的跟进方法。

　　关键词： 粤港　服务业　经济融合　珠三角

---

* 张家敏，全国政协委员，大珠三角商务委员会事务主任，香港利丰集团研究中心执行董事；马家华，大珠三角商务委员会事务主任，香港利丰集团研究中心事务主任。
① 大珠三角商务委员会是粤港合作联席会议框架下的组织，其职责是向行政长官提出建议，促使大珠三角地区在经济上更紧密合作。

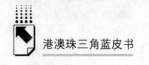

一 引言

（一）粤港经济融合的历史回顾

香港经济发展到现今阶段，主要得益于背靠祖国和面向国际。回顾香港与广东经济发展的轨迹，历史上，香港是转口港，为内地尤其珠三角地区提供进出口服务。然而，在1949～1979年间，受到禁运等因素影响，香港与内地割裂，无法开展融通内地与全球的贸易业务，于是发展成为工业基地。在香港工业化的过程中，内地源源不断地为香港提供大量价廉质优的民生消费品，对维持香港具有竞争力的轻工业和出口产品起到重要的作用。

自20世纪70年代起，香港的地价及人工成本日渐高涨，开始面临其他"三小龙"及东盟地区的竞争，而内地改革开放正好为香港带来新的发展动力。把握住1978年内地改革开放的契机，香港与珠三角得以快速发展，制造业迁往珠三角，"前店后厂"的分工格局逐步形成。此后，珠三角工业的迅速发展，成为全国最重要的出口基地，而香港亦回归传统贸易角色，向珠三角工业提供高增值服务，并逐渐成为亚太区重要的国际金融中心、航运中心和贸易中心。

过去30年，粤港经济合作已从以香港轻工业转移而带动的"前店后厂"模式，发展到现在以香港生产性服务业与广东省先进制造业紧密合作的阶段。总的来说，香港的第二产业与珠三角的经济结构调整，带动了粤港的经济起飞，其结果促进了整个国家的改革开放。

（二）大珠三角商务委员会响应《纲要》的建议报告

在国家改革开放30周年、广东省改革发展的关键时期，国务院于2009年初审议并正式批准实施国家发展和改革委员会牵头编制的《珠江三角洲地区改革发展规划纲要（2008～2020年)》（以下简称《纲要》），首次把粤港澳合作纳入国家战略，并再次赋予珠三角"先行先试"的发展空间和契机。

为把握《纲要》赋予"先行先试"的机遇并提出切实建议，经粤港合作联席会议商定，由香港工商界代表组成的大珠三角商务委员会于2009年4月成立特别小组，在互惠共赢的大前提下，针对产业和民生事务两大范畴展开近半年的研究、讨论和咨询，形成最终的成果——《响应〈珠江三角洲地区改革发展规划纲要〉研究报告》（简称"研究报告"）于 2009 年 9 月底对外公开发表。

"研究报告"围绕产业和民生事务两大范畴，归纳出由香港工商界代表提出 7 个重点共 47 项具体政策建议，建议内容涵盖医疗、环保、教育、交通、社会服务以及专业服务（法律、金融、会计、航运物流及保险）、中小企开拓内销市场和制造产业升级转型、创新科技、文化及创意、检测认证共 14 个领域。

二 报告的原则与立场

（一）缔造互利共赢

从两地 30 年合作的经验得知，缔造互利共赢是双方合作最重要的基础，因此，任何建议都要以互利多赢为原则，以扩大双方共同利益为前提。事实上，能有效地落实《纲要》，不仅有利于粤港持续发展，更可惠及全国，共同提升"两岸三地"经济圈的整体竞争力。

对广东而言，通过提供香港在服务业的经验，不仅能为广东带来现代化市场经济理念、先进的国际管理与营销经验、营商标准和办事规则，还可提高广东制造业的劳动生产率和国际竞争力，加速推进广东产业结构的优化升级。

对香港而言，在本地各种资源和条件的制约下，广东可为香港的产业提供广阔的发展腹地和市场延伸空间。香港通过完善基础设施建设及放宽签证等限制，可吸引更多的内地企业及人士到香港投资和消费，也会吸引更多海外企业利用香港作为跳板进入内地市场，从而巩固香港总部经济的地位，有助于创造大量需求和带动就业。

对国家而言，自改革开放以来，粤港在合作方面敢闯敢试，经济社会发展取得瞩目成就，积极发挥"试验田"作用。当前，国家正处于经济转型和社会发展的关键时期，面对着前所未有的机遇和挑战。在新的历史节点上，粤港应该继往开来，先行先试，在过去 30 年的合作成果和基础上，为国家的未来探索新路向。

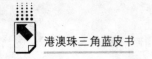

（二）探索政府与市场的关系

香港的经济环境自由，政府多年以来采取"积极不干预政策"，奉行"小政府、大市场"的原则，有别于内地的经济体系。基于粤港双方经济体制的不同，任何涉及跨境的项目和建议，必须经中央政府原则同意，并得到两地政府的支持与配合，才可有效执行与落实。因此，在粤港合作的过程中，确保政府在经济发展中扮演更好角色，以引导两地市场力量打破体制障碍，加速融合，从而缔造更大的市场，至关重要。

（三）民生与产业息息相关

任何产业的发展，皆离不开民众需求，并以改善民生为出发点。粤港应高瞻远瞩，切实了解民众需要和品位要求，预见未来的市场变化，使各产业顺应需要作出配合及行动。例如，内地未来或将逐步允许广东省九市居民"一签多行"赴港个人游，香港方面应尽早规划相应的配套措施，切实配合大珠三角居民的需求做好准备，以迎接庞大的商机。这同时也可以为两地创造更多的就业机会，并通过两地市民的更紧密互动，提升区域竞争力。

（四）以服务业推动两地今后经济融合

面对未来30年，粤港两地将在服务业加强融合，将两地经济进行第二次以服务业为核心的结构调整。目前广东在产业上的相对优势，在于有大量的制造产业集群及较强的科技实力，并已逐渐孕育出一批非常有潜质的第三产业，如物流、商贸、展览及各项专业服务等。

然而，广东经过30年的高速发展，清楚地认识到若要不断创新和创造更高的价值，则必须发展先进的生产性服务业，将广东打造成全国的服务业中心，面向全国市场。这种先进制造业与生产性服务业合作的模式，正是中国政府在"十一五"规划中大力发展服务业和2003年内地与香港签订CEPA背后的经济理念。

三　重点建议

基于以上原则和立场，大珠三角商务委员会的"研究报告"主要围绕产业和民生事务两大范畴，针对"硬软基建对接，打通四流"、"制度创新，统一标准"、"简化审批，降低准入门槛"、"谋求可持续发展，共建优质生活圈"、"整合社会服务资源，便利跨境生活"、"扩展教育和科技合作，提升整体人才质素"和"完善金融基建，防范金融风险"7个重点并提出 47 项具体建议（见表1），内容细节阐释如下。

表1　大珠三角商务委员会提出的 47 项建议

7 个重点	47 项建议
硬软基建对接,打通四流（信息流、人流、物流和资金流）	改进跨界车辆规管制度 协调珠三角港口资源 协调珠三角机场和空域资源 加快八达通与广东交通卡融合 加强协调两地邮寄系统 加快跨境电信漫游服务的整合
制度创新,统一标准	专业领域相互开放 在更多领域达到专业资格互认 设立联合会计考试机制，互相豁免国籍和居留身份要求 允许在粤香港律师代表处聘用内地执业律师 互认检测认证报告 提升香港科研机构的地位 两地海关系统联网 两地海关数据系统应尽快实现联网互通
简化审批,降低准入门槛	缩短审批时间及简化程序 豁免商品认证重检 便利从事出口的加工企业拓展内销 争取设计人员享受内地同等待遇 缩短成立律师事务所办事处审批时间 豁免重复的货运通关文件 降低准入香港市场的条件 帮助内地公司在港开业 便利吸纳内地优秀毕业生在港就业 放宽内地人才赴港工作的限制 降低准入内地市场的条件 帮助第三产业在广东发展 降低保险机构的资产和资本要求 放宽成立合伙会计师事务所的限制 放宽开设医疗机构的限制 放宽文化创意产业的准入限制 减轻薪俸税负担
谋求可持续发展,共建优质生活圈	弃用劣质油发电 统一环保标准 争取成为环保专项技术试点 建立粤港产品回收平台

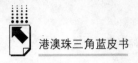
续表

7 个重点	47 项建议
整合社会服务资源,便利跨境生活	整合社会和公益服务资源 　粤港合办社会服务 　推广香港公益服务经验 便利内地人士在港生活 　衔接退休保障计划 　开办内地子弟学校 便利港人在内地生活 　扩大老人福利的保障范围 　协助港人子弟跨境上学事宜 　协助改善港人在珠三角的医疗服务
扩展教育和科技合作,提升整体人才质素	教育合作 　容许香港培训机构独立办学 　加强职业教育培训的合作 　促进两地教育以创新方式合作 　吸引更多内地学生在港读书 科技合作 　利用香港国际经验,发挥珠三角科研优势
完善金融基建,防范金融风险	提供更多元金融服务 促进两地人民币资金融通 便利香港居民汇款 放宽银行持股比例限制 共同防范金融风险

资料来源: 香港大珠三角商务委员会:《回应〈珠江三角洲地区改革发展规划纲要〉研究报告》。

(一) 硬软基建对接,打通四流

　　要打通两地信息流、人流、物流和资金流,硬件建设固然重要,但软件的协调和配合才是关键所在。因此,报告认为粤港双方应在循序渐进的情况下放宽过境车辆的管制,包括在现行的私家车配额制度以外引入一次性特别配额。此建议可于深圳湾口岸作为试点,并考虑于日后推广至港珠澳大桥。

　　此外,两地应协调珠三角港口、机场和空域资源,并探讨各方案,其中包括组建"大珠三角港口协作委员会"和"大珠三角空港协调委员会"等,以协调珠三角港口发展和五大机场之间的分工协作。有关方案可借鉴美国纽约—新泽西港区管理委员会和伦敦都会区空港管理的模式和经验。

　　"研究报告"提议,在大珠三角地区实行"一卡通行",让乘客能用同一张储值卡接驳使用香港境内和珠三角地区内的各种运输工具①。另外，针对跨境电信漫游费用仍相对较高，报告建议应按市场原则，加强两地电信服务的协调整合，使跨境电信收费更具竞争力。

（二）制度创新，统一标准

《纲要》提出广东珠三角地区在 2012 年，服务业增加值比重由目前 40% 左右，提升至 53%；到 2020 年达到 60%。2007 年，香港服务业占本地生产总值逾 92%，其专业服务业发展得相对成熟、水平亦与国际接轨②，若香港提供这些经验，可提升粤港整体服务业水平，使珠三角尽快与国际水平接轨。

有鉴于此，"研究报告"建议粤港在互惠共赢的前提下，相互开放更多专业领域，透过豁免或承认部分专业科目的考试，达到专业资格的互相认可。

例如，在会计业方面，建议由珠三角的注册会计师协会和香港会计师公会设立两地联合专业考试机制，以香港会计师公会的专业资格课程为基础，就会计、审计和财务管理等科目，共同设计和制定以中英文双语命题的考卷，从而扫除语言障碍。另外，亦可考虑互相豁免国籍和居留资格等方面执业要求，从而加强珠三角地区和香港两地会计师人才的合作与交流。

又例如，在法律领域方面，"研究报告"建议在广东以"先行先试"的方式，允许香港律师事务所在广东设立的代表处聘用内地执业律师，提供内地法律服务。目前，在广东的港资企业为数众多，港人在广东经商、工作或暂住的人数也不少，但是香港律师事务所在内地设立的代表处（包括在广东的代表处）却不能向这些企业或个人提供内地法律服务，未能适应市场的需求。

（三）简化审批，降低准入门槛

目前，香港生产性服务业进入珠三角遇到的障碍，主要在于准入门槛过高和

---

① 在 2010 年初，香港金融管理局表示，粤港两地正发展跨境电子货币，计划在深港两地先行试用"一卡两地八达通"，有望在一年内推出。

② 香港的服务业发展成熟，其占本地生产总值的比例已由 1987 年的 71%，增加至 2007 年的 92%，其中，支柱产业包括贸易和物流业占 26%、金融业占 19%、旅游业占 3%、专业及其他工商业支持服务占 11%。至 2008 年，香港已成为世界第 13 大贸易实体、世界第 15 大银行中心、世界第 6 大外汇交易市场，以及亚洲第 3 大股票市场。

内部壁垒较多,即"大门打开、小门还没打开"的问题。而广东企业或人才要进入香港市场,往往需要通过一定的审批程序。针对以上现象,报告建议,粤港应降低服务业及其他配套企业的准入门槛、简化审批程序,以扩大双方的市场腹地,促进产业的交流。

有关降低准入香港市场的条件,"研究报告"建议包括进一步简化外汇审批手续,帮助更多广东公司在港开业、便利内地某些特定的、香港缺乏的学科优秀毕业生到港就业,在专业上与本港大学形成互补。可以在广东"先行先试",研究放宽现行优秀人才入境政策,从而加强两地的人才流动。

有关降低准入内地市场的条件,"研究报告"建议应遵循 CEPA 补充协议六的思路,允许香港永久居民中的中国公民在广东投资第三产业时,在更多的领域内可选择享有与广东省企业同等的待遇。例如,放宽成立合伙会计师事务所的限制,准许香港会计师事务所和执业会计师在内地以合伙形式设立会计师事务所;放宽开设医疗机构的限制,准许在广东开设由香港投资者全资拥有医院及医疗机构,使粤港两地在医疗学术、专家技术和管理方面得到更好的提升。

此外,由次贷危机引发的全球金融海啸凸显中国经济过分依赖出口的结构问题,配合国家"扩内需、调结构"的总方向和政策需要,可在广东推出辅助措施,包括在广东举办外贸转内销展销会,并采用在一段时间内"多次内销,一次报关"等更灵活的措施和安排,借此开拓和优化内销渠道,从长远来看,这有助于国家平衡经济结构、刺激消费,扭转对出口的依赖,实现内外贸一体化。[1]

(四) 谋求可持续发展,共建优质生活圈

改革开放 30 年,广东的经济发展虽取得瞩目的成就[2],但产业结构却过分

---

[1] 广东省政府在 2010 年 1 月公布《关于实施扩大内需战略的决定(摘要)》,提出各项扩大内销市场的措施,包括实行内销预审、集中申报和内销银行担保放行制度,简化产品进入国内市场审批程序;继续办好广东省外商投资企业产品(内销)博览会、加强对企业开拓市场的服务。"减、免、缓、停"一批行政事业性收费和服务类收费;加强跟踪服务签约项目,帮助企业用足用好相关政策;争取广货集中销售地政府的支持,为广货内销创造条件等。

[2] 根据 2009 年广东统计年鉴,在 1979~2008 年期间,广东省的年均经济增长为 13.7%。其中,第二产业的增长最迅速,达到 16.4%;第一产业和第三产业的增长则分别为 5.5% 及 14.4%。至 2008 年,广东省生产总值约 3.6 万亿元人民币,占全国的 11.9%。

偏重制造业①，这种经济增长模式为环境带来沉重的压力，不利于可持续发展。

对此，"研究报告"建议，广东可以弃用劣质油发电为切入点，在加强减排管制措施的同时，推出优惠政策以鼓励生产及使用清洁能源；长远而言，则可考虑制定粤港统一的环保标准、建立粤港澳区域污染联防联治机制，以谋求可持续发展、改善跨境污染问题。

另外，粤港应发挥各自优势，在电动车开发、产品回收等方面联手合作，在互惠互利的前提下共同推动环保产业发展。

近期，内地采用财政补贴的方式，鼓励汽车和家电以旧换新，广东也是开展家电产品以旧换新的内地9个试点省市之一。汽车和家电中含有大量可回收利用的钢铁、有色金属、塑料和橡胶等资源，通过以旧换新、加快完善汽车和家电回收拆解处理体系，可使这些资源得到有效利用、促进循环经济发展。

然而，内地目前的电子回收产业规模小、数量多，产业现代化水平较低，工艺技术水准参差不齐，特别是在拆解过程中排放的焚烧废弃物如果处理不当，很容易对空气、地下水和土壤造成二次污染。因此，建议两地政府研究和探讨建立"电子产品回收处理机制"，协助两地相关企业在电子产品回收方面的技术合作，最终形成完整的回收处理产业链。

（五）整合社会服务资源，便利跨境生活

《纲要》提倡大力发展各项社会事业，切实做到全体人民学有所教、劳有所得、病有所医、老有所养、住有所居，以促进人的全面发展，实现人民幸福安康、社会和谐进步。

配合《纲要》改善民生的方向，"研究报告"建议，粤港政府应提供足够的条件和清晰的指引，鼓励两地社会服务和公益机构以伙伴形式进一步合作开展社会服务。香港拥有良好的社会服务发展经验，且公益事业非常兴盛，广东省可以"先行先试"，引入香港的管理模式及经营理念，此举有助于整合社会和公益服务资源，提高人民福祉。

粤港亦应从社会保障、教育和老人福利三方面着手，借着放宽限制，便利两地市民往来与生活，共建宜人居住的和谐社会。

---

① 广东珠三角9市的第二产业和第三产业，分别占2008年地区生产总值的50.3%和47.3%。

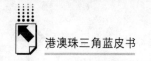

在社会保障方面，考虑到内地和香港往来交流日趋频繁，为便利内地人士在港生活，"研究报告"建议探讨香港强积金与广东社保福利系统衔接的可行性，使部分在港工作或定居的内地人士返回内地生活后，可得到内地相应计划的保障。

在教育方面，"研究报告"建议考虑在香港开办一些在课程、学制和考试制度等方面与内地衔接的内地人士子弟学校，方便来港工作的内地专业人才的子女在港读书。对于学童跨境上学的社会和交通问题，"研究报告"进一步建议，在出入境管制站增设更多"学童 e 道"和"跨境校巴"服务，在广东协助开办更多地在课程、学制和考试制度方面与香港衔接的民办学校、港人子弟班或港人子弟学校，让这些港人学生可以参与香港中学学位分配办法继续升读香港中学，并采取措施，协助抵港的来自珠三角的港人子弟更容易融入香港教育系统。

目前，香港的老人福利在广东省享用有一定的局限，尽管内地的消费水平较香港低，部分老年人仍未必能在内地享受与香港相同水平的生活福利保障和退休生活，因此，报告建议香港政府要正视在法律出现的和"福利跨境"等方面可能出现的潜在问题，研究可行方案并适当放宽。粤港两地政府应加强沟通，进一步探讨老年人在两地的生活及消费模式，以便界定未来的政策取向。

（六）扩展教育和科技合作，提升整体人才质素

《纲要》支持港澳名牌高校在珠三角地区合作举办高等教育机构，通过放宽与境外机构合作办学权限，优化整体人才质素，实现可持续发展。针对上述问题，"研究报告"认为，扩大和加强粤港在教育和科技方面的合作是关键环节。

香港各大专院校在世界大专院校排名中屡占前列，可与珠三角加强合作，联手打造地区教育枢纽，使珠三角成为国际化、专业人才的集散地区。因此，在教育合作方面，建议让香港具国际地位的大学、专业学会及培训机构在珠三角独立办学。粤港亦应携手发展职前及在职人士培训，研究设立两地职业培训体制相通、证书互认、师资共享的区域职业培训体系，将珠三角打造成为"培训及认证基地"。

在科技合作方面，"研究报告"建议由香港政府和广东省政府牵头，组织香港的科研机构和内地的孵化基地开展洽谈。目前，香港高校和部分研究机构掌握大量自主研发技术，但香港却缺乏把这些成果转化为现实产品的生产能力，具有

较强产业基础的广东省可与香港形成优势互补。广东可在主要的生产城市设立孵化基地，邀请香港高校和研究机构入驻并向广东省的孵化基地提供可供转化的科技成果。

（七）完善金融基建，防范金融风险

在内地资本账户逐步开放、人民币国际化的过程中，在顾及国家金融安全的前提下，香港和珠三角可担当金融改革的试验场所，待有关开放措施成熟后，再广泛推行至其他省份。

响应《纲要》提出的粤港在金融改革和创新方面"先行先试"，建立金融改革创新综合试验区的构思，"研究报告"建议循序渐进，从促进两地人民币资金融通方面着手。

目前，香港银行在内地经营的分行普遍缺乏人民币资金，若将在香港吸收的人民币存款借给广东的分行，或容许内地经营的港资银行直接发行人民币债券，将可大大缓解资金压力，帮助拓展内地业务，更有利于人民币业务的多元化发展。

此外，基于粤港两地的经济及社会交流活动频繁，资金的融通可为企业及市民带来方便，"研究报告"进一步建议，在可控的范围内，以广东为试点，逐步放宽限制，提高香港居民每天汇款不多于 8 万元人民币的上限，从而便利香港居民汇款。

香港的金融基建完善，拥有先进的支付系统和结算机制，为主要国际货币提供安全及有效率的金融交易平台。在过去的国际金融危机中，香港的应对亦相当出色，所累积的市场风险管理和监管法规等方面的经验，对国家有一定的参考价值。内地和香港的金融监管部门应加强联系，共同商讨和研究措施，防范系统性金融风险，改进金融监管制度和方法，完善金融监管体系。

四　跟进方法

为落实上述各项建议，粤港两地政府及业界要向中央提出建议并争取支持，针对个别服务业发展在制度上遇到的阻碍，对症下药，逐步完善国家相关的法律法规、落实 CEPA 对各行业开放的实施细则及配套政策，促进服务业发展，进而

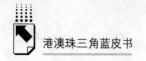

实现香港生产性服务业与广东省制造业结合的战略构思。

粤港合作要把握好深圳前海等地区的发展机会。创新的政策措施或建议可在前海"先行先试",待成熟后再推广到其他地区或省份。例如,配合国家开拓内销市场的方向,粤港可探讨互认商品检测认证报告,借此优化商品进出口的整体流程,减少行政成本,并把珠三角地区打造成为全国的检测和认证中心。

不可忽略的是,香港政府有关政策局及部门应加强与业界的定期沟通,使业界可以了解政府就各项提议的时间进度和落实情况。此举一方面可让政府了解在推行过程中,业界遇到的具体矛盾和困难;另一方面可促进建议的落实。在现行的基础上,政府与业界亦可根据个别情况和需要建立沟通渠道,从而实事求是地采纳各项建议,协助推进《纲要》的落实。

《CEPA 补充协议五、六、七》
对深化粤港经贸合作的影响

林 江　欧阳坚*

摘　要：这两年来签署的《CEPA 补充协议五、六、七》（以下简称"CEPA 五、六、七"），内地与香港将在服务贸易开放、贸易投资便利化、专业资格互认三个领域进一步扩大开放和经贸交流合作，更为重要的是，CEPA 的这三个补充协议对广东省的双转移战略、珠三角一体化以及泛珠三角东盟区域合作都将产生深远影响。此外，CEPA 及其补充协议对政府的区域整合能力提出了更高要求，在落实上还存在很多困难，也为珠三角服务领域带来了挑战。

关键词：CEPA　广东经济　粤港经贸合作

一　CEPA 五、六、七的签订及 CEPA 前四个阶段的进展

2008 年 7 月 29 日，《〈内地与香港关于建立更紧密经贸关系的安排〉补充协议五》（以下简称 CEPA 五）在香港签署，该协议将于 2009 年 1 月 1 日起正式实施。此后 CEPA 补充协议六（以下简称 CEPA 六）、CEPA 补充协议七（以下简称 CEPA 七）也分别于 2009 年 5 月 9 日、2010 年 5 月 27 日签署。作为区域性自由贸易协议的《内地与香港关于建立更紧密经贸关系的安排》（以下简称 CEPA），使我国内地与香港特区第一次实现了双边经贸合作关系制度化。它利用内地与香

---

* 林江，中山大学岭南学院财政税务系主任、教授、博士生导师；欧阳坚，中山大学岭南学院财政学专业研究生。

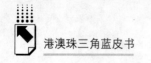

港地理上的区位优势，在各单独关税区之间建立了更加优惠的自由贸易区，目的在于取消相互间货物贸易中的关税和非关税壁垒，逐步消除服务贸易中的各种限制，从而充分实现贸易投资的便利化，促进相互间贸易投资的持续增长。

CEPA 自 2003 年起，香港特区政府和中央人民政府先后于 2003 年、2004 年、2005 年以及 2006 年正式签署了四个阶段的协议。CEPA 的逐步落实和实施，加快了香港经济结构转型的步伐，并为内地经济发展提供了良好的契机。但是在服务贸易自由化的市场条件和制度环境上还存在着一些缺陷，一种普遍的看法是，涉及制造业的"零关税"待遇已覆盖全局，而占香港生产总值逾90%的服务业却尚未获得期待中的内地通道。

第一，服务业领域的一些准入门槛过高，香港服务提供者以小规模居多，能够享受 CEPA 优惠的企业相当有限。例如，CEPA 允许香港服务提供者以独资形式在内地设立零售商业企业，但要求申请者于申请前 3 年年均销售额不低于 1 亿美元，申请前 1 年资产额不低于 1000 万美元，这对于以小规模零售商居多的香港，只有少数企业能够达到此标准。

第二，香港服务业要面对复杂烦琐的审批手续问题。服务业开放的先决条件就是商业资本进入目的地，如设立办事处或分公司，这样才能实质性地提供服务。但内地在企业形态（必须合资或控股一定比例）、投资地域（不同的公司能深入内地区域情况不同）、进入门槛（银行、保险公司必须有足够数量的资产和服务业绩）等方面，对香港服务业有所限制。CEPA 协议正式实施后按正规程序香港大部分服务行业进入内地须通过国家商务部批准，手续较为烦琐，许多港商要想充分利用 CEPA 的优惠措施存在着一定的困难，因此有不少香港服务业便通过地下渠道以"挂壳"方式进入内地，尤其是毗邻的珠三角地区。

第三，新型服务业规模较小、档次较低。广东新型服务业与香港及其他发达国家（或地区）相比，机构规模及业务规模比较小，业务范围狭窄，市场化程度也很低，不少新型服务都处于一种政府服务加市场服务的"准公共服务"状态。同时，广东的劳动力资源丰富，但服务业人才素质参差不齐，能够适应国际服务业要求、熟练掌握外语的实用型、高素质的服务人才缺乏。

第四，随着中国—东盟自由贸易区的逐步建立，各界对于 CEPA 升级的迫切性愈感强烈。CEPA 起草成员之一、原商务部台港澳司司长王辽平认为，香港如果不与东盟紧密联系，将面临被边缘化的危险；其转口港地位以及作为内地对外经贸往来的窗口、桥梁作用将被持续削弱①。

二　CEPA 五、六、七为提升广东经济实力提供制度平台

CEPA 五、六、七的签署，加快内地与香港在服务贸易开放、贸易投资便利化、专业资格互认三个领域进一步扩大开放和经贸交流合作步伐。不仅为香港带来更多的发展机遇与更大的发展空间，同时也将为内地经济发展注入新的活力。更为重要的是，CEPA 的这三个补充协议对广东省的双转移战略、珠三角一体化以及泛珠三角东盟区域合作都将产生深远影响。

（一）CEPA 五、六、七对两地服务业的影响

CEPA 五、六、七在 CEPA 及其前四个补充协议的基础上，在服务贸易方面，对香港进一步扩大开放。在会计、建筑、医疗、人员提供与安排、印刷、会展、分销、环境、银行、社会服务、旅游、海运、航空运输、公路运输和个体工商户等原有的开放领域基础之上，CEPA 五新增加了与采矿相关服务、与科学技术相关的咨询服务两个领域，CEPA 六新增加了研究和开发、铁路运输两个领域，CEPA 七新增加了技术检验分析与货物检验、专业设计两个领域，这使得 CEPA 覆盖的服务领域由原来的 38 个增加到 44 个。

在 44 个服务领域中，CEPA 五、六、七对香港投资者进一步简化了审批程序。

第一，放宽了市场准入门槛，比如医疗及牙医领域，对香港服务提供者在内地设置门诊部的投资总额不再有最低要求；在银行业，香港银行入股内地银行的最低总资产要求由 100 亿美元降至 60 亿美元，另外香港银行可在广东省内设立"异地支行"也降低了其营运资金规模的要求。

第二，放宽了股权限制，比如允许香港服务提供者在广东以独资形式设立门诊部，而此前的外方投资比例不能超过 70%；又如 CEPA 六规定符合特定条件的

---

① 卢彦铮、徐可、季敏华、郭琼：《香港新舞步》，《财经》2007 年第 13 期。

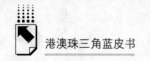

香港证券公司与内地具备设立子公司条件的证券公司,可在广东省设立合资证券投资咨询公司,专门从事证券投资咨询业务,香港证券公司持股比例最高为三分之一。

第三,在某些领域给予香港投资者"国民待遇",如香港服务提供者可以独资形式在内地设立医院、人才中介机构、印刷企业,最低注册资本参照广东省内地企业的要求。

第四,放宽了地域限制和经营范围限制,比如把香港服务提供者经营出国展览业务的地域范围扩大到北京、天津、重庆和浙江。

CEPA 五、六、七还规定了香港与内地之间会计、医疗、教育、建筑行业的专业资格互认。在会计专业方面,香港会计师事务所在内地临时执行审计业务而申请的《临时执行审计业务许可证》的有效期将由 2 年延长至 5 年;今后还会在香港、深圳及东莞设置专门考场,以供香港居民参与内地会计专业考试;香港会计师参加中华人民共和国注册会计师统一考试时还可以获得 4 门科目的豁免。在医疗及牙医行业方面,允许具有专科医生资格,并符合特定条件的香港永久性居民中的中国公民,通过认定方式申请获得内地《医师资格证书》。在建筑和测量行业方面,港人可以参加内地估价师资格考试,香港测量师学会 CEPA 小组主席、工料测量组主席赖旭辉宣布①,65 名香港工料测量师已获国家商务部审批,可以在内地注册,日后不用通过内地公司便可自行在内地执业或开设公司、自行承接工程。

香港贸易发展局首席经济师梁海国曾经分析说,服务业占香港本地生产总值的 87%,这个比例是全球最高的,而内地的服务业只占经济总量的 34% 左右,滞后的服务业,成了我国内地经济发展的瓶颈之一②。所以,CEPA 五、六、七为拥有竞争优势的香港服务业提供了大展拳脚的机遇和舞台,香港公司在内地设立分公司、子公司或办事机构等的情况会更加普遍。对于广东而言,也可通过借鉴香港专业服务业的国际视野和经验,协助其朝着现代服务业的方向发展,达到互利双赢的局面。

---

① 《香港测量师学会希望尽快进军内地市场》,国际在线,http：//gb. cri. cn/18944/2008/08/22/3665s2206354. htm。

② 《CEPA 搅活一池春水"大珠三角"千帆竞发夺先机》,新浪网新闻中心,http：//news. sina. com. cn/c/2004 - 02 - 04/15121714499s. shtml。

（二）CEPA 五、六、七对广东省"双转移战略"的影响

随着经济的发展，珠三角发展正面对着"四个难以为继"：土地告急、资源短缺、人口超负、环境透支。中国中小企业协会秘书长孙秀春曾提到："2007 年下半年以来，珠三角地区倒闭的'三来一补'企业达数千家，很多企业的平均利润率降至 5% 以下，某些对原材料价格波动极其敏感且以出口贸易为主的企业更是举步维艰。对很多中小企业而言，现在迫在眉睫的不是发展问题，而是生存问题。"[1] 随着劳动力成本增加、原材料涨价、人民币升值、两税合并，在珠三角 8 万家港台企业中，还有近四成计划搬迁到其他国家。

正是在这样的背景下，广东省产业和劳动力的"双转移"战略应运而生。珠三角地区必须将劳动密集型企业转移出去，只有这样才能腾出土地和资源，引进先进制造业、高科技和现代服务业等高附加值产业，还可以减少外来人口压力，提升环境水平，从而在"腾笼换鸟"中实现珠三角的产业结构升级。CEPA 五是在双转移战略提出两个月后出台的。

第一，从目前实际内容来看，香港制造业与珠江三角洲的结合，是一种较低层次的结合，仅仅是香港的资金、市场网络与华南的土地以及在当地招收的一般劳动力的粗放式结合，生产满足美、欧市场的低档劳动密集产品。由于国际市场尤其是劳动密集市场的饱和以及国际贸易保护主义强化，市场竞争加剧，加之华南地区成本上升（劳动工资提高，土地成本上升和比较利润相对下降），中小企业融资困难。CEPA 五、六、七在服务业方面的优惠措施，为广东传统制造业向现代服务业转移提供了制度支持。

第二，香港现代服务业不仅门类齐全，而且十分擅长生产链的流程管理、采购供销、品牌营造和市场推广。CEPA 五、六、七的实施使得香港的服务业可以更早更容易地进入祖国内地，将香港服务业的资本、技术、知识密集优势与广东服务业劳动力成本低和服务市场规模大、潜力大、资源相对丰富的优势结合起来。香港公司不仅可以为广东制造业提供高素质的生产服务，同时也为提高广东服务业的水平，多方位提供产业支持服务创造了条件，这大大有利于提升广东制造业的营运效

---

① 《敢问路在何方——"中国制造"在困境与前景的关口》，中国重大技术装备网，http://chinaneast. xinhuanet. com/zhuanti/2008 - 09/19/content_ 14443738. htm。

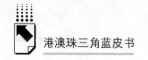
率，改善其内部管理和生产流程，进而提高盈利能力，增强广东制造业的竞争力。

第三，由于缺乏自主创新能力，目前 70% 的广东制造业仍属于中低技术和传统生产，处于全球产业链的低端。CEPA 五、六、七在原有的电子商务和知识产权保护领域增加了"品牌合作"为新的合作领域，深化开放分销服务，容许港商独资经营，这将使更多香港公司较容易在目标城市开设连锁销售点，开发新产品系列，投资建立自己的品牌，发展适应于内地新兴中产消费者市场的产品，从而推动广东制造业由代工生产模式转型为设计制造及原创品牌制造模式。

（三）CEPA 五、六、七对珠三角一体化的影响

CEPA 的实施为珠三角一体化打开了制度缺口，基本解决了香港在珠三角经济区发挥龙头作用的一些主要障碍，在考虑"一国两制"的基础上，充分调动各种积极因素整合珠港经济，使其真正形成区域性统一大市场，以促进贸易、投资、人员和服务在区域内的自由流通。目前，珠三角与香港已逐步形成一个相互依存、功能齐全的大型经济区。但是，从珠三角方面来看，虽然外资推动的制造业迅猛发展使其经济获得瞩目的增长，但服务业发展滞后带来的产业升级缓慢等问题依然困扰着珠三角。

CEPA 五、六、七的实施，促进了贸易、投资、人员和服务在珠三角区域内的自由流通，缓解了造成生产与消费、制造业与服务业相脱节的现象，更重要的是，它将促进珠三角服务业升级和与港澳的合作，使"前店后厂"的制度性基础和保障进一步得到加强，为两地实现优势互补打下一个坚实的基础。不仅能破除珠三角内经济活动壁垒，重新走向区域合作与分工协作，还为港澳服务业真正融入珠三角以及珠三角与港澳区域整合提供了制度性平台。

（四）CEPA 五、六、七对泛珠三角东盟区域合作的影响

泛珠三角区域正好处于我国与东盟自由贸易区的前沿和中心区位，随着东盟贸易快速增长，已成为我国与东盟贸易的重要区域和中坚力量。2007 年 6 月 10 日，香港特首曾荫权在泛珠三角与东盟高层对话交流活动中指出，香港在"泛珠—东盟"之间具有特殊的桥梁作用。[1] 这是因为，在 CEPA 条款下，随着港澳

---

① 《香港新舞步》，财经网，http://www.caijing.com.cn/2007 - 06 - 25/100023090.html。

地区与内地贸易投资便利化措施的逐步落实，香港作为祖国内地企业与世界市场转口港的中介地位得到了巩固和强化，已经为许多"走出去"的祖国内地企业提供了融资、管理、信息和了解市场规范等方面的协助。

在 CEPA 五、六、七的政策措施中，不但包括在全国范围实施开放力度较大的措施，还有很多项目在广东省"先行先试"，其涵盖的服务领域包括会计、法律、建筑及相关工程、会展、公用事业、电信、银行、证券、医疗及牙医、人员提供与安排、环境、社会服务、旅游、教育、交通运输和个体工商户。如：委托广东省审批香港服务提供者在广东设立港澳人士子弟学校；将"144 小时便利签证"政策的适用范围扩大到广东全省；同意广东省审批香港服务提供者在广东省开办环境污染治理设施运营企业资质；推进粤港两地开展电子签名证书互认试点应用；允许香港服务提供者在深圳市以独资形式建设、运营和管理深圳市轨道交通 4 号线等。这一系列在广东省优先推行的开放和便利化措施，将进一步促进香港与泛珠三角之间的服务、资金、技术、人才以及信息等生产要素的自由流动，进一步缩小泛珠三角企业与国际先进水平之间的差距，进一步加强香港作为泛珠三角企业"走出去"的重要桥梁和通道作用，从而推动泛珠三角与东盟自由贸易区的目标实现。

三　CEPA 五、六、七尚待探讨之处与展望

当然，CEPA 五、六、七也存在一些尚待探讨之处。

第一，在 CEPA 框架下，香港、深圳、广州将逐渐形成大珠三角地区的金融分工合作体系，建成港深穗金融走廊；香港、深圳、广州、澳门将逐渐形成大珠三角地区物流枢纽体系；粤港澳还有条件建立起"香港珠江三角洲高科技湾区"，从而实现珠三角城市功能的合理化配置。但粤港澳区域经济的内部整合是一个庞大的系统工程，它涉及观念整合、市场制度整合、协调机制整合、基础设施整合、信息整合、产业整合、政府职能整合等各方面，区域整合所带来的新区内分工与单个区域所追求的最大利益不一致，各个区域对全面开放市场观点不一致，这将对三地政府的沟通与协调能力提出更高要求。

第二，CEPA 五、六、七的落实还存在很多困难。如国内市场上存在着无数的行政性垄断壁垒、地方性保护主义壁垒、不规范的市场垄断壁垒和非贸易壁垒

等；两地服务业的法律法规和政策、有关的规则和认证标准等存在差异，增加了有意在内地开展业务的香港服务企业的困难。同时，广东各地，特别是较偏远地区，政府普遍比较轻视服务业，缺乏引导民间资本参与服务业发展的相关政策措施，对服务行业知识产权保护力度不够，而财政、税务、金融、工商管理等职能部门在对服务业规范化监管上也未能积极支持，忽略了对现代服务业发展环境的营造，不利于香港服务业的进入和发挥作用。

第三，在吸引香港人才到内地工作方面，CEPA 五、六、七虽然放松了对香港专业人士在内地的执业限制，但是在具体实行当中香港居民在内地执业仍存在不少障碍。其中最大的障碍就是内地各城市对于开业要求的具体规定与香港存在着差异而且经常变动，不同服务领域的专业人士要到不同的主管部门去申请登记，打算在内地执业的香港居民往往无所适从，而香港还没有哪个政府部门，专职协调处理香港专业人才在内地拓展业务遇到的困难。此外，由于内地与香港对专业服务的开业要求和规定仍然不对等，香港的专业人士在内地执业，要符合其他附加条件，如有些服务领域要求必须与内地居民合资经营；有些专业服务的工作性质和服务范围也受到很大的局限。

此外，CEPA 五、六、七也为珠三角服务领域带来了挑战，香港服务业大规模进入内地将加剧现有服务市场竞争，形成对珠三角服务业不同程度的消费替代和供给替代效应，使珠三角第三产业中低效率的服务业陷于困境甚至被淘汰。短期内香港服务企业对内地的投资额将会上升，内地对香港的服务贸易逆差会进一步扩大。

由此可见，尽管粤港澳经贸交流规模日益扩大，但最终形成中国区域经济合作集团还要有相当长的路要走。CEPA 是一个具有持久生命力和活力的开放系统，随着香港与内地经济的不断发展和内地改革开放的继续深化，CEPA 未来也将不断与时俱进，在实践中不断加以丰富和完善。

金融业合作

Finance

B.4

以制度创新构建大珠三角金融中心区域

——新形势下深化粤港澳金融合作研究

冯邦彦　段晋苑　任郁芳*

摘　要： 自香港回归以来，其金融业先后遭遇了金融风暴、地产泡沫和网络股泡沫等困难时期，但依托"中国因素"的支持，作为香港首要支柱产业的金融业，还是获得快速扩张，使香港成为中国企业境外上市集资最重要的服务平台。同时，粤港澳金融的合作也越来越多，港澳与广东金融机构相互设立互设业务，开展协作，三地金融市场开始逐渐融合，目前在全广东省范围内已实现了粤港两地银行结算系统的基本对接。虽然粤港澳金融合作日趋密切并取得一定进展，但从总体上来说，三地金融合作的水平和层次，仍然严重滞后于三地经济日趋融合的发展态势。三地金融合作仍以自发为主，规模小、水平较低，层次不够深入；同时，交易平台覆盖率不足且规模

---

* 冯邦彦，暨南大学经济学院教授、博导，广东省人民政府参事；段晋苑，暨南大学经济学院区域经济学博士研究生；任郁芳，暨南大学经济学院区域经济学硕士研究生。

效应低，抑制资金的流动和配置效率。若能进一步把香港金融业国际化的优势延伸至广州、深圳等区域性的金融中心，使其形成分工互补，并争取向全球性金融中心提升，这样既能提高整个大珠三角经济区域的国际竞争力，又能维持香港经济社会在"一国两制"方针政策下的持续稳定和繁荣。如何在这种背景下，通过制度创新，创建粤港澳"金融改革创新综合试验区"，建立粤港澳更紧密的区域金融合作机制，是本文最重要的研究内容。

关键词： 金融合作　货币跨境流通　金融机构互设　大珠三角金融中心

一　回归以来香港金融业的发展与存在问题

（一）回归以来香港金融业的发展

香港金融业的发展，最早可追溯到 19 世纪中叶香港开埠之初。20 世纪 50 年代，随着香港经济迈向工业化，香港银行业转型，经营业务从过去单纯的贸易融资转向为迅速发展的制造业和房地产业提供贷款。根据美国学者李德的研究，香港作为国际金融中心的起源始于 20 世纪初叶。一般公认，香港作为亚太区国际金融中心的崛起，始于 20 世纪 70 年代。随着香港经济起飞，百业繁荣，股市蓬勃发展，以及香港政府采取了一系列金融自由化政策，包括解除外汇及黄金管制、"解冻"银行牌照、取消存款利息税等，使外资银行和跨国金融机构大举涌入香港，香港金融业进入一个快速发展、迈向现代化、多元化、国际化时期。到 1997 年香港回归时，金融业已形成门类齐全而发达的市场体系，建立健全了监管制度，成为香港经济中最具战略价值的产业，在国际金融体系中具有举足轻重的地位。根据香港著名金融学家饶余庆教授的研究，当时，香港国际金融中心在全球的排名在 6~7 位之间①。

1997 年香港回归以后，香港金融业先后遭遇了金融风暴、地产泡沫和网络股泡沫相继破灭及"非典疫情"的冲击，香港作为亚太地区国际金融中心的地位，也受到来自东京、新加坡，甚至上海的挑战。不过，依托"中国因素"的

---

① 饶余庆：《香港——国际金融中心》，商务印书馆，1997。

支持，作为香港首要支柱产业的金融业，仍然取得长足的发展，香港作为国际金融中心的地位跃居全球前四位。数据显示，目前，香港已成为全球排名第七、亚洲第三的股票市场；全球第十五、亚洲第三的国际银行中心；全球排名第六的外汇交易中心；全球最开放的保险中心之一，亚洲保险公司最集中的地区；亚洲区内主要的资产管理中心。

2007年3月，Z/Yen研究咨询公司发表《全球金融中心指数》报告显示，伦敦排名第一，为765分；纽约其次，为760分；香港排名第3位，为684分。紧随其后的是新加坡（第4）、悉尼（第7）和东京（第9）。上海居第24位。根据2009年3月伦敦城公司（GFCI）公布的《全球金融中心排名指数》报告，香港的总评分为684分，位居第四，仅次于伦敦（781分）、纽约（768分）和新加坡（687分）。香港回归后，金融业的新发展主要表现在以下几个方面。

1. 银行业经历了困难的转型时期，并从规模扩张转向盈利能力增长

经过20年的扩张，到1997年，香港银行业的发展规模达到高峰，持牌、有限制牌照和接受存款公司等各类银行机构接近400家，分行多达1000多家。然而，在相继经历了金融风暴、地产泡沫和网络股泡沫破灭及"非典疫情"的冲击后，经济上的衰退导致香港企业投资和消费信贷需求持续疲弱，楼宇按揭、贸易融资、银团贷款等银行传统支柱业务基础萎缩，再加上息差的持续缩窄，以利息收入为主的传统银行盈利模式面临空前挑战。到2009年，香港官方认可的银行机构不足300家，其中持牌银行142家、有限制牌照银行26家、接受存款公司27家以及境外银行办事处77家，比1997年高峰时期减少三分之一以上。

不过，2003年中国政府与香港、澳门分别签署了《关于建立更紧密经贸关系的安排》（简称CEPA），2004年人民币业务开放、2006年内地银行业全面开放，促成香港银行业的转型：从简单的存贷款业务，发展到全方位的资金融通和理财业务，包括零售业务、资产管理、收费服务等中间业务领域。伴随内地银行业逐步放开，香港各大银行"北上"、"西扩"中国内地市场。自2007年4月以来，汇丰、恒生、渣打、东亚、花旗等银行纷纷在内地注册成立子银行，其在内地的分支机构已从东部沿海拓展至中西部二线城市。

2. 香港银行开办人民币业务，香港人民币业务离岸中心呈现巨大的发展潜力

随着CEPA协议及其补充协议的签订，香港银行业迎来战略性发展机遇。2003年11月19日，国务院批准香港银行在港办理人民币存款、兑换、银行卡和汇款四项个人人民币业务，人民银行选定中银香港作为香港银行个人人民币业务清算银行。2004年1月，香港持牌银行正式获准开办有关个人人民币业务。截至2008年6月底，香港共有40家银行及附属机构开办了人民币业务，人民币存款余额为776.4亿元；澳门共有15家银行机构经营人民币业务，人民币存款余额为21.7亿元。目前，香港已经形成了一个颇具规模的人民币交易市场，人民币在香港已经成为仅次于港币的第二大交易货币。

2007年年初，香港人民币业务再获突破，国务院允许内地金融机构可在香港发行人民币债券。当年6月，国家开发银行在香港发行第一笔人民币债券，发售对象为机构及个人投资者，期限两年，票面年利率3%。债券发行量最高不超过50亿元人民币，当中零售债券最低发行量约10亿元人民币，个人投资者最低认购额2万元人民币。迄今为止，已有内地5家金融机构在香港成功发行人民币债券220亿元。2009年4月8日，国务院常务会议正式通过了在上海市和广东省的广州、深圳、珠海、东莞4个城市开展跨境贸易人民币结算试点。2009年7月1日，中国人民银行、财政部、商务部、海关总署、国家税务总局、银监会共同制定颁布《跨境贸易人民币结算试点管理办法》，为粤港澳跨境贸易人民币结算提供了政策依据。2009年7月7日，广东跨境贸易人民币结算正式启动。人民币各项业务的顺利展开，为香港逐步发展成为中国的人民币离岸业务中心创造了条件。

3. 资本市场获得快速扩张，香港成为中国企业境外上市集资最重要的服务平台

香港回归以来，股票市场获得快速的发展。据统计，1997年/2008年度，香港股市（主板+创业板）上市公司从658家增加至1261家，增长92%；总市值从3.20万亿港元增加至10.30万亿港元，增长2.22倍；股市交易额（以年度计算）从3789.00亿港元增加至17653.19亿港元，增长3.66倍。到2009年4月底，香港共有1267家上市公司，总市值为114103.2亿港元。香港已成为全球排名第七、亚洲第三的股票市场。

香港股市发展的最主要特点是逐渐成为内地经济发展与企业融资服务的平台。1997年香港股票市场的集资活动打破历史纪录，全年集资超过800亿港元，其中逾九成是红筹、国企公司所筹集的资金。当年，在香港联交所挂牌的H股和红筹股总市值为5216亿港元，占香港上市公司总市值的16.29%。根据2009

年4月底的数据，H股和红筹上市公司数目为246家，占香港上市公司总数的19%；H股和红筹股总市值达60649亿港元，占香港上市公司总市值的53%。以成交量计算，H股和红筹股的权重已由1997年的38.19%上升至2009年4月底的48%。

根据香港交易所的统计，2006年，香港股市（主板＋创业板）集资总额创下5059亿元的历史纪录，是1997年集资额的两倍。2006年，中国银行、中国工商银行先后在香港上市，其中中国工商银行股票的发行是首次以"A＋H"的方式发行，仅IPO一个项目就融资220亿美元，是2006年全球资本市场上单次融资额最大的新股发行。凭借工行、中行的发行上市，该年香港新股融资额一举超过美国，仅次于伦敦名列全球第二。以2008年香港股市融资总额约4307亿港元（518亿美元）在世界排名第四，在亚洲则排名第一。

随着股市的转型，中资股对香港股市的影响力不断上升。1997年，华润创业晋身恒生指数成分股，随后中移动、联想集团、中国联通、中海油、中银香港及招商局等先后加入恒生指数，2006年，建设银行H股纳入恒生指数，首开恒生指数吸纳H股先例，随后中国银行、中石化、中国人寿及平安保险等也相继成为恒生指数成分股。

4. 资产管理中心功能显著增强，国际投行以香港为地区总部加快对中国内地的拓展

根据香港证监会发表的数据，截至2007年底，香港基金管理业务合并资产总值达到9.63万亿港元，比2006年增长56.5%，比2005年大幅增长112.8%。其中，房地产投资信托基金以外的基金管理业务（非房地产基金管理业务）中，有6.5万亿港元的资产来自海外投资者，显示了香港作为区域内基金管理业枢纽的地位。占基金管理业务合并资产最大部分的资产管理业务达到6.5万亿港元，其中62.5%是在香港管理的；而在香港管理的资产中有82.1%投资于亚太地区，反映出香港已成为管理内地及亚洲其他市场的投资资金的枢纽。

香港投资银行业务发达，自20世纪70年代以来一直是跨国投资银行在亚太地区的地区总部所在地。不过，经历了1997年亚洲金融危机、2000～2001年科技网络泡沫破裂、"9·11事件"等一系列事件的冲击，香港的投资银行业务一度陷入谷底，香港本土最大的投资银行百富勤倒闭，在港的跨国投资银行亦陷入大规模的收缩简编。踏入21世纪以后，特别是中国加入WTO、银行业全面对外开放，香港的投资银行业务复苏，并加强对中国内地的拓展。无论高盛、花旗还是摩根士丹利，以香港为亚太地区总部的投资银行均冠以"中国投行部"之名，表现出对内地市场非同寻常的重视。2004年，高盛实现突破，在北京合资建立高盛高华证券有限公司，进入了正在快速发展的中国证券市场。已成为主流的"中国投行部"甚至开始从香港北扩，到内地设点驻站，从而构成中国投资银行生态的重要部分。

5. 银行保险获得迅速发展，香港已形成多元化、国际化、监管规范、制度较完善的保险市场体系

1997年香港回归时，香港的长期保险业务尽管已取得较快发展，但相对而言仍然滞后，业内收益和盈利增长潜力巨大，为新旧保险商和觊觎香港保险市场的海外跨国公司提供了潜在的拓展空间。亚洲金融危机后，海外大部分大中型银行凭借其庞大的客户网络和专业服务，透过本身直属的保险公司或透过联盟的合作形式，大举进军香港保险市场，香港的长期保险业务获得强劲的增长。当时，保险计划作为银行非利息收入业务，发展成为银行销售的重要产品之一。银行保险业的发展使保险市场出现一系列重要的变化，包括投资联结产品的比重大幅上升，保险中介人的角色从单纯的核保员转变为理财顾问，人寿保险业的竞争更趋白热化，人寿保险市场也发展到"优胜劣汰"的阶段。随着保险业与银行业的融合，保险业正成为金融业越来越重要的环节，对香港国际金融中心地位的巩固作出越来越重要的贡献。

目前，香港已成为亚洲区内，乃至全球市场最开放及保险公司密度最高的地区之一。据统计，截至2008年年底，香港共有175家获授权保险公司，其中110家经营一般业务，46家经营长期业务，其余19家经营综合业务。以保费收入计算，香港保险市场是全球第25大市场。香港保险市场参与者，既有跨国保险集团的分公司和附属机构，也有中资、华资保险机构，当地银行所属保险公司，健康险公司，信用险公司，按揭担保公司以及承保代理公司。香港的保险公司有半数在海外注册成立，注册地遍布全球20多个国家，以美国、英国和百慕大相对较多。香港的保险密度（Insurance Density，保险收入除以当地人口总数，即人均保险费）和保险渗透率（Insurance Penetration，保险收入除以当地生产总值）都位居世界前列。2006年，香港的保险密度为2787.6美元，居全球第14位；保险渗透率为10.4%，居全球第8位。近年，全球金融海啸对香港保险业造成了严重的冲击。2008 年前三季度，香港的一般保险业务整体承保利润按年度计算巨幅下降 54.3% 。保险业正面临严峻的挑战。

6. 金融监管在进一步放宽，金融体系的效率获得提升

香港金融制度改革显著之处是银行业管制的放松，犹如一场港式的"金融大爆炸"。1994～2001 年香港分阶段全部撤销实施了 30 年的"利率协议"，解除了透过银行公会对利率市场的管制和对外资银行扩展分支网路的限制，对外资银行进入本地市场的门槛大幅放宽。香港特区政府采取各种措施，包括引入存款保障制度、促进业界共享商业及个人信贷资料，制定《银行营运守则》与其他不同的监管措施。这些措施有效保证了香港银行体系的稳健程度及效率水平，使香港银行体系在全球榜上居于前列位置。

香港在证券市场监管方面，调整证监会架构、分拆主席职能，将原证监会主席职能分拆为主席及行政总裁，以更好地兼顾市场监管与市场发展战略。其他的改革措施包括加强对香港交易所履行上市职能的监察，增强交易所的调查权利，加强跨境执法力度等，这些措施增强了投资者对香港证券市场的信心，进一步提升了市场竞争力。

这一连串的改革措施，促进金融市场的自由竞争，金融监管更趋完善，令香港金融体系的效率获得提升。从资金配置效率看，资本市场的发展使企业融资渠道更加多元化，利率协议解除使资金价格更加市场化，这些均有利于企业及个人更方便、自由地选择较低成本的融资渠道；从运作效率看，金融市场进入障碍的大幅降低以及金融基建的改善降低了金融市场的交易成本及交易风险，提升了市场效率及透明度。

（二）香港作为国际金融中心的差距

1. 金融市场、金融机构的发展不平衡

在金融市场，相对于迅速发展的资本市场，香港作为全球日趋重要的国际金融中心，仍然没有与之相匹配的债券市场、外汇市场，几乎没有大宗商品交易，落后于亚洲其他主要的国际金融中心。

香港的债券市场一直是金融业中较为薄弱的环节，在多方努力下，配合低息等市场环境的转变，债券市场出现了加速发展的良好势头。根据香港金管局的调查，港元债券市场未偿还余额 2006 年年底为 7481 亿港元，比 1998 年增加 3515

亿元，增长率为89%，年均增长率达到8.2%。然而，与新加坡相比，香港的债券市场规模存在着较大差距，无论是上市债券的总市值还是成交额，都落后于新加坡。2009年2月，新加坡债券总值为1121亿美元，而香港仅791亿美元，约为新加坡的71%。在外汇市场，香港与新加坡一样都是亚洲地区继东京之后两个主要的外汇交易市场，但香港一直落后于新加坡。2007年4月，新加坡外汇日平均交易量为2306亿美元，而香港仅为1746亿美元，约为新加坡的76%。

在目前全球急速增长的另类投资产品市场、商品期货市场，香港所占份额有限。近年来香港在另类投资产品市场虽然有不俗的发展，而且香港已成为亚洲第二大私募基金中心，但这个行业的规模仍然不足。在商品期货市场方面，香港尽管早在1977年就已开办商品期货市场，但发展一直不顺利，目前已经远远落后于上海。不过，由于中国内地对审批期货存在庞大的潜在需求，香港若能在这些业务中找到合适的定位，其潜力也是不容忽视的。

另外，与高度发达的银行业相比，香港的非银行金融机构发展也不平衡。香港的非银行金融机构主要是保险公司、投资基金公司、租赁公司等，虽有一定的发展，但与新加坡相比还有一定差距。新加坡的非银行金融机构则较为强大，种类繁多，包括投资银行，从事抵押贷款、消费贷款、楼宇建筑贷款、一般商业贷款、租赁、票据融资、代客收账等业务的各种金融公司，保险业相当活跃，还有从事货币经纪、证券经纪等业务的各种金融中介公司。

2. 香港金融业发展腹地比较狭小，总体规模仍然偏小

与纽约、伦敦、东京相比，香港金融业的发展腹地明显偏小。纽约、东京金融业的基础是全球第一、第二大经济体，欧洲不少企业的股票都在伦敦上市。但香港只是一个都会城市，香港与内地的经济联系，在相当程度上还受到彼此之间的不同关税区、不同市场的制约。香港要发挥其金融业的比较优势，跻身全球金融中心行列，就必须突破制度上的约束，有效拓展其潜在的庞大经济腹地，甚至包括整个大中华经济圈乃至东南亚诸国。

正因为如此，目前香港与伦敦、纽约两大全球性金融中心的总体规模和实力相比仍有相当大的差距。倘若香港能够有效推进其与中国内地的经济融合，则香港有条件发展成为全球性金融中心。香港交易所主席夏佳理指出："香港有条件成为与纽约、伦敦比肩的全球性金融中心，但这需要争取！"他的观点在一定程度上代表了香港金融界对于建设世界金融中心的态度。基于这一点，香港金融管理局总裁任志刚提出，香港金融发展要立足五大战略方向，包括：香港金融机构"走进"内地；香港作为内地资金和内地金融机构"走出去"的大门；香港金融工具"走进"内地；加强香港金融体系处理以人民币为货币单位的交易的能力；加强香港与内地金融基础设施的联系。其核心就是要打通香港与内地资金流通的经络。目前，这一构想已成为香港政府未来引导金融发展的纲领性文件。

二 粤港澳金融合作的现状与存在问题

（一） 粤港澳金融合作的基本情况

1. 货币跨境流通规模日趋扩大，出现了三种货币三地跨境流通的特殊货币现象

改革开放以来，随着粤港澳经贸关系的迅速发展，三地货币跨境流通的规模逐渐扩大。根据香港金融管理局研究部门的专家估计，2004 年底，在香港已发行港元总额中，约有 59% ~63% 是因境外需求而发行的，数额高达 820 亿 ~880 亿港元；① 其中大部分在以广东珠江三角洲为核心的华南地区流通。澳门元则主要在毗邻澳门的珠江三角洲西岸地区，如珠海、中山等市流通。从 2002 年 9 月起，中国银行在广州、珠海、中山等市开办澳门元存款及汇兑业务。这项措施促进了澳门元在内地的流通。

另一方面，人民币也逐渐扩大在港澳地区的流通。中国人民银行曾在 2002 年、2005 年、2007 年三次对人民币跨境流通特别是在港澳地区的流通展开调查，据调查结果估计，2001 年、2004 年和 2006 年人民币在内地与港澳之间的总流量分别为 1036 亿元、7522 亿元和 7907 亿元，分别占人民币跨境流通量的 91.1%、97.5% 和 95.8%；在上述各年末，人民币在港澳地区的存量分别为 82 亿元、50 亿元和 32 亿元，分别占人民币在境外存量的 45%、23% 和 14%。②

2. 港澳与广东互设金融机构，开展业务协作以及市场融合

三地金融合作的一个重要内容，是跨境互设金融机构。1982 年，香港南洋

---

① 何汉杰、石明翰、施燕玲：《再探港元的境外需求》，《香港金融管理局季报》2006 年第 3 期。
② 中国人民银行调查统计司：《人民币现金在周边地区接壤国家和港澳地区跨境流动的调查报告》，《中国金融年鉴（2007）》，中国金融年鉴编辑部，2007。

商业银行经人民银行批准，在深圳开设分行，成为内地引进的第一家外资银行。2004年，受惠于CEPA降低银行准入门槛至60亿美元的规定，多家香港中型银行相继在广东深圳等城市开设分行，或以收购、重组方式开展业务。据统计，到2008年上半年，共有12家香港持牌银行在广东开设了71家分支机构，包括独资银行3家、分行23家、支行45家、代表处3家，占外资银行在广东省开设营业性分支机构的50%以上。这些金融机构主要在深圳、广州、珠海和汕头等市设立了分支机构。香港银行还将其后勤业务部门，包括数据处理中心、档案管理中心、单证业务、电话业务中心等从香港移至深圳、广州、佛山等城市。在深圳，就有东亚银行设立的产品研发中心、渣打银行设立的中国及香港区电话银行客户服务中心、恒生银行设立的华南区管理中心等。与此同时，广东金融机构也积极到港澳地区开拓市场。目前，招商银行在香港开设了分行，广东发展银行在香港设立了代表处、在澳门开设了分行，深圳发展银行也在香港设立了代表处。2008年，招商银行还斥资193亿元人民币收购香港永隆银行，拓展其在香港的银行网络。

随着银行跨境互设，三地银行间的业务合作也逐步展开，主要集中在授信融资、银团贷款、结算代理、外汇资金业务、外汇衍生产品交易、个人理财和资金清算等传统业务，以及人民币业务等，服务对象主要是省内外贸企业、港资企业和需要银团贷款的大型基建项目或大型企业。据统计，至2008年上半年，在广东省经营的香港银行机构本外币存款总额达559.0亿元人民币，贷款总额达765.3亿元人民币。粤港两地间的金融市场，特别是同业市场和信贷市场的合作也日趋密切。

粤港澳三地在证券业、保险业的合作也日趋密切。2008年6月底，共有34家广东企业在香港证券交易所上市，其中在主板市场H股、红筹股和创业板上市的分别有12家、16家和6家，总市值6523.6亿港元。此外，合生创展、富力地产、雅居乐、碧桂园、合景泰富、中国奥园等广东房地产企业也先后在香港证券交易所上市。广东非银行金融机构也积极进入香港资本市场拓展业务。广发、招商、中信3家证券公司先后在香港设立分支机构，并获得香港证监会颁发的证券经纪和投行业务牌照。南方基金管理公司的南方全球精选配置基金成为全国第3只基金QDII产品。中国国际期货、金瑞期货和广发期货也在香港设立从事期货业务的子公司。与此同时，广东证券市场对香港投资者的开放程度也在不断提高。截至 2008 年 6 月底，有 5 家香港金融机构取得内地 QFII 资格，9 家香港金融机构获得深圳证券交易所 B 股特别席位和特约经纪交易资格。

在保险市场，目前已有 2 家香港财产保险公司在广东省成立经营分支机构（均已转为中资），7 家港资保险公司设立了驻粤代表处。2006 年，香港怡和保险顾问有限公司（全球保险经纪公司中排名第五的英国怡和保险顾问集团在香港设立的子公司）。港资还通过参股方式投资了 4 家内地保险代理公司、3 家保险经纪公司和 2 家保险公估公司。此外，粤港双方合作展开了打击香港保险机构的"保险走私"活动，有效遏制了地下保单，规范了市场秩序。

3. 政府层面合作：跨境金融基础设施的建设与监管交流

三地的金融合作也逐渐提升到政府层面。由政府牵头为主导的粤港澳金融合作主要体现在两个方面：跨境金融基础设施的建设与监管交流。

（1）跨境金融基础设施的建设。

目前在全广东省范围内实现了粤港两地银行结算系统的基本对接。

——外币和人民币票据联合结算系统。2002 年 6 月，经国务院和中国人民银行批准，实现了广东与香港港币支票、本票和汇票在两地之间的双向结算。2006 年 2 月，中国人民银行为确保香港人民币支票业务顺利开展，出台《香港人民币支票业务管理办法》，广东开始受理香港居民为消费而签发的 8 万元以下的人民币支票可通过该机制结算。2008 年，粤港港币结算业务量达 20 万笔，金额 129 亿港元，粤港人民币票据结算业务量为 820 笔，金额 3300 万元。此外，深港两地还建立了票据清分系统相互备份机制，一旦出现异常可以利用对方设备清分票据。

——粤港外币（港元和美元）实时支付系统。2004 年 4 月，人民银行广州分行建立粤港外币实时支付系统，该系统通过在香港的代理银行与香港即时支付系统（RTGS）连接，可办理两地银行客户之间的外币（港元和美元）资金汇划业务。该系统具有业务逐笔清理、资金全额清算、资金实时到账的特点。2008 年粤港外币实时支付系统业务量约 5000 笔，金额达 550 亿港元。

——深港美元支票结算系统。2004 年 7 月，深圳与香港美元支票双向联合业务开通。2008 年上半年，深港美元支票结算业务量 9549 笔，金额 2.8 亿美元。

——港澳人民币清算行接入内地现代化支付系统。为支持港澳银行人民币业务的开展，现代化支付系统广州、深圳城市处理中心分别实现了与澳门、香港人民币清算行的连接。2004 年 2 月，中国人民银行深圳中心支行正式成为香港银行人民币业务的清算行，使香港的人民币业务从非正规的、自发的业务逐渐纳入正规的、规范的银行市场。目前，香港个人人民币支票可在广东流通使用，内地银行卡可在香港提现、消费，人民币资金汇划可以实时到账。

这些安排为香港和广东的外币、人民币资金往来提供了高效和安全的渠道。此外，粤港澳地区银行卡网络也实现了互联。

（2）跨境金融监管交流。

在粤港、粤澳联席会议机制下，建立了粤港、粤澳金融合作联络机制。随着 CEPA 的签署，中国人民银行、中国银行业监督管理委员会分别于 2003 年 11 月 19 日及 2003 年 8 月 25 日与香港金融管理局签署了合作备忘录，推动金融合作步伐的加快。2004 年 4 月 22 日，两部门间还建立了粤港金融合作定期例会机制。而早在 2002 年，中国人民银行广州分行已与澳门金融管理局建立了定期例会制度。迄今为止，共举办了粤澳金融合作例会 9 届，粤港金融合作例会 6 届。这些机制为粤港澳金融机构之间沟通信息、协调管理、相互合作搭建了良好的平台，为进一步推进粤港金融合作奠定了基础。此外，近年来，广东与澳门就加强反洗黑钱等金融合作也取得较快的进展。

在保险业监管合作方面，自 2001 年以来，粤港澳深建立了保险监管联席会议制度，至今已成功举办了 8 届保险监管联席会议，就信息交流、地下保单、应对国际金融危机和三地保险业重大发展方面问题的紧急磋商等达成多项共识。

（二）粤港澳金融合作存在的主要问题

虽然粤港澳金融合作日趋密切并取得了一定进展，但是从总体上来说，三地金融合作的水平和层次，仍然严重滞后于三地经济日趋融合的发展态势。粤港澳金融业合作，存在着不少问题。

1. 金融合作以自发为主，规模小、水平较低，层次不够深入

目前，三地金融机构互设数量少，规模小，既未形成有效的市场分工，也未带动竞争的"鲶鱼效应"；金融机构间的股权融合还没有实质性进展，更谈不上对广东金融机构治理结构和管理水平的促进；金融市场融合程度低，合法渠道实现的融合规模小，基本上还是处于民间自发地对三地经贸投资发展做出的反应，缺乏有超前意识的规划、组织与协调，金融合作的水平较低，层次不够深入，仍

停留在"要素互补"的阶段。

2. 交易平台覆盖率不足且规模效应低，金融资源缺乏双向流动的有效平台

目前，粤港澳搭建的金融合作平台主要在结算领域。这个平台的覆盖率和规模效应均与三地经济日趋融合的要求存在距离。

第一，粤港票据联合结算业务品种单一，覆盖区域有限，管理方式落后。平台可使用币种仅限于港币，参与机构集中在深圳、广州、东莞、佛山和中山等地，粤东、粤西、粤北等地的银行则由于不在广州同城票据交换区域内，无法加入粤港票据联合结算系统。

第二，粤港电子汇兑清算系统发展滞后，除深圳外，广东省内其他地区都还不能实行外币及时清算，需通过境外账户行或代理行清算，环节多、时间长。

第三，金融合作的平台建设仅限于结算领域，三地金融市场还处于分割状态，金融资源缺乏双向流动的有效平台，因此，粤港澳庞大的金融资源无法得到高效配置。

粤港澳地区是中国华南地区乃至东南亚最大规模的资金集散地，金融资源极其丰富，金融机构资产规模超过 17 万亿元人民币，但是，由于港澳与内地之间缺乏金融资源有效流动的制度平台，香港银行体系的庞大金融资源无法得到最有效的利用，而广东中小企业、高新技术企业融资难的问题长期难以解决。

3. 制度安排滞后抑制了资金的流动和配置效率，导致"二元"金融结构

目前，粤港澳金融合作由于缺乏相应的市场制度安排以及资本项目管制的存在，已经呈现出抑制经济金融效率的倾向：一方面合法的资本流动受到外汇管制、资本项目开放等国家金融政策的限制，许多跨境经济活动所需的合理的跨境金融需求无法得到满足，正规金融机构未能发挥金融中介的主渠道作用，香港的人民币和广东的港币都缺乏相互投资的正常的合法通道；另一方面大量的地下金融或者说民间金融却通过各种渠道隐蔽流动，目前估计至少在数千亿元人民币以上，通过正规银行渠道流通的仅占很小的一部分，造成"金融脱媒"现象，即资金体外循环，形成了地上地下"二元"金融结构。这种"二元"金融结构最后集中体现为官方难以估算、难以监控、难以规划的巨大货币流通，大量人民币滞留在港澳，没有正常的渠道回流。由此造成的金融风险无法得到有效的监测和控制，容易对中国内地和香港的金融稳定造成冲击。

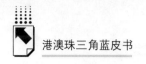

三 深化粤港澳金融合作的战略定位与制度安排

（一）深化粤港澳金融合作的战略定位

1. 创建粤港澳"金融改革创新综合试验区"

抓住《珠三角地区改革发展规划纲要》赋予广东建立金融改革创新综合试验区的重大历史发展机遇，为适应金融全球化发展趋势，广东省要大胆探索，利用先行先试的有利时机，建议以广州、深圳、东莞、佛山、珠海为节点，在此范围内建立金融改革创新综合试验区，通过制度创新、体制改革，积极探索金融体制改革以及金融扩大对外开放的新路径、新举措，建设与港澳金融合作对接的金融走廊，推进珠三角地区金融一体化发展，为国家实施金融开放及金融安全战略，实施货币稳定政策及人民币国际化战略探索新路径，积累统筹金融改革创新与金融开放的经验。

2. 建立粤港澳金融共同市场

按照中央政府关于进一步发展内地与香港、澳门互助、互补、互动的金融关系的总体要求，通过扩大开放、体制改革和制度创新，建立起粤港澳更紧密的区域金融合作机制，促进区域内金融要素更便利地流动，实现区域内金融资源的最优配置，最终实现区域经济金融一体化。

3. 形成以香港为龙头、辐射海内外、具有全球影响力的大珠三角金融中心区域

坚持"一国两制"方针，充分发挥香港、澳门金融业发展的比较优势，推进与港澳金融业的紧密合作、融合发展，共同打造以香港国际金融中心为龙头，广州和深圳为主要增长级，澳门和珠三角地区其他城市为主要支点的大珠三角金融中心区域，以巩固和提升香港国际金融中心地位，最终发展成为与伦敦、纽约并列的世界级的国际金融中心。

4. 构建以人民币统一计价和结算的统一货币区域，将香港发展成为人民币离岸业务中心

批准在广东先行开展对香港直接出口贸易项下使用人民币计价、结算试点。试点成功后再逐步开放进口贸易、转口贸易和服务贸易项目使用人民币计价、结算。

（二）制度创新：创建粤港澳"金融改革创新综合试验区"

2009年初，国务院颁布《珠江三角洲地区改革发展规划纲要（2008～2020年)》（以下简称《纲要》)，其核心和精髓就是"科学发展，先行先试"，并且赋予粤港澳合作丰富的内涵。《纲要》第一次将粤港澳合作提升到国家发展战略的层面。

《纲要》明确规定未来珠三角地区改革发展五大战略定位之一，就是建成"世界先进制造业和现代服务业基地"，并且明确提出"重点发展金融业、会展业、物流业、信息服务业、科技服务业、商务服务业、外包服务业、文化创意产业、总部经济和旅游业"，把金融业列为重点发展的十大现代服务业的首位。为实现这一战略发展，《纲要》提出，珠三角地区要"发展与香港国际金融中心相配套的现代服务业体系，建设与港澳地区错位发展的国际航运、物流、会展、旅游和创新中心"的战略定位。《纲要》将粤港澳金融合作放在突出位置，明确提出了"坚持上下游错位发展，加强与港澳金融业的合作。支持港澳地区银行人民币业务稳健发展，开展对港澳地区贸易项下使用人民币计价、结算试点"的目标和要求。

CEPA作为一项内地与香港、澳门经济一体化的制度安排，不是短期的权宜之计，而是在"一国两制"条件下的一项制度性创新。它在WTO、"一国两制"以及"先易后难、逐步推进"等原则下，逐步深化三地的经济融合，从而达到维持港澳长期繁荣稳定、共同提高整个区域国际竞争力的战略目标。在CEPA的制度平台上，香港、澳门始终比WTO其他成员国与内地处于一种更紧密的经贸关系之中。因此，随着WTO过渡期结束，CEPA不仅不应该被"边缘化"，而且应该最大限度地发挥其战略功能。从这个意义上看，CEPA优于WTO的制度特性应该要充分挖掘，加大CEPA对港澳服务业，特别是金融业的开放力度，保持CEPA较WTO更为开放的特性，应该成为国家实施"一国两制"方针下的一项长期战略措施。为解决CEPA开放的全面性与粤港澳金融业合作需求之间的矛盾，CEPA在广东先行先试将成为一项国家的战略选择，实际上CEPA补充协议五已迈出重要一步。《纲要》明确指出："深化落实内地与港澳更紧密经贸关系安排（CEPA）力度，做好对港澳的先行先试工作。"

基于对CEPA这种战略功能的认识，可以预见，随着时间的推移，CEPA将在"先易后难、逐步推进"原则的前提下，逐步扩大和深化对香港、澳门的开放。在这种战略背景下，利用 CEPA 先行先试的制度平台，构建粤港澳金融改革创新试验区，将成为粤港澳推进金融合作的突破口和战略性举措。在构建粤港澳金融改革创新试验区的进程中，一方面广东根据中央赋予的 CEPA 先行先试政策优势，加大对港澳金融业的开放力度；另一方面针对 CEPA 在广东实施中存在的问题，加大改革开放力度，加快市场经济的制度建设，特别是大力改善广东金融生态环境，从而推动粤港澳金融业深化发展和一体化进程，建设成以香港国际金融中心为龙头，以广州、深圳为两翼，包括澳门、珠海、佛山、东莞各支点的大珠三角金融中心区域，从而巩固和提升香港国际金融中心的地位，推动广东构建现代产业体系，并为国家实施金融开发和金融安全战略、实施货币稳定政策和人民币国际化战略寻求新的路径。

四 构建以香港为龙头的大珠三角金融中心区域

从世界金融中心发展轨迹来看，自 20 世纪 60 年代以来，为了突破金融管制的限制，国际金融界推动了大规模的金融创新，并由此导致了金融自由化的推进。在这个进程中，国际金融中心从伦敦、纽约、苏黎世开始向全球各主要中心城市扩散，出现众多的离岸金融中心。然而，自 20 世纪 90 年代以来，由于金融创新推动金融衍生工具市场的大发展，高风险需要市场规模巨大的容量乘载，国际金融业务特别是金融衍生工具业务开始向最具竞争优势的全球性金融中心聚集，这对众多的国际金融中心形成了挑战。在这种背景下，全球各主要金融中心都出现了由以大城市为基础的点式金融中心的金融发展模式向以大城市为龙头的区域金融中心圈发展模式的转变。目前，伦敦金融中心已经拓展为大伦敦金融中心圈，涌现出爱丁堡基金管理中心、都柏林金融后台服务中心等。纽约金融中心也逐渐出现了金融布局区域化、分散化的特点。

然而，香港作为亚太地区国际金融中心，与伦敦、纽约甚至东京相比仍然存在较大差距，并且面临新加坡、上海的追赶。目前，香港仍然是一个典型的点式金融中心，本身实体经济规模不大，金融发展腹地由于受到不同关税区的制约而相对狭小，金融业发展受到空间的严重制约，急需向珠三角地区拓展，特别是与广州、深圳等区域金融中心形成分工和互补，向区域金融中心圈发展模式的转变，并争取向全球性金融中心的提升。这样，将可带动香港服务业乃至整体经济的发展，与广东强大制造业配合，提高整个大珠三角经济区域的国际竞争力，并维持香港经济社会在"一国两制"方针政策下的持续稳定和繁荣。《纲要》明确提出："发展与香港国际金融中心相配套的现代服务业体系"，"坚持上下游错位发展，加强与港澳金融业的合作。"因此，必须通过制度创新，建立粤港澳更紧密的区域金融合作机制，促进区域内金融要素更便利地流动，并最终形成以香港为龙头，以广州、深圳为两翼，其他中小城市为支点的大珠三角金融中心圈。

（一）香港：与穗深联手打造全球性国际金融中心

在大珠三角金融中心区域，香港无疑将扮演最重要的角色。香港作为亚太地区国际性金融中心，具有资金流通自由、金融市场发达、金融服务业高度密集、法制健全和司法独立、商业文明成熟等各种优势。因此，香港的战略定位是：

1. 打造全球性国际金融中心

香港作为亚太地区成熟的国际金融中心，适宜发展企业资本性融资、基金管理、私人银行、财富管理以及金融衍生产品等方面的高附加值和资本市场业务，在粤港澳金融合作中为内地企业提供更加便利的境外融资服务。香港若能与珠三角的广州、深圳连成一体、错位发展，将有可能发展为仅次于纽约、伦敦的全球性国际金融中心。

2. 成为中国企业境外上市最重要的资本市场和境外融资中心

受到 1997 年亚洲金融风暴冲击，香港国际金融中心的地位一度有所下降，但随着 CEPA 出台并支持内地银行将其国际资金外汇交易中心移至香港，通过收购方式在香港发展网络和业务活动，以及支持内地企业到香港上市，香港作为中国企业境外上市最重要的资本市场和境外融资中心地位得到进一步的巩固和提高。

3. 创建中国人民币离岸业务中心、亚洲人民币债券市场

2003 年，国务院批准香港银行开展人民币业务，其后又批准在香港发行人民币债券，长远而言，香港最有潜力发展成为全球最重要的人民币离岸业务中心、亚洲人民币债券市场，这将使它拥有亚洲其他金融中心无法企及的优势。

（二）深圳：区域性创业投资中心和中国的纳斯达克市场

深圳要建设成为具有深圳特色的区域金融中心，要发挥经济特区的窗口、试

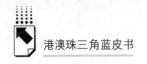

验田和示范区作用，加快与香港金融市场的对接和融合，着力发展以资本市场为核心的金融市场体系。

1. 香港国际金融中心功能延伸和重要补充

深圳毗邻香港的地理位置，决定了其作为香港国际金融中心功能延伸和重要补充的角色。2008年6月正式实施的《深圳经济特区金融发展促进条例》明确提出："使深圳成为深港大都会国际金融中心有机组成部分。"目前，深港之间的金融合作已经开辟了多条渠道，两地在银行资金结算、保险、风险投资等领域合作的物质基础已经具备，适宜发展辅助香港国际金融中心的相关功能。推进深港两地金融体制的对接，成为香港国际金融中心功能的有效延伸和重要补充。

2. 区域性创业投资中心和中国的纳斯达克市场

在区域金融合作中，深圳最大的优势就是拥有全国两大证券交易所之一的深圳证券交易所，深交所已开通主板、中小企业板和创业板市场。与香港相比，深圳还有其独特的经济优势。深圳的高新技术产业形成了计算机及其软件、通信、微电子等产业群。目前，深圳已成为全国的高新技术成果交易中心、高科技成果转化基地、科技贸易基地和国内重要的高新技术产品配套中心。深圳凭借以上两个优势，再加上毗邻香港的优势，深圳完全有条件发展成区域性创业投资中心。深圳要发展成区域性创业投资中心，有两点至关重要：一是通过香港或联合香港大力引进、发展风险投资基金，特别是引进国际著名的创业投资机构，同时要大力培育、发展本土的创业投资机构，积极营造有利于创业投资机构发展的营商环境。二是要借鉴国际经验，积极发展中小企业板和创业板，大力提升其证券交易中心、基金管理中心和创业投资中心的地位，争取金融期货中心和金融产品研发中心的地位，并且还要考虑如何与香港创业板的合作、整合的问题，最终形成"一市两板"的市场结构。从长远看，深圳证券交易所的战略定位，应该是发展成为中国的纳斯达克市场。

3. 华南地区的再保险中心

要充分利用深圳毗邻香港的地缘优势，推动深港合作的再保险市场的发展，并在深圳探索建立地震、海啸、台风等巨灾保险制度。

（三）广州：南方金融总部基地和金融创新基地、华南地区银行业务中心

广州要抓住《纲要》提出建设区域金融中心的重要契机，依托现有基础和

条件大力发展金融业，进一步深化穗港金融合作，在发展中加强协调，优势互补，错位发展，实现互利共赢。

穗港金融合作具有先天优势，并具备经济基础。广州与香港同属岭南文化，地理交通便捷，历史联系悠久；香港是广州最大的外资来源地，是广州最大的境外投资目的地，两地互为最重要贸易伙伴。广州及其周边地区拥有大量的港资企业，融资需求巨大。因此，通过深化穗港两地的金融合作，广州可逐步发展成为带动全省、连通港澳、面向东南亚、与国际接轨的区域性金融中心。

在战略定位上，广州可凭借其作为区域经济、行政中心的优势，凭借其在重化工业、高新技术产业、港口运输、对外贸易及个人消费服务蓬勃发展的基础，重点发展贸易融资、企业贷款及个人消费信贷等传统银行业务，发展成为区域性金融监管、信息交流、区域结算、银行业务、票据融资、银行卡网络、保险财政管理、产权交易和商品期货交易等诸多中心。

1. 南方金融总部基地和金融创新基地

按照《纲要》提出的广州要充分发挥省会城市优势，建成珠三角地区一小时城市圈的核心的要求，广州要形成与其经济社会辐射功能相匹配的金融辐射能力。广州要充分利用"大区中心"地位，大力吸引金融机构地区性总部在广州聚集。随着国家金融改革政策的实施，广州已经成为央行大区分行、国有商业银行区域性大分行、区域性商业银行总行的聚集地，银监会、证监会、保监委等金融监管机构均在广州设立省级分支机构。广州应充分利用这一优势，加强穗港金融合作，以更大的力度吸引香港金融机构、外资金融机构以及区域性金融机构在广州设立法人机构或地区总部，以强化广州的金融资源聚集效应，建设包括银团贷款、资金结算、票据业务、产权交易、金融教育科研等金融综合业务中心，在发展金融产业、率先建立现代产业体系方面作出表率。

2. 华南地区银行业务中心和银团贷款中心

广州要大力发展银行业务，结合广州正在形成的对资本市场的巨大需求，推动粤港金融机构携手开发银团贷款，引进金融产品，开展网络银行合作；推动广州地区金融机构在香港发行人民币债券；支持香港金融机构入股本地金融机构，以最大限度地发挥协同效应；作为发起人，欢迎香港银行在广州番禺、从化等地设立村镇银行。

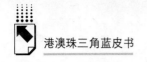

3. 区域性资金结算中心

广州要加强与香港的结算合作，依托广州银行电子结算中心，完善人民币和外汇跨境结算系统，积极推动跨境外汇结算系统和境内外汇结算系统的联网，发展成为区域性结算中心。

4. 区域性产权交易中心

要加强并深化与香港证券交易所的合作，推动广州地区企业到香港上市、融资，包括推动高新技术企业到香港创业板上市，通过香港从国际市场融通资金；引进香港实力雄厚、管理规范的证券公司、基金管理公司，带动香港中介机构到广州拓展业务；引导广州金融机构、企业和居民有序投资香港金融市场。

5. 区域性商品期货交易中心

要加强与香港期货市场的合作，争取中央和省政府支持设立广州商品期货交易所。

（四）佛山："辐射亚太地区的现代金融产业后援服务基地"

《纲要》明确指出："支持建设广东金融高新技术服务区。""大力发展金融后台服务产业，建设辐射亚太地区的现代金融产业后援服务基地。"依据金融高新区发展规划，金融高新区将致力于吸引金融创新研发中心、数据处理中心、呼叫中心、灾备中心、培训中心等落户。作为广东金融产业发展七大基础平台之首，广东金融高新技术服务区自 2007 年在佛山市挂牌成立以来，致力于打造"国家级金融服务外包基地"和粤港澳金融合作平台，目前已陆续吸引中国人保（PICC）、友邦保险（AIA）、招商银行等 10 余家单位的后台业务机构进驻，金融高新区雏形已初步显现。

根据《纲要》规定，佛山要按照广佛同城化发展要求，建设成为辐射亚太地区的现代金融后援服务基地，大力发展金融后台产业和金融服务外包产业。为此，要以更高的国际视野谋划建设好广东金融高新技术服务区，包括支持佛山及广东金融高新技术服务区尽快向国家申请设立服务外包示范基地，以享受税收、中央财政补贴等方面的优惠政策，以提高广东金融高新技术服务区的政策吸引力。佛山金融高新区作为港、深、穗金融中心的完善和补充，将成为大珠三角地区金融业发展的重要平台，为承接香港国际金融中心及亚太地区金融后台业务及服务外包业务的转移，深化粤港金融合作，发挥积极作用。

B.5
广东跨境贸易人民币结算
试点发展与粤港合作

刘 华*

摘 要： 自2009年7月7日起，广州、深圳、珠海和东莞等4个城市作为广东省首批试点地区，正式启动跨境贸易人民币结算试点。由于对跨境贸易结算需求的不断增长，2010年7月，经国务院批准广东全省成为跨境贸易人民币结算的试点省。试点范围的进一步扩大将进一步推进跨境贸易人民币结算规模的扩大，加快人民币国际化的进程，促进了广东对外贸易往来。本文将首先介绍跨境贸易人民币结算开展的背景与操作模式，阐述跨境贸易人民币结算对中国经济的重要意义；其次，对广东省目前的跨境贸易人民币结算开展的基本情况进行简单的介绍，强调人民币在港澳地区的外贸活动中地位的提升，也在很大程度上促进了广东与香港的贸易往来。但是同时，跨境贸易人民币结算试点工作中也遇到一些棘手的问题，如参与试点的境内企业少、境外企业参与障碍多，境内外试点中外资银行少、激励机制不健全等问题，因此本文在最后将就进一步推进跨境贸易人民币结算试点提出相关的建议。

关键词： 国际结算 金融创新 离岸金融中心 效率协调

根据国务院的统一部署，2009年7月7日起正式启动跨境贸易人民币结算试点，广州、深圳、珠海和东莞等4个城市是广东首批试点地区。试点工作开展以来，受到了试点企业和银行界的普遍欢迎，跨境贸易人民币结算业务增长较

---

* 刘华，中山大学岭南学院博士研究生。

快，企业和银行对用人民币进行跨境贸易结算的需求不断增长。2010 年 7 月，国务院决定扩大跨境贸易人民币结算试点地区，由上海市和广东省的 4 个城市扩大到北京等 20 个省（自治区、直辖市），广东由 4 个市扩大到全省；试点业务范围包括跨境货物贸易、服务贸易和其他经常项目人民币结算；不再限制境外地域，企业可按市场原则选择使用人民币结算。试点范围的扩大将进一步推进跨境贸易人民币结算规模的扩大，加快人民币国际化的进程。

一 广东省跨境贸易人民币结算开展的基本情况

所谓跨境贸易人民币结算，是指以人民币报关并以人民币结算的进出口贸易结算。其业务种类包括进出口信用证、托收、汇款等多种结算方式。进出口企业除了从采用美元信用证转为采用人民币信用证之外并不会有明显的感觉，真正的变化在于境内外银行之间的后台结算部分。比如，广东某出口企业在与海外买家协商过程中，可以要求人民币结算，海外买家则在付款行开具人民币信用证，随后议付行通知买家，之后才是发货、收货、收付款等。

广东省跨境贸易人民币结算试点工作自 2009 年 7 月启动以来，在人民银行与有关部门的积极推动下，各试点城市业务稳步开展。启动当月，广东省 4 个试点城市累计发生跨境人民币结算业务 50 笔，累计金额为 4047 万元；截至 2009 年 11 月 20 日，4 个试点城市已累计办理跨境贸易人民币结算业务 135 笔，金额合计 1.4278 亿元，结算金额占全国试点城市的 49.8%。其中，深圳、珠海跨境贸易人民币结算金额分别为 6495.3 万元和 4492.9 万元，居全省 4 个试点城市前两位。总体来看，试点工作进展顺利。从 2010 年 7 月开始，广东省 21 个地市的企业都可以参与跨境贸易人民币结算试点，试点的地区扩大到全省，结算的规模将进一步扩大。

（一）人民币在一定范围内成为国际支付的手段，为进出口企业防范汇率波动风险提供了便利

跨境贸易人民币结算试点的推出，使人民币在一定程度上成为国际支付手段，有利于广东进出口企业防范汇率波动风险，进一步拓展境外市场，抵御国际金融危机的影响。截至 2009 年 11 月 20 日，广东 4 个试点城市共计有 50 家试点

企业在进出口贸易中使用了人民币结算，涉及的境外贸易伙伴来自越南、巴西、俄罗斯、德国等国家和中国香港、中国澳门地区。目前香港地区的监管部门和银行已同意在收付人民币贸易款项时不再审核试点企业名单，广东企业与香港贸易人民币结算已没有障碍。

（二）人民币跨境结算和清算渠道进一步丰富和完善，为人民币海外业务拓展打下良好基础

人民币跨境结算和清算渠道从 2004 年清算行清算模式，发展到清算行模式和代理行模式并存，而且与中国港澳地区以外的越南、巴西、俄罗斯和德国等国家的人民币结算也成功实现。试点企业既可以通过港澳地区人民币业务清算行进行人民币资金的跨境结算和清算，也可以通过境内商业银行代理境外商业银行进行人民币资金的跨境结算和清算。在 2009 年 7 月启动当月，4 个试点城市通过清算行模式和代理行模式办理的人民币结算分别占 82% 和 18%；截至 2009 年 11 月 20 日，4 个试点城市通过清算行模式和代理行模式办理的人民币结算分别占 86% 和 14%。

（三）人民币业务成为国际金融业务新品种，为金融机构加快金融创新提供了新途径

到 2010 年，4 个试点城市跨境人民币贸易结算业务的境内代理行为工商银行、农业银行、中国银行在广东省及深圳市的分行以及建设银行深圳市分行、交通银行广东省分行、中信银行广州分行、招商银行深圳分行和华商银行等 11 家；境外参加的有工商银行（亚洲）有限公司及农业银行、中国银行、建设银行、交通银行在香港的分行和中信嘉华银行、香港渣打银行、香港上海汇丰银行、东亚银行、恒生银行和瑞穗实业银行等 11 家。广东省内银行经营与跨境贸易人民币结算相关的创新产品主要有：为境外参加银行办理人民币购售业务和账户融资、向境外企业提供人民币贸易融资。在第一批试点中，截至 2009 年 11 月 20 日，试点银行累计办理人民币购售业务 9 笔，金额 418.6 万元；办理人民币账户融资业务 1 笔，金额 500 万元；办理人民币贸易融资业务 4 笔，金额 1723.68 万元。

（四）人民币跨境贸易结算试点业务的社会影响力不断加大

从试点启动以来，社会各界给予了高度关注和积极评价，社会影响力不断

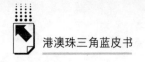
加大。

1. 试点工作有利于企业锁定收入，降低国际结算成本和汇率风险，加快结算速度，提高资金使用效率

美、欧、日等境外企业与中国境内企业之间的贸易，通常以美元、欧元和日元进行计价结算，由此带来的美元、欧元和日元与人民币之间的汇率风险通常主要由境内企业承担。如果能以人民币进行国际结算，则境内企业可以避免承受这类汇率风险。中国与其他国家的贸易，其中主要是与东南亚国家和韩国的贸易通常是以第三国货币进行计价结算，这样中国境内企业和这些国家的企业也都要承担汇率风险。当人民币用于跨境贸易结算时，中国和周边地区使用人民币进行国际结算的企业所承受的外币汇率风险可部分消除。同时减少一次汇兑本身也减少了资金流动的相关环节，缩短了结算过程，提高了资金使用效率。同时，由于不需要进行外币衍生产品交易，企业可以减少相应的人力资源投入和相关资金投入，这也有利于企业降低成本，提高效益。

2. 有利于中资银行拓宽业务范围，增加收入来源

中国与周边国家和地区的经贸往来日益密切，交易规模快速增长。实行人民币结算以后，交易双方必然会产生新的金融服务需求，而中国周边大多数国家和地区的商业银行规模较小，资信水平差，难以提供这类金融服务。根据全球银行与金融机构分析库提供的数据，在2008年总资产排名前100位的商业银行中，中国及亚洲周边国家和地区的银行共有20家，而中国内地银行就占了8家，日韩共9家，中国香港、印度、新加坡各有1家。如果以市值来衡量，中国商业银行更是雄踞世界排行榜的前列。中国商业银行可以发挥实力雄厚的优势，通过建立代理行关系，设立分支机构等形式开拓在周边国家和地区的业务。商业银行是现代国际结算的中心，提供结算和贸易融资等服务。跨境贸易采用人民币结算以后，人民币结算、贸易融资类产品必然会成为中资商业银行新的利润来源，比如人民币跨境汇款、人民币跨境托收、人民币跨境信用证、人民币跨境保函、人民币票据贴现、人民币进出口押汇、国际保理、福费廷业务、打包放款、出口信贷、贸易单证服务、提货担保等产品和服务。

3. 有利于完善人民币汇率形成机制

人民币汇率形成机制的改革方向是重归以市场供求为基础的有管理的浮动汇率制度，其基本内涵体现在市场供求、有管理与浮动汇率三个方面。具体内容包括：完善人民币汇率的决定基础，矫正汇率形成机制的扭曲，健全和完善外汇市场，增加人民币汇率的灵活性，改进人民币汇率调节机制。开展跨境贸易人民币结算工作有利于完善人民币汇率的决定基础，逐步打破中国以经常项目收支为外汇收支主体的局面，逐渐加强经常项目收支以外的外汇作为外汇市场供求主体的地位，丰富外汇市场的资金来源形式；开展跨境贸易人民币结算工作有利于央行放松对单一美元的盯住汇率制度，可以有效降低维护汇率在小范围内盯住美元的成本，真正实现以市场供给为基础的有管理的浮动汇率制度，放松对于外汇额度的管制，矫正汇率形成机制的扭曲，扩大人民币汇率的波动区间，增强人民币汇率的弹性。

4. 有利于香港人民币离岸金融中心建设

随着人民币结算试点的推进，以及在港澳地区和内地的双向流动越来越频繁，人民币作为流通手段的职能将获得更好的发挥，并形成良性循环，其结果是人民币在港澳地区的外贸活动地位将大大提升，从而将大大促进人民币在港澳流通规模和存量规模的扩大。在人民币国际化战略中推行跨境贸易人民币结算试点，有利于促进香港人民币债券市场的发展。如前所述，跨境贸易人民币结算试点，是人民币国际化和区域化战略下的重要步骤。随着跨境贸易人民币结算试点的推进，其他各种促进人民币国际化、区域化的配套政策将逐步有序出台，特别是建立直接面向海外投资者的人民币债券市场。

5. 试点对人民币汇率短期影响不大，长期将增加升值压力

跨境贸易人民币结算工作对于人民币汇率形成机制构成一定的影响，对其汇率也有一定的作用。短期来看，试点对于人民币汇率影响不大。目前，跨境贸易人民币结算的主要区域在港澳和东盟，并未直接涉及主要的出口国家，例如美国、欧盟和日本，试点期间的结算规模有限，对于人民币的需求并不大，从而对经常项目下的外汇收支影响较小，短期内对人民币汇率影响不大。长期来看，随着试点范围进一步扩大，试点的各项配套措施逐步落实，结算试点的规模不断增大，境外对人民币需求将不断增大，因而长期来看人民币将有升值压力。

6. 应尽快扩大试点企业规模，特别是中小出口企业

试点的规模及其增长速度是市场对于该项政策需求的真实反映，更是政策效应得到充分体现的基础和保证。应该尽快扩大试点的规模，扩大试点的地区，纳入更多的试点企业，对于试点企业的选择应该逐步采取市场化的方式，地方政府对企业参与人民币跨境结算业务由核准制转向备案制，有效激励企业自主加入该

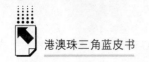

项工作。中小出口企业由于规模、技术及经营能力的限制，在汇率风险和换汇成本上的避险能力较弱，对于跨境人民币结算试点的需求更加强烈，因此应该重点关注中小型出口企业。

7. 人民币要成为结算货币，首先要成为贸易定价货币，并解决结算渠道、人民币回流、投资和兑换等多方面的问题

跨境贸易人民币结算试点是人民币国际化的重要组成部分，也是人民币成为贸易定价货币的重要步骤。人民币成为贸易定价货币的基本条件包括稳定的币值，便利和多元化的投资渠道以及可自由兑换的环境。稳定的币值是成为贸易定价货币的基础，是境外进出口商持有人民币的信心所在。便利和多元化的投资渠道能给持有人民币带来持续的可观的投资收益，增加人民币回流的途径，有利于增强人民币在境外的吸引力。

二 近两年跨境贸易人民币结算的规模估计

（一）广东近年与香港的贸易情况

香港一直是广东甚至是全国的主要贸易伙伴，也是广东重要的转口贸易地区。近年来，广东对香港的进出口贸易取得较大的发展，贸易规模不断上升，发展速度不断加快，贸易产品结构趋于合理。2007年和2008年，广东与香港的进出口贸易总额分别为1364亿美元和1399亿美元，占内地对香港贸易总额的六七成。受国际金融危机的影响，广东与香港的贸易规模和增长速度有所下降。2009年，广东对香港的进出口贸易总额为1199亿美元，总额同比下降14.3%。较为密切的经贸往来为跨境贸易人民币结算试点工作奠定了较为坚实的经济基础，在选中的试点企业和试点城市中，大多数企业与香港发生进口或者出口的业务往来，部分企业通过香港转口到美国、欧盟等国。

（二）跨境贸易人民币结算规模的估计思路

第一步，要根据历年广东与香港贸易的规模、结构和增长速度，合理估计2010~2011年两地可能的贸易规模的区间；

第二步，要根据试点的开展情况，合理确定2010~2011年广东参与该项试点的企业数量及其占全省企业数量的比例；

第三步，要根据 2010～2011 年两地的贸易规模及参与跨境贸易人民币结算的企业情况估计两地跨境贸易人民币结算规模。

（三）历史数据及估计结果

按照目前的发展模式，广东与香港发生的人民币结算以货物贸易为主，因此本次估计主要基于广东省与香港进出口贸易规模的历史数据。据统计，2009 年广东省与香港的进出口贸易规模为 1199 亿美元。考虑到次贷危机及欧洲主权债务危机，2010 年广东与香港的进出口贸易规模与 2009 年持平，2011 年将恢复至 10% 的增长水平。

从试点企业和试点地区看，2009 年第一批试点企业数量为 273 家，2010 年第二批有 3000 家成为试点企业，2010 年试点企业数量将占全省外贸企业 3.3%，比 2009 年提高了将近 3 个百分点。从试点区域看，自 2010 年 7 月开始，广东省所有城市都能参与跨境贸易人民币结算试点，但由于全省 80% 的进出口额都在先期试点的 4 个城市发生，而全省层面铺开的配套措施还不能完全到位，因此对于 2010～2011 年跨境贸易人民币结算规模影响不大。2009 年 4 个试点城市跨境贸易人民币结算的规模占全部贸易总额的 1% 左右，在试点企业数量增加 10 倍的情况下，2010 年人民币结算的跨境贸易在广东省与香港的贸易总额占比将为 8%，2011 年将为 10%；考虑到试点的范围扩大到全省，广东省 2010 年人民币结算的跨境贸易占比为 10%，2011 年将为 12%。

近期央行明确表示不会对人民币汇率进行一次性重估，要继续保持人民币名义汇率在合理均衡的水平上基本稳定，因此有理由相信人民币汇率近两年不会发生大幅度的调整，将会在一定区间内波动。

根据以上的数据，可以计算广东与香港在 2010～2011 年跨境贸易人民币结算规模为（见表 1）：

2010 年粤港贸易人民币结算金额（美元与人民币汇率按 1∶6.83 计算）为：

$$1199 \times 80\% \times 10\% \times 6.83 = 655.1（亿元）$$

2011 年粤港贸易人民币结算金额（美元与人民币汇率按 1∶6.83 计算）为：

$$1199 \times (1 + 10\%) \times 12\% \times 80\% \times 6.83 = 864.8（亿元）$$

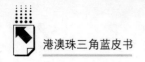
表1 广东与香港贸易人民结算业务量的估算结果

单位：亿元人民币，家

年　份	2009	2010（估算）	2011（估算）
跨境人民币结算规模	14.6	655.1	864.8
试点企业	273	3000	4000

（四）估计结果分析及政策建议

第一，预计广东与香港贸易人民币结算的规模将呈现稳步增长的势头。按照上述估计的结果，2010年结算量在655亿元人民币，2001年可望增长到865亿元人民币，待相关配套措施成熟，境内外企业对于人民币接受程度提高以后，其业务规模可能呈现爆炸式增长。有鉴于此，应根据业务发展的需要，适当调增境外参加的银行铺底资金和账户的融资额度，扩大境内银行对境内试点企业和境外企业提供人民币贸易融资的规模，有效支持货物贸易人民币结算试点的开展。

第二，充分利用现有的跨境支付平台，基本能够满足广东与香港贸易人民结算的试点需求。广东与香港地区跨境结算合作开展顺利，先后建成粤港票据联合结算系统和实时支付系统，实现了内地现代化支付系统与香港地区人民币清算银行的连通，妥善处理了多币种、多批次的跨境资金清算业务。为更好地利用现有跨境结算系统支持试点工作的开展，进一步提高人民币资金跨境结算服务水平，建议广东省与香港方面在跨境贸易人民币结算中增加票据结算工具。

第三，结算试点的风险是可控的。试点启动阶段广东省与香港人民币结算业务量占贸易规模和跨境收支的比重都不高，只要措施得当，风险管理到位，试点工作的开展不会对跨境资金流动和人民币汇率安排构成较大的冲击，对香港的经济发展冲击也不会造成较大的影响。

三　跨境贸易人民币结算试点工作中亟待解决的问题

当前突出的问题是试点初期业务量比预想的小，至2009年11月，4个试点城市跨境贸易人民币结算业务量合计只有1.4278亿元，仅相当于广东2008年进出口贸易总额的十万分之三、广东与港澳进出口贸易额的万分之一强，与国家赋予广东"先行先试"重大使命的预期目标相比存在很大差距，与广东作为外贸大省和国际结算业务大省的地位还不相称。这表明试点工作还存在不少薄弱环节。

（一）参与试点的境内企业少，境外企业参与障碍多

1. 参与试点的境内企业少

从试点区域看，2010 年 7 月以后，广东省所有城市的外贸企业都可以参与试点，在区域上已经不存在政策的限制。从参与试点的企业看，试点企业总量较少。被列为跨境贸易人民币结算的试点的前两批企业总数只有全省外贸企业总数（99579 家）的 3.3%；在第二批试点企业没有审批之前，实际发生试点业务的企业仅 50 家，仅占试点企业总数的 18.3%。导致参与试点企业少的原因有多方面。

第一，各地区政府和各部门协调不力。按照分工，广东省政府相关部门负责选择试点城市的企业，然后报送国务院相关部委进行审核，由于相关部委对于试点工作中存在问题的解决方案没有达成一致，因而大部分企业在解决方案没出台前不能获得试点资格。

第二，广东省政府选择试点企业并非备案制而是核准制。采取备案制能够充分调动企业对于试点工作的积极性，真正以企业需求为导向开展试点工作，而核准制是一种计划和行政手段，在实施中并非以企业的真实需求为导向，而是以政府的部门利益为出发点，在选择试点企业的过程中，有较大的随意性和主观性，从而导致不少意愿参加试点的企业没有机会，参与试点的企业又并非真正愿意使用人民币报价。

第三，境外企业接受人民币的意愿不强。长期以来，绝大部分从事进出口贸易的境外企业以美元作为报价货币，让企业用人民币替代美元不仅存在"菜单成本"，而且还存在兑换、投资及币值稳定性方面的考虑，接受人民币作为报价和结算货币是一项较为长期的系统工程，需要国家各部门、各地区和香港特区政府通力合作，共同营造一个让人民币具有较强国际吸引力的环境。

2. 参与试点的境外企业障碍多

第一，境外企业虽然没有试点企业的限定，但限于港澳、东盟地区，且香港、澳门限于中行，其他地区限于中行的 17 家清算行、11 家代理行及交行的 19

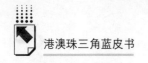

家代理行。这样大部分港澳、东盟外贸企业若想选择人民币国际结算往往需要到试点银行重新开户，自然时间长、手续比较烦琐。

第二，港澳、东盟等境外企业的进出口业务，愿意选择人民币国际结算主要有两种情况：一是出口中国大陆货物用币值相对稳定的人民币收汇有利于保值，如果同时要进口中国大陆货物就比较顺利；如果不需要则存在人民币使用及保值问题，兑换成其他外币则有汇率风险、兑换成本及兑换便利问题。二是进口中国大陆货物用人民币付款，如果已有人民币存款则比较顺利；如果没有则要用本地货币或第三国货币兑换成人民币，也有汇率、兑换成本及兑换便利问题。

第三，在国际贸易传统上比较接受美元、日元、欧元等可自由兑换的硬通货，境外企业及个人要接受人民币品牌得有一个心理预期逐步调整及适应的过程。因而，境外企业选择人民币国际结算存在手续烦琐、换汇风险、人民币品牌的三大关键性障碍问题，这是我们试点工作首先要解决问题的"重中之重"。

（二）境内外试点中外资银行少，激励机制不健全

第一，在2009年境内试点的第一批6家银行中均为中资银行，没有考虑只要跨境贸易业务真实、能统一使用跨境贸易人民币结算信息系统，境内银行试点范围可逐步扩大到第二批所有中资银行，第三批从事境内人民币业务的外资银行，第四批所有外资银行。

第二，境外试点银行第一批仅有中银香港和中银澳门，其他东盟地区只有签约的清算行或代理行；没有考虑只要愿意使用人民币进行国际贸易计价和结算、贸易业务真实、签订相关协议，境外银行试点范围可逐步扩大到第二批港澳及东盟地区的所有外资银行，第三批有贸易往来的所有国家和地区的外资银行。

第三，第一批试点境内外银行有先入为主的想法，出现试点业绩基本上停留在"首日效应"上，中资境内外银行应将人民币国际结算试点业绩与其内部的考核、年度奖惩及表彰、提干等多种激励约束机制挂钩；中外资银行应定期公布其业绩、结算成本及服务情况，形成中资银行和外资银行你追我赶的良性竞争格局。

（三）行政服务水平不高

跨境贸易人民币结算是一项全新的业务，没有现成的经验可循，管理部门、

银行和企业都处于学习和磨合的过程中，出口报关、退税等配套服务的工作流程还不明晰与完善。因此，跨境贸易人民币结算的便利性和效益性还不能得到充分的体现，企业心存疑虑，影响了试点业务的拓展。

（四）跨部门、跨地区组织协调效率低

中央政府各部门缺乏跨部门的协调效率，而跨境贸易人民币结算工作是由中央政府主导，地方政府配合的一项系统性工作。目前，中央政府没有统一的跨境贸易人民币清算试点及人民币国际化工作（以下简称人民币国际化工作）的协调管理机构（领导小组或工作小组），导致与地方政府各部门之间无法协调。此外也没有权威的人民币国际化工作长短期结合的战略发展纲要或规划（包括国际计价结算货币计划、国际交易货币计划、国际储备货币计划等）。缺少一套有效的人民币国际化工作的支持性应对措施或办法。

第一，中国人民银行没有主动会同财政部、发改委制订关于跨境贸易人民币结算试点收款、付款及差额预算计划，由差额形成的人民币资产、负债或平衡三种结果的应对预案，以特殊追加预算的方式列入国家年度预算计划及决算执行跟踪分析，为国务院重大决策提供计划预警与信息。

第二，财政部没有主动会同国家税务总局、海关总署、中国人民银行制订与跨境贸易人民币结算试点相关的流转税、所得税及出口退税、进口关税的优惠政策。

第三，商务部没有利用自身下属的各省市商务部门、企业协会及商会等组织优势，及时组织召开座谈会或实地调查研究等多种方式，及时收集试点企业的实际情况及存在的主要问题等信息，会同有关部门及时改进管理办法及实施细则。

第四，没有一个定期的、透明的人民币国际结算信息发布机制及联网的、可稽核的统计信息体系。地方政府，包括广东省和试点城市没有可直接参与的组织，推荐试点企业在各主管部门间进行审核时耗时多、效率低，第二批试点企业的筛选工作进展缓慢。

（五）境外人民币资金运用渠道较窄

目前，境外人民币运用渠道还比较少，投资收益吸引力不高，影响了境外企业、居民对使用人民币进行交易结算的认可和接受程度。导致境外人民币资金运

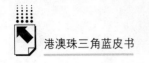

用渠道较窄的原因是多方面的。

第一，人民币还不是国际货币，在国际上不能自由兑换。与美元和欧元不同的是，人民币在国际贸易和金融活动中并不能自由兑换，香港的贸易商从广东获取的人民币不能在国际市场上自由兑换成美元或欧元，基本上只能用于支付从广东进口货物所产生的费用。

第二，境外尤其是香港的人民币离岸金融市场尚未建立和发展起来。离岸金融市场对于人民币在中国大陆以外的活动有着基础性的作用，对于人民币体外循环，体外运用起到关键性的作用。香港的离岸市场由于人民币市场规模较小，中国内地金融管制等因素的作用下发展速度一直很缓慢，中国内地对于离岸市场建设的政策支持不够，从而制约了人民币资金在境外流动渠道的发展。

第三，在香港人民币回流渠道较少。内地企业在进口香港货物时候主要还是以收取美元和欧元为主，国内金融机构在香港发行的人民币债券规模较小，香港的金融机构不能将持有的人民币用于投资内地的证券市场，从而导致在香港的人民币基本沉淀下来，不能有效地投资和回流。

四　进一步推进跨境贸易人民币结算试点的相关建议

（一）深刻认识试点工作重要意义，进一步加大推进试点工作的力度

从中央政府的层面来看，应该成立人民币国际结算及人民币国际化工作的协调工作组，成员包括：国务院主管金融工作的副总理、发改委、中国人民银行、财政部、商务部、海关总署、国家税务总局、银监会、保监会、证监会等经济管理部门，试点境内外银行代表，试点境内外企业代表等。人民币国际化协调工作组负责拟订人民币国际化的发展计划和纲要，并逐年跟踪政府相关部门所制定的相关措施的落实和执行情况。另外还要建立一个定期、透明的每月或每季的人民币国际化情况新闻发布会及协调工作组例会制度，设立由中国人民银行、财政部、商务部、海关总署、国家税务总局等五网合一的信息监管平台及统计信息系统，填补人民币国际结算业务弄虚作假的漏洞。地方政府应该加快试点省份和试点城市的试点企业选择工作的进度，扩大试点企业的覆盖面；积极协调中央政府

驻地方的机构（央行、银监会、海关），统筹协调中央政府关于跨境贸易人民币结算试点工作的有关政策的推进和执行。广东省作为全国重要的试点地区应该站在新的历史高度来对待这个问题，广东省能否在跨境贸易人民币结算试点进程中率先走出一条新路，能否探索出有效的运作和管理模式，关系到广东外贸进出口的稳定发展，关系到广东"金融改革创新综合试验区"和区域金融中心创建大计，关系到国家金融发展战略全局，意义深远、责任重大。为此，需要把推进跨境贸易人民币结算试点作为当前和今后一个时期巩固经济发展、贯彻落实《珠江三角洲地区改革发展规划纲要》、深化与港澳紧密合作的重要基础性工作，进一步解放思想，力求实效，大力推进试点工作。

（二）放宽企业限制，扩大试点企业的覆盖面

目前，广东省所有城市的企业都可以参加试点，存在的主要问题是进一步扩大试点企业的覆盖面。对此广东省政府要积极协调国务院有管部门，争取第二批3000家试点企业名单尽早公布，并积极筹备第三批试点企业的选择；积极向上级部门争取降低试点企业准入门槛、下放审批权限，进一步简化审批手续。要逐步将现有的核准制改变为备案制，应该真正以企业需求为导向，让企业自主选择是否参与试点工作，而不是让政府部门进行试点企业的选择。只有在企业的选择上真正实现市场化，试点企业的覆盖面才能扩大，企业的真实需求才能真正释放，而政府部门在这个过程中应该起到的是监管作用，逐步转变"以批代管"的管理模式。

（三）增加和落实试点企业的优惠措施，提升企业参与的积极性

第一，在内地要重点解决简化重新开户手续，实行银行上门服务，手续费降低20%及人民币币值相对稳定，出口退税加1%、进口关税减1%，1元人民币给予1分补贴等优惠政策。在银行机构内部也要建立人民币国际结算业务及管理人员绩效挂钩的奖惩考评体系。

第二，对于境外企业应尽快扩大愿意与境内银行签订人民币国际结算协议的清算行或代理行的范围，简化新开户手续，加大境外人民币结算货币投入量，一切从为了客户便利入手。进一步宣传人民币币值相对稳定，高存款利率、低贷款利率，银行手续费降低20%，中国产品物美价廉等优势。做好客户分类分级服

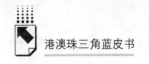

务工作，不断增加人民币国际结算业务的数量，提高结算业务的质量和服务水平。

（四）加大中外资银行的试点范围，提升银行参与试点的热情

第一，参与试点的境内银行要尽快建立绩效挂钩的内部奖惩考评机制，对外定期公布业绩、结算成本及服务新品种。

第二，境内银行参与范围先放在从事人民币业务的中外资银行，以后推广到有国际业务的所有中外资银行。

第三，境外银行参与范围先放在港澳、东盟地区与境内银行签订人民币国际结算协议的清算行或代理行，以后推广到有国际业务的国家和地区的所有签约的清算行或代理行。

第四，由于港澳地区不是最终消费者，而仅仅是一个中转站，为此，港澳地区要为所在地的贸易公司提供一定的人民币使用额度，以解决二次兑换问题，使人民币跨境结算进入良性运营。

（五）选择广东优势贸易项目力推人民币结算，巩固和扩大香港及东南亚市场

香港是国际金融中心，也是广东重要的贸易合作伙伴和转口贸易的主要渠道，加快推进人民币贸易结算具有天然的优势，要充分发挥香港作为广东最大贸易伙伴和转口贸易主渠道的重要作用，加强与香港特区政府及金融机构的沟通协调，联手香港加强人民币跨境结算的基础设施建设，深入推动粤港人民币业务合作，积极尝试对香港供电、供水以及农副产品、食品贸易等用人民币进行计价结算，积极推进粤港货物贸易和服务贸易人民币结算，全力配合香港人民币业务向多元化发展，把粤港跨境贸易人民币结算业务做大做强。

拓宽境外人民币结算区域，突破的重点是东南亚市场。目前，在东盟一些国家，如越南、菲律宾、泰国和缅甸等国家，人民币已经可以在全境或局部流通，甚至有一些国家官方承认人民币可自由兑换及人民币储备货币的地位。因此，在拓宽境外人民币结算地区方面，要充分利用东盟国家接受人民币意愿高、边境贸易人民币结算较为普遍的优势，重点推进与东南亚特别是东盟十国的贸易使用人民币结算，为此，要建立跨省区的协调机制，加强与广西等地区的沟通和交流，

促进泛珠三角区域金融和经贸合作，协同开拓东南亚市场，在与新加坡、马来西亚等高新技术产业发展比较早，产业升级经验较为丰富的国家进行开发区及产业合作的时候，可以采取人民币结算。同时，想方设法大力推进与南美、澳洲、俄罗斯等国家和地区贸易使用人民币结算，逐步拓宽境外人民币结算区域。

（六）对外投融资项目争取采用人民币结算，发挥协同效应

跨境贸易、对外投资和融资活动具有互补性，能够产生相互促进的协同效应，通过发展人民币对外投融资，有助于促进跨境贸易人民币结算试点工作深入开展。为此，建议各地政府和企业在开展对外交流、洽谈对外直接投资和援助项目时，积极争取使用人民币进行投资；对于一些进出口项目、跨境基础设施建设项目的融资，也都尽量考虑使用人民币，形成境外人民币投融资机制，加快人民币走出去的步伐。

（七）境外尤其是香港政府应该加强对试点工作的配合

跨境贸易人民币结算试点是我国人民币国际化战略的重要步骤，有利于促进香港金融业的发展，对保持港澳地区繁荣稳定也具有重要的意义。对此境外政府机构尤其是香港政府还需要采取以下措施，配合加快跨境贸易人民币结算试点的推进和实施。

第一，进一步拓展香港的人民币业务范围。目前香港的人民币业务主要是面向香港居民个人，在香港发行的人民币债券则是面向持有人民币头寸的香港银行和个人配售的。在香港推进跨境贸易人民币结算要求进一步拓展香港银行的人民币业务对象，放开香港企业使用人民币的范围，尤其是要满足香港外贸企业不断增加的对人民币需求和投资意愿；有步骤地推进港澳地区银行开展人民币资产业务。目前，港澳地区银行可经营人民币结算、汇兑等表外业务，也可经营人民币存款等负债业务，但人民币资产业务严重落后，各类业务相当不平衡，这对跨境贸易人民币结算试点是一个较大的障碍。如果仍然限制港澳银行业的人民币资产业务，就可能使跨境贸易人民币结算试点陷入个人人民币业务实施后出现的业务停滞的困境。为此，应有步骤推进港澳地区银行将持有的人民币在本地投资，逐步扩大银行的人民币资产业务，包括允许向港澳甚至海外的企业发放人民币贷款，允许向港澳居民在深圳、珠海购房提供人民币按揭贷款等。

第二，逐步加快香港人民币债券市场建设。加快人民币债券市场有利于解决港澳地区、海外地区在使用人民币结算过程中伴随而来的人民币投资问题。一是加快内地金融机构在香港发行人民币债券，特别是逐步实现各期国债均可在香港购买，促进香港人民币债券一级市场的壮大；二是逐步发展香港人民币债券二级市场，逐步允许各类人民币债券上市流通，提高香港人民币债券的流动性；三是逐步培育香港人民币债券的国际投资者，允许澳门机构投资者、企业与居民购买和交易在香港发行的各类人民币债券。

第三，为贸易结算的人民币在港澳地区与内地的双向流动提供技术保障。在清算安排方面，要在开办个人人民币业务的基础上，进一步完善和优化人民币清算系统和回流系统，以适应跨境贸易人民币结算。

第四，在金融监管方面，加强内地与香港、澳门之间的紧密合作，建立多部门协同合作的制度安排，防范金融风险，打击地下钱庄，完善反洗钱机制。跨境贸易人民币结算试点，必然会增加人民币资本和金融项目下的监管难度，使防范金融风险的任务更加艰巨复杂。因此，在推进跨境贸易人民币结算过程中，必须密切关注香港、澳门的人民币流通状况，建立香港、澳门人民币管理的检测指标系统，以保障在跨境贸易人民币结算试点工作中的金融安全。

专业服务业合作
Professional Services

𝔹.6

粤港服务业合作的错位发展与优势互补*

——基于产业结构和就业结构效益分析

张光南　黄燕玲　张泽民　陈新娟**

　　摘　要：亚太经济区和中国经济的发展、"泛珠三角"经济圈的形成、CEPA 补充协议和《纲要》的提出、粤港产业结构的升级和服务业发展层次的差异性等因素，为粤港服务业的合作提供了环境、市场与制度等机遇。同时，粤港服务业的合作发展仍面临着国际区域一体化引起的功能替代和同质竞争、内地全面开放和区域经济发展造成的内部竞争、台湾海峡两岸"大三通"削弱香港航运枢纽及金融中介地位、CEPA 实施过程中的制度和体制

---

* 本文系中山大学"211 工程"三期重点学科建设项目"粤港澳区域合作研究"、港澳和海外统战工作理论广东研究基地课题"香港产业转移、就业结构与社会稳定"、广东省经贸委"深化粤港服务业合作研究"、中山市发展和改革局"珠三角一体化背景下中山服务业发展战略研究"课题成果。

** 张光南，中山大学港澳珠江三角洲研究中心副教授；黄燕玲，中山大学港澳珠江三角洲研究中心研究生；张泽民，中山大学港澳珠江三角洲研究中心研究生；陈新娟，中山大学新华学院讲师。

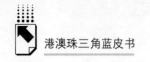

协调问题等内外环境方面的挑战。本文通过对产业结构偏离度与比较劳动生产率的定量分析，研究香港和珠三角各个城市服务业的就业结构和产业结构效益，为粤港服务业合作提供理论支持和政策启示。在此基础上科学引导，推动粤港服务业合作的错位发展与优势互补。

关键词： 粤港服务业　合作　产业结构　就业结构　效益分析

在全球化的背景下，服务业的快速发展使其产出和就业在经济中的比重持续上升，并逐渐取得主导地位。香港在 20 世纪已经完成了工业化，服务业的飞速发展使香港转型为一个金融、物流、商业等服务业中心。广东特别是珠三角地区近年来服务业发展也较为迅速，第三产业增加值逐年增加，年均增长率高达21.42%。2008 年《珠江三角洲地区改革发展规划纲要（2008～2020 年）》（以下简称《纲要》）明确指出，支持珠江口西岸地区"大力发展生产性服务业，打造若干具有国际竞争力的产业集群，形成新的经济增长极"，以提升珠江口西岸地区现代服务业的发展水平。

粤港两地都将发展服务业作为重要的经济目标。但总的来说，香港自 20 世纪 90 年代以来即完成了制造经济向服务经济的转型，服务业占香港经济总量的比重一直大于80%，生产性服务业的效率、规范化及市场化程度均大大高于广东省。与香港发展较为成熟的服务业相比，广东服务业明显存在较大差距。因此随着粤港经济的进一步融合，粤港服务业必然面临合作与竞争的问题。那么，粤港服务业合作面临哪些机遇和挑战？如何推动粤港服务业合作的错位发展与优势互补？本文首先分析粤港服务业合作的机遇与挑战，再通过产业结构偏离度和比较劳动生产率，分析香港和珠三角各个城市服务业的就业结构和产业结构效益，为粤港服务业合作提供理论支持和政策启示。

一　粤港服务业合作发展的机遇

亚太经济区和中国经济的发展、"泛珠三角"经济圈的形成、CEPA 补充协议和《纲要》的提出、粤港产业结构的升级和服务业发展及需求层次的差异性等因素，为粤港服务业的合作发展提供了环境、市场与制度等机遇。

（一）亚太经济区和中国经济发展提供市场机遇

目前，亚洲是全球经济增长最为迅速的地区之一，而中国近年来的经济增长为世界所瞩目，其在亚太地区中的地位也越来越重要。中国经济的崛起和亚太地区经济的增长，是粤港合作发展服务业的重要机遇。一方面为应对全球金融和经济危机，2009 年我国提出了"保增长，促内需"的战略口号。新的战略为粤港服务业提供了一个潜力巨大的内需市场，服务需求的扩张和市场的拓展，为粤港服务业合作发展提供了巨大的市场机遇。另一方面由于香港的自由经济体制及低税率等优势，其作为现代国际贸易中心的服务功能进一步强化；同时由于全球外汇储备最为充足的经济体系（中国、日本、韩国、新加坡、中国香港）全部集中于亚太地区，香港也具备竞争成为世界级金融中心的区位条件（封小云，2007）。所以，香港作为亚太商贸、物流、金融、旅游枢纽中心的角色，未来将会继续加强。因此粤港服务业合作的重点是利用香港在亚洲的枢纽地位，争夺高端服务市场，特别是在国际服务外包市场，粤港有着巨大的合作发展空间。

（二）《纲要》突出区域服务业合作发展的核心作用

2008 年年底出台的《纲要》，是指导珠江三角洲地区当前和今后一个时期改革发展的行动纲领和编制相关专项规划的依据。《纲要》的规划以广东省的广州、深圳、珠海、佛山、江门、东莞、中山、惠州和肇庆等市为主体，辐射泛珠江三角洲区域，并将与港澳紧密合作的相关内容纳入规划，规划期至 2020 年。其发展目标是到 2012 年人均地区生产总值达到 80000 元，服务业增加值比重达到 53%；到 2020 年形成以现代服务业和先进制造业为主的产业结构，构建成粤港澳三地分工合作、优势互补、全球最具核心竞争力的大都市圈之一，人均地区生产总值达到 135000 元，服务业增加值比重达到 60%。《纲要》提出，珠三角要"建设与港澳地区错位发展的国际航运、物流、贸易、会展、旅游和创新中心"。"支持粤港澳合作发展服务业，巩固香港作为国际金融、贸易、航运、物流、高增值服务中心和澳门作为世界旅游休闲中心的地位。""重点发展金融业、会展业、物流业、信息服务业、科技服务业、商务服务业、外包服务业、文化创意产业、总部经济和旅游业，全面提升服务业发展水平。"要"发展与香港国际金融中心相配套的现代服务业体系，建设与港澳地区错位发展的国际航运、物

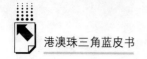
流、贸易、会展、旅游和创新中心"①。

广东省省长黄华华在全省发展现代服务业工作现场会上指出：广东力争经过3~5年努力，认定30个功能特色鲜明的现代服务业集聚区，形成2~3个在全国乃至国际有影响力的现代服务业集聚区，建设珠三角国际现代服务业基地，打造世界一流的物流中心和会展品牌，建设辐射亚太地区的金融后援服务基地，形成较为完整的国际服务外包产业链，建设与港澳地区错位发展的国际航运、物流、贸易、会展、旅游和创新中心。到2012年，广东实现全省服务业增加值占GDP比重达到50%左右；到2020年，实现全省现代服务业占服务业比重超过60%，推动"服务业大省"向"服务业强省"的转变②。

（三）CEPA 补充协议提供政策机遇

CEPA 补充协议六出台，广东享有"先行先试"的政策措施，为粤港服务业合作提供了政策机遇。

1. 为香港服务业提供广阔的市场

服务贸易自由化是 CEPA 内容中的重要一项，是粤港合作发展服务业的契机。在2009年5月9日签署的 CEPA 补充协议六的29项政策措施中，有9项在广东先行先试，涉及银行、证券、海运、铁路运输、会展、公用事业、电信、法律等8个领域，其中下放审批权1项，放宽市场准入条件7项，推进专业服务合作1项。CEPA 为香港服务业进入内地市场降低门槛，创造新的服务贸易需求，扩大了香港服务业的外部市场规模。

2. 提升内地专业服务水平

CEPA 促使香港服务业可以顺利地进入内地，这对于提升广东服务业的国际化、现代化水平，使广东服务业的运作更加接近国际水平无疑起到很大的推动作用。广东服务业面向香港全面开放，通过香港服务业在广东投资与发展，将在人员培养、机构运作和经营管理等方面促进广东服务业层次的提高和规模化发展（陈恩、唐洁、张景东，2005）。目前广东正处于规模扩张、层次提升、逐步迈

---

① 《珠江三角洲地区改革发展规划纲要（2008~2020年）》。

② 黄华华：《抓好五项工作推动广东向服务业强省转变》，http://www.gov.cn/gzdt/2009-07/07/content_1358891.htm。

向国际化经营和实现整体经济效益提高的转型时期，这将成为粤港服务业合作深化和加快广东服务业发展的重要契机。

3. 专业资格互认推进服务业的融合

关于粤港一体化方面，《纲要》提出加大粤港开展银行、证券、保险、评估、会计、法律、教育、医疗等领域从业资格互认工作力度，旨在为香港的金融业辐射内地提供政策保障，同时为广州、深圳的服务业发展创造条件。并且CEPA 补充协议的不断推出，为两地的服务和贸易发展提供了强有力的制度保证（余佩琨，2007）。CEPA 补充协议六规定，从 2009 年 10 月 1 日起，内地在原有CEPA 及补充协议对香港开放服务贸易承诺的基础上，推动会计、建筑等领域专业人员资格互认。两地专业人员资格的互认有利于粤港服务业的进一步融合。

（四）产业结构的转型升级增加对专业服务的需求

随着国际经济格局的新一轮调整，粤港两地的产业结构均面临着升级与转型的压力：香港面临实现产业的第三次转型和持续提高国际竞争力的压力；广东经济的发展要求产业结构进一步调整和升级，重点发展技术密集型产业。粤港产业结构升级和转型对专业服务（如计算机软件服务、工业技术咨询服务等）的需求将日趋增强（钟韵，2008）。粤港服务业合作历来有着良好的基础，香港专业服务基本上是出口导向型的，而广东是香港专业服务输出的主要目的地。粤港服务业合作可满足两地由于加速结构转型、实现产业升级而对专业服务产生的内在需求。

对广东而言，专业服务发展的制约因素在于：一方面专业化分工程度低，市场需求没有得到充分开发；另一方面广东专业服务所需的国际化人才短缺。香港专业服务发展的瓶颈则是本地市场规模较小，服务输出受到内地对人员流动的限制。加强粤港两地专业服务领域合作，可以促进香港专业服务与内地制造业和其他服务业的互动，继续发挥香港专业服务中心的作用，扩大香港专业服务输出，提高香港离岸制造业的效率和竞争力。内地的专业服务则可通过与香港专业服务公司合资或联营，从合作中学习国际先进管理经验、技术手段和企业运作模式，加速与国际惯例接轨，共同推动内地专业服务的市场化和产业化。

（五）发展和需求层次的差异性为生产性服务业提供合作机会

近年来，广东的服务业尽管获得了快速发展，生产性服务业也有了长足的进步，但总的来说，广东省服务经济仍处于发展中的"初级阶段"。香港自20世纪90年代以来即完成了制造经济向服务经济的转型，服务业在香港经济总量中的比重一直大于80%，生产性服务业的效率、规范化及市场化程度均大大高于广东省。与香港发展较为成熟的服务业相比，广东服务业明显存在较大差距。因此不同的发展层次使粤港生产性服务业存在着合作空间（钟韵、闫小培，2006）。

由于市场需求层次的不同，香港的生产性服务业与广东的生产性服务业在珠三角所对应的目标市场也存在一定差异。目前，广东的生产性服务业主要是开拓珠三角的市场。珠三角作为世界重要的制造业中心，对生产性服务业的需求较大，因此给广东生产性服务业的发展带来很大的市场。而香港的生产性服务业，如管理咨询业、会展业、广告业、会计服务业、物流仓储业、货代运输服务业、金融服务业等，由于能提供标准化和规范化的服务，则更受大型企业、跨国公司以及一些以世界市场为目标的公司青睐。

粤港服务业之间的发展层次及需求层次的差异性，为促进香港的服务业向内地转移，加强香港与广东在生产性服务领域的合作，形成优势互补的双赢格局提供了机遇（欧江波、伍庆，2008）。

二 粤港服务业合作发展面临的挑战

粤港服务业的合作发展仍面临着内外环境方面的挑战，表现在国际区域一体化引起的功能替代和同质竞争，内地全面开放和区域经济发展造成的内部竞争，台湾海峡两岸"大三通"削弱香港航运枢纽及金融中介地位，CEPA实施过程中的制度和体制协调问题等。

（一）国际区域一体化引起同质竞争和功能替代

粤港服务业在世界区域一体化发展中面临着亚太周边国家和地区日益强劲的竞争压力。亚太地区是近年来经济发展最为迅速的地区之一，而中国又是该区域内经济增长最受世界瞩目的国家。亚太经济区正在加紧谈判贸易投资自由化，希望中国逐步放宽有关投资者的各种限制，以此加快推进亚太地区区域一体化进程（欧江波、伍庆，2008）。这种一体化进程的推进：一方面使亚太经济圈在经贸上可充分利用区域经济一体化的成果，直接服务于中国国内的经济，减少了对粤港服务业的需求，形成了对粤港服务业的功能替代作用；另一方面亚太经济区内其他国家和地区通过加紧对中国服务业的投资，给粤港服务业在内地的发展造成了强大的竞争压力。

粤港虽然在大珠三角地区和东南亚其他地区发挥着提供服务的战略性中心职能，但是，广东和香港近年来并没有按照产业发展的一般演化过程，随着制造中心向珠三角其他地区的转移，而向研发中心和品牌中心发展。粤港的转型缓慢对其竞争力的负面影响已日益凸显，表现在随着周边地区经济发展与功能不断提升后，粤港服务业与周边地区容易陷入同质化的恶性竞争。目前，香港的国际金融中心地位就受到来自新加坡和日本的挑战。

（二）内地全面开放和区域经济发展造成内部竞争

中国履行加入 WTO 的承诺，将逐步全面开放中国内地服务市场。在服务业全面开放之前，香港服务业以广东的港商企业为主要服务对象，而随着近年来广东经济的发展和服务业的全面开放，港商具有优势的传统产业正面临向中西部转移或向高端产业升级的选择，这将使粤港服务业的产业链联系日益疏远。同时，由于中国进一步实行对外开放，内地港口和航运业的快速发展，使近几年香港转口贸易比重下降，而对外贸易流量的减少，相应地减少与贸易相关的金融、港口、报关等服务的需求，从而直接影响粤港服务业的发展。

随着内地各个地区争相利用 CEPA 效应吸引香港服务业，粤港服务业合作面临着内地的激烈竞争和挑战。珠三角和长三角的崛起，以及广西（泛）北部湾经济区的形成，广东凭借传统的地缘便利吸引香港投资而形成的服务业发展优势正在削弱，粤港服务业的合作面临新的影响因素（龚唯平，2007）。因此，从某种意义上说，粤港在中国内地以及珠三角地区的服务提供职能，面临着激烈的内部竞争并有被逐步替代的趋势。

（三）台湾海峡两岸"大三通"削弱香港航运枢纽及金融中介地位

由于与台湾毗邻的地理优势，在"大三通"之前台湾对内地的经贸活动主要是通过香港在广东进行的，粤港台三地经贸关系十分密切。自 2008 年 12 月 15 日海峡两岸实现海运直航、空运直航、直接通邮的"大三通"之后，大中华地

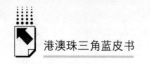

区的经贸格局发生了重大变化，给香港的航空运输、海上运输以及金融业等带来了重大的影响。两地直航的落实，大部分来往于内地与台湾的乘客和物流将不再经由香港转航，这无疑会削弱香港作为区域内航运枢纽的地位。

过去，台商在内地的投资，以在广东占最多数，部分原因是他们可以利用香港作为"第三地区"以及服务支援中心；而广东与香港毗邻，亦有助增加广东省对台资的吸引力。但是，海峡两岸实行"三通"后，台商可以直接到内地投资，而台湾的银行及后勤服务供应商也将获准在内地开业，这样将削弱广东和提供支援服务的香港作为投资基地的吸引力。随着台商投资日趋北移，香港与广东为邻的地理优势也会因而有所削弱。

所以，从长远来看，在贸易、投资、物流及旅游等服务业方面，香港的航运枢纽及金融中介地位正面临着挑战，而广东作为台湾通过香港进入内地的市场地位也会受到影响，粤港服务业的合作因此将受到冲击。

（四）香港与内地不同的制度和体制使 CEPA 在实施过程中协调难度较大

由于 CEPA 在实际操作中的相关细则的完善需要一定时间，香港服务业界所期望的依托 CEPA 迅速进入内地开展业务的愿望难以达到。在 CEPA 框架下提出的广东"先行先试"，由于粤港两地在"一国两制"的制度背景下存在的是迥然不同的政治、经济体制，因而这也成为进一步深化粤港经济合作所面临的挑战之一。当前影响粤港服务业合作的因素主要有以下几方面。

1. 服务贸易自由化与国内市场制度环境不匹配

CEPA 打破了香港服务业进入内地的外部壁垒，但并不等于消除了国内市场中各种各样的壁垒。国内市场上存在着无数的商业壁垒、行政性垄断壁垒、地方保护主义壁垒、不规范的市场垄断壁垒和非贸易壁垒等。

2. 在推进粤港合作方面政府服务不足

主要表现在缺乏统一的产业规划，经济合作的向心力不足。粤港之间仍然存在着传统服务业产业结构趋同，行业竞争日趋激烈等问题。因此，政府服务不足是香港服务提供者来内地开设业务所遇到的主要困难。

3. 行业规范和标准问题急需解决

在 CEPA 框架下，内地对香港服务业准入门槛大为降低，目前两地服务业合作面临的突出矛盾不是市场准入问题，而是与制度、法律和文化有关的行业规范和标准问题（曲凤杰，2008）。以会计和法律服务为例，由于法律制度差异大，香港人获得内地职业资格的难度很大，而且由于制度和文化环境的差异，在香港适用的行业规范、标准和惯例在内地并不适用。

三　香港服务业的产业结构和就业结构效益分析

对于产业结构及就业结构的研究，目前主要采用指标分析方法、回归分析法和数据包络分析法（DEA）等。其中指标分析方法又包括相关度、就业弹性、结构偏离度和比较劳动生产率、就业绩效指数等。

本文通过对产业结构偏离度与比较劳动生产率的定量分析，对粤港服务业各行业的就业结构和产业结构效益进行比较研究。

产业结构偏离度是测试产业结构效益的一种方法。定义为"某行业就业人数占所属产业劳动力人数的比重"与"该行业生产总值占产业 GDP 的比重"之差。偏离度的主要含义是劳动力结构与产值结构之间的一种不对称状态。劳动力结构与产值结构之间越不对称，两者的偏离度的绝对值就越高，产业结构的效益就越低下。偏离度的绝对值越小，表明各产业发展较均衡，产业结构效益就高。正偏离意味着该产业的就业比重大于增加值比重，意味着该产业的劳动生产率较低，存在着劳动力转移出去的压力；负偏离则意味着该产业的劳动生产率较高，该产业存在着劳动力迁入的压力。

比较劳动生产率是测试产业结构效益的另一种办法。它定义为"某行业增加值占所属产业 GDP 的比重"与"该行业就业人数占产业劳动力人数的比重"之比。比值越高，表明这一行业的比较劳动生产率越高。

根据香港服务业各行业的生产总值及就业人数，计算出各行业 2008 年的产业结构偏离度和比较劳动生产率[①]（分别见表 1、表 2）。

在香港服务业各行业中，进出口贸易业的产业结构偏离度（绝对值）和比较劳动生产率都远高于其他行业。饮食业的产业结构偏离度也较高，但比较劳动生产率却很低，表明香港过多的劳动力集中在这个行业，该行业的产出效益最低。

---

①　由于统计资料中未能列明各行业的 GDP，因此采用各行业营业额来代替其 GDP 总量。

表1 香港服务业各行业 2008 年产业结构偏离度

单位：%

序号	行业类别	偏离度绝对值
01	批发业	0.80
02	零售业	6.60
03	进出口贸易业	33.20
04	饮食业	10.87
05	酒店及旅社业	1.18
06	仓库业	0.24
07	通信业	0.12
08	财务业(银行除外)	3.47
09	商用服务及机械和设备租赁服务业	9.05
10	保险业	0.03
11	陆运	4.01
12	海运	0.79
13	空运	0.14
14	其他与运输有关的服务业	1.35
15	屋宇建造及土木工程	4.08
16	建筑设计、测量及工程策划服务	0.84
17	地产发展、租赁、经纪及保养管理服务	2.79

数据来源：根据香港统计局网站公布数据计算所得。

表2 香港服务业各行业 1982~2007 年产业比较劳动生产率

单位：%

序号	行业类别	偏离度绝对值
01	批发业	1.26
02	零售业	0.47
03	进出口贸易业	2.32
04	饮食业	0.14
05	酒店及旅社业	0.31
06	仓库业	0.25
07	通信业	0.93
08	财务业(银行除外)	2.10
09	商用服务及机械和设备租赁服务业	0.23
10	保险业	1.01
11	陆运	0.20
12	海运	1.42
13	空运	1.07
14	其他与运输有关的服务业	1.44
15	屋宇建造及土木工程	0.45
16	建筑设计、测量及工程策划服务	0.24
17	地产发展、租赁、经纪及保养管理服务	0.43

数据来源：根据香港统计局网站公布数据计算所得。

香港贸易相关行业包括进出口贸易业、批发业、零售业和饮食业四大行业。2008 年，进出口贸易业的产业结构偏离度和比较劳动生产率最高（见图 1 和图 2）。香港金融相关行业包括财务业、保险业、仓库业、通信业、商用服务及机械和设备租赁服务业五大行业。2008 年，财务业的偏离度（绝对值）和比较劳动生产率都相对较高，可见金融业在香港经济中有着举足轻重的地位和作用，其产出效益逐年上升，将会有劳动力继续向其转移，未来将会容纳更多的就业。而仓库业的产业结构偏离度（绝对值）和比较劳动生产率就比较低，产业结构和就业结构效益较低。

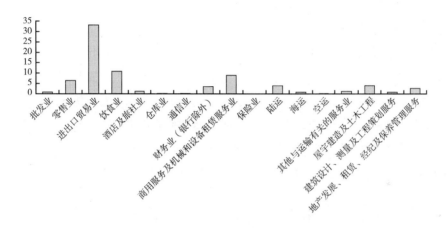

图 1　香港服务业相关行业 2008 年产业结构偏离度

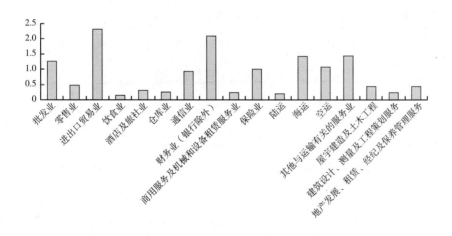

图 2　香港服务业相关行业 2008 年比较劳动生产率

四 珠江三角洲服务业产业结构和
就业结构效益分析

《纲要》指出:"要优先发展现代服务业,建设以现代服务业和先进制造业双轮驱动的主体产业群,形成产业结构高级化、产业发展聚集化、产业竞争力高端化的现代产业体系。"珠三角地区各个城市都将发展现代服务业作为未来工作重点,各自制定了服务业发展的相关政策和规划。如中山市、深圳市、佛山市和东莞市均提出要大力发展现代物流业,建立区域物流中心。

珠三角地区服务业的发展对粤港服务业合作有重要影响,因此要首先分析珠三角地区服务业发展状况,并进一步从产业结构偏离度与产业结构比较劳动生产率两个方面对珠三角7个城市服务业中5个行业的就业结构与产业结构的效益进行比较,同时对各个城市服务业未来的发展方向及结构调整趋势进行分析。①

2001~2008 年,珠三角经济区第三产业增加值逐年增加②。2005 年第三产业增长率比 2004 年增加了 47.23%,2007 年比 2006 年增长了 20.01%,2001~2008 年的年均增长率为 21.42%(分别见表3、图3)。

表3 珠三角 2001~2008 年三次产业生产总值

单位:亿元

项目 \ 年份	2001	2002	2003	2004	2005	2006	2007	2008
地区 GDP	8363.94	9418.79	11341.13	13394.02	18059.38	21424.28	25394.31	29745.57
第一产业	445.17	465.04	470.49	506.33	498.84	513.99	547.64	711.45
第二产业	4138.99	4688.12	5939.63	7206.42	9196.01	11072.87	13040.75	14964.60
第三产业	3779.78	4265.63	4930.01	5681.27	8364.53	9837.42	11805.92	14069.52
第三产业增长率(%)	—	12.85	15.57	15.24	47.23	17.61	20.01	19.17

注:本表的统计范围为珠江三角洲经济区,包括 13 个市、县(区):广州、深圳、珠海、佛山、江门、东莞、中山、惠州市区、惠东县、博罗县、肇庆市区、高要市、四会市。

资料来源:广东统计年鉴,2000~2008 年。

---

① 由于肇庆只有一部分的县市(地区)属于珠三角,东莞的部分行业统计数据缺失,为了保证分析的可比性和数据的完整性,选择广州、深圳、佛山、珠海、江门、惠州6个城市作为样本总体。同时由于其余 8 个行业数据的不可得性,仅选取可得数据进行研究。

② 表3、图3和图4由中山大学岭南学院李伟娜博士提供。

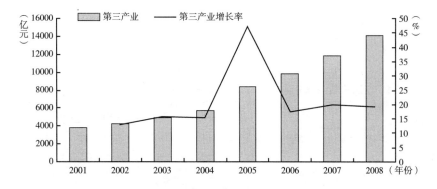

图3 珠三角2001～2008年第三产业生产总值及增长率

2001～2008年珠三角第三产业占GDP的比重先下降后上升，总体上处于45%左右水平，低于50%（见图4）。

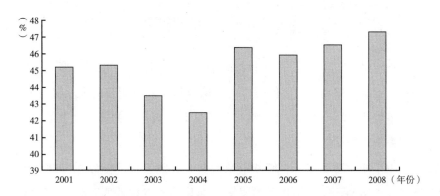

图4 珠三角2001～2008年第三产业占GDP的比重

（一）基于产业结构偏离度的效益分析

从表4中看到，广州市在金融业和房地产业拥有较高的劳动生产率，产业结构偏离度分别为－7.05和－8.74。同时，广州的批发和零售业（16.17）相对于其他行业也具有较高的产业偏离度，说明该行业的从业人员过于臃肿，劳动生产率较低，在服务业间不具竞争优势。

深圳市金融业的产业结构偏离度为－22.61，说明该行业的劳动生产率极高，未来继续吸收劳动力的空间也较大，发展潜力大于珠三角的其他城市。

珠海市的住宿和餐饮业的产业结构偏离度（0.48）仅低于惠州市（0.38），

说明在珠三角各城市的比较中，珠海和惠州其产业结构效益最高，发展优势大于其他城市。

表4　珠江三角洲部分城市2008年第三产业部分行业的产业结构偏离度*＊

行业＼城市	中山	广州	深圳	佛山	珠海	惠州	江门
交通运输、仓储和邮政业	-0.54	-3.33	-2.53	-10.31	0.99	-4.51	-6.17
批发和零售业	13.32	16.17	17.32	28.23	18.72	-10.73	17.99
住宿和餐饮业	7.87	4.31	6.91	2.19	0.48	0.38	4.76
金融业	-4.80	-7.05	-22.61	-4.21	-6.21	-0.47	-3.09
房地产业	-5.69	-8.74	-7.43	-13.71	-7.97	-4.71	-6.82

＊产业结构偏离度＝某行业就业人数占所属产业劳动力人数的比重－该行业生产总值占产业GDP的比重。偏离度大于零（正偏离）意味着该产业的劳动生产率较低，反之，负偏离则意味着该产业的劳动生产率较高。

注：本表的统计范围为各个城市的整体数据，包括市辖区和市所属各个县、区的数据。

资料来源：中山、广州、深圳、佛山、珠海、惠州、江门市统计年鉴，2009年。

从佛山市的交通运输、仓储和邮政业（-10.31）与房地产业（-13.71）两个行业产业结构偏离度看，佛山市的这两个行业具有明显的发展优势。另外，从批发和零售业（28.23）的产业结构偏离度看，该行业的劳动力数量过多，劳动生产率偏低，需继续优化产业结构。

从中山市的交通运输、仓储和邮政业（-0.54）的产业结构偏离度看，其产业发展较为均衡，产业结构效益最高。而住宿和餐饮业（7.87）的就业比重已大于增加值比重，意味着该产业的劳动生产率较低，存在着劳动力转移出去的压力，不能够继续吸收劳动力。

江门市批发和零售业的产业结构偏离度数值达到17.99，说明该行业的从业人员已经过多，劳动生产率低下，已不再适合大力发展，只能优化就业结构，转移劳动力，从而提高产业结构效益。

惠州市的批发和零售业（-10.73）是各市产业结构偏离度中唯一为负值的城市，表明该行业在本市的发展具有绝对优势。

（二）基于比较劳动生产率的效益分析

比较劳动生产率反映的是劳动效益的高低，可以预示劳动力未来的流向。通过对珠三角部分城市的分析（见表5），可以看到珠三角地区的金融业、房地产业的比较劳动生产率总体水平较高，说明珠三角地区这两个行业的总体效益较好，有较大的发展空间，在未来的服务业发展中，比较劳动生产率较低行业的劳动力将逐步向这几个行业转移。而批发和零售业、住宿和餐饮业这两个传统服务业的比较劳动生产率都处于较低的水平，说明珠三角地区传统服务业的效益较差，未来的发展潜力不足，劳动力将逐步从这些行业转移到比较劳动生产率较高的新兴服务业。

表5　珠江三角洲部分城市 2008 年第三产业部分行业的比较劳动生产率*

单位：%

行业＼城市	中山	广州	深圳	佛山	珠海	惠州	江门
交通运输、仓储和邮政业	1.11	1.34	1.47	3.38	0.89	1.68	2.05
批发和零售业	0.64	0.52	0.52	0.45	0.58	1.79	0.56
住宿和餐饮业	0.50	0.54	0.35	0.78	0.92	0.95	0.61
金融业	2.68	4.21	9.08	2.51	3.43	1.10	1.67
房地产业	2.32	3.38	1.77	6.79	3.01	1.51	6.80

＊ 比较劳动生产率＝某行业生产总值所占产业 GDP 的比重／该行业就业人数占产业劳动力总数的比重。比值越大，表明劳动效益越高。

注：本表的统计范围为各个城市的整体数据，包括市辖区和市所属各个县、区的数据。

资料来源：中山、广州、深圳、佛山、珠海、惠州、江门市统计年鉴，2009 年。

在金融业的比较中，深圳市优势明显，比较劳动生产率达到 9.08，高于广州市（4.21）、珠海市（3.43）、中山市（2.68）、佛山市（2.51）。

佛山市的交通运输、仓储和邮政业（3.38）、房地产业（6.79）两个行业拥有较高的比较劳动生产率，说明佛山市这两个行业的效益好于其他城市，发展存在优势。

另外惠州市在批发和零售业中（1.79）远远大于其他城市，拥有较高的比较劳动生产率。江门在房地产业（6.80）也存在最高的优势。

五　结论及政策启示

通过以产业结构偏离度和比较劳动生产率分析香港和珠三角各个城市服务业

的就业结构和产业结构效益，为粤港服务业合作提供理论支持和政策启示。研究表明，香港服务业中的进出口贸易、财务业都显示出比服务业中其他行业更高的偏离度（绝对值）及更高的比较劳动生产率，这些行业在近期及未来都会有更高的产业结构和就业结构效益。香港政府应该大力支持这些服务性行业的发展，既有利于香港地区生产总值的增长，也有利于香港劳动力的就业。而珠三角地区可重点发展房地产业、金融业等行业。

因此，粤港服务业合作发展应抓住亚太经济区和中国经济的发展、"泛珠三角"经济圈的形成、CEPA补充协议和《纲要》的提出、粤港产业结构的升级和服务业发展的差异性等机遇，利用良好的环境、市场及制度的优势，积极应对内外环境方面的挑战，包括国际区域一体化引起的功能替代和同质竞争、内地全面开放和区域经济发展造成的内部竞争、台湾海峡两岸"大三通"削弱香港航运枢纽及金融中介地位、CEPA实施过程中的制度和体制协调问题等。科学引导，推动粤港服务业合作的错位发展与优势互补。

B.7
粤澳服务业合作关系发展研究

刘 洋 张泽民*

摘 要：澳门回归以来，粤澳两地的服务业通过资源整合、优势互补等，使其合作关系取得了很大的进展，对两地经济发展有着重要的保证作用。在经济全球化及金融危机等背景下，如何继续深化粤澳服务业合作成为值得探讨的问题。本文首先分析粤澳服务业合作的背景现状以及优势劣势，确定其合作的四大重点产业及两大重点项目（横琴新区、珠澳跨境工业区），并为其合作发展提出了相应的政策建议。

关键词：粤澳服务业 合作 博彩 横琴新区

一 粤澳服务业合作现状

在澳门与内地的交往合作中，粤澳关系源远流长。在"一国两制"的制度环境和珠三角一体化的大背景下，促进粤澳区域合作能够使澳门尽快融入到华南经济圈，进一步优化澳门的产业结构，提高服务业发展水平和档次，保持澳门经济稳定繁荣。通过粤澳的经济合作，广东可以依托澳门市场及其在国际上的特殊地位，进一步拓展国际市场；澳门也可通过广东开拓服务业这一支柱产业的发展空间和资源，保持国际自由港的地位，提升竞争力。

（一）广东服务业发展现状

改革开放 30 年以来，广东服务业保持快速增长，规模不断壮大，平均增速

---

* 刘洋，中山大学港澳珠江三角洲研究中心研究生；张泽民，中山大学港澳珠江三角洲研究中心研究生。

达到 14.6%，呈现领域拓宽、规模扩大、结构优化、功能增强、市场规范的态势。快速发展的服务业已经成为广东省国民经济发展的重要组成部分，1978 年，交通运输仓储及邮政业、批发零售贸易餐饮业、金融保险业、房地产业分别占服务业的比重为 22.9%、44.1%、10.3%、3.2%；2008 年，四者的比重调整为 9.05%、21.58%、13.82%、14.42%。传统服务业均有下降，其中，批发零售贸易餐饮业降幅最大，30 年比重下降了 22.5 个百分点。现代服务业的金融业、房地产业发展迅速，尤其是房地产业，从 1978 年的 3.2% 提高到 2008 年的 14.42%[1]，在国民经济中的地位愈加突出。从内部结构来看，劳动生产率效益明显提高，同时使就业岗位大幅增加，税收贡献能力增强。

但是广东服务业比重偏低，结构升级缓慢，现代服务业发展滞后，而且从区域服务业比重变化来看珠三角地区的服务业发展遥遥领先于其他区域的发展，地区差距逐渐扩大。同时服务业对 GDP 的贡献率和产业带动能力偏低，这一局面对实现产业结构现代化产生不利影响。

（二）澳门服务业发展现状

从澳门经济发展的主导产业角度来考察，澳门经济发展大致经历了四个阶段，即转口贸易业阶段、赌博娱乐业兴起阶段、出口加工业主导阶段和旅游博彩业再领风骚阶段。自澳门回归以来，博彩业一直处于快速上升的阶段，博彩业的发展带动了澳门旅游业的扩张，促进了旅游接待设施投资的快速增长和旅游接待能力的明显提高。澳门经济属于微型经济体系，市场规模有限，经济门类极其不完整。第一产业占 GDP 比重几乎为零；第二产业的比重呈现不断下降的趋势；而以博彩业为主的第三产业在生产总值中的比重达到 85% 以上，占据澳门经济的绝对主导地位（见表 1）。特区政府十分重视旅游业的发展，提出将逐渐形成"以旅游博彩业为龙头，以服务业为主体，其他行业协调发展的产业结构"的经济调整目标，不断加强相关建设，组织相关活动，有效地刺激旅游业的发展，入境澳门旅客数量连年增加。2006 年到澳门的旅客突破 2000 万人次，2009 年入境旅客总数为 2175.2 万人次，整体酒店业的平均入住率达到 71.4%[2]。

---

① 《改革开放 30 年广东服务业发展情况分析》，广东统计信息网，2008。
② 《2009 年旅游统计》，澳门特别行政区政府统计暨普查局，http://www.dsec.gov.mo/Home.aspx。

表1　澳门产业结构变动

单位：%

年份	第一产业	第二产业	第三产业	年份	第一产业	第二产业	第三产业
2000	0.00	15.68	84.32	2005	0.00	11.30	88.70
2001	0.00	13.75	86.25	2006	0.00	14.90	85.10
2002	0.00	12.63	87.37	2007	0.00	14.02	85.98
2003	0.00	12.68	87.32	2008	0.00	11.32	88.68
2004	0.00	11.56	88.44				

资料来源：《2008年综合经济报告》，澳门特别行政区政府统计暨普查局。

博彩业增加值的增长速度近年来始终处于较高水平（见表2），2003年和2004年呈现爆炸式增长。其后增长步伐虽然放缓，但是2006年的增长率仍达到19.6%。博彩业的比重在高峰时近40%，成为占生产总值比重最高、升速最快的独立行业（见图1）。

表2　澳门回归后主要行业增加值占本地生产总值的比重

单位：%

主要行业 ＼ 年份	1999	2000	2001	2002	2003	2004	2005	2006	2007	2008
批发及零售、维修、餐厅及酒店业	10.50	11.20	11.80	12.50	11.70	12.70	11.90	11.40	10.77	12.44
批发及零售业	4.70	5.20	5.20	5.80	5.80	6.20	6.00	6.00	5.78	5.59
酒店业	2.20	2.20	2.40	2.30	1.90	2.10	2.00	1.90	2.09	3.43
餐厅及酒店业	3.60	3.70	4.20	4.40	3.90	4.40	3.90	3.50	2.90	3.12
运输、仓储及通信业	7.60	7.60	6.90	6.80	5.30	5.00	4.70	4.20	3.80	3.13
运输、仓储及相关服务业	4.60	4.80	4.50	4.30	3.10	3.10	2.80	2.50	2.29	1.69
金融保险、不动产、租赁及商业服务业	26.10	23.90	22.50	21.60	20.10	18.60	22.10	22.80	23.03	22.80
金融中介服务	7.90	8.80	8.20	8.00	7.00	6.10	7.80	8.60	7.88	7.68
不动产业	10.90	8.30	6.60	6.20	5.70	7.40	7.40	6.90	7.29	7.28
租赁及商业服务	4.00	3.50	4.10	4.10	3.90	4.90	5.00	5.50	6.21	6.45
公共行政、社会服务及个人服务	44.80	47.60	50.70	51.70	54.20	55.00	49.90	46.50	44.14	46.16
博彩业	24.00	27.90	30.20	31.90	36.60	39.10	34.90	33.40	35.05	37.18

注：其中批发及零售、维修、餐厅及酒店业，运输、仓储及通信业，金融保险、不动产、租赁及商业服务，公共行政、社会服务及个人服务为服务业的大类，其余表中各项是大类中的子类。

数据来源：《2008年综合经济报告》，澳门特别行政区政府统计暨普查局。

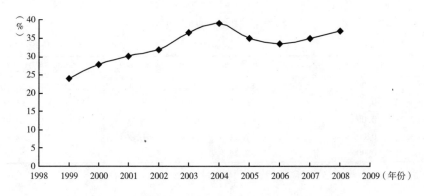

图 1　澳门博彩业增加值占本地生产总值的比重

在澳门，服务业内部结构呈现典型的单极化特征，近几年服务业发展的数据表明，批发及零售、维修、餐厅及酒店业增加值所占澳门地区生产总值的比重均保持略高于 10%，2008 年所占比重为 12.44%；运输、仓储及通信业 2005～2008 年增加值所占澳门地区生产总值的比重均小于 5%，2008 年仅占 3.13%；金融保险、不动产、租赁及商业服务业增加值所占澳门地区生产总值较高，但仍不及 25%，2008 年为 22.80%；而博彩业单独这一行业增加值所占澳门地区的生产总值比重超过 1/3。博彩收益由 1999 年的 144 亿元增至 2008 年的 1111.7 亿元，年均增加 27.6%[①]；博彩业创造的产值在本地生产总值的比重也不断增加，2000 年占 27.90%，2008 年高达 37.18%；2008 年，澳门 33 间博彩娱乐场，从事博彩业的员工近 7 万人，约占澳门总就业人口的 20.5%[②]。

2002 年澳门博彩业对外开放，引入竞争机制后，打破了长期以来的垄断经营，进一步拓展了澳门旅游博彩业的发展空间。自 2004 年第一家赌权开放的、具有拉斯维加斯背景的金沙娱乐场开业以来，澳门博彩业在经营数量、场所数量、入场人数、收入等方面都剧烈增加。至 2008 年末，澳门博彩旅游业的多项数据都成倍增加，娱乐场所数量是 2003 年的 2 倍，到访旅客数为 2.35 倍，博彩业收入为 3.21 倍，赌台数量为 4 倍，角子机数量为 5 倍。同时，博彩旅游业相对高的报酬对劳动力的大量吸纳起到巨大的作用，2008 年就业统计显示，直接从事博彩业的人员达 3.91 万，占总就业人口的 13.3%，博彩业的月薪收入是澳

---

① 《2008 年博彩业调查》，澳门特别行政区政府统计暨普查局。
② 《2009 年人力资源需求及薪酬调查》，澳门特别行政区政府统计暨普查局。

门人均月薪收入的 1. 625 倍。

尽管旅游博彩业与其他服务业也存在一定关系，但关联度很低，是一种松散和孤立的关系，看不到明显的依存关系。由于博彩业属于外部需求主导行业，发展容易受到外界社会经济波动的影响，因而其自身稳定性较差。近年来，韩国、马来西亚、菲律宾、澳大利亚等地陆续开设赌场，发展旅游博彩业，使得澳门博彩业在亚太地区的垄断局面被打破，使其面临巨大的竞争压力。

（三）粤澳服务业发展现状

近年来，尽管受到国际金融危机的影响，广东与澳门贸易依然活跃，通过资源整合，优势互补使粤澳服务业合作发展走向一体化和更高层次的趋势。

2009 年 5 月 11 日国家商务部与澳门特区政府签署了 CEPA 补充协议六，共推出了 28 项服务贸易政策措施，加上前面 CEPA 五个补充协议，共有 56 项服务贸易政策措施，其中 21 项在广东先行先试。粤澳两地政府和业界充分利用和发挥相关的政策优势，深入推动两地服务业的合作。2009 年 1～5 月广东吸收了 48 个澳门服务业项目，经广东口岸进口澳门"零关税"产品货值 68.3 万美元，优惠税款达 102.3 万元人民币①。与此同时，广东制定并公布了 CEPA 框架下港澳 25 个服务行业进入广东的投资便利化措施，与澳门联合举办了 CEPA 推广周、广东 CEPA 政策与执行讲解会等活动，推动澳门服务业加快进入广东。

在民生合作方面，珠海市竹银水源工程是保障澳门、珠海咸潮期供水安全的关键性工程，也是粤澳供水合作的重点项目。目前其主体工程已经分三个标段同时进行施工，计划 2010 年全年完成 5 亿澳元的投资，达到 42% 的合同工程量。目前广东电网通过 110 千伏珠澳 A、B 电缆线路、110 千伏南屏站至凼仔站架空线与电缆混合线路以及 220 千伏珠河甲、乙线、拱河线对澳门供电，2010 年送电量将恢复到 23 亿千瓦时左右②。

另外有关澳门大学迁建横琴的计划，广东省港澳办表示，广东将配合做好澳门大学迁建横琴的各项工作，成立专门领导小组及工作小组，确保相关工作顺利开展。

---

① 数据来源：http：//www. macaocp. com/Page/Macaos/Macaos_ Content. aspx？ID = 1204。
② 资料来源：广东省发展和改革委员会。

为了更好地发展两地服务业，若干条两地之间的交通工程也开始投入建设。备受瞩目的港珠澳大桥工程已经动工建设，另外衔接澳门的省内高速公路广珠东线（广州至金鼎段）、广珠西线（广州至顺德段）、西部沿海高速公路（珠海段）及月环至南屏支线 2009 年底已建成，广珠西线（顺德至中山段）正在建设，广珠西线（中山至珠海月环段）正在开展前期工作，2010 年正式开工建设。广珠城际轨道（117 公里）目前已经建成通车，总里程 415 公里的珠三角城际轨道交通已开工。在口岸工作方面，珠海拱北口岸的改扩建前期筹备工作已经完成，正进入工程施工招标阶段；横琴口岸客货车信道重建工程计划 2010 年底前完工启用。

二 粤澳服务业合作优势劣势分析

澳门与广东在服务业发展方面各具优势。澳门是传统的自由贸易港，市场体制比较完善，商业运作透明度高。广东自身服务业发展水平相对较低，但是拥有雄厚的物质基础。通过了解双方服务业发展的优势和劣势，并整合澳门"先发优势"与广东"后发优势"，共同打造旅游、物流、贸易、会展中心，实现粤澳"经济一体化"，使粤澳两地在共建华南经济圈合作中尽快实现产业升级。

（一）粤澳服务业合作优势

1. 粤澳良好的合作传统与基础

粤澳以地缘关系为背景，以优势互补为基础，基于双方经济发展的内在优势，已形成深层次、多领域的合作关系，在生产制造业、跨境基础设施、口岸建设与管理、商务旅游等领域合作等都取得了显著成效。由于澳门自身资源和要素的缺乏，广东尤其珠海便成为其所需要素的后方基地，在水、电、农副产品等方面保障对澳门的供应。例如珠海从 1959 年开始正式对澳门供水，到目前已投资 5 亿多元人民币兴建三个对澳门的供水工程；澳门居民日常所用的鲜活农副产品有 10% 左右来自珠海。

2. 服务业的发展形成互补优势

尽管广东省服务业发展的整体水平不高，但依托雄厚的制造业基础，生产性服务业获得迅速的发展，主要集中在信息咨询、计算机应用以及科研服务等新兴行业。在消费性服务业方面，珠三角的酒店、餐饮、旅游等行业的服务水平得到了较大幅度的提高。而澳门博彩业在开放经营权后，形成自身的竞争优势，并带动酒店、旅游和零售业的发展。因此，现已形成香港和深圳的金融业、广州的生产性服务业、澳门和珠海的休闲娱乐产业的服务业发展格局。

3. 发展服务业具有要素互补优势

对澳门而言，其城市空间过于局促，不利于服务业的进一步扩张和发展，而与澳门相邻的广东珠三角西岸地区（特别是珠海），尚存在较大的发展空间，借助适当的方式合作开发，有利于促进澳门服务业的可持续发展。此外澳门服务业发展明显存在人力资源不足的限制，而广东省充裕的劳动力资源，为澳门服务业的发展提供了可靠的保障。

4. 政策及制度保障

《内地与澳门关于建立更紧密经贸关系的安排》的实施，已为澳门和广东服务业发展紧密合作提供了制度保障。随着 CEPA 一系列后续补充协议的签订，广东对港澳开放的服务业领域也逐步扩大。另外珠三角一直是全国改革开放和发展的先行先试地区，尤其是随着《珠江三角洲地区改革发展规划纲要（2008 ~ 2020 年)》（简称《纲要》）的出台，更是有利于珠三角地区消除在与港澳合作中的制度性障碍，从而为港澳服务业合作拓展出更为广阔的空间，为粤澳服务业合作发展提供了新的机会。

5. 一体化进程的推进

粤港澳区域一体化的趋势日益明显和强化，特别是在《纲要》的引导下，更加促进区域一体化的发展，这也有利于澳门拓展其发展空间，增强其辐射带动作用。《纲要》从区域一体化发展的角度，将澳门定位为世界旅游休闲中心，将珠海定位为珠江西岸地区的中心，从而大大提高了珠澳都市圈的整体地位。

（二）粤澳服务业合作劣势及存在问题

1. 澳门经济辐射能力弱

澳门陆地面积只有 32.8 平方公里，地域狭小，资源短缺，人口不多，只有约 55 万人口，内部市场有限，土地资源紧缺，又缺乏各种天然资源①，这就决

---

① 百度百科，http://baike.baidu.com/view/2816.htm。

定了澳门经济对外的依赖性。长期以来，澳门经济徘徊不前，有"微型经济体"之称，与其资源短缺不无联系。一方面由于资源缺乏，无法形成规模产业，只能发展服务业和资源依赖型的出口加工业；另一方面地域狭小又导致内部市场容量过小，产业发展必须依靠外围市场，总体经济总量远不及香港，因此珠澳都市圈在三大都市圈的经济总量最小，甚至尚不及港深都市圈的 10%，在一定程度上限制了粤澳服务业合作的整体规模和合作领域。因此，粤澳服务业的合作，关键在于彼此的比较优势和行业优势，开展针对性的合作。

同时，由于澳门长期偏重博彩业的发展，导致本土低学历和低技术的就业者持续大量涌入市场。一方面这些人难以与高学历和高应付能力的外来年轻人竞逐新增的博彩业及其相关的建筑业、酒店饮食业等职位；另一方面这些行业由于缺乏当地的相关经验和技术人员，不得不从内地和香港等地输入劳动力填补空白，导致非本地雇员占澳门整体就业人口的比重升至 2008 年的 30.6%[①]，引发本地人口的结构性失业（见图 2）。

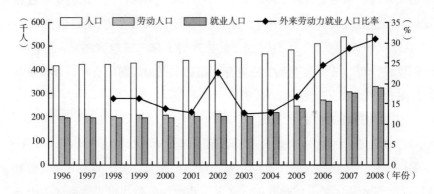

图 2　澳门总就业人口及外来劳动力就业人口比率示意图

2. 澳门服务业结构单一

澳门服务业以旅游和博彩业为主，其他服务业则明显滞后，发展水平不高。旅游博彩业是澳门经济的重要支柱，澳门回归祖国以后，旅游业发展迅速，入境人数连年增加，内地游客逐步占据多数。2010 年 1～2 月入境旅客总数为 4104122 人次，同比上升 15.0%，其中中国内地（2276980 人次）、中国台湾

---

① 《2008 年就业调查》，澳门特别行政区政府统计暨普查局。

（215806 人次）及韩国（57910 人次）旅客分别增加 27.9%、10.9% 及 68.6%；而香港（1157353 人次）及日本（63966 人次）旅客则分别下降 2.5% 及 4.7%。仅 2010 年 1 月，博彩业毛收入就已达到 1.4 亿澳门元①。从 2003 年起，内地游客已成为澳门最大的客源地（见图 3）。

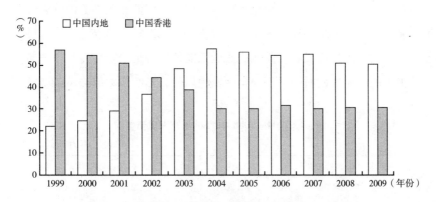

图 3　1999～2009 年内地与香港游客占旅澳游客总数比重

自 1962 年澳门博彩股份有限公司正式成立以来，博彩业集天时、地利、人和的优势快速发展，博彩税收成为政府收入的主要来源；2002 年特区政府开放赌权，发放三张博彩业经营牌照，形成澳门博彩股份有限公司、银河娱乐场股份有限公司和永利度假村股份有限公司三家竞争的局面。在博彩业为澳门带来巨大收益的同时，经济对博彩业的依赖性进一步增强，中小企业的发展空间受到巨大的挤压。由于博彩业的兴旺需要大量的劳动力资源，中小商贸企业的用工成本在政府限制外来劳动力的情况下大量增加，而且短期内游客的大量涌入刺激了地价和房价的快速上扬，从而挤压了商贸服务业的利润空间甚至出现大量亏损。因赌博引起的犯罪和青少年过早辍学到赌场就业的情况也开始增加。而且在发展成为主潮流的背景下，区域间竞争日趋激烈。在博彩业丰厚收益的刺激下，周边国家和地区也逐步开放博彩业，从而使澳门的核心产业面临严峻的挑战。

3. 澳门经济抵御风险能力较差

由于澳门没有形成有机组合的产业集群，出口加工业、地产建筑业、旅游博彩业和金融业都属于外部依赖性很强的产业，国际经济的微小波动都会给澳门经

———————————

① 《2010 年 1～2 月入境人数统计》，澳门特别行政区政府统计暨普查局。

济发展带来极大的影响。近年来，全球性金融动荡对未来的发展带来更大的不确定性和风险的同时也给粤澳服务业合作发展带来了挑战，一方面在世界经济发展环境不确定的情况下如何保持服务业的持续健康发展；另一方面如何通过区域合作模式的创新来抵御潜在的危机和风险。

由于资金投放博彩业能获取相当可观的回报，因此相当部分的外来资金都流向博彩业，使其占外资的比重逐年上升（见表 3），至 2008 年达到 69.11%。博彩业吸取了大量的外商投资，其他产业就只能依靠当地的资金，其未来的发展必然受到很大的限制。同时一旦外部金融发生风险，影响最大的必然是博彩业。

表 3   2004～2008 年博彩业外来投资情况

单位：百万澳门元，%

年份	博彩业外来直接投资流量	占总额比例	博彩业外来直接投资收益	占总额比重
2004	2223	57.20	7212	47.20
2005	6003	64.30	6116	54.20
2006	8284	65.21	11970	60.70
2007	10029	54.16	1433	12.83
2008	16538	69.11	14591	66.41

数据来源：《2008 外商投资直接投资统计》，澳门特别行政区政府统计暨普查局。

4. 广东现代服务业发展滞后

第一，广东省人均 GDP 在 2007 年就已达到 4360 美元（约合人民币 37588 元），达到了中等收入国家水平。按照钱纳里的产业结构理论和发达国家的一般规律，中等收入国家的服务业比重一般应超过 60%，但是广东在 2008 年只有 42.93%[1]，这与基础理论是严重相悖的。

第二，从服务业内部比重来看，2008 年传统服务业中的交通运输、仓储和邮政业与批发和零售贸易业两项的比重依然很大，二者占服务业增加值为 30.64%，而金融业仅占 14.42%[2]。随着人民生活水平的提高，对精神产品以及卫生、社会保障等非营利性服务业的需求会不断加大。而 2008 年，教育、卫生、社会保障和社会福利业、文化体育娱乐业三个行业增加值为 1205 亿元人民币，

---

[1] 《广东统计年鉴 2009》。
[2] 广东省统计局网站。

占服务业的比重仅为 8.9%。服务业内部结构演进并未发生根本性的转变。由此可见，广东省现代服务业发展滞后，内部结构亟待升级。

第三，服务业吸纳从业人员比重较低。2007 年，广东服务业从业人员占全部从业人员的比重为 32.24%，而发达国家这一比例一般都超过 80%，服务业并没有作为吸纳从业人员就业的主要渠道。

5. 粤澳合作空间弱于粤港

香港服务业的服务水平较高，无论是生产性服务业还是消费性服务业都是大珠三角地区最具有优势的。而澳门具有竞争优势的服务行业明显少于香港。因此，粤澳服务业的合作发展明显弱于粤港服务业的合作发展。从广东服务业合作的战略层面而言，粤澳服务业合作的战略意图和战略地位也要明显弱于粤澳服务业的合作。

（三）粤澳服务业合作重点发展领域

1. 民生合作

民生合作是粤澳两地民众最直接、最现实、最关心的利益问题。一是要加强供水、供电合作。加快推进珠海竹银水源工程建设，力争 2010 年年底全面完成，彻底解决咸潮对澳门供水的影响；二是要加强食品安全合作，保障两地民众食品安全；三是深化环保合作，共建绿色大珠三角优质生活圈。

2. 服务业及经贸合作

深化经贸合作是应对国际金融危机和提升两地竞争力的重要举措。要在CEPA 框架下继续推进粤澳服务业合作，充分发挥澳门沟通欧亚和联系东南亚的平台优势，积极落实中央批准的 CEPA 服务业开放先行先试政策措施。加强中医药产业合作，为两地居民提供优质的中医医疗、康复、预防和保健服务。深化旅游合作，加强两地旅游市场监管合作，扩大两地旅游市场，联合推广"一程多站"旅游线路。

3. 社会事业合作

粤澳两地都拥有深厚的文化传统，文化发展模式各具特色，文化遗产延伸出来的文化消费市场、文化旅游产业具有广泛的发展空间。双方应加强对文化遗产的挖掘、保护、传承、推广，带动文化产业发展。加强教育合作，扩大建立姐妹学校范围，积极开展高层次的合作办学。利用广州 2010 年亚运会和深圳 2011 年

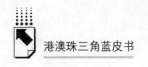
世界大学生运动会的契机，积极开展粤澳两地体育交流合作，不断提高粤澳体育运动水平。

4. 大型基础设施建设和口岸合作

珠三角地区的发展要充分考虑和发挥港澳因素的作用，加强粤澳城市群发展规划的协调对接，优化整合资源，加快推进港珠澳大桥的建设，充分利用衔接澳门高速公路的广珠城际快速轨道交通，形成优势互补、分工合作、共同发展的格局。深化粤澳口岸合作，落实珠澳跨境工业区口岸增加附属功能事宜，协调做好拱北口岸改扩建和横琴口岸车辆通道重建的通关疏导工作。

5. 横琴开发建设

横琴岛背靠珠三角城镇群，与澳门直接接壤，对于深化粤澳合作具有重要的意义。双方应继续加强联络协调，共同加快推进横琴岛的开发进程。

三 粤澳服务业合作重点产业及项目

由于服务业内部产业众多，应结合服务业合作的优势与劣势，选准具体重点发展产业与项目，促进和深化粤澳的服务业合作。

（一）重点产业

深化粤澳服务业合作，首先要解决的就是如何进一步促进和形成经济要素的自由流动。要按照市场化的方向，消除体制和政治障碍，加快两地物流、人流和资金流的双向流动，实现产业多元化发展。

1. 旅游休闲产业

旅游休闲产业是深化粤澳服务业合作中最重要、最有前景的领域之一。澳门是世界级的旅游休闲城市，是中西文化交汇点。2008 年澳门入境旅客总数为2300 万人次，其中内地旅客占比超过 50%。在 2009 年德国举行的柏林国家旅游交易会上，澳门被评为亚洲最具前景的旅游目的地。而广东是岭南文化的代表地，目前正积极发展商务旅游、美食购物、高尔夫球和温泉旅游等特色鲜明的旅游项目，意在将旅游休闲业打造成为新的经济增长点。而且粤澳两地的旅游休闲产业资源也存在较大的互补性，广东的优势在于自然景观，澳门的优势在于人文景观，因此共同发展旅游休闲产业有着广阔的前景。

近年来,粤澳两地在促进旅游业发展方面一直紧密合作,在旅游推广、信息交流及加强地区联合线路旅游等多个领域不断寻求更大的合作空间。2008 年粤澳合作联席会议双方签署了《粤澳旅游合作协议》,在产业规划、形象及宣传、交流与合作、设立协作和信息平台、建设互补性的旅游项目和设施方面展开全面合作。

珠澳旅游休闲产业的合作是粤澳服务业合作的重点。珠海旅游休闲产业是珠海支柱产业之一,为了配合澳门产业和城市空间的扩展,珠海和澳门在《纲要》的指引下,以"同城化"为原则,共建珠西大都市区。珠澳同城化,就是要打破行政区划制约,逐步做到基础共建、产业共构、资源共享、经济共体、利益共占,目标是发挥最大效用、优化整体资源,通过统筹规划共同的产业和城市空间,形成一个关系密切、功能互补、互相支撑、共同繁荣的城市共同体。对双方都十分重视的旅游休闲产业,要整合两地各具特色的旅游资源,如澳门的都市现代人文景观和珠海滨海自然风光的旅游相结合,全力提高本区域休闲产业的吸引力和竞争力,使珠澳深港大都市圈成为亚太地区的旅游休闲热点区域。

横琴新区是珠澳旅游休闲合作的重点,意在将其建设成为澳门最具优势的旅游休闲产业的延伸发展的腹地,成为澳门博彩旅游业的重要延伸和后勤基地,成为与澳门功能互补、资源共享、品牌共建的国际性、综合性、开放性的旅游休闲产业。突出海岛特色,以中西文化为主体,向休闲、度假、运动、会展、购物等方位发展。按照规划,横琴南部旅游区将逐步建成主题公园区、滨海度假区、自然旅游区、观光景点区、水上(游艇)活动区、高尔夫球场度假区,从而为不同类型的旅客提供多元化的旅游活动,是横琴新区成为澳门发展的"后花园"。

2. 会展及商务服务产业

会展及商务服务产业是现代服务业中的重要组成部分,澳门会展业以贸易、旅游及相关消费类产品为主,其中最具有代表性的就是澳门国际贸易投资展览会(MIF)、"粤西名优产品展销会"和两年一度的"尤里卡计划(会合)亚洲"国际技术合作活动;眼镜展、珠宝展、照明展、广博会、美容美发博览会等更是成为澳门会展新秀。澳门政府提出的打造内地与葡语国家经贸服务平台和全球华商联系服务平台的目标,以会展方式为中国和澳门与其他国家之间的经贸合作提供中介服务。

目前,粤澳两地合作发展会展及商务服务产业的重点在横琴新区,即横琴岛北部。按照《横琴总体发展规划》，横琴新区的主体地位是"促进珠江口西岸地区产业升级的新平台"，是以会展业为龙头的贸易、投资商务新平台。

横琴新区最终定位是要提供集多种服务功能的平台，例如区域贸易、产品博览、项目策划、会议服务、会展中心等。横琴新区的会议及商务服务产业要坚持市场化、专业化、国际化、品牌化的原则，以 CEPA 为契机，大力引进国内外著名会展企业设立会展机构，鼓励、引导会展企业通过合资、合作、并购、重组等形式做大做强，重点发展办展机构、展装企业，大力培育设计策划、咨询中介等会展服务企业。同时把会议设施的建设、会议资源的开发与发展旅游业结合起来，大力发展会议、奖励旅游，形成以会议带动旅游，以旅游促进会议的良性互动的模式，形成以专业办展机构和主要展馆为核心，以交通运输、通信、旅游、餐饮、住宿为支撑，以广告、律师、会计师等中介为配套的产业集群，形成完整的会展及商务服务产业链。

3. 医疗服务产业

粤澳两地近年积极落实 CEPA 有关内容，签署了《粤澳中医药产业合作框架协议》，双方在医疗服务产业方面奠定良好合作的基础上，积极搭建合作平台，举办"中医药产业区域发展交流研讨会"，拓展两地中医药产业的合作领域；广东为澳门居民举办国家医师资格考试；按国民待遇向澳门居民提供有关医疗服务等。

今后粤澳医疗服务合作主要在三个方面：一是进一步落实 CEPA 的有关内容，对澳门继续开放医疗市场，鼓励澳门医疗业界与广东错位发展，引进澳门先进的医疗服务和管理技术，继续探讨开放允许澳门资本来广东开办独资医院或合作开办高端医疗机构。二是进一步深化中医药合作，推动对口单位开展交流与合作项目，主要是广东省中医院与澳门科大医院开展的医疗技术交流、人员培训合作；国家医药现代化工程技术研究中心和澳门大学中华医药研究所的珠澳合作示范基地等。

4. 教育、科技产业

粤澳两地在教育和科技产业方面的合作应该从珠澳合作开始，珠海近年来大力发展高等教育，已经成为广东重要的高等人才教育培训基地。而澳门的高等教育和职业教育具有国际水平，双方通过优势互补，共同打造教育紧密合作区，利用两地教育资源为两地的经济社会发展服务。要以澳门大学搬迁横琴为契机，整合珠澳的教育资源，在横琴会展商务区开展高级教育培训服务，重点培养高素质的专业服务人才，建设以培养高层次、高标准的创新性、技能型、复合型的人才为主要任务的区域性人才培养基地，打造高等教育改革特别试验区。

在粤澳合作的层面，应该逐步实现两地教育资源共享，包括教育基础设施的有序逐步共享，及各类学校资源的对外开放。教师资源共享，使各类学校根据需要自由聘任老师，实现所有教育机构的"国民待遇"；教育设施共享，即教育设施逐步面向区内教育机构开放。在科技产业合作方面，广东省当前正处于贯彻实施自主创新战略，完善现代产业体系建设，加大对科技产业扶持时期；澳门特区政府也积极推动本地科技发展，大力鼓励科研机构与民间企业合作，促进产业结构内部的调整和优化。澳门科技产业规模虽然不大，但是科技创新体系比较健全，国际化水平较高，资金比较雄厚，在与广东的合作发展方面，仍然大有可为。具体合作的主要内容和方向大致有：确定和推进粤澳重点领域突破科技项目联合资助计划，积极推进科技创新平台的对接与合作，建立两地长期合作的机制，建立两地科技往来快速批核机制，等等。

（二）重点项目

1. 合力打造国际化高端服务业合作典范——横琴新区

2009 年 6 月 24 日，国务院常务会议讨论通过《横琴总体发展规划》，决定将横琴岛纳入珠海经济特区范围，在横琴重点发展商务服务、休闲旅游、科教研发和高新技术四个产业，把横琴建设成为粤港澳区域性商务服务基地、与港澳配套的世界级旅游度假基地和珠江口西岸的地区性科教研发平台、融合港澳优势的国家级高新技术产业基地。经过 10 ~ 15 年的努力，把横琴建设成为连通港澳、区域共建的"开放岛"，经济繁荣、宜居宜业的"活力岛"，知识密集、信息发达的"智能岛"，资源节约、环境友好的"生态岛"。

横琴岛地处"一国两制"的交汇点和"内外辐射"的结合部，具有衔接珠海和澳门的地缘优势和独特的资源优势，珠澳合作开发横琴，对推动珠澳经济社会一体化、同城化，促进产业结构调整和升级，扩大城市规模和提高城市品位都具有重要的战略意义。横琴新区的定位应该是"珠澳同城化都市区"的核心，"一国两制"和"粤港澳特别合作"先行先试试验区和服务产业优化升级合作区。

在重点发展的服务业基础上，坚持"高起点、高标准、高质量"的原则，充分发挥横琴的区位、环境和政策优势，吸引港澳和国际高端人才及服务资源，重点发展商务服务、休闲旅游、科教研发和高新技术等产业。禁止博彩业。

（1）建设粤港澳地区的区域性商务服务基地。充分利用香港国际金融中心、贸易中心的地位及资讯发达的优势，拓展澳门作为国际性商贸平台的带动效应，鼓励港澳的商务服务优势向横琴拓展，重点发展信息服务、外包服务、商贸服务等产业，将横琴建设成为珠江口西岸地区率先承接港澳服务功能的区域性商务服务基地，为珠江口西岸地区及内陆地区的延伸发展提供全方位的服务。

培育现代信息服务业。吸引港澳国际资讯服务企业在横琴发展，依托国内信息基础设施和信息产业人才，整合商业化信息产业资源，着力抓好信息数据库建设和规模化产业经营，把横琴建设成促进珠江口西岸地区产业升级、产品推广和澳门建设区域商贸平台的现代信息服务产业基地。着重发展粤港澳区域电子商务合作与信息资源开发，建设以横琴为中心的珠江口西岸地区信息交换中枢和国际电子商务中心。

发展外包服务业。充分发挥横琴的区位优势，积极发展以电子信息、金融后台服务等为主的外包服务业务，设立服务外包园区和金融后台服务基地将横琴建设成为澳门、香港第三产业的后台服务基地。

发展商贸服务业。依托港澳，不断完善和壮大横琴商业贸易产业，努力提升服务水平，推动总部经济发展，将横琴打造成为粤港澳的商贸服务基地和服务业合作发展的平台。

（2）建设与港澳配套的国际知名旅游度假基地。利用香港、澳门对国际高端游客的吸引力，结合横琴海岛型生态景观的资源优势发展休闲度假产业，将横琴打造成为与港澳配套的国际知名休闲旅游胜地；发展高品质度假旅游项目，把粤港澳特色旅游资源串联成"一程多站"的旅游线路，开辟旅游共同市场，增强澳门旅游业对珠江口西岸地区的辐射力。必须整合现有旅游资源，发展高品质休闲度假项目，提升横琴的旅游产业水平。此外，加大对旅游建设项目在用地、信贷等方面的政策扶持力度，扩大区域和国际间的旅游合作，共同开发旅游市场。

（3）建设珠江口西岸的区域性科教研发平台。

依托港澳科技教育资源优势和内地人才资源，加强粤港澳三地的科技合作与交流，重点发展研发设计、教育培训、文化创意等产业，将横琴建设成为服务港澳、服务全国的区域创新平台，促进澳门传统产业的转型升级，提升珠江口西岸地区的自主创新能力。

培育研发设计产业集群。通过汇集港澳及国内外优势科技资源，特别是将港澳的商业化研发和广东的基础性研发相结合，构建开放融合的科技创新体系。着力抓好集成创新和消化吸收再创新，积极推进原始创新，提高面向珠澳优势产业核心技术的创新能力。通过开展省部联合自主创新综合试验，大力引进研发机构，加快创新成果转化，培育技术市场，促进技术扩散，使横琴成为珠江口西岸地区乃至华南地区重要的技术创新摇篮。

开展教育培训。充分利用香港和澳门国际化专业人才培训资源优势，建立面向粤港澳三地，以高端专业人才、技术人才培训和普通高等教育为主的教育培训园区，开展全方位、宽领域、多形式的智力引进和人才培养合作，优化人才培养结构。

（4）建设融合港澳优势的国家级高新技术产业基地。充分利用珠海现有的高校资源及珠海软件园、珠海航空产业园的技术支撑及珠三角的技术力量，依托国内市场需求，吸引港澳及珠三角的知识密集型制造业到横琴扩大生产，重点发展 CEPA 协议中享受免税政策的电子信息、生物医药、新能源、环保、航空制造等产业，把横琴打造成为珠江口西岸地区融合港澳优势的国家级高新技术产业基地，支持澳门发展技术含量和附加值相对较高的工业，提升珠江口西岸地区的产品附加值。

2. 合理建设现代服务业转型示范区——珠澳跨境工业区

经国务院批准，在 2006 年年底正式运行的珠澳跨境工业区，到目前已有 108 家企业落户。包括珠海园区 73 家、澳门园区 35 家，总投资超过 2 亿美元。区内产业涉及服装服饰、打印耗材、食品加工、电子产品、物流分配、中转贸易等行业，为澳门经济多元化发展和服务珠海经济发挥了积极作用。

跨境工业区汇集了"一国两制"、跨灌水区、保税区、出口加工区等特惠政策功能，实现了澳门和珠海土地资源、人力资源和法规资源的互补，促进了珠澳合作系统对外的经济参与功能，优化了澳门的产业结构，为珠澳产业跨境合作打开了一个突破口。近年来园区凭借特殊的政策优势，加快了由工业向现代服务业的转型，对周边地区的辐射作用日益明显。

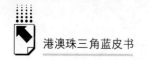
在产业定位上，跨境工业区从以制造业为主导的园区向以服务业为主导的园区转变；在管理体制上，从"一国两制"向"一园一体"转变。合理利用各种优势，拓展园区进出口贸易、国家采购、分配和促销、国际中转、商品展示展销和物流等业务，实现园区产业升级，发展成为以服务业为主导的服务型园区。

四　粤澳服务业合作发展政策建议

通过对粤澳服务业合作现状以及合作的四大重点产业及两大重点项目（横琴新区、珠澳跨境工业区）的分析，提出未来合作发展的政策建议。

（一）把握机遇，进一步加大合作力度

《纲要》将粤港澳紧密合作纳入国家级发展规划，提出巩固澳门作为世界旅游休闲中心的地位，这些安排为强化粤澳合作提供了崭新机遇。粤澳双方将充分运用中央赋予的特殊政策和灵活措施，以共同打造亚太地区最具活力和竞争力城市群为目标，完善联络协调机制，联合组织编制区域合作专项规划，全面推进基础设施、金融、产业、教育培训和环保等领域合作。

澳门未来将致力于打造区域性商贸服务平台，发展会展、商贸支持和专业服务、离岸服务、运输和物流等具有竞争力和高附加值的服务业。广东把加快发展现代服务业作为调整优化产业结构的重要措施。要在CEPA框架下继续推进粤澳服务业合作，充分发挥澳门沟通欧亚和联系东南亚的平台优势，共同开拓国际市场。用好中央批准的CEPA服务业开放先行先试政策措施，全面推进物流、会展、信息、交通运输、旅游等现代服务业合作，大力发展服务贸易，提升粤澳服务业合作水平。

（二）利用地理交通优势，加强城市群协调对接

港珠澳大桥是中国首座涉及"一国两制"三地的世界级跨海大桥，是全球三角洲经济发展最快的世界级跨海通道。港珠澳大桥建成通车后，澳门将进一步融入珠三角地区，会有更多香港居民选择"香港上班、珠澳居住"，利用港珠澳大桥优化生活环境。澳门将逐渐融入"大珠江三角洲城镇群"及"一小时经济圈"，澳门城市价值将大幅提升。同时，也加快了粤港澳三地物流、人员乃至意

识观念的流动和沟通，将进一步促进三地经济的发展，提升区域竞争优势。

未来珠三角地区的发展将充分考虑和发挥港澳因素的作用，加强粤澳城市群发展规划的协调对接，优化整合资源，加快广珠东线、广珠西线高速公路和广珠城际快速轨道交通等项目建设，并做好与港珠澳大桥与澳门衔接的前期准备工作。

（三）积极开展社会事业合作，促进粤澳民众情感交流

粤澳双方应加强对文化遗产的挖掘、保护、传承、推广合作，带动文化产业发展。同时，加强教育合作，鼓励两地教育行政管理人员和师生开展相互交流，积极开展高层次合作办学。积极开展粤澳两地体育交流合作，不断提高粤澳体育运动水平。此外，粤澳还应加强医疗、产业、科研、人才培养等方面的项目合作与对接，为两地民众提供优质的医疗、康复、预防和保健服务。

在民生合作方面，粤澳应加强以下四方面的合作：一是加强供水、供电合作。加快推进竹银水源工程建设，早日彻底解决咸潮对澳门供水的影响。二是开展对澳供电中长期规划研究，加快电路建设和供电调度保障。三是加强食品安全质量管理和运输过程监控，保障两地民众食品安全。四是不断深化环保合作，共建绿色大珠三角优质生活圈。

（四）强化"平等互利共赢"原则，提升区域整体竞争力

在合作的过程中，双方应摒弃"以自我为中心"的地方主义、本位主义，克服原来各自为政的心态，在发挥各自优势的同时，更多地从区域整体利益的角度考虑问题，明确只有"互利"才能共同发展，自觉遵循"互利"的原则来强化粤澳合作已达到共同发展的目标。合作双方应该尊重对方的利益，不断通过自身的策略调整去配合和适应对方，从而使各自的优势转化为对方的优势，各自劣势可以通过合理利用对方的优势来消除，营造出"1+1>2"的规模经济效益，提升两地的整体竞争力，促进两地全面融合。

（五）加强口岸通关合作，推进粤澳通关便利化

粤澳之间交往的管道是否顺畅，直接影响到人流、物流在两地之间的流动效率，对两地服务业合作的影响至关重要。当前两地应该联合请求并配合国家有关

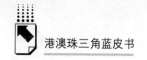

部门，改革两地的口岸管理体制，提高口岸科技和信息化水平，促进两地共同使用更先进的技术，推进粤澳通关便利化，提高通关效率。逐步放松两地人员互访政策，合理利用口岸资源，简化查验手续，实现陆路口岸通关电子化等。

（六）简化行政审批程序，加快服务业合作制度对接

为确保 CEPA 的有效实施，应进一步深化行政审批制度改革，进一步核减审批项目、简化审批程序、减少审批环节、验收审批权限，加大行政许可行为规范力度。对企业普遍反映的法律问题，要加紧立法速度，为两地的服务业合作提供更好的法律保障。具体包括：一是在制订立法计划阶段，进行充分的交流，互相了解各地立法动态和立法情况，互相学习借鉴；二是在一些共性的立法项目上，粤港澳三方可进行全方位、全过程的合作；三是在起草、审查等各个阶段全面把关，消除或减少区域法制间的矛盾和不协调的现象，从而增强区域内法律规范的统一性和权威性。

（七）构建 CEPA 的争端解决机制，加强行业协会层面合作

在推动地区间经济合作中，行业协会可以发挥政府与企业无法取代的特殊作用，包括代表本地区行业与其他地区同行业进行协商、协调等。目前，港澳的商会、协会之间的协作、自律监管组织机构比较健全，而广东在这方面还不够健全，因此，广东应把加强与澳门服务业协会间的合作作为规范管理，提升服务业素质和管理水平，推动两地服务业合作的重要内容，建立内地与澳门服务业的行业协会层面的紧密协调。

B.8
粤港澳专业服务业合作与发展研究

陈丽君 *

摘　要： 港澳与广东地理位置临近、文化同根同源、语言相通，在法律、会计、建筑、广告等专业服务方面有着很多相同或类似的需求，为港澳与广东的专业服务合作奠定了一定的基础。在 CEPA 及其补充协议以及广东先行先试的政策条件下，粤港澳在若干专业服务领域如法律、会计及核数服务，建筑、测量、工程策划服务，工程及技术服务以及商业管理及顾问服务等已经展开一系列的合作，并且取得相当大的进展。香港专业服务业发达，具有竞争优势，但市场需求狭小，而广东却具有庞大的专业服务市场，同时澳门也具有高度发达的旅游资源，因此粤港澳三地专业化服务具有广阔的发展前景。但粤港澳三地如何进一步进行有效的合作，在哪些方面开展进一步的合作，都将成为本文研究的主要问题。本文通过分析港澳与广东专业服务业各自的竞争优势与缺陷，粤港澳三地专业服务业发展的现状，现时粤港澳专业服务业面临的问题，提出若干政策建议。

关键词： 专业服务　比较优势　专业化程度　资格认证

港澳与广东同属一国，与广东文化同根同源、语言相通，有在广东经营的丰富经验，加上港澳与广东专业服务上存在优势互补，合作已有一定基础，而且 CEPA 及其补充协议和广东先行先试等政策，均为粤港澳专业服务合作提供了极有利条件。

---

* 陈丽君，中山大学港澳珠江三角洲研究中心教授。

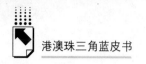

一 粤港澳专业服务优势互补

（一）香港专业服务业发达具竞争优势，但存在市场狭小劣势

香港自回归以来，在很多领域已丧失领导地位，但专业服务业的质量和水平在国际间仍维持良好声誉，保持其特有优势。2000 年《世界经济论坛》竞争力排名，香港的专业服务竞争力在全球排名第二，仅次于美国，高居亚洲榜首。

1. 香港已经成为庞大专业服务人才集结地

香港专业服务业产生于 20 世纪 70 年代，这是经济发展与社会结构转变的结果。与东亚其他国家相似，香港于 20 世纪 70 年代实现工业化，70 年代末，中国内地实行改革开放政策，香港工业逐渐北移内地尤其是珠三角，这就为香港服务业提供了发展空间，因此服务业迅速发展起来并成功实现经济结构的调整，从制造业转向服务业，并且在 90 年代逐渐发展成为国际金融、贸易、旅游、物流中心。经济的迅速发展带动香港社会行业与职业结构变化，制造了不少新的专业服务职位，于是在 20 世纪 70 年代香港社会产生了"第一代专业人士"。20 世纪 90 年代后，香港经济与高等教育迅速发展，入读香港本地与海外大学的人数迅速增长，在这些高质素人才中有不少加入了香港专业服务队伍，使第二、三代专业人士迅速成长起来，如法律、会计及核数服务专业人数从 1996 年至 2009 年增长 36%，同期整个专业服务人数增长 65%（见表 1）。

表 1 香港专业服务业就业人数

单位：万人

行业类型＼年份	1996	2000	2003	2004	2005	2006	2007	2008	2009
法律、会计及核数服务	3.42	3.31	3.40	3.48	3.75	4.00	4.24	4.61	4.65
建筑、测量、工程策划服务，工程及技术服务，商业管理及顾问服务	4.38	4.61	5.04	5.53	5.75	6.03	6.35	6.76	6.30
其他专业服务（资讯科技相关服务、广告服务）	2.81	4.13	4.27	4.20	4.20	4.46	4.64	4.97	6.38
总　计	10.51	12.05	12.71	13.21	13.70	14.49	15.23	16.34	17.33

数据来源：香港特别行政区政府统计处。

香港汇集了各式各样的专业服务人才，包括保险、证券、会计、法律及仲裁、设计及市场推广、管理顾问、信息科技以及其他专业服务人才，专业人士总数已达 30 多万人，取得专业资格的人数就达 5 万多人。人数最多的是教育界，约 9 万人；其次是卫生服务界，有 3 万多人，包括登记护士、药剂师、职业治疗和放射技师等；在会计界中，香港会计师公会会员近 2.9 万人，具有会计师资格的人数就有 2.3 万多人，有执业证书的 3660 人。此外，在医学界有 1 万多名医生，其中近 7000 人加入了香港医学会，约有 1700 名注册牙医；在法律界，有执业证书的事务律师为 6200 多人，大律师约 800 多人，政府律师 300 多人；在建筑技术方面，香港建筑师学会约有 150 位资深会员及 2200 名正规会员，测量师学会会员人数达 7140 人，工程师学会有 550 位资深会员及 7400 名会员；在资讯科技界约有 5000 人。香港的专业服务业就业人口从 1996 年的 10.51 万人增加至 2009 年的 17.33 万人（见表 1），占总就业人口的比例由 3.4% 上升至 4.9%（见表 2）。目前，香港共有 200 多个各行各业的专业协会，香港专业服务业界组成的香港专业联盟，代表着香港会计师公会、建筑师公会、大律师公会、牙医学会、工程师学会、园境师学会、律师会、医学会、规划师学会和测量师学会等十大专业团体。

表 2　香港专业服务就业人数占总就业人数百分比

单位：%

行业类型 ＼ 年份	1996	2000	2003	2004	2005	2006	2007	2008	2009
法律、会计及核数服务	1.1	1.0	1.1	1.1	1.1	1.2	1.2	1.3	1.3
建筑、测量、工程策划服务，工程及技术服务，商业管理及顾问服务	1.4	1.4	1.6	1.7	1.7	1.8	1.8	1.9	1.8
其他专业服务（资讯科技相关服务、广告服务）	0.9	1.3	1.3	1.3	1.7	1.7	1.8	1.9	1.8
专业服务	3.4	3.7	4.0	4.1	4.5	4.7	4.8	5.1	4.9

　　数据来源：香港特别行政区政府统计处。

2. 香港专业人士专业素质高

　　香港不但能吸引国际专业人才，而且本地人力资源素质也在不断提高，具有大专以上学历的劳动人口比例从 1998 年 22% 上升至 2008 年的 31%。

　　香港对专业资格的要求很高，香港专业人士均经过严格、系统的训练，具有广博的知识、良好的职业操守、宽广的国际视野以及熟悉粤语、普通话和英语等优势。拟取得律师与大律师资格的人，在取得香港大学或香港城市大学法律学学士学位及法律学深造证书后，完成实习，表现良好，才可获取在香港以律师或大律师身份执业。会计师资格，要求大学本科毕业生或相近学历，并通过会计师公会专业资格考试，再加上 3 年的工作经验才能成为执业会计师。工程师资格，要求在被认可的相关大学毕业，参加毕业生培训计划，加上责任经验。测量师、建筑师、规划师、园艺师等，均须取得相应专业资格，同样要有工作实践，并通过相应考核。香港资讯科技专业认证过去要求通过外国 IT 厂商提供考试如微软的 MCP、思科系统的 CCNA、CCIE 等；2007 年香港资讯科技专业认证局成立，对"副项目经理"、"商业分析"及"资讯保安主任"等认证，要求具有专上毕业并通过资格考试，再有 2 年工作经验，才能正式获得认证；对"项目总监"、"系统架构师"及"品质保证经理"要求从事相关工作至少 8 年，并通过论文及面试，再经评审团通过。教师界需取得教师资格，即使是幼儿园教师也有 40% 的人取得幼儿教育证书。

香港专业服务人员的质量和水平处于全球最高之列。如法律服务，香港是亚洲地区拥有国际法律人才最多的地方，亚洲地区精通国际事务的律师约有 40% 汇集在香港，这些法律专业人士在资金筹措、项目融资、企业购并等方面具备丰富的法律知识，在法律文件起草工作方面具备成熟的经验，在商业及贸易法、商业纠纷及仲裁法、知识产权及专利法等方面居亚洲地区领导地位。香港法律专业人士不仅精通普通法和国际商业法，也熟悉中国内地的法律制度，了解内地企业运作情况。香港的测量专业人才以经验及技术专长，在亚太地区处于领先地位，不少香港测量师与国际同行尤其是英国同行合作，竞投大型国际项目。香港取得的工程师资格可获得澳大利亚、加拿大、爱尔兰、新西兰、英国、美国及南非的承认，许多经验丰富的工程师同时拥有国际工程师资格。

3. 香港专业服务业分工细致，专业化程度高

香港专业服务业分工细致，例如在会计事务所中有执业会计师（CPA）事务所和非执业会计师事务所之分，执业会计师事务所提供的主要服务包括法定审计、税务顾问、公司上市、企业融资、清盘及尽职调查，同时还向客户提供各类商业顾问服务；非执业会计师事务所提供的服务包括簿记、一般会计服务、年终财务报告和报税等。香港会计服务行业由少数国际大型会计师事务所主导，世界四大会计师事务所在香港都设有分支机构，为绝大部分香港上市公司提供审计服务，占据了香港会计服务市场的大部分份额；而小型会计师行则主要服务于非上市公司。此外，法律服务专业人员由律师和大律师两类专业人士组成，律师负责一般法律事务，大律师则专门负责出庭及诉讼，其工作内容主要涉及知识产权、船务、刑事案件、企业及商业问题释义、租赁纠纷和人身伤害赔偿等；建筑设计服务业由多个专业组成，包括产品设计、平面设计、室内设计及时装设计；建筑工程服务包括土木、结构、屋宇、电机及机械等多个专业；测量专业则包括产业测量师、工料测量师、建筑测量师、土地测量师和城市规划及发展测量师等；管理咨询服务按具体的业务范围可细分为十大类，包括人力资源咨询机构、商业管理咨询机构、海外商业顾问机构、市场开拓与销售咨询机构、公司与组织发展咨询机构、信息技术咨询机构、会计和金融顾问机构、产品和营运管理咨询机构、经济与商业环境咨询机构以及秘书服务咨询机构等。不同类型的专业服务机构提供不同类型、高度专业化的服务，确保了香港专业服务的高质量。

4. 国际化优势

香港会计、医学、测量、工程、建筑、规划等与国际同行关系密切，资格认证基本获得国际同行认可，在专业技术上与国外的先进专业基本接轨，且香港专业人士多数具有良好职业操守、国际视野，专业服务效率堪称世界一流，尤其在生产指挥与经营组织、开拓市场形成营销网络、发展资本市场融通资金以及现代物流业务等方面积累了丰富经验。如香港法律专业服务覆盖资本市场、公司财务、知识产权、解决争端等，处理国际法律业务能力在亚太地区首屈一指；会计专业服务，在税务、财务管理、公司管理、资讯技术、风险管理、公司破产与重组等工作上可提供一流的服务；在建筑设计、广告、会展、证券等专业服务上服务水平同样达到世界一流。因此香港专业服务业质素在国际上维持良好声誉，享有很高地位。

香港法律服务水平在国际上获得广泛认可，司法体制评级高居亚洲榜首，香港做出的仲裁得到国际广泛尊重，可以借《纽约公约》在130多个国家强制执行。香港自从1985年成立香港国际仲裁中心以来，仲裁个案增长迅速，每年处理的仲裁个案已经由1985年成立初期的9件上升为2008年的602件（见表3），与世界其他国家和地区仲裁中心或仲裁委员会相比较，香港排名第三位，仅次于中国国际经济仲裁委员会和国际商会（见表4）。2008年11月国际商会的国际仲裁院秘书处在香港设立分处，标志着香港作为国际仲裁中心的地位得到承认。

表3 香港国际仲裁中心成立以来处理仲裁个案数量

年份	商业	建造业	合作企业	船务	其他/未能分类	总数
1985	1	5	0	0	3	9
1986	3	9	1	0	7	20
1987	7	13	3	2	18	43
1988	5	5	1	1	12	24
1989	5	6	0	14	20	45
1990	5	10	3	8	28	54
1991	16	19	2	8	49	94
1992	33	31	4	74	43	185
1993	23	50	1	42	23	139
1994	17	53	5	33	42	150
1995	24	101	1	41	17	184
1996	35	86	0	21	55	197
1997	54	94	3	30	37	218
1998	76	109	1	31	23	240
1999	64	154	6	13	20	257
2000	60	204	1	18	15	298
2001	71	195	7	11	23	307
2002	90	190	6	9	25	320
2003	80	137	7	28	35	287
2004	87	127	0	25	41	280
2005	98	104	0	48	31	281
2006	102	181	0	18	93	394
2007	103	183	0	27	135	448
2008	129	208	0	36	229	602
总数	1188	2274	52	538	1024	5076

数据来源：香港特别行政区政府统计处。

表4 世界著名大仲裁中心案件数量比较

年份	香港国际仲裁中心	美国贸易仲裁会	中国国际经济仲裁委员会	国际商会	日本商事仲裁会	韩国商事仲裁委员会	吉隆坡区域仲裁中心	伦敦国际仲裁院	新加坡国际仲裁中心	斯德哥尔摩国际商事仲裁院	加拿大不列颠哥伦比亚国际商事仲裁中心	奥地利联合经济商会国际仲裁中心
2008	602	703 *	1230	663 *	12	47 *	47	213 *	71 *	176	N/A	51
2007	448	621 *	1118	599 *	15	59 *	40	137 *	70 *	84	82 *	40
2006	394	586 *	981	593 *	11	47 *	37	133 *	65 *	141	76 *	N/A
2005	281	580 *	979	521 *	11	53 *	30	118	45 *	56	77 *	55
2004	280	614 *	850	561 *	21	46 *	19	87	48 *	50	84 *	50

注：表中 * 表示包括本地与国际案件；N/A 表示没有数据。

数据来源：香港特别行政区政府统计处。

香港会计专业在会计标准、操守等方面均达到国际水平，作出的审计或财务报告具有很高地位，香港会计界参与国际或区域会计团体推动的会计准则制定工作；在建筑服务业方面，香港各专业协会均与国际同行有密切联系，并加入相关国际组织。正是因为香港专业服务业的服务水平达到国际先进水平，所以才能成功打造出香港国际金融中心、国际贸易中心、国际物流中心及国际旅游中心。

5. 香港专业服务业具明显领先优势

香港的专业服务业发展速度较快，在过去的十多年中，经济效益增长近2倍。1999～2004年，与专业服务有关的企业在香港设立办事处的数目增长29%，带来了40亿美元的经济效益。受全球大环境影响，2002年香港专业服务业发展一度走低，但进入2003年以来，香港专业服务业发展持续走高，自2005年第一季开始，香港专业服务业业务收益便持续增长，到2008年第二季达到最高点，此后受金融海啸影响，而有所下调（见图1）。

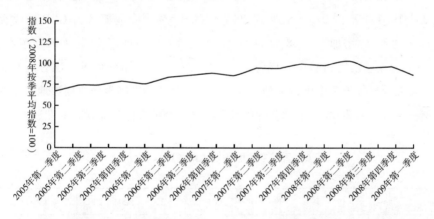

图1　2005～2009年各季度香港专业、科学及技术服务业务收益指数图

数据来源：香港特别行政区政府统计处。以上的业务收益指数是按"香港标准行业分类2.0版"编制。

香港专业服务业已经成为高增值产业，其中法律服务增加值从1980年的7亿港元增至1989年的46亿港元，到2007年达到93亿港元，业内人均增加值在2009年达到56万港元，比香港整体劳动人口的平均增加值46万港元高出许多；会计业在1980年不足4亿港元，到2001年总营业收益已经高达12亿美，到2007年达到88亿港元。整个专业服务业增加值从1996年的385亿港元增至2008年的660亿港元（见表5）。

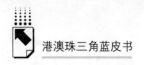

表5　1999~2008年香港专业服务业创造的增加值

单位：亿港元（以当时价格计算的增加价值）

行业类型 \ 年份	1999	2000	2001	2002	2003	2004	2005	2006	2007	2008
法律、会计及核数服务	123	139	138	140	123	144	154	159	181	193
建筑、测量、工程策划服务,工程及技术服务,商业管理及顾问服务	187	170	179	166	194	206	212	236	274	310
其他专业服务(资讯科技相关服务、广告服务等)	103	119	99	103	112	118	138	142	152	157
总　计	413	428	416	409	429	468	504	537	607	660

数据来源：香港特别行政区政府统计处。

香港专业服务在本地生产总值（GDP）中的比重也不断增加，其中法律服务占 GDP 的比重由 1980 年的 0.5% 增至 2007 年的约 0.8%；会计服务占 GDP 的比重则从 1980 年不到 0.3% 增加到 2007 年的 0.5%；专业服务占 GDP 的比重由 1996 年的 3.3% 增加至 2008 年的 4.2%（见表6），如加上其他工商支援服务，占 GDP 的比重则达到 11%，成为香港支柱产业之一。由此可见中国香港专业服务业发展明显领先于中国台湾地区、新加坡、韩国和中国内地等周边地区，香港是唯一未被列入 2008 年全球金融风暴重灾区的经济支柱产业就是专业服务业。

表6　香港专业服务在本地生产总值百分比

单位：%

行业类型 \ 年份	1996	1998	1999	2001	2002	2003	2004	2005	2006	2007	2008
法律、会计及核数服务	1.2	1.1	1.0	1.1	1.1	1.0	1.2	1.2	1.1	1.2	1.2
建筑、测量、工程策划服务,工程及技术服务,商业管理及顾问服务	1.4	1.6	1.6	1.5	1.4	1.6	1.7	1.6	1.7	1.8	2.0
其他专业服务(资讯科技相关服务、广告服务等)	0.7	0.8	0.9	0.8	0.8	0.9	0.9	1.0	1.0	1.0	1.0
总　　计	3.3	3.5	3.5	3.4	3.3	3.5	3.8	3.8	3.8	4.0	4.2

数据来源：香港特别行政区政府统计处。

6. 香港专业服务业需求市场狭小

香港是小型经济体，内部市场规模小，直到现在香港的服务业并没有真正走出香港，目前香港的制造业只占香港生产总值的 5%，产业支援服务业亟须走出香港寻找新的市场。外部需求是主导香港专业服务业的关键因素，而与内地尤其是广东合作更成为主要的关键因素。虽然 CEPA 以及补充协议涵盖服务领域 42 个，但大部分并未充分利用，被充分利用和发挥的主要是集中在旅游业方面。

（二）广东作为制造业基地，具有庞大专业服务市场，而澳门专业服务业则有一定优势

1. 广东作为制造业基地，具有庞大专业服务市场，而广东专业服务业不能满足自身需求

广东经济迅猛发展，工商服务市场庞大，尤其是"广东制造"风靡全球，奠定珠三角作为中国经济三大引擎的地位，国家质量监督检验检疫总局根据对全国 25 万多家制造业企业相关数据的测算，31 个省级制造业竞争力排名，广东、江苏、北京、上海、天津、浙江的制造业质量竞争力指数在 85 以上，其中广东名列第一位，指数高达 87.26（见表7）。

表7 2008 年各地区制造业质量竞争力指数

广 东	87.26	安 徽	81.85
江 苏	86.95	江 西	81.77
北 京	86.90	福 建	81.12
上 海	86.53	四 川	81.09
天 津	85.77	湖 南	81.03
浙 江	85.12	陕 西	80.57
重 庆	84.69	贵 州	80.44
山 东	83.47	吉 林	80.30
辽 宁	82.56	内蒙古	80.11
湖 北	82.43	河 北	80.09

制造业在广东以珠三角地区排名最前，例如佛山制造业比重已经接近 65%。然而随着广东省原先低廉的劳动力、土地、能源等成本优势逐渐丧失，粗放型经济增长模式难以为继。2008 年广东出台《关于加快建设现代产业体系的决定》，提出建设以现代服务业和先进制造业"双轮驱动"主体产业群，重点发展生产性服务业。

据广东省统计局发布的资料显示，广东特别是珠三角已开始迈入工业化后期，广东服务业增加值以年均 14.4% 的速度增长，2008 年服务业增加值已达15300 多亿元人民币，占全国 12.7%。2009 年 1～10 月广东第三产业共完成投资6352.87 亿元人民币，同比增长 21.9%，其中居民服务和其他服务业、卫生社会保障和社会福利业、科研技术服务和地质勘察业分别增长 112.4%、90.2% 和78.4%。相比之下，广东省第二产业投资已呈低速增长态势，2009 年 1～10 月全省工业共完成投资 3313.28 亿元人民币，同比增长仅 13.4%，其中制造业完成投资 2332.32 亿元人民币，同比增长只有 0.4%；广东规模以上工业增加值为12777 亿元人民币，同比增长 7.6%。服务业已成为广东经济的重要支柱产业，对经济的贡献率超过 40%，已接替工业成为全省经济发展的"第一动力"。虽然广东第三产业增加值占 GDP 比重的约 45%，省会广州市第三产业增加值占全市GDP 的 55%，但这个比重明显低于世界中等收入国家约 59% 的平均水平，也低于低收入国家约 48% 的平均水平，距发达国家 70%～80% 的水平差距更大。广东第三产业又以生活类中较低层次行业比较活跃，生产类或更高层次的服务业，如金融、律师、资产评估、专利代理及政策咨询、金融、社会化的教育培训服务等专业服务则较为落后，包括专业服务公司规模小（世界许多国家都有 8～10 家大型的专业服务事务所），管理落后，与经济发展的要求有一定的差距。而广东企业尤其是众多中小企业要走出国门或扩大国外业务，需要专业服务给予支援以提高产品设计、市场开发能力时，广东的专业服务难于满足需要。这就为港澳专业服务业的进入广东提供了有利条件。

2. 澳门服务业有一定优势

澳门服务业的发展水平比较高，第三产业占 GDP 的比重也已达到约 90%。澳门的优势是文化旅游资源丰富且有开发潜力，与欧洲及拉丁语系国家有特殊的联系。博彩旅游业、银行保险业和地产建筑业是澳门的主要服务产业，其中博彩旅游业是澳门的支柱产业，产值占 GDP 的 37% 左右，因此澳门的服务结构偏重于博彩业。

澳门作为微型经济体，其专业人员就业人口只有 1 万多人（见表 8），但占总就业人口的比重已经达到 3%～4%，与香港接近，而澳门专业服务市场同样狭小，因此澳门专业服务业同样需走出澳门，与广东合作，扩大服务市场。

表8　澳门专业人员就业人口情况表

单位：千人，%

年份		就业人口	同期变动率	上期变动率	同期差值	上期差值
2007		10.3	9.27	9.27	0.9	0.9
2008		11.7	13.41	13.41	1.4	1.4
2009	第一季	10.1*	-17.73	-13.39	-2.2	-1.6
	第二季	10.6*	-0.29	5.65	0.0	0.6
	第三季	11.6*	-5.78	8.74	-0.7	0.9

＊为配合劳动关系法对订立劳动合同者的最低年龄调升为16岁的修订，澳门特别行政区统计暨普查局将界定劳动人口的年龄下限由14岁调升至16岁。自2008年11月~2009年1月起的资料是按照新的年龄下限计算。

二　粤港澳专业服务业合作发展状况

（一）CEPA及其补充协议、《粤港合作框架协议》、《粤澳合作框架协议》为粤港澳专业服务合作提供了有利的条件

自2003年6月29日CEPA正式签署与实施后，CEPA开放的领域已增加到44个，优惠措施达250项。到2010年5月签署的CEPA补充协议七，共推行30多项开放措施，涵盖20多个服务领域。

港澳专业服务业到广东投资或执业，要符合投资资金、港澳专业界人士一年内在内地的工作时间、所请港澳员工比例等限制性条件或门槛的要求。除此之外CEPA及其补充协议提供了优惠待遇以及贸易便利（包括多项考试、专业资格互认、实习、注册及执业等方面优惠），使香港公司能在内地更多行业独资经营，使香港专业服务业更容易进入内地市场，运作模式也更具有弹性。资格认证是港澳专业服务业进入广东以及港澳与广东专业服务合作的重要条件。如在广东从事代理记账业务的港澳会计师要取得内地会计从业资格证书，在广东主管代理记账业务的负责人要有内地会计师以上专业技术资格。港澳人士取得内地资格认证的途径有两个：一是通过内地专业资格考试，获得内地专业从业资格；二是港澳与内地专业资格互相认证，其中双方资格互认更为重要。2003年CEPA初步提出内地在17个专业服务业领域向香港开放市场；2004年2月17日香港财政司司长

唐英年率领香港建筑及工程、会计、保险、证券、财经服务、医生、律师等专业界近百名代表到北京参加专业资格互认高层会议，国务院 9 个部门及近 30 家专业公会参加了会议，此次会议建立起双方资格互认直接沟通渠道，期间建筑、结构工程和保险等三个行业分别举行了专业资格互认与合作协议签署仪式；2005年 10 月签署的 CEPA 补充协议二又进一步放宽市场准入条件并允许符合条件的香港居民参加内地建筑、工程、规划、会计等 30 项专业技术人员资格考试；2007 年 6 月 CEPA 补充协议四提出，双方加强专业人员资格互认，在资格认证上也不断扩大香港居民参与内地专业资格考试的范围与扩大双方资格互认范围。

2008 年 7 月签署的 CEPA 补充协议五，制定了在专业服务业领域向港方开放的细则并允许广东先行先试。2009 年 1 月国务院批准的《珠江三角洲地区改革发展规划纲要（2008～2020 年)》（以下简称《规划纲要》）的重点之一，就是广东加强落实 CEPA 对香港专业服务业开放的措施，2010 年广东与香港签订《粤港合作框架协议》，2011 年再与澳门签署《粤澳合作框架协议》。此外，商务部确定珠海市、佛山市、重庆市、上海浦东新区四个"落实 CEPA 示范城市"，广东就占了两个。这些都为粤港澳专业服务合作提供了极为有利的条件与机遇。

CEPA 落实至今，为港澳经济带来巨大利益，至 2009 年年底，已有 2500 多家港澳服务提供者（法人）按照 CEPA 的优惠措施取得"服务提供者证明书"，申请到内地投资；港澳共有 56 家银行开办个人人民币业务，存款余额近 600 亿元人民币；为港澳服务提供者在内地的业务带来 400 亿港元以上收益，同时也为内地尤其是广东带来了利益，港澳投资者在内地开公司，为内地创造了 49500 多个职业岗位。

2009～2010 年在《规划纲要》、《粤港合作框架协议》、《粤澳合作框架协议》以及 CEPA 补充协议下，粤港澳专业服务业合作向更深层次发展，其中示范城市佛山市与珠海市更是积极推进与港澳专业服务合作，佛山市在会展、金融服务、法律、会计等方面，分别与香港贸发局、香港生产力促进局、香港大律师公会等机构签署合作协议，细化合作内容。

（二）各专业服务行业合作状况

CEPA 落实至今已经很多年，粤港澳专业服务业合作已经取得一些进展。虽然港澳专业服务业进入广东有明显增加，但是港澳各专业服务行业在广东发展的情况还是有较大差别（见表9）。

表9　香港2008年按服务组别划分的与中国内地有关的专业服务输出

组　　别	金额（百万港元）	占服务业出口比重（%）	按年变动百分率（%）
广告、市场研究与公众意见调查服务	2390	1.3616	7.6
商业及管理顾问和公共关系服务	2153	1.2266	17.7
会计、核数、簿记及税务顾问	457	0.2603	-35.6
建筑工程及其他技术服务	1395	0.7947	124.3
法律服务	411	0.2341	3.5
总　　额	6806	3.8773	17.7

数据来源：香港特别行政区政府统计处。

1. 广告、市场研究与公众意见调查服务

广告、市场研究与公众意见调查服务是香港与内地尤其是广东合作进展最快的专业服务之一。2008年香港在该专业方面与内地相关的服务输出已高达2390万港元，其中以向广东输出占最大比重，且发展趋势较为平稳。内地尤其是广东的广告设计等服务业已有一定发展，广东广告业务的四大媒介（电视台、广播、报纸、杂志）近千户，专业广告服务企业万余户，从业人员20多万人。2003年签署的CEPA允许港澳广告服务企业在内地设立独资广告公司，港澳公司进入内地尤其是广东市场虽然遇到强大竞争，但是港澳的广告、市场研究与公众意见调查服务具有自身特殊优势，且它们善于将自己打造成具有国际视野的企业，因此在内地尤其是广东业界能够占有一席之地。

2. 商业及管理顾问和公共关系服务

商业及管理顾问和公共关系服务也是香港与内地尤其是广东合作进展最快的专业服务之一。2008年香港在该专业方面与内地相关的服务输出已高达2153万港元，其中同样以向广东输出占最大比重，且发展趋势也比较平稳。港澳的商业及管理顾问和公共关系服务发展成熟，拥有完备的法律体系、规范的市场机制和先进的符合国际惯例的管理模式，因此港澳公司在规模实力、业务水平、服务质量等方面与广东同业相比有许多优势。广东企业在新一轮的国际竞争中，迫切需要企业的战略发展、生产营销、组织结构等方面一系列管理咨询、顾问和公共关

系服务。2003 年签署的 CEPA 允许港澳管理咨询公司在内地设立独资公司，通过粤港澳合作，可满足广东日益增长的市场需求，且港澳资公司经济实力比广东咨询管理公司雄厚，其优势在于对广东的咨询管理人才有吸引力，可促进人才的流动。尽管对广东管理咨询业构成竞争压力，对尚处于较低发展阶段的广东投资咨询、顾问行业造成很大冲击。但可以迫使广东咨询企业尽快提高经营水平，从而有助于广东管理咨询业尽快完善健全的体制。

3. 会计、核数、簿记及税务顾问

会计业是港澳与广东差别相对较小的专业服务，因此双方合作的进展较快，2005 年香港在该专业方面与内地相关的服务输出已高达 712 万港元，当年的增长率达 9.9%，表明港澳向广东等内地省市输出会计、核数、簿记及税务顾问服务发展较为快。但之后发展速度减缓，至 2008 年香港该专业与内地相关的服务输出已减至 457 万港元。2003 年签署的 CEPA 规定已持有内地执业资格并在内地执业的港澳会计师每年在内地的工作时间要求比照内地注册会计师处理；港澳会计师事务所在内地临时开展审计业务时，申请的《临时审计业务许可证》有效期延长为一年；港澳会计师进入内地会计市场的门槛大幅度降低港澳会计师能够在内地独资经营会计、财务、核算报表等不同业务，每间事务所必须聘请内地会计人员的数目由 60 名减至 10 人，事务所每年收入的规定也降低。之后的 CEPA 补充协议，进一步放宽港澳会计师进入内地的限制。现在港澳专业会计师只需通过中国注册会计师全国统一考试 5 门科目中的 2 门，即经济法和税法，并符合实务经验要求，即可申请成为中国注册会计师协会会员；港澳会计师在内地临时开展业务的有效期由 2 年延长至 5 年。到 2009 年已经有 38 名香港会计师办理了资格互认免于参加内地会计师资格考试手续。

香港会计师公会为便利港澳会计专业人员在广东发展，委聘深圳市注册会计师协会于深圳设立"中国咨询台"，负责向香港会计师公会会员免费提供所需资讯及咨询服务，2006 年 10 月香港会计师公会在北京成立首家内地办公室，加强与内地的联系和合作。至 2008 年，共有 50 家香港会计师行已经申报在内地尤其是广东成立联系所或代表处等机构，在客户转介、技术支援、顾问服务等方面与内地同业结盟协作；不少香港会计专业人员在内地尤其是广东积极进行知识转移，提供技术服务及所需的人才培训，参与内地尤其是广东制定财务回报准则的工作，并在有关准则与国际趋同的过程中，向中国会计准则委员会提供意见，以满足服务内地尤其是广东急剧增长的各项会计服务的需求。

4. 建筑工程及其他技术服务

建筑工程及其他技术服务是香港与广东差异最小的专业服务业，因此也是合作进展最快的领域之一。2008 年香港在该专业方面与内地相关的服务输出达1395 万港元，比 2007 年的 622 万港元大幅增长 124.3%。内地改革开放初期，港澳投资者已进入广东市场兴建厂房或参与房地产发展业务，同时也聘请了不少港澳建筑专业人才替他们在广东的项目进行设计、监督施工等工作，因此建筑及工程专业人士是第一批到广东从事专业服务的港澳专业服务团队。

2003 年 CEPA 签署后，建筑工程设计及其他技术服务业又是最早在资格互认等方面取得进展的。测量师是第一个取得资格互认的专业，已注册 5 年的会员加上在当地 1 年工作经验，经对方简单考核及格后即可执业，2004 年 4 月便产生第一批资格互认的测量师。之后建筑师、结构工程师、规划师相继取得资格互认。至 2009 年 2 月底有 1196 位香港建筑业专业人士获得内地专业认可资格，其中建筑师 412 人，结构工程师 249 人，建筑测量师 228 人（获内地注册监理工程师资格），工料测量师 173 人（获内地注册造价工程师资格），产业测量师 97 人（获内地房地产估价师资格），规划师 37 人。到 2009 年底，内地与港澳在建筑领域互认专业人员共 2458 人。这些专业服务人员获安排参加互认协议下的培训及测试，以便他们取得相互的专业执业资格。目前已有 20 家香港承建商先后取得内地一级或以上资质证书，不少建筑工程设计顾问公司取得甲级或乙级资质证书；在内地有 900 多名工程师同时开展 200~300 个大型建筑项目，包括酒店、领事馆和奥运村等工作。其中广东是港澳建筑业投资的主要地区之一，只是广东建筑工程及其他技术服务发展迅速，港澳竞争力相对减弱，因此对广东的建筑工程与技术服务输出才呈现下降趋势。

5. 法律服务

法律是港澳与内地差异最大的专业服务，因此双方合作进展较小，2008 年香港在该专业方面与内地相关的服务输出 411 万港元，呈明显增长趋势。实际上港澳律师在内地尤其是广东执业具有十分明显的优势，广东企业普遍存在的问题是对国际市场规则了解不多，对海外法律和经营环境认识不足，港澳尤其是香港律师对国际规则熟练，可以帮助广东企业很好地解决这个问题。广东法律服务业部分开放后，肯定会对广东的法律界造成一定程度的冲击，但是不会构成大的威胁。内地与香港属于不同法系，香港律师在通过专业资格互认后，还需要通过全国律师考试才能在规定的司法领域执业，而且香港的律师虽有不少到内地设分所，但由于内地法律服务市场非常大，所以对内地律师不会有太大影响。因此法律服务业部分开放后，对包括广东在内的内地法律服务业，正面作用会比较大，通过相互竞争的加强会提升粤港澳整体法律服务水平，产生"鲶鱼效应"激活广东法律服务行业，促进三方律师形成互补，将法律服务的"蛋糕"做大，使三方律师都能受益。

自1992年起，中国开始允许外国和港澳律师事务所在中国（境内）设立代表处，提供境外法律服务。中国加入世贸组织后，为履行承诺，取消了外国和港澳律师事务所在中国（境内）设立代表处的地域和数量限制，2003年签署的CEPA规定，港澳律师事务所在内地代表处的所有代表每年在内地的最少居留时间要求缩短至2个月；允许内地律师事务所聘用港澳法律执业者；允许在内地设立代表机构的港澳律师事务所与内地律师事务所联营，允许港澳永久性居民中的中国公民参加内地统一司法考试，取得内地法律职业资格，在内地实习并执业，从事非诉讼法律事务。之后的补充协议进一步放宽了限制。2003年11月司法部首次规定取得国家《法律职业资格证书》的港澳居民可以在内地申请律师执业，同时司法部制定了《香港法律执业者和澳门执业律师受聘于内地律师事务所担任法律顾问管理办法》，允许港澳执业律师受聘于内地律师事务所担任法律顾问，办理已获准从事律师执业业务的港澳以及中国以外的其他国家的法律事务。重庆市司法局2004年3月27日向香港律师吴永嘉颁发了第一张《香港法律顾问证》，成为首位受聘于内地律师事务所的香港执业律师，与重庆中豪律师事务所达成协议，出任其法律顾问。2004年4月12日香港3家律师事务所获准在内地设立代表处，2005年起内地司法考试在香港设立考场，同时允许香港律师事务所与内地同业开展联营，获得内地律师资格证的香港律师可在内地执业从事指定业务。2004~2007年香港共有1301人报名参加了内地的司法考试，但是只有44人通过了考试；至2008年已经有77家香港律师行在内地13个城市设有代表机构，6个香港律师行的驻内地代表机构与内地律师所联营；9家内地律师所在香港开设办事处，其中5家是与香港联营，主要集中在穗、深、京、沪等地。

6. 教育合作

广东与港澳教育合作已经有了很好的基础，相互招生、相互讲学已经很普遍，办学方面的合作也已深入，例如中山大学工学院应用力学与香港大学工程学系合作的2+2本科招生与学习模式，成效明显。CEPA以及补充协议的签订为粤港澳教育合作提供了有利条件，尤其是为港澳到广东办学及联合办学提供了条件，佛山市东立鳌云职业技术学校携手香港专业进修学校共建香港专业进修学校佛山分校，这是CEPA实施后，在佛山建立的首个与港资合作的高等职业技术学校，香港专业进修学校佛山分校已经选址高明区，首届课程初步计划于2010年9月开学，考虑到佛山庞大的制造业，将来还会陆续开办建筑管理、环境保护、文物保护等新的专业。此外，澳门大学迁移到珠海横琴，带动港澳其他大学，在横琴建设区域性科教研发平台，为建立国家级高新技术产业基地起到示范作用。

7. 其他专业服务业合作情况以及港澳发挥专业服务中介与桥梁作用情况

其他专业服务业合作还包括医疗、建筑设计等。在CEPA示范区佛山市，香港最大的医疗门诊机构康健国际控股有限公司计划投资开设4间门诊部；顺德工业设计园与香港理工大学设计学院及香港工业设计师协会分别签订合作协议，引进香港世界领先的工业设计与制造业。

港澳不仅可以利用其专业服务业的优势，为广东经济提供支持，而且港澳专业服务的国际化水平以及在内地优先发展的优势，使港澳专业服务业具有作为广东与国际市场专业服务接轨中介与桥梁的优势。例如，在法律服务上，港澳法律服务不仅得到国际广泛认可，而且得到中国内地认可，根据最高人民法院与两个特区政府签署的《相互承认和执行仲裁裁决安排》，内地和港澳的仲裁裁决可以在他方执行；2006年签署了《关于内地与香港特别行政区法院相互认可和执行当事人协议管辖的民商事案件判决的安排》，在符合规定的条件下，两地法院的民商事判决可以在两地相互执行，为实施安排，双方还制定了相关法律或解释，并于2008年8月起同时执行。在此条件下，如有涉及广东与外国的商业纠纷，香港便是这些企业处理问题的理想地点，因此强化了港澳作为区内法律服务及解决商业纠纷的中心地位。在会计、建筑工程等专业服务方面，港澳可以为广东同业进一步融入国际市场提供支持和协助，同时为海外专业服务进入广东市场提供协助，并为涉及广东与海外的各类专业服务的业务提供优质服务。

（三）港澳专业服务出口额在广东中所占比重不断提高

随着粤港澳专业服务业合作的发展，广东在港澳专业服务出口额中所占比重不断提高，以香港最为明显。

近年香港专业服务出口明显增加，2000 年香港主要专业服务输出达到 44.04 亿美元，同比增加 15.8%，占香港服务输出总额的 10.8%，输出净额为 12.38 亿美元。1999～2007 年专业服务出口总体上是增加趋势，其中法律、会计等技术服务出口均从 1999 年的不足 2 亿港元上升到 2007 年的 10 多亿港元，而建筑工程及其他技术服务出口更是高达 19 亿港元（见图 2）。2005～2007 年的增长最为明显，2007 年会计、法律、建筑和相关工程服务出口值分别为 13.4 亿港元、13.5 亿港元及 19.3 亿港元，均比 2005 年有大幅度的增长；其中建筑工程及其他技术服务出口值增长幅度最快，与 2005 年相比增长 86.76%，到 2008 年出口值已达近 32 亿港元，比 2007 年增长 65.2%（见表 10）。

香港输出的专业：建筑工程服务主要是项目管理、屋宇服务工程及工程顾问等几大类。会计、核数、簿记及税务顾问方面的服务内容是法定审计服务、与投资有关的顾问服务（如尽职调查）、税务顾问、电脑支援及企业服务等；在中国内地，广东是香港最大的输出市场，占据业界输出总收入的大部分，输出的主要服务是为项目进行可行性研究及评估。在法律服务输出方面，客户大部分是外国跨国公司的地区办事处、投资银行、建造公司等，据香港贸易发展局 2005 年 2 月对香港律师事务所进行的调查显示，83% 的受访律师事务所曾经处理过跨境商业交易。香港的管理顾问公司、设计公司和工程服务也大多数服务于香港以外的地区，2002 年商业及管理顾问以及公共关系服务输出的总值为 14 亿美元，84% 的管理咨询机构都曾从事香港以外的业务，主要是中国内地及亚太地区。输出在

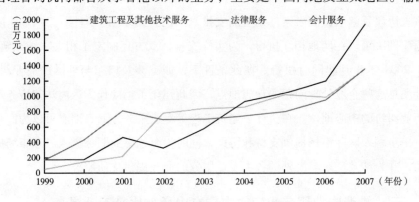

图 2　香港按服务组别划分服务输出金额

数据来源：香港特别行政区政府统计处。

表 10　2005～2008 年香港专业服务按专业服务组别的服务输出

组　　别	年份	金额 （百万港元）	占服务业出口比重 （%）	按年变动百分率 （%）
建筑工程及其他 技术服务	2005	1035	0.208925	11.4
	2006	1191	0.210776	15.1
	2007	1933	0.292556	62.3
	2008	3193	0.445203	65.2
法律服务	2005	804	0.162295	7.8
	2006	943	0.166887	17.3
	2007	1352	0.204623	43.4
	2008	1503	0.209564	11.2
会计、核数、簿记及 税务顾问	2005	1020	0.205897	17.8
	2006	983	0.173966	-3.6
	2007	1344	0.203412	36.7
	2008	914	0.127440	-32
商业及管理顾问及 公共关系服务	2005	14238	2.874076	20.0
	2006	16992	3.007146	19.3
	2007	20159	3.051029	18.6
	2008	21914	3.055493	8.7
广告、市场研究与 公众意见调查服务	2005	4117	0.831056	1.0
	2006	4292	0.759573	4.3
	2007	4770	0.721931	11.1
	2008	4748	0.662018	-0.5
总　　额	2005	21214	4.282248	
	2006	24401	4.318348	15.0
	2007	29558	4.47355	21.1
	2008	32272	4.49972	9.18

数据来源：香港特别行政区政府统计处。

各个设计行业所占的比例各有不同，产品及室内设计公司的出口导向程度较高。在测量服务方面，香港几乎所有主要香港测量师行均在东亚各地承接项目。据香港特区统计处《2003 年香港服务贸易统计报告》称，香港会计、审计、簿记及税务顾问服务输出总值为 1.08 亿美元，对服务输出总值的贡献率为 0.2%，而 2007 年，香港会计、审计、簿记及税务顾问服务输出总值达 1.72 亿美元，对服务输出总值的贡献率仍为 0.2%。

香港专业服务主要输出地区是亚洲地区，对其出口占该行业全部出口总额的比重最大，其中建筑工程及其他技术服务业 2005 年时曾高达 88.2%，会计服务也高达 80% 多，其次为北美洲，第三位是西欧（见表 11）。

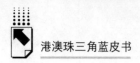

表11　2005～2008 年香港专业服务业目的地服务输出

建筑工程及其他技术服务业			
地　区	年份	金额 （百万港元）	占该行业出口比重 （%）	按年变动百分率 （%）
亚　洲	2005	913	88.2	17.1
	2006	1036	87	13.5
	2007	1446	74.8	39.6
	2008	2364	74.0	63.5
北美洲	2005	52	5.0	−51.4
	2006	少量		
	2007	166	8.6	
	2008	205	6.4	23.5
西　欧	2005	22	2.1	450
	2006	26	2.2	18.2
	2007	26	1.3	
	2008	297	9.3	1042.3
总　额	2005	1035		11.4
	2006	1191		15.1
	2007	1933		62.3
	2008	3193		65.2
法律服务			
地　区	年份	金额 （百万港元）	占该行业出口比重 （%）	按年变动百分率 （%）
亚　洲	2005	418	52	10
	2006	446	47.3	6.7
	2007	572	42.3	28.3
	2008	660	43.9	15.4
北美洲	2005	166	20.7	37.2
	2006	219	23.3	31.9
	2007	412	30.5	88.1
	2008	440	29.3	6.8
西　欧	2005	185	23.0	−23.6
	2006	219	23.2	18.4
	2007	318	23.5	45.2
	2008	316	21.0	−0.6
总　额	2005	804		17.1
	2006	943		13.5
	2007	1352		43.4
	2008	1503		11.2

		会计服务		
地　区	年份	金额 （百万港元）	占该行业出口比重 （%）	按年变动百分率 （%）
亚　洲	2005	872	85.5	10.4
	2006	862	87.7	-1.1
	2007	808	60.1	-6.3
	2008	575	62.9	-28.8
北美洲	2005	74	7.2	
	2006	69	7.0	-6.8
	2007	437	32.5	533.3
	2008	254	27.8	-41.9
西　欧	2005	53	5.2	178.9
	2006	45	4.6	-15.1
	2007			
	2008			
总　额	2005	1020		17.8
	2006	983		-3.6
	2007	1344		36.7
	2008	914		-32.0
		商业及管理顾问以及公共关系管理服务		
地　区	年份	金额 （百万港元）	占该行业出口比重 （%）	按年变动百分率 （%）
亚　洲	2005	5437	38.2	56.1
	2006	6237	36.7	14.7
	2007	7642	37.9	22.5
	2008	8187	37.4	7.1
北美洲	2005	4355	30.6	0.5
	2006	5208	30.6	19.6
	2007	6949	34.5	33.4
	2008	8655	39.5	24.6
西　欧	2005	3907	27.4	9
	2006	4076	24	4.3
	2007	4714	23.4	15.7
	2008	3979	18.2	-15.6
总　额	2005	14238		20
	2006	16992		19.3
	2007	20159		18.6
	2008	21914		8.7

注：总额指所有地区之总和，并非仅指亚洲、北美、西欧三地。

数据来源：香港特别行政区政府统计处。

自从中国加入 WTO 以后，中国对外资公司在法律服务、会计服务等方面的市场准入条件大为改善，同时，随着 CEPA 正式实施及其 6 个附件的签订，香港各类专业服务业顺理成章地成为通往这个庞大市场的门户，法律服务、会计服务、建筑工程技术服务、管理咨询服务陆续进入内地，中国内地尤其是广东逐渐成为香港专业服务贸易输出的最大市场。法律服务需求主要来自在内地尤其是广东有投资或计划投资的国外和香港公司，以及有意在海外上市的内地企业，尤其是广东企业。香港会计服务的客户大体可分为四类：跨国公司、在广东有投资或计划投资的香港公司、在香港上市的广东企业和在海外扩展业务的广东企业。到 2005 年香港与内地有关的专业服务输出金额已经占到服务总输出金额的 4.2%。

三 粤港澳专业服务业合作存在的主要问题

目前，粤港澳专业服务合作虽然已经取得实质性进展，但是仍然存在不足，在 CEPA 以及补充协议涵盖的 42 个服务领域，除旅游业外大部分并未充分利用。

1. 港澳专业服务成本太高

成本高昂是多年来提高港澳专业服务业国际竞争力的最大障碍，港澳办公楼宇的租金和私人住房售价水平、劳动力成本高昂，在全球城市中数一数二，专业服务收费也很高，尤其高于内地。2003 年以前，香港专业服务劳动生产率基本不变，而平均劳动成本则持续增长，但 2003～2006 年，劳动生产率上升，而平均劳动成本却保持不变，这使单位劳动成本明显下降，然而自 2007 年开始，平均劳动成本回升，因此单位劳动成本开始回升（见图 3）。

近年来，内地整体教育水平快速上升，专业服务人才大幅度增加且质素提高，内地在法律界就有 10 万多名律师；国际四大会计师事务所已经在内地设立分支机构并积极在中国培训人才，而中国内地最大的会计专业服务所"普华永道"在中国拥有超过 1 万名职员，在内地 12 个城市设立了事务所，目前内地的四大会计师事务所超过 90% 的人员都是内地土生土长的会计师；在建筑测量界，内地已拥有不少大规模从事建筑测量的企业。内地专业服务业劳动成本相对低廉许多，服务收费也较为低廉，因此港澳专业服务业要进入内地竞争压力十分大。

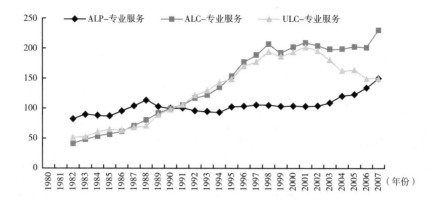

图3 香港专业服务业单位劳动成本变化

注：ALP、ALC 和 ULC 分别指平均劳动生产率、平均劳动成本、单位劳动成本。
图中以 1990 年数值为 100。

数据来源：香港特别行政区政府统计处。

2. 港澳一些专业进入广东的门槛依然偏高

虽然 CEPA 补充协议已经降低了港澳专业服务进入内地的门槛，但是一些市场准入门槛依然偏高，例如某些专业服务最低投资额门槛仍偏高；对外来专业人员的限制仍然较多，如有关在内地工作时间要求上依然偏高，这些对于港澳服务业进入广东市场造成较大障碍。

3. 港澳专业服务进入广东虽然门槛已降低，但门依然半开半合

广东诸多专业服务领域虽然已经开放，但是各种限制依然存在，就像"小门"一样依然半开半合。一些政策仍然不够明朗，如中央审批与地方审批之间的衔接问题，导致一些专业服务商在广东开业时，在审批上仍然无法落实；资格互认问题，一些专业资格互认至今未得到落实，因此无法在广东执业，或者资格互认后在广东执业未得到落实；还有国民待遇问题，港澳会计师事务所在广东临时执行审计业务而申请《临时执行审计业务许可证》的有效期由两年延长至五年，但其审计报告只可作为参考使用，在广东仍无法律效力，这使不少港澳会计师事务所望而却步。

4. 港澳与广东在制度、法律及经济水平上的差异成为港澳专业服务进入广东的障碍

港澳与广东专业制度及专业企业运作模式上的差异以及相关法律的差异，成为港澳专业服务业进入广东的障碍。如香港与内地分别属于海洋与大陆两大法系，香港法律专业要通过内地司法考试极为困难，兼顾两大法系压力极大；再如广东基本没有类似于香港个人专业服务事务所的"个人专业服务"及类似于专业协会自律组织的"行业自管"概念，这使香港专业界难以适应；再如广东建筑专业服务多数以综合服务模式运作，而香港则是以单一专业模式运作，因此香港建筑公司在广东要接生意，要在人数要求、经验等多方面符合广东甲级到丙级的资质要求很困难。

广东与港澳经济水平及薪酬差异也是障碍，例如广东监理工程师获取港澳资格后，没有任何关卡可直接到港澳接生意，而港澳专业人士则因港澳经济与薪酬相对较高（见表12，表13），如澳门专业人士每月收入中位数高达2万多澳门元，薪酬水平相差较大，甚少有港澳专业人士愿意到广东工作。虽然香港测量师学会有200多会员获得内地监理工程师资格，但至今尚未有人注册执业。

表12　2008年6月香港按主要行业类别及职业分析的每月薪金平均数与中位数[*]

单位：港元

建造、电力及燃气业				
	会计师	电机工程师	电子工程师	机械工程师	生产工程师
平均数	37600	46900	33100	48000	20600
中位数	35800	47800	19000	48900	15700
楼宇建筑、建造及相关行业				
	会计师	电机工程师	土木工程师	机械工程师	建筑师
平均数	32900	35600	35000	30900	50700
中位数	31900	28000	34700	30100	47700
运输、仓库及通信业				
	会计师	电机工程师	电子工程师	机械工程师	建筑师
平均数	29000	29700	34200		
中位数	27500	30200	33100		

　*薪金率的定义包括基本月薪、生活津贴、固定发放的年终额外款项、佣金及其他固定及定期发放的花红与津贴。

　数据来源：香港特别行政区政府统计处。

表13　澳门专业人员每月收入中位数

年份	澳　元	同期变动率（%）	上期变动率（%）	同期差值（澳门元）	上期差值（澳门元）
2007	19300.00	8.41	8.41	1498.00	1498.00
2008	22000.00	13.99	13.99	2700.00	2700.00

　资料来源：澳门特别行政区统计暨普查局。

四 加强粤港澳专业服务合作的建议

通过以上分析，粤港澳三地在专业服务业上有着明显的优势互补性，而且港澳与广东专业服务合作也已经取得一定基础，但是合作仍然存在明显问题。今后粤港澳专业服务业合作要取得进一步发展，需要针对存在的问题采取切实有效措施。

1. 保持港澳专业服务高效率，并尽可能降低成本以提高竞争力

港澳尤其是香港专业服务的高水平与高效率使其具有较强国际竞争力，但其高成本尤其是高收费对其进入广东市场是一重要障碍，因此需要尽可能通过降低成本来降低收费，以提高在广东的竞争力。

2. 广东先行先试，开展粤港专业服务业的深度合作

港澳专业服务业发展关键在于扩大服务业需求市场尤其是向内地发展，广东作为先行先试地区，应当在与港澳专业服务业合作上争取更多自主权，如中央部委将港澳专业服务进入广东市场的审批权下放到广东，这样才能取得在专业合作上的更大突破，使港澳专业服务业真正能够通过广东的先行先试，拓展在内地的市场，同时也使广东通过港澳专业服务业让本地更多工商企业走向国际市场，并大幅度提升广东专业服务业的服务水平与服务效率。

应当考虑设立粤港澳专业合作特别试验区，区内包括法律、会计、建筑设计、测量等领域的相关行业，如律师行、会计师行、建筑设计机构，等等。广州南沙已着手划出 40～50 平方公里的土地，建立穗港澳合作特别试验区，重点推进珠三角规划《纲要》与 CEPA 六中提出的粤港"先行先试"产业，可考虑将其建设成粤港澳专业合作特别试验区，在专业服务特别试验区内的专业服务机构，应允许其逐渐扩大服务业务范围和采取更具弹性的执业模式。港澳具有专业服务人才优势，广东具有专业服务市场优势，对此，还可考虑在广东设立粤港澳专业服务业培训基地，为广东培训与国际接轨的各类专业服务业人才。

3. 特区政府应积极推动港澳专业服务向广东发展

港澳特区政府相关机构尤其是贸易发展局等机构，应积极向港澳专业服务界提供广东有关法律资讯服务，举办专业服务大型推广活动，组织增进港澳与广东专业人士的交流活动，加强建立港澳与广东专业服务合作平台，积极推动港澳专业服务向广东发展。

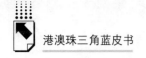

4. 进一步放宽门槛限制，鼓励港澳专业人士到内地发展

随着广东经济的迅速发展，广东与港澳经济发展水平差距与经济制度差异会继续缩小，因此港澳专业服务进入广东的由制度、经济水平差异造成的障碍也会自动消除，但是政策障碍则需要政府解决。港澳资企业定位问题是困扰粤港澳合作的重要因素。现在不少法律法规，均是港澳回归前或回归初期制定的，包括《外资企业法》、《中外合资企业法》、《中外合作企业法》等，这些条例均规定港澳资企业参照执行。一国两制下的港澳，虽然货币独立、关税独立及财政独立，但毕竟与内地同属一国，而且港澳回归祖国已经多年，还将港澳资企业视同外资企业已经明显不再合适，此类法律法规已经明显不能适应形势变化，阻碍了港澳与广东的合作，因此已经到了全面清理这些条例的时候。港澳资企业既不同于内地各省市，也不同于外国，应当作为"特殊外资"看待。只有港澳资企业被作为特殊外资看待，粤港澳合作才有可能取得突破性进展，尤其是专业服务方面合作更需在定位上取得突破。

港澳专业服务通过 CEPA 进入广东执业，在资金限制、港澳人员比例、在广东工作时间要求上均应进一步降低门槛，使 CEPA 作用得以真正发挥。下一轮 CEPA 补充协议，港澳律师行、会计师事务所等主要专业服务企业或机构可以在广东省的佛山市与珠海市作为试点，效仿港澳医疗机构进入广东模式，进一步放宽门槛限制，并加快及简化审批程序，鼓励港澳律师行与会计事务所等主要专业服务企业或机构以独资或合资形式，在广东设立事务所。

5. 加快港澳专业服务进入广东市场的审批程序

应缩短处理有关法律服务在广东开设代表处的审批时间。目前，港澳专业服务进入广东市场的审批程序复杂，审批时间过长，这对港澳专业服务进入广东是一大障碍，让不少专业人士望而却步。因此，要尽可能简化审批程序和缩短审批时间，鼓励港澳专业服务向广东发展。

6. 加快资格互认

进一步扩大港澳人士参加内地专业资格考试的范围，逐渐将范围扩大至所有专业服务业，并尽可能在港澳设立各专业资格考试考场，港澳的高校应适当增加内地法律、商业制度等相关课程，帮助相关专业学生增加内地相关知识。尽快实现更多专业资格的互认，尤其是对差异较小的建筑设计及其他技术专业，包括屋宇装备工程师、电机工程师、园境师、土木工程师等加快互认。尽快解决已取得内地专业资格的人士在广东的执业资格问题，优先处理广东监理工程师已获资格互认的会员加快获得执业印章，并尽量以技术水平考核港澳工程师。

7. 鼓励广东企业到港澳使用专业服务

内地企业到港澳使用港澳专业服务，对于港澳专业服务发展有较大作用。中央与内地各级政府应当鼓励内地企业到港澳上市，或在港澳设立分支机构，或在港澳扩大业务范围，特区政府与港澳专业服务界也应积极主动争取更多内地企业到港澳使用专业服务。

8. 粤港澳专业服务合作尽力达到"互惠互利"

要推动粤港澳深入开展合作，既要有政府层面推动，也需要遵循市场规律，达到互惠互利。港澳虽然是高度开放地区，但是有些制度和政策还是偏向保守，包括服务业对内地业界的封闭等政策，这些政策对粤港澳合作造成阻碍，是粤港澳合作进展迟缓的重要原因。因此特区政府也要与时俱进，解放思想，制度创新。在 CEPA 实施中，既要要求广东以至内地向港澳开放专业服务业市场，也要考虑港澳向广东以至内地开放专业服务市场，实现互惠互利。只有互相开放市场，达到完全互惠互利，才有更强合作动力。

9. 加强港澳与广东专业协会合作，建立健全专业界民间沟通协作机制

除了政府间的合作外，还需要有民间层面上的两地专业协会沟通与互动。专业协会是行业联合组织，其既不同于政府部门，也不同于企业，是介于政府与企业之间的组织，因此其成为政府与企业沟通的最好桥梁。在推动港澳与广东专业合作中，专业协会可以发挥政府与企业无法取代的特殊作用，包括代表本地专业与其他地区同行业进行协商、协调等。目前港澳专业协会协作、自律监管组织架构较为健全，而广东专业性协会还尚未建立健全，许多专业甚至还没有专业协会，现在广东具有的专业协会主要有律师协会、注册会计师协会、资产评估协会、保险行业协会、证券业协会、广告协会、会展业协会等，多数成立时间较短。因此广东专业服务行业协会需要加快组织的建立与健全，并且在职能上尽快与国际接轨，广东已有的专业协会应加强与港澳同业沟通协作，可成立三地行业之间进行经常性交流的机构，不定期举办各种研讨会、信息交流会、建立信息网络，配合政府推动专业服务合作。

B.9
深化粤港商务服务合作研究

郑水华　陈秋香*

摘　要： 自 CEPA 开始及其补充协议的先后签署，商务服务合作的领域由原来的 8 个扩大到现在的 23 个，对商业服务提供者的要求和业务选择范围也逐渐宽松。一方面 CEPA 的实施，提高了广东制造业的国际竞争力，提升了广东服务业总体发展水平；另一方面还存在着许多障碍影响到粤港商务服务深化合作，例如，粤港两地高级人才流动和专业资格互认仍存在很大障碍，需要进一步消除。面对广东产业结构升级的历史机遇，本文提出了粤港商务服务业未来合作的重点是大力推动职业培训和高端人才跨境流动，合作领域主要有外包服务、广告服务、会计服务、建筑服务、法律服务等。粤港商务服务业合作在很大程度上取决于制度的对接和行业运作标准的一致，相应的政策措施必须以制度改革为重点。

关键词： CEPA　商务服务　产业升级　外包服务　制度创新

引　言

《珠江三角洲地区改革发展规划纲要（2008～2020 年）》提出，珠三角要"建设与港澳地区错位发展的国际航运、物流、贸易、会展、旅游和创新中心"，"重点发展金融业、会展业、物流业、信息服务业、科技服务业、商务服务业、外包服务业、文化创意产业、总部经济和旅游业，全面提升服务业发展水平"。广东也提出，力争经过 3～5 年努力，打造世界一流的物流中心和会展品牌，建

* 郑水华，中山大学港澳珠江三角洲研究中心研究生；陈秋香，中山大学港澳珠江三角洲研究中心研究生。

设辐射亚太地区的金融后援服务基地，形成较为完整的国际服务外包产业链。

在宏大的战略目标指引下，粤港建立服务贸易合作令人瞩目。2008 年 7 月 29 日《内地与香港关于建立更紧密经贸关系的安排》（简称 CEPA）补充协议五首次确认把广东定为 CEPA 政策"先行先试"的试点，落实 CEPA 措施重要城市有 5 个，分别是深圳、广州、佛山、东莞、珠海。对于粤港经济体系来说，这是一次里程碑式的协议。这次协议从中国的层面指明了深化粤港合作的必要性和重要性，显示中国希望加强粤港融合，利用彼此优势，达到互利双赢。随着 CEPA 补充协议六、CEPA 补充协议七的签订，粤港融合更趋紧密，可望打造成泛珠三角的大都市圈，产生庞大经济效益。

无疑，商务服务业在粤港服务业合作之中占有非常重要的地位。作为生产过程的中间投入，商务服务对实物生产部门劳动生产率的提高有很大的促进作用。随着广东市场经济体系越来越完善、对外开放程度越来越高，对各类专业化的商务服务的需求也越来越多。特别是，广东目前正面临制造业转型升级和产业集群专业化的关键时期，商务服务在这一时期中的地位和作用将日益凸显，与港澳进行产业合作的空间愈加广阔。一方面作为生产性服务业的核心，商务服务业将为广东制造业升级和产业集群发展发挥重要的支撑作用；另一方面内地经济的开放和亚太地区经济的增长促进了港澳经济的转型和商务服务的发展，也为香港商务服务分工细化提供市场基础。

根据《联合国临时中央产品分类目录》界定：商务服务包括法律、会计审计和簿记、建筑专业、医疗及牙医、计算机及其相关服务、房地产服务、广告、市场调研、管理咨询、与采矿相关的服务、公用事业、摄影、印刷、笔译和口译、会议服务和展览、公用事业、人才中介培训、建筑物清洁服务，等等。商务服务行业是符合现代服务业要求的人力资本密集行业。

一 粤港商务服务合作的发展与成效

服务贸易自由化是 CEPA 协议的主要内容之一。自 2003 年 6 月 29 日内地和香港签署 CEPA 及 2004 年 1 月 1 日 CEPA 正式实施以来，中国政府和香港政府于 2004～2010 年先后签署了 CEPA 补充协议一至七，使得 CEPA 尤其是服务业开放的内容不断得以充实，就行业数目看，由最初的 17 个行业逐步扩展到目前的 44 个行业。其中，商务服务业由原来的 8 个扩大到现在的 23 个，对商业服务提供者的要求和业务选择范围也逐渐宽松。作为 CEPA 协议的"先行先试"的，广东省正在不断加大对港商务服务业的引进力度，并已取得令人欣喜的成效。

（一）CEPA 框架下商务服务领域合作的进展

根据香港工业贸易署提供的资料，2003 年签订的 CEPA 涵盖了商务服务的 8 个行业领域，分别是房地产及建筑服务、法律服务、会计审计和簿记服务、医疗及牙医服务、广告服务、管理咨询服务、会议服务及展览服务、职业介绍所服务。其中，医疗服务是香港 6 项优势产业之一。2004 年 CEPA 补充协议一又增加了两个行业领域，包括人才中介机构服务、信息技术服务。至此，内地同香港就商务服务方面的合作领域扩展至 10 个。CEPA 补充协议二和三没有新增行业领域，但是，对相关行业制定了进一步的开放措施，开放内地市场，从而加强香港与大陆的服务贸易合作（见表 1）。

表 1　CEPA 及其补充协议一至三开放措施涵盖的商业服务行业

签订时间	2003/06/29	2004/10/27	2005/10/18	2006/06/27
商务服务行业	CEPA	CEPA 补充协议一	CEPA 补充协议二	CEPA 补充协议三
房地产及建筑				
法律				
会计审计和簿记				
医疗及牙医				
广告				
管理咨询				
会议服务及展览				
职业介绍所				
信息技术				
人才中介机构				
行业数目	8	6	3	4
行业数目累计	8	10	10	10

注：灰色表示 CEPA 及其补充协议开放措施涉及的商业服务行业领域。
资料来源：根据香港工业贸易署 CEPA 服务业资料库整理而得。

根据香港工业贸易署和政府统计处等机构进行的调查研究表明，[1]　在服务贸易方面，74% 的受访公司认为 CEPA 对香港经济有利，47% 认为 CEPA 对所属行

_____

[1]　香港工业贸易署工商及科技局：《〈安排〉首三个阶段对香港经济的影响》香港立法会 CB（1）1849/06－07（04）号文件，2007。

业有利。从事会计、审计和簿记服务，以及法律服务的受访公司给予 CEPA 最高的评价，认为 CEPA 对所属行业和公司本身有利。同时，CEPA 提供的双向的服务平台，既吸引外国资金进入内地投资，同时也协助内地企业和资金透过香港更快地打入国际市场。这种双赢的格局促进了内地和香港建立更紧密的伙伴关系，在更多的商务服务领域进行合作。

2007 年 CEPA 补充协议四开放了 8 个新的行业领域（见表 2）。协议内的新

表 2　CEPA 及其补充协议四至七开放措施涵盖的商业服务行业

签订时间 商务服务行业	2007/06/29 CEPA 补充协议四	2008/07/29 CEPA 补充协议五	2009/05/09 CEPA 补充协议六	2010/05/27 CEPA 补充协议七
房地产及建筑	■			
法律	■			
会计审计和簿记	■			
医疗及牙医				■
广告				
管理咨询	■			
会议服务及展览	■			
职业介绍所				
信息技术				
人才中介机构	■			
与管理咨询相关的服务	■			
建筑物清洁	■			
市场调研	■			
计算机及其相关服务	■			
摄影	■			
印刷	■			
公用事业和老年社会服务	■			
笔译与口译	■			
与科学技术相关的咨询服务				
与采掘相关的服务				
研究与开发				
专业设计				■
技术检验分析与货物检验				
行业数目	13	9	9	4
行业数目累计	18	20	21	23

注：灰色表示 CEPA 及其补充协议开放措施涉及的商业服务行业领域。
资料来源：根据香港工业贸易署 CEPA 服务业资料库整理而得。

开放措施涵盖了一些香港的重要服务行业，例如会议和展览服务、会计审计和簿记；纳入了一些新的服务范围，例如公用事业和老年社会服务、市场调研、笔译与口译等，扩大了市场准入的机会；在新一轮的措施上，包括容许在某些行业，例如展览，以跨境交付方式提供服务，使业界无须在内地成立企业亦可以发展内地市场。CEPA 补充协议五开放了 2 个新的行业领域，包括与科学技术相关的咨询服务、与采掘相关的服务。在 CEPA 补充协议六下，研究与开发服务成为新增的商务服务领域，香港服务业提供者将被允许在内地设立独资企业，提供自然科学和工程学的研究和实验开发服务。香港特区政府已将创新科技作为重点发展的六大新兴产业之一，这项新措施将有助于香港与内地的科技交流与合作，促进内地的人才、市场优势与香港在科技商品化和推广方面的专长相结合。CEPA 补充协议七新增了专业设计、技术检验分析与货物检验两个服务行业。此次协议又开放了香港另一项优势产业——产业检测与认证。图 1 给出了 CEPA 及其补充协议一至七开放措施涵盖的商业服务行业数目累计的一个概括。

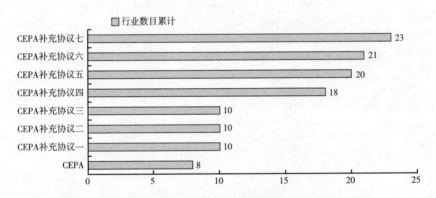

图1　CEPA 及其补充协议开放措施涵盖的商业服务行业数目

根据香港工业贸易署提供的资料，截至 2010 年 6 月底，香港特区政府已经批出 1398 张《香港服务提供者证明书》（简称《证明书》），已经涵盖了开放的 23 个商务服务领域中的 13 个。从行业结构看（见表 3），商务服务行业占获批申请总数的 25.0%。具体来说，所占比例大于 1.0% 的有 7 个行业，分别是广告、建筑专业服务及相关、职业介绍所及人才中介机构、管理咨询与相关服务、房地产服务、法律、计算机及其相关服务，所占比例分别为 7.4%、5.2%、4.4%、2.2%、1.7%、1.2% 和 1.1%。

表 3　CEPA 下的《香港服务提供者证明书》申请统计（截至 2010 年 6 月 30 日）

商务服务行业	获批数目	所占比例（%）
广　告	103	7.4
建筑专业服务及相关	72	5.2
职业介绍所及人才中介机构	62	4.4
管理咨询与相关服务	31	2.2
房地产服务	24	1.7
法　律	17	1.2
计算机及其相关服务	16	1.1
会议服务及展览	10	0.7
印　刷	6	0.4
医疗及牙医	5	0.4
会计审计和簿记服务	2	0.1
公用事业	1	0.1
摄　影	1	0.1
市场调研	0	0.0
与采掘相关的服务	0	0.0
建筑物清洁	0	0.0
笔译与口译	0	0.0
除商务服务以外的行业	1048	75.0
总　　数	1398	100.0

注：依据香港工业贸易署的材料，统计领域包括商务服务、包销服务、旅游、运输服务及物流服务等 33 个服务行业。

资料来源：根据香港工业贸易署 CEPA 下《香港服务提供者证明书》申请统计整理而得。

自 CEPA 实施以来（2003～2008 年），香港在内地共设立建筑类专业服务机构 700 多家，律师事务所代表处 61 家，内地与香港在建筑领域共计互认专业人员 2458 人，39 名香港居民在参加内地注册会计师考试中豁免两门考试科目，31 名香港居民取得内地计算机信息系统项目经理资质，100 名香港居民取得内地证券业从业资格，10 名香港居民通过内地期货业互认资格考试；内地取消了赴香港地区参会参展办展审批手续；两地商品检验检疫部门加强合作，保障供香港食品质量安全和数量稳定；两地电子商务合作不断得到推进；有关部门推出 CEPA 投资指南，增加了法律法规的透明度。

（二）商务服务合作对广东的显著成效

1. 推动了广东服务业总体发展水平的提升

自 CEPA 实施以来，香港商务服务业到内地拓展业务十分踊跃，投资比重也不断加大，成为新时期粤港合作的一个重要领域。商务服务业进入广东，有利于广东引进竞争机制，打破垄断，并为广东的商务服务业带来先进的管理经验，提高服务业整体发展水平。以律师服务业为例，CEPA 三允许两地律师在"同一屋檐"下提供法律服务，虽然目前的规定对内地律师的制约较大，但是为了学习香港的先进经验，仍有相当一部分内地律师愿意受雇于港资的律师事务所。香港同行通过"鲶鱼效应"给内地的广告、设计和建筑服务等行业企业带来的竞争压力，这有利于广东的商务服务业改善管理能力，提高服务水平。

2. 提高了广东制造业的劳动生产率和国际竞争力

作为生产过程的中间投入，商务服务对实物生产部分劳动生产率的提高有很大的促进作用，其运用程度实际上体现了资本深化的程度。据香港贸易发展局在珠三角对厂商使用服务外包的调查结果显示，珠三角厂商首选使用的香港服务是产品的技术开发与设计。此外，厂商对香港的管理咨询（企业顾问）、财务和人才培训服务的需求也较为迫切。香港服务商为珠三角制造商提供这些商务服务，无疑有助于提高产品的附加值，对企业拓展国际市场、加强企业的内部管理与成本控制、提升资金结构及增加融资渠道有着积极的作用。

以法律服务为例，香港律师可以为内地客户提供的增值服务中的一项是"进行品牌推广、知识产权管理"。香港作为亚洲主要的商贸中心，可以通过每年举办国际展览等，收集丰富的全球经济信息，及时把握潮流趋势。因此，在知识产权管理方面，香港律师可以为内地企业在海外市场取得品牌的"商标许可"，协助内地企业的品牌国际化，并使其知识产权得到保障。而类似的法律服务，内地的律师事务所目前相对较少。由此可见，使用香港商务服务业将提高广东制造业的国际竞争力。

3. 加快了广东民营企业的发展

随着广东民营企业的成长，其对非诉讼法律服务、涉外的会计服务、产品设计服务、管理咨询服务等专业服务的需求将会大幅增加。香港这类商务服务企业进入广东，扩大了广东民营企业使用生产性服务的选择面。香港这类商务服务者提供的与国际接轨的服务，有助于提高广东中小企业的生产力，使其更具国际竞争力。同时，香港高品质的商务服务业的进入，对广东民营企业"走出去"也有较大的帮助。

二 粤港商务服务合作的新机遇

（一）广东产业结构升级迎来粤港商务服务业更宽领域、更深层次合作的大好时机

当前，广东制造业尤其是珠三角制造业已经进入升级转型的重要转折期，长期以来依靠高投入、高能耗和低效益的增长方式，难以维持经济在未来保持健康、快速发展的需要。制造业需要从依靠消耗资源等刚性投入、扩大生产规模，向更多依靠创新、知识等柔性资源投入、不断丰富发展内涵和提高产品的附加值转型；要改变长期以来过多依赖引进技术的贴牌生产发展模式，向增强自主创新能力、形成自主知识产权的自有品牌化生产转型；在出口压力急剧增长的形势下，制造业对外开放的形式需要由原来的"引进来"为主向"引进来"与"走出去"并重转型。商务服务业能提供发达的网络系统、专业的法律咨询，以及通过改善投资环境提高一个地区的软实力，因此制造业转型离不开商务服务业参与其中，与之形成互动与融合。推动港澳尤其是香港的商务服务业与广东合作，有望创造多方共赢的格局。对于香港而言，有利于扩大香港商务服务的市场规模，促进香港高增值生产服务的发展和服务业升级，在两地经济一体化的过程中实现香港经济转型。

（二）推动港澳尤其是香港的商务服务业与广东合作，有望创造多方共赢的格局

对于香港而言，有利于扩大香港商务服务的市场规模，促进香港高增值生产服务的发展和服务业升级，在两地经济一体化的过程中实现香港经济转型。目前，香港政府和社会对下一步香港经济转型的方向基本达成一个共识，就是发展知识型服务，提高服务业的附加值。CEPA 之后，不仅两地贸易和投资的扩大会带动香港本地商务服务的需求，而且香港的商务服务也有条件向内地其他地区扩展，特别是向地理位置临近、商务服务发展又相对滞后的广东发展。由于广东进一步开放和拓展国际业务的空间很大，涉外和高质量专业服务的供给和需求矛盾将越来越突出，香港商务服务在这些地区会有很大作为。通过市场规模的扩大增

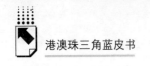

加香港高增值专业服务的竞争能力，同时实现香港服务业升级和向高增值知识型服务转型。

以会计服务为例，大量新型经济业务如股份制公司、设备租赁、证券交易、期货交易等使我国传统会计管理理念和方法受到挑战，而且在对贸易和资本流进流出等国际经济事务中，也需要使用国际通用的"商业语言"。为此，我国会计准则正逐步与国际惯例接轨。会计服务也在引进外资会计公司的条件下逐步脱离了行政体系，成为一个独立的服务行业。

三　粤港商务服务合作的挑战

（一）CEPA 对香港商务服务业开放仍显不足，申请手续繁多复杂

1. CEPA 对香港企业提供商务服务的限制仍然过多

例如，根据目前行业法规，香港律师事务所驻内地的代表处不允许聘请内地律师，因此这些港资律师事务所的代表处在内地提供服务的过程中，很难获得内地同行的协作。部分港资代表处以高薪聘请到内地同行在代表处工作，但按规定这些内地律师必须放弃其律师身份，即不能以内地律师身份服务于香港的律师事务所。因此，内地律师往往不愿意在港资律师事务所工作，或流动性很大，使这些事务所的内地业务难以开展。

又如，根据 CEPA 规定，在内地设立代表机构的香港律师事务所，可与其代表机构所在的省、自治区或直辖市的 1 家内地律师事务所联营。这项措施让有意与内地律师事务所达成联营安排的香港律师事务所，在地域上享有更大弹性。但据调查，香港法律服务人士多不希望采用联营的形式与内地机构合作，原因是和唯一的机构合作具有排他性。香港律师在国内不同的地区提供服务，希望能与不同的内地事务所合作。

2. 申请审批手续繁多复杂，且透明度不高

目前，国家商务部已将大部分的 CEPA 项下服务业开放项目的审批权限下放到省级商务厅（外经贸厅）和国家级开发区管委会办理，市、区两级外经贸部门对 CEPA 项目的批准和设立也能起到较好的服务。可以认为，与 CEPA 刚开始实行时相比，港商目前在 CEPA 项目的准入审批的报批渠道与审批时效已有较大

进步。

但是，根据香港工业贸易署的调研显示，部分 CEPA 审批面临着"大门打开仍有多个小门"的情况，申请在内地某个城市被批准后，到了另一个城市又需要再申请一次，同样的申请需要在不同城市多次进行。还有业界人士认为，项目在审批的运作过程中透明度不足。一些港商反映，虽然政府规定了审批回复的时限，但由于缺乏跟进机制，导致某些申请呈交后港商不知道如何跟进，何时会有结果，这对企业的业务推进计划的时间安排影响较大。而会展服务，如果港商要在内地开展会展业务则要求港商提供各种各样的材料证明，申请展览的手续极其复杂，并要求按照海关有关条例，展品进出海关需要按货物的价格缴纳押金，摊位费也要求高于内地同行数倍。

（二）广东省投资营商环境有待进一步改善

法律、会计、广告、知识产权等商务服务业的发展和运营高度依赖于一个发达的市场经济制度、透明公正的商业规则和法制规范的市场秩序以及完善的和有公信力的市场中介组织。广东还没有建立起一个完善的商业投资环境和法律制度，各类中介服务组织混乱，力量分散，缺乏一个有效的市场经济体系，从而导致各种商业寻租行为仍然比较普遍。以咨询行业为例，目前广东省还没有咨询人才专门的培养基地和健全的制度，行业规范差；咨询手段现代化程度低，信息库和信息网络的建设跟不上发展需要；所提供的咨询服务个性化不够，不能完全满足客户的需要。因此，这对于希望进入内地发展的港资商务服务业来说无疑是个很大的风险。而在会展方面，香港展览公司进入内地后，主要是发挥其信息资源优势，以举办国际展览为主，但港资展览公司取得内地办国际展的资格，需要具备什么条件，应由哪些专业团体或政府部门来认定等问题，目前仍然没有明确规定。此外，港资商务服务业在内地运营还可能受到一些诸如文化、风俗习惯等非制度因素的影响。

（三）粤港两地高级人才流动和专业资格互认仍存在很大障碍，需要进一步消除

香港商务服务业来粤发展，不仅仅是一种资本上的进入，更重要的是各类专业人才的进入。香港服务企业的高层管理人员普遍认为，目前广东与国际接轨的

专业服务人才不足，增加了香港企业在广东进一步拓展业务的难度。调研显示，广州在会展、法律和会计等商务服务业领域智力资源相对稀缺，与北京、上海相比，承接国外商务服务业所必需的人才外语水平较低，通晓国际运作的人才较少。

目前，两地的专业资格或文凭互认还没有完全实现。尽管内地已经对香港居民开放了内地专业资格考试，但是由于教育制度以及各类专业标准方面的差异，很少有香港居民拿到内地的各类专业认证。此外，薪酬制度和报酬水平，内地和香港的差距也比较大，一般专业人才的收入在内地要比香港低很多。这导致一部分能够获得内地资格证的专业人员也不愿意到内地去，也基于这个原因，到目前为止，广东服务业来自香港的从业人员还相当少。需要指出的是，专业资格互认也并非简单之事，这涉及很多关于服务业准则方面的法律或行政性法规的修改，其决定权并非在省一级政府，而是在中央部委，并且可能涉及多个部委。

（四）广东省公共信息网络不发达，信息流通存在障碍

商务服务的生命力在于知识和信息，完善的公共信息平台是商务服务机构获取信息的重要保障。但广东省的公共信息平台等基础设施建设还远不能满足商务服务机构的发展要求。区域性信息网络还没有形成，公共信息资源由个别部门独占的现象普遍存在，难以共享，导致商务服务机构获取信息、处理信息的能力较低，更多地依赖社会关系和非正规渠道，信息的及时性、准确性和完整性都无法得到保障。而获取信息的非常规性又进一步导致了不公平竞争。公共信息来源渠道不畅，信息供应严重不足已成为商务服务机构发展的一大障碍。

四　粤港商务服务业未来合作重点

总体来说，商务服务业的粤港合作重点是大力推动职业培训和高端人才跨境流动，打造领先全国的粤港商务服务合作平台和国际服务企业品牌。一要加大开放力度，降低准入门槛，采取独资、合资、合作等形式，鼓励香港中介服务机构来广东开展业务，引进一批境外知名的商务服务机构，积极培育和发展法律服务、会计、咨询、策划、评估、设计、包装、广告等中介服务业，发展一批能承接国际业务的优秀商务机构；二要进一步推动专业资格互认和自然人跨境流动，

大力发展职业培训，建立两地行业联合机制，共同进行核心技术研发和推广，提高广东省商务服务业的专业水平和管理水平；三要鼓励商务服务产品创新，进一步培育和发展有较大潜力的调查论证、形象设计、战略策划、资产评估、投资顾问等中介服务。

（一）外包服务

外包服务以软件开发为重点，大力发展 ITO、BPO、KPO 等高端服务业。广东服务外包发展的特点，一是以承接软件外包为主，截至 2006 年年底全省软件外包企业 1802 家，其中外商投资软件外包企业 1641 家。二是业务流程外包发展势头良好，如汇丰银行在广东设立了电子资料处理有限公司，并不断增资扩产。三是跨国公司加速进入广东开展服务外包业务，目前微软、爱立信、NEC 等都在广东投资设立了研发中心，承接外包研发项目。

近年来，一大批香港金融服务、软件企业已开始加速进入广东。汇丰银行、东亚银行、瑞士联合银行、东方海外货运公司等都到广东设立数据处理中心和软件研发中心，转移香港的部分业务。香港 700 多家软件公司中有 200 多家在深圳设立分支机构，还有 100 多家企业正在商讨设立分支机构；许多香港公司在广东设立了客户呼叫中心等。

此外，粤港联合开拓欧美服务外包市场发展势头良好，不少香港公司在承接欧美等国家的服务项目后，转移到广东实施。同时，广东的许多软件企业和产品也已经进入香港市场，并通过香港进入国际市场，不少企业已经获得 CMM 国际认证，在从事国际软件外包方面具有很好的经验和基础。随着粤港两地企业不断尝试多样化、多层次的合作，经济外向度最高，人才、物流、信息、资金相对集中，拥有发达的制造业基础和优良的基础设施的大珠三角，一定能够在这一轮服务外包大潮中抓住大机遇、实现大发展。

因此，未来外包服务粤港合作的分工将是香港负责外判项目的市场推广、合约磋商、项目管理及质量管理、使用者需求界定及系统设计，广东则担当可靠"软件工厂"的角色，汇集广东省的软件外判资源，进行系统开发。外包服务的粤港合作通过推动粤港企业的群体联合来扩展服务外包的国际、国内网络，增强核心技术的开发能力。

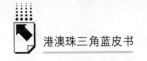
（二）广告服务

广告业以提升广告创意设计、培养大型广告企业为重点，通过粤港广告企业的强强联合，扩展广告企业的内地和国际客户网络，在互相合作和学习的基础上增强广告创新能力和创意设计水平，提升广东省广告业的竞争力。

随着 CEPA 及其补充协议相继推出，越来越多的产品降低或取消关税壁垒，必将降低这些产品在内地市场的销售价格，从而形成一个较大的潜在消费群，要使这些潜在消费群变成现实的消费者，最关键是销售渠道的建立，而广告宣传无疑会推动产品销售网点的铺设。广告服务作为先导产业在服务业中的地位举足轻重。

香港广告公司进入内地，若想分得既定广告业的份额，就要走"本土化"的道路。首先，广告公司能否生存的关键在于人才，能否找到一批既了解内地市场行情、受众口味，又精于广告业务的人才将决定其在内地市场的前途。其次，尽管粤港有地缘优势，但两地存在一些明显的文化差异，轻松、幽默、无厘头、夸张搞笑是港台娱乐文化的特征；"务实、开放、包容"的传统是广东人的文化态度和特质。在广告表现上，文化融合将会是新时期广东广告未来的发展趋势。

香港向来被称为亚太地区的"广告之都"，它的经营手法、文案、创意、制作可以与国际大公司相媲美。然而由于香港工资成本远远高于内地，香港公司带进来的只会是资金和少数几个业务骨干，其他的广告人员将在内地招聘。因此，尽管 CEPA 允许香港广告公司以独资的方式进入内地市场，但是通过与内地企业合作或互补仍然是主流，大多数公司将会选择借壳、注资或者联营的方式进入，只有少数实力很强的公司才会选择独资经营方式。

随着经济全球化进程的加快，广东企业越来越需要一种高质量的、国际化的广告服务。广告是企业营销、市场竞争的利器，而我们内地整体的广告服务水平不高，不能满足企业对广告代理服务的要求，香港广告服务提供者的进入，必将在一定程度上填补广告市场的高端空间。已有的调查数据表明，在广告主选择广告公司的诸多指标中，创意和策划能力是最重要的，和内地比起来，香港广告公司在这方面无疑具有明显优势。另外，广告企业正走在合作与并购、形象与品牌、创意与资本的发展道路上。因此，粤港广告企业应该强强联合，扩展广告企业的内地和国际客户网络，在互相合作和学习的基础上增强广告创新能力和创意设计水平将是一种趋势。

（三）会计服务

会计服务业以推动会计师及事务所的粤港合作为重点，通过促进广东省会计师职业水平的提升，树立广东会计师的行业信誉，争取建立行业内统一服务标准，使广东省的会计服务不断接近国际水平。

随着CEPA补充协议六和七的相继签署，粤港就豁免两地会计科目考试，扩大符合考试互免条件的会员范围，落实两地在对方上市的企业以其当地的会计准则编制、并由当地具备资格的会计师事务所按照当地审计准则审计的财务报表，可获对方上市地监管机构接纳等方面不断取得突破。如香港会计服务机构在内地的《临时执行审计业务许可证》的有效期由2年延长至5年，香港也开始设立内地会计专业技术资格考试考点。2009年广东省深圳市、东莞市开始试点办理香港居民报考内地会计从业资格考试各项事宜，并设置专门考场，其中共有41名香港居民报名参加。

而在内地会计准则方面，随着2006年5月中国会计准则委员会与香港会计师公会就两地会计准则的实质性趋同签署了联合声明，2007年1月1日起率先在内地上市公司实行的新会计准则，实现了与国际财务报告准则的实质性趋同，在香港上市的内地企业今后在披露年度财务报告时，将减少财务报告调整转换成本和信息披露成本。

随着广东会计师职业水平的不断提升，两地会计服务和培训的深入交流，内地会计准则与国际水平的不断接近以及内地公司到香港上市的步伐加快，粤港两地在会计服务行业的合作潜力巨大。

从长远来看，粤港会计服务的不断深入合作，将有利于提高广东会计服务业的整体素质和竞争力。目前，广东会计业总体上与香港及其他发达经济体相比，机构规模及业务规模比较小，业务范围狭窄，人员素质参差不齐，有关制度和体制仍有待改善。CEPA在一定程度上放宽了香港会计从业者的准入条件，有利于毗邻香港的广东会计行业吸收香港的会计专业人才、加强与香港同行的互补合作；有利于广东会计从业人员努力学习香港同行的有益经验，提高自身素质；有利于广东会计服务机构的专业化发展和市场细分，逐步形成行业门类齐全，服务定位明确，运作更加规范的发展格局。

但是香港会计服务业的逐步进入，也将会给广东会计行业带来一定程度的市场竞争与人才竞争的双重压力，一些刚刚起步、规模小、信誉度不高的会计服务机构将面临倒闭的命运。一方面香港会计服务机构凭借实力，会争得大部分优质客户与附加值比较高的业务，在争得高端市场之后，逐渐向中低端市场渗透；广东本地服务机构普遍规模较小，经营管理水平、人才素质等方面与香港同行有较大差距，在竞争中处于明显不利的地位，其市场份额将遭到一定挤压。另一方面香港会计服务机构具有较为灵活、良好的用人机制、优厚的收入和待遇、先进的激励机制和个人发展空间。其进入内地市场后，必然造成广东优秀人才出现一定流失，特别是一些经验丰富、熟悉国内各种实际运作、有相当人际关系的高级人才的流失，并有可能带走客户资源。

因此，粤港会计服务业的当务之急在于发挥自身优势，加强合作与交流。广东拥有众多的港资企业，其会计服务业的优势主要在于其有利的地理因素、长期以来积累的客户资源、服务网络；而香港作为开放的国际性城市，实行通用的国际会计准则，其会计从业者又较之外国竞争者具有语言、经济、文化背景等方面的先天优势。有鉴于此，两地会计服务业应加强合作与交流，互相取长补短，为珠三角企业提供更优质、更专业的服务，达到双赢的结果。

（四）建筑服务

建筑服务业以粤港优势整合为重点，联手开拓国内及国际建筑承包市场。粤港两地需加快解决资格确认、跨境执业和市场准入等制度性障碍，推动建筑企业的联合，使粤港两地的环境规划、建设规划能够信息共享，互相配合，同时提高建筑行业的设计能力和技术水平。

CEPA 要求对香港建筑及房地产业开放内地市场，允许香港公司以独资形式在内地提供涉及自有或租赁资产的高标准房地产项目服务；允许香港公司以独资形式在内地提供以收费或合同为基础的房地产服务，且没有从业年限的限制；允许香港顾问工程公司在内地设立独资公司，包括评估和咨询；降低了香港建筑业在内地设立建筑企业的资质门槛；赋予港资企业在全国范围内参加工程投标时，在申办资质证、施工许可证方面享有"国民待遇"；允许香港公司全资收购内地的建筑企业，等等。这些优惠措施的实施将会鼓励香港公司进军内地建筑及房地产服务业市场，给广东建筑及房地产行业带来合作与交流的机会，有助于广东企业吸收香港同行的先进经验，引进香港的专业人才，提高自身的业务素质。

同时，CEPA 的实施也将加剧广东建筑及房地产市场未来的竞争，并带来以下三方面的冲击：一是在房地产中介、物业管理、测量估价等房地产增值服务方面，香港的房地产测量师、估价师等一些专业资格均已得到英国同业协会的承认，声誉和水平都很高；二是在工程顾问方面，香港的建筑师经过几十年来与国际级建筑师的合作与竞争，对国际先进的设计概念、管理模式以及国际惯例具有深刻了解；三是在工程施工方面，香港的建筑企业一直采用国际上通行的建筑管理模式，已形成了一套较为成熟的工程总承包及分包的管理办法，并且在使用先进施工机械及先进的建筑材料方面亦占有优势。这些冲击将促进广东房地产和建筑业的优胜劣汰、资源整合，使这两个行业能更快适应 WTO 的竞争规则，增强自身的竞争实力，迎接即将到来的全面开放。

（五）法律服务

法律服务业以推动粤港两地律师及事务所的相互开放、行业内互相参与及协作为重点，大力推进两地法律事务所联营合作。通过不断消除法律服务合作现有政策限制，推动粤港两地合资、合作开办法律服务机构，提供在不同法系下处理法律业务的一站式服务。培养能够在不同法系之间处理法律问题的人才，建立合作机制，为粤港跨境产业以及中国的外向型经济服务。通过粤港法律合作，推动广东省的法律机构提高服务能力和服务素质，增强系统化处理非诉讼业务的能力。

自从中国加入 WTO 以后，中国对外资公司在法律服务方面的市场准入条件大为改善。特别是 CEPA 签订及实施以后，允许在内地设立代表机构的香港律师事务所与内地律师事务所联营；允许内地律师事务所聘用香港法律执业者；允许已获得内地律师资格的香港律师在内地实习并执业，从事非诉讼法律事务；允许香港永久性居民中的中国公民参加内地统一司法考试；减少香港律师事务所驻内地代表处代表的最少居留时间限制等，使港澳律师对内地法律服务市场的进入变得更加容易，粤港律师的交往合作方式呈现多样化局面。目前，中国内地已经成为香港律师业输出的最大市场。据香港贸易发展局 2005 年 2 月对香港律师事务所进行的调查显示，83% 的受访律师事务所曾经处理过跨境商业交易。2007 年香港法律服务输出总值超过 1 亿美元，中国内地一直是香港法律服务输出的最大市场，截至 2007 年 7 月，共有 56 家香港律师事务所驻内地代表机构成立。

随着两地企业跨境上市融资、开展各种业务以及香港跨国企业通过南粤门户进军中国内地市场的步伐加快，粤港法律服务合作的领域将逐渐扩大到跨国企业和上市公司的全球性法律事务，这无疑进一步促使广东法律服务行业不断吸收借鉴香港法律制度优势和经验，提高全省法律机构的服务能力和服务素质。特别是两地不同的司法制度很可能会成为粤港法律合作的基础，而不是障碍：两地可以发挥对各自司法制度熟悉的优势，完成同一项目。例如，当内地企业与香港公司准备进行交易时，广东法律事务所可以帮港方调查内地企业的工商注册等情况，而香港法律事务所可以帮内地方面对香港公司进行相关调查。内地企业到香港发行 H 股，或以内地资产在港抵押，都可以成为香港法律服务机构的未来业务发展方向。

五 粤港商务服务业发展对策

商务服务业粤港合作与商品贸易粤港合作的不同之处在于，它并不完全取决于市场的需求以及比较优势，而是在很大程度上取决于制度的对接和行业运作标准的一致。因此相应的政策措施必须以制度改革为重点。

通过先行先试和制度创新，深化粤港商务服务业合作。目前粤港商务服务合作的瓶颈主要是由于广东所执行的全国统一的行政管理规则不能与香港所实行的行业管理规则互相衔接所导致的。例如现有的法律服务合作政策规限较多，对港澳业界的开放程度不高；职业培训的管理制度和主办部门、教学设置及质素标准不同，职业、专业资格认证方式不同。这些规则不能破除或改革，广东服务业发展就不可能获得一个新的、领先于全国的发展起点或机遇。因此，通过深化粤港合作推动广东商务服务业向更高层次发展目标的实现还有赖于广东能够在先行先试的有利条件下进行制度创新，建立一套与国际市场接轨的服务业制度规则和行业标准，冲破粤港合作的制度壁垒。

由于法律的跨境服务在概念上涉及主权归属问题，因此国际上极少有跨境的合资或合作的法律机构。由于两地律师很难通过对方的司法考试，法律服务机构在不同法系之下很难提供"一站式"服务，然而粤港两地经济融合迫切需要这种法律服务方式，因此广东政法系统需要争取国家支持，先行先试突破这一法制局限，允许建立粤港两地合资或合作的法律机构。

借助香港优势，建立粤港两地商务行业内的国际化运作标准。粤港两地的商务服务大多属于新兴服务业务，较少受陈规制约，正好借服务业粤港合作先行先试的机会，直接建立符合国际专业标准的行业运作方式，使广东的商务服务行业发展获得高于国内其他城市的发展起点。建立国际化专业标准运作，能够从根本上消除粤港合作的制度障碍，使粤港两地企业能够在比较优势的基础上发展各自的核心竞争力。为此广东省需要由政府主导，营造法治、公平、文明、诚信、和谐的市场环境。加强法制建设，依法行政，严格执法。制定落实放宽和规范服务业行业准入的相关具体措施和办法，建立公开、透明、规范、统一的市场准入制度，切实加强市场监管。

广东在外包服务和广告服务方面的服务素质、行业规范和知识产权保护方面与香港的差距很大，因此广东省政府有关部门应在规范行业服务标准、完善法制和法治方面下大力气，借鉴香港经验，使广东的商务服务业标准接近国际化运作标准。

发挥专业组织和行业协会的中介作用，形成人才"洼地效应"。广东的商务服务业在其他大城市迅速发展中相对优势有所下降，专业水平不高，其主要原因是高端人才少，自主创新能力弱，这一问题在外包服务、广告、建筑等服务行业表现得较为突出。因此广东需要制定更有吸引力的人才政策，为高端技术人才汇集提供优越的创业环境和舒适的生活环境，通过高端人才的聚集来奠定行业竞争力。同时，加快资格互认和行业对等开放，促进专业人士跨境流动（自然人流动）。香港和广东可以通过合适的制度设计来构筑人才的"洼地效应"。例如建立两地专业人士协会和行业协会的联合机制，作为跨境人才流动的服务中介，引导期望流出或流入内地的专业人才以粤港两地的专业机构和行业协会为桥梁，从而形成人才的"洼地效应"。

通过税收政策及产业政策，增强行业自主创新的动力。商务服务业在广东是新兴行业，尤其是像服务外包、广告、会展等行业，需要面对国内其他城市的有力竞争，保持并提升这些行业的资助创新能力至关重要，因此，不但需要通过产业政策来扶持这些行业发展，而且对于具有创新能力及创新成果的企业，要进一步通过税收政策来激励其发展，以培养素质好、竞争力强的广东企业或联营企业。

以两地政府为主导，行业企业配合，大力发展职业培训，提高劳动力素质。

为适应"双转移"的进程，广东省的工业和服务业都将向更高的技术层次和服务水平转变，这就要求一般劳动者的素质也需要相应提高。广东在职业培训方面落后于全国发达城市，现有的粤港合作形式也比较单一，培训主要集中在传统第二产业的专业技术，而职业资格的互相认定范围也仍然比较狭窄，未能及时适应产业调整的变化。需要调整职业培训由多个政府部门主办、无序发展的现状，建立一个由政府主管的部门，从人才战略的高度来统筹和发展职业培训，引进香港的职业教育资源、教育标准和素质保障体系，提供系统化和标准化的、适应先进制造业和现代服务业发展的职业培训和教育，通过提高劳动力素质来推动和保障新技术产业的发展。

制造业合作
Manufacturing

B.10
粤港制造业的合作与发展研究

周运源*

摘　要：香港自20世纪50年代起就开始实行产业转移战略，大力发展第三产业，使得香港的制造业逐渐向内地尤其是广东的珠江三角洲地区转移，粤港制造业的合作先后出现从"前店后厂"到"厂店结合"等多种发展模式，近年更有向高科技制造产业合作发展的趋势。这既是香港优化、延伸产业链的迫切要求，也是粤港未来更紧密合作发展的使命。本文首先分析香港制造业的现状与问题，明确粤港合作，加强发展高端制造业的必要性；其次指出粤港制造业发展所面临的问题；最后对粤港制造业合作的重点、合作的方式进行详细的分析与阐述，并提出若干建设性意见，以促进粤港两地未来更紧密的合作。通过粤港合作，积极推动加工贸易企业的转型，大力加强企业自主研发，推进企业转型升级，发展高新技术产业。

关键词：产业转型　可持续发展　高端产业　深港创新圈

* 周运源，中山大学港澳珠江三角洲研究中心教授。

改革开放以来，香港的制造业除了一部分留在香港本土发展外，绝大部分已转移到内地特别是在广东的珠江三角洲地区发展。经过中国改革开放 30 多年来的发展，粤港制造业的合作经历过从"前店后厂"到"厂店结合"等多种模式发展。近年来，香港的高技术产业通过加强粤港制造业合作得到积极发展。香港特首曾荫权在粤港合作联席会议第 12 次会议后的媒体见面会上指出：展望将来，粤港合作的重点将会是优化第二产业，加快第三产业发展，以推动两地以至国家的经济进一步发展；优化第二产业是要改造和提升传统制造业，以及发展先进制造业和高技术产业；只要做好升级转型，便可提升珠三角制造业的竞争力。在2009 年广东省发布的《中共广东省委、广东省人民政府关于推进与港澳更紧密合作的决定》中提出，到 2012 年，广东省产业结构进一步优化提升，与香港形成分工合作、优势互补、错位发展成为全球最具核心竞争力的大都市圈之一。因此，在新时期进一步强化粤港制造业的合作与发展，对于香港坚持实施"一国两制"，实现长期稳定繁荣发展具有重要的意义。

一　香港制造业发展的机遇与挑战

（一）基本发展状况

自 20 世纪 70 年代末开始，中国的改革开放为香港制造业提供了发展机遇，香港企业在珠三角投资从事出口加工装配业务，推动了珠三角制造业的高速发展，在珠三角建立制造业生产基地。至此，香港与广东特别是珠三角的制造业紧密合作，结合双方的优势，形成了具有粤港特色的"前店后厂"的发展模式，到 20 世纪 90 年代以后形成了"厂店结合"的发展模式。在粤港的紧密合作中，珠三角的一些市县如东莞市及深圳市等发展成为国际知名的加工制造业中心和中国最主要的外贸出口中心。凭着内地的生产成本优势，以"外国设计、香港接单、珠三角制造"的业务模式，构成香港制造业的竞争要素。

经过 30 多年的发展，珠三角地区形成了独特的产业集群，"前店后厂"、"厂店结合"式的跨境制造促进了香港的生产服务业发展，反过来又提升了内地制造业的生产力。粤港这种合作模式在 30 多年来的改革开放中取得显著成效。当时香港一些原始设备制造厂商开始将其生产设施转移到中国内地特别是广东省的珠三角地区，进行转移的主要原因是：香港劳动力密集型企业的劳动力成本不断升高，香港地价、水电等费用昂贵以及接受过训练和技术培训的工人比较缺乏；而中国内地特别是广东珠三角地区劳动力成本低，劳动力资源充足；在资本市场易于筹得资金，同时产品更新快，产品生产的元器件采购方便以及低税率等可以使产品成本大大降低。

中国加入 WTO 之后，中国的市场更加开放，香港数码港的建立创造了更多的商业机会。随着生产设施向中国的中部转移，产品成本可进一步降低，进而提高竞争力开发自己的品牌。香港工业总会的数据显示，2008 年港商在珠三角以各种形式投资的工厂有 57500 家，约 16% 属于一般贸易，34% 属于进料加工，47% 属于来料加工，3% 属于其他方式，从事加工贸易的工厂超过 80% 的比例（见图 1）。

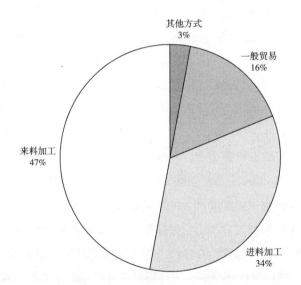

图 1 港商在珠三角投资工厂的类型所占比重

资料来源：香港智经研究中心：《加强粤港经济整合，打造世界级珠三角都会区》，2008。

据广东省对外经济贸易合作厅的一份调研报告显示，2008 年广东全省以加工贸易为主体的外商投资企业，完成的工业增加值达到 8697. 72 亿元人民币，其中港澳加工贸易企业实现的工业增加值达到近 5000 亿元人民币，完成涉外税收为 2355. 9 亿元人民币，同比增长 19. 9%，占广东全省工业增加值的 25%；2008

年全年加工贸易顺差达到 1054.9 亿元人民币，占全省的 84.4%。近年来，珠三角的成本优势和其他比较优势开始减弱，劳动密集型行业纷纷被多种因素的合力推入严峻的"洗牌"中。据广州海关的统计资料显示，由于全球性金融危机的影响，2009 年前 5 个月，珠三角地区鞋类出口企业有 2428 家，比去年同期锐减 2331 家。

与此同时，受人民币升值、新劳动法规、加工贸易等宏观调控政策、原材料价格上涨以及环保等五大因素影响，导致企业生产成本上升。根据部分港商反映情况初步估算，2008 年以来综合成本上升 45%，在广东 5 万多家从事制造业的港资企业都受到成本上升压力，其中大约两成在广东投资的港资厂商经营艰难。

（二）新形势下面临的竞争和挑战

中国实施改革开放政策以来，广东与香港逐步形成了更紧密合作的格局，香港与珠三角地区已形成"前店后厂"、"厂店结合"发展模式，也造就了香港制造业的发展壮大，但很多港商还是以"贴牌"生产为主，依靠低价竞争，处于产业链的低端。随着近年来经营成本上升，出口竞争加剧等问题的出现，内地港资企业面临着巨大困难，在广东的港资企业面临更为严峻的挑战。2008 年世界性金融危机发生后，全球出口市场萎缩、订单减少，严重影响到港资企业生存和发展。据广东省对外贸易经济合作厅的资料显示，截至 2008 年年底，在广东实际经营的 4 万多家加工贸易企业，实现的进出口总额达到 4170 亿美元，占全省进出口总额的 61%。加工贸易企业对广东经济的带动作用十分明显，吸纳约 6100 万人就业，带动国内配套产业的产值超过 4300 亿元人民币。由于金融危机的影响，2008 年广东加工贸易企业关停搬迁 2452 家，其中 96% 为 500 人以下的中小企业。"前店后厂"、"厂店结合"的发展模式应如何以新的模式继续下去？在这样的国际、国内发展环境下，内地特别是在广东的港资企业审时度势，因环境转变做出了适当调整。大多数港资企业家认为，与其艰难地提高劳动密集型生产的毛利，不如认真筹划开创产品增值之路。事实上，香港制造业要进一步发展，就必须坚持走自主创新的道路，必须提升国际竞争力，珍惜和发扬已建立的香港品牌效应，开发新技术，并以创新及设计作为增值的新亮点，把设计融入企业的业务及生产流程之中，逐渐从原始设备制造（OEM）转型为原始设计制造（ODM）及自有品牌制造（OBM）。担当起内地和国际市场结合的中介角色是香港的独特之处，香港应在工业科研方面继续发挥这种优势，促进内地与世界其他地方的科技合作。长远来说，香港应充分利用内地的科技优势，结合香港的市场和管理经验，针对海外和内地两个不同市场的特点，开发高附加值的品牌产品。珠三角的产业结构不可避免要进行大调整，大多数港商认同国家层面推出的《珠江三角洲地区改革发展规划纲要》和广东省实施的"双转移"（产业转移和劳动力转移）政策，并着手企业的升级转型，提高产品附加值，争取依靠高质量的产品取得市场订单。只要港资企业与时俱进，更新发展理念，及时谋划企业的经营之道，为新时期的竞争发展做好充足准备，在应对机遇和挑战的同时，积极探索香港制造业持续发展的新模式，那么，香港制造业就有可能继续得到发展。

二 粤港合作，加强发展制造业的必要性

我国在国民经济和社会发展第十一个五年规划和 2020 年远景纲要中强调，走新型工业化道路，坚持以市场为导向、企业为主体，把增强自主创新能力作为中心环节，继续发挥优势产业的竞争优势，调整优化产品结构、企业组织结构和产业布局，提升整体技术水平和综合竞争力，促进工业由大变强。按照产业集聚、规模发展和扩大国际合作的要求，加快促进高技术产业从加工装配为主向自主研发制造延伸，推进自主创新成果产业化，形成一批具有核心竞争力的先导产业、一批集聚效应突出的产业基地、一批跨国高技术企业和一批具有自主知识产权的知名品牌。国务院总理温家宝在 2008 年政府工作报告中特别指出："中国制造业，是中国经济的亮点，也是中国经济的重要支撑点，要进一步做大做强装备制造业，提高装备制造业集成创新和国产化水平。"温家宝总理 2008 年 11 月中赴珠三角调研时，也为统称先进制造业的高端重工、化工产业打气、鼓劲。有文章分析，[①] 未来很长的时期内，产业的结构调整和技术升级都将是我国国民经济发展的主线之一，各行业的产品结构调整、生产工艺的改进、装备设备的技术改造、自动化和大型化成套设备的开发使用等都需要机械设备工业提供先进、现代化的生产装备，提高国民经济的现代化水平，同时国民经济可持续发展战略提出将节能型、环保型生产设备的投入使用作为投资的重点，同样需要机械设备行业提供更为安全、先进的生产设备。如电力、石化、冶金、煤炭、纺织、轻工、建

---

① 国家信息中心：《2009 年中国制造业仍将保持增长》，2009 年 2 月 23 日《机电商报》。

材等很多工业领域都在新项目建设上需要有更为高效、自动化、清洁的生产装备，以提高产品的科技含量和附加值。此外，道路、交通等运输行业在推进结构调整、促进产业升级中，对机械产品的品种、水平、质量和性能的需求也将有较大提高，具备高效、节能、低污染、智能化、成套化等特征的机械产品将逐步成为市场的主流。总之，今后相当长的一段时期内，对高技术产品的需求将稳定增长，但需求结构将不断调整和变化。一般性产品需求将下降，高精尖产品、技术现代化产品和新领域产品需求将不断上升。

（一）香港优化、延伸产业链的迫切要求

中国改革开放 30 年也是香港制造业辉煌发展的 30 年。据香港特别行政区驻粤经济贸易办事处的资料显示，从改革开放到 2008 年年底，广东省共有经批准设立的港资企业 104401 家，实际利用港商直接投资额占广东全省大约六成，达到 1300 亿美元，其中在广东的港资制造业约占全部企业的 64.8%。事实上，从 20 世纪 60 年代开始，香港制造业已逐步转变为"订单式"的加工贸易，主要集中于欧美发达国家的低端市场，香港仅负责加工运输；70 年代末期香港制造业因中国内地改革开放而转移，这实际上是来自发达国家的全球化价值链，从香港伸延至广东的珠江三角洲。加工贸易对粤港的发展虽然做出积极贡献，但是，随着国际环境变化和粤港产业结构调整，香港以加工贸易为主的制造业还只是处于全球化价值链中的低端产业，迫切需要对加工贸易进行转型升级。如"香港制造"的手表在全球仍处于中低端位置，以参加"瑞士巴塞尔世界钟表珠宝展"超过 10 年的生泰表业有限公司为例，其生产设计的国际流行手表最受买家欢迎，通常单价在 30 美元至 50 美元，多是选用西铁城等其他品牌的机芯。

（二）广东省产业结构调整升级的认同

近年来，广东省领导多次提出，"放弃或转出原来低端产业环节投向高端环节"。① 资料显示，广东在推进先进制造业方面，已经把构建现代产业体系列入

---

① 《南方日报》编者按：《为什么推进"双转移"的态度要坚决》，2009 年 5 月 31 日《南方日报》。

重要议事日程。广东提出的先进制造业概念，主要是发展两大部分：一是有比较强的带动和辐射作用的先进制造业和基础装备产业，如汽车、石化、钢铁和造船等；二是高新技术产业，如电子信息、新材料、新能源、节能环保、海洋科技和生物技术。在高端产业和现代服务业这些短板上下工夫，重点推进新能源、生物医药、节能环保等产业的研究与策划，围绕已形成的产业链招商引资。《珠江三角洲地区改革发展规划纲要（2008～2020年）》（简称《纲要》）提出，到2020年，先进制造业增加值占工业增加值的比重要超过50％。根据广东的预期，珠三角2020年的地区生产总值（GDP）将增至7.25万亿元，当年的工业增加值占GDP约四成。如果先进制造业在2020年占工业增加值总额不少于五成，涉及的实际金额将高达1.45万亿元以上。因此，广东未来发展的高端重化工业，将与服务业成为拉动地区内经济发展的两大巨轮。

（三）粤港未来更紧密合作发展的使命

2008年金融危机发生后，全球出口市场萎缩、订单减少，严重威胁到不少港资企业生存；然而，实践证明，凡是处于高端制造业的港资企业，不仅成功抵御了金融危机的冲击，而且取得一定的发展。但是，由于香港经济结构急需调整及发展中存在的深层次的矛盾和问题，特别是制造业发展的基础薄弱，不少港商主要还是以"贴牌"生产为主，仍然处于产业链的低端。因此，仅靠香港本身难以实现经济结构转型。目前，广东省（特别是珠三角地区）已进入加快发展重化工业阶段，因此，香港加强与广东的合作，将有利于发挥香港的各种优势，构建和拓展粤港现代产业体系。改革开放30多年，粤港经济合作成效显著，特别是广东制造业发展的基础优势，无疑促使香港需要与内地特别是通过与广东的合作，以形成香港新优势，继续保持香港的长远可持续发展，巩固和发挥香港多个国际中心的地位和作用。《纲要》为珠三角今后先进制造业的发展提出明确的目标，要求到2020年，广东的珠三角从轻工业中心，转型成为高端重化工业基地。珠三角要发展成世界先进制造业基地，就要开拓一系列新兴产业，如高端重工业（装备、汽车、船舶制造）、高端化工产业（炼油及精细化工）等。在珠三角区域内大力发展重化工业，香港亦有分享商机的空间。广东省省长黄华华曾在粤港高层联席会议上指出，粤港合作互补性强，可由以往的"前店后厂"的发展模式，向"前总店后分店"的方向发展，加强广东省和香港的互补；广东省

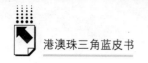
将继续争取中央部委的支持，完善沟通协调机制，改善营商环境，为香港工商企业界到广东发展提供更多有利条件。①

三 粤港合作发展制造业的若干思考

坚持落实"一国两制"和港人治港、高度自治的原则，全面实施《纲要》的精神，通过加强粤港产业合作，在推动珠三角地区的香港加工贸易企业产业链条延伸的同时，着力拓展香港制造（本土）产业和高技术产业，逐步提升高端环节产业发展的比重。建设以现代服务业和先进制造业"双轮"驱动的主体产业群，形成产业结构高级化，产业发展集聚化，产业高端发展的现代产业体系。

（一）粤港合作，积极推动加工贸易企业转型升级

由于香港本土制造业的产出只占本地 GDP 的大约 2.5%，因此，除了做好香港这些本土制造业的优化发展外，主要集中做好香港加工贸易制造业在内地，特别是广东珠三角的升级发展。据香港智经研究中心的分析，珠三角制造业的重要特色是出口加工制造，跨国企业借用香港为中介桥梁，在全球追逐最低成本的同时，促使珠三角地区建立起相对完整的制造业基础，可见，长期以来在广东的港资企业的产品生产大多处于产业链的低端，影响产业向高端化发展和国际竞争力的提高，因此，香港在广东的加工贸易制造业迫切需要进行调整升级。

香港涉及外发加工贸易的货值从 2001 年开始呈现出向上的趋势，在 2007 ~ 2008 年有所减缓，但是总的趋势还是在不断上升中（见图 2）。

在广东的港资企业中约有 90% 的制造业为加工贸易企业，多数属于劳动密集型企业。2008 年以来，广东大力推动产业升级的"双转移"，使这些企业面临拐点，或采取异地方式转移升级，或者留在本地进行升级。因此，推动加工贸易企业升级也必然成为解决香港在广东加工贸易企业出路的核心问题。

1. 大力加强企业自主研发，推进企业转型升级

长期以来，多数在粤的港资加工贸易企业处于产业链的中、低端，而高增加值的环节主要属于国外企业。因此，应鼓励、支持加工贸易企业延伸加工贸易产

---

① 黄华华：《粤港合作将迈进"前总店后分店"时代》，2009 年 9 月 24 日《大公报》（香港）。

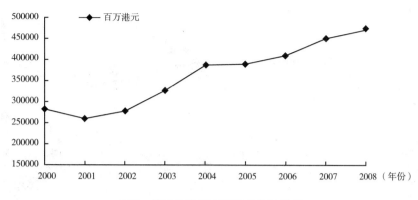

图2 涉及外发加工贸易的估计货值

资料来源：香港特别行政区政府统计处，2000～2008年工业统计。

业价值链，成立研发与设计中心，提高自主创新能力，创立品牌，并逐渐由受托与贴牌型加工企业向自主型品牌生产企业转变。通过自我创新不断开发出新技术与新产品，并不断提升产品的品牌附加值，实现企业从劳动密集型逐渐向技术密集型转移。政府不仅要在政策扶持上向这类企业倾斜，而且粤港两地政府应积极合作，努力搭建技术创新平台、行业服务平台、各类产品研发中心等相关平台，并设立研发基金，为企业的研发与设计提供大力协助与支持。广东已发展成为世界重要的制造基地之一，在工业设计方面走在全国前列，专利申请数量等多项指标在全国名列第一。广东工业设计协会的调查资料显示，目前，广东制造型企业40％的利润来自工业设计。近几年来，粤港在工业设计方面合作日益频繁，粤港两地积极促进设计合作，共同推进"广东制造"的转型升级。广东经贸系统与香港生产力促进局、香港设计中心达成一系列合作协议，探讨共同建立工业设计创新平台，以便进行全方位合作，打造粤港"设计走廊"。

2. 拓展产品的销售市场，支撑企业升级

多数在粤的港资加工贸易企业不仅没有研发环节，而且没有销售环节，只是根据海外订单组织生产。这些企业要成功转型为自主品牌生产企业，必须有成功的市场营销策略配合。应当搭建商品展销平台和培育大型采购企业，努力实现在广东的港资加工贸易企业与市场形成对接，并加大对企业内销的服务和融资支持力度。同时，香港贸易署与贸发局也应积极引导和协助这些企业拓展海外销售渠道与市场。

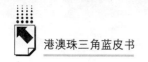

3. 营造宽松的发展环境，促进加工贸易制造业转型升级

国家应根据粤港澳紧密合作的迫切需要，允许在粤的港澳加工贸易企业有5～10年转型升级的过渡期。配合广东实施"双转移"战略，积极推动加工贸易企业的转移升级。具备条件的就地升级，否则，实行异地转移升级，提高留在广东加工贸易企业的产业升级水平。通过外发加工方式将部分生产加工环节向广东东西两翼与山区转移，在珠三角主要发展研发、设计、营销等高端环节，尽力提升企业层次和提高产品附加值。同时，积极落实广东实施"双转移"对港资企业的需要，大力推动加工贸易园区建设，重点建设装备制造业园区、零部件配套产业园区和循环经济型园区等有特色的加工贸易园区。

4. 积极引导在广东的港资加工贸易企业发展高端环节生产

配合《纲要》和广东省推出"双转移"的实施，积极引导在广东的港资企业的调整升级，并从资金、技术和相关政策等方面扶持有条件的港资企业发展高端制造业。同时以提高加工贸易高端增值生产为突破口，延伸加工贸易价值链。加强粤港紧密合作，加大扶持在广东的港资先进制造业发展力度，促进加工贸易企业的持续稳定发展。大力支持加工贸易企业调整结构，促进加工贸易高端生产环节发展。建立和完善加工贸易发展的服务体系，发挥粤港加工贸易转型升级机构的作用，提高推进加工贸易转型升级的力度，进一步健全和完善粤港合作机制，为加工贸易企业的转型升级提供优质的配套支援服务。

5. 打造加工贸易国际企业，支持具有竞争力企业，进行跨国或地区经营

在广东的港资加工企业中有一批信誉良好且具有竞争力或处于行业领先地位的企业，应当重点支持这些企业组建技术力量雄厚的研发中心，大力开展技术革新与创新，开发在国际市场具有竞争力的产品，积极开拓海外市场，打造具备国际竞争力的跨国制造企业。并以这些企业为重点，带动其他在广东的港资企业，拓展跨国家或地区的经营活动。

（二）粤港合作发展先进制造业

从一定意义上讲，服务业是依赖于制造业而得到发展的。经济发展的实践表明：制造业的1元产值一般可以带动服务业取得1.8元产值，发展一个制造业的工作机会，可以创造三个服务业工作机会。作为世界上多个国际经济中心的香港，其现代服务业尤其是现代金融服务业的发展，同样离不开发展制造业这个重要的基础，换句话说，香港现代服务业的发展必须有制造业发展的配合，才能得到进一步的发展。从全球范围来看，当今世界竞争力最强的中小型经济体，其制造业与服务业构成，大致在35：65，但有的则高达30：70，甚至有的更高达20：80。香港在2008年的数字为13：87，这说明香港服务业的发展已进入世界经济发达地区的行列。掌握了制造业领域的领先技术，同时在产业结构调整中注重发展高技术产业，并且加大政府对科技发展的支持力度，可以更好地发展本身的先进制造业。

因此，从长远规划的视野出发，制造业在香港经济发展中应有重要的一席之地。应当通过加强粤港合作，积极推动加工贸易企业升级，大力发展高新技术产业，促进香港经济社会的持续发展。香港制造业的长远发展，需要着力发展先进制造业。加大港资企业产业升级平台的建设，营造制造业的良好发展环境。策划先进制造业的长远发展安排，通过优化发展香港本土制造业，积极推动加工贸易企业升级，大力发展先进制造业，促进经济社会持续发展。

1. 积极推进深港创新圈建设

努力打造深港创新圈，使其成为创新高科技企业生产和研发的集中地，成为内地高科技企业发展的重要平台。同时，把加快深港创新圈研发工程的建设作为深化粤港科技更紧密合作的载体，全面加强粤港科技合作，包括加大对粤港科技园投入，进一步提高区域科技发展水平。

2. 完善政府部门的协调机制

健全和完善创新科技署、创新科技委员会、生产力促进局等机构，切实发挥政府科技支援部门的引导作用。同时政府应加大对创新科技署、生产力促进局支持力度，强化创新科技委员会的职能作用，同时积极引导私人机构投资研发，促进创新科技和高技术产业的发展。

3. 发挥现有科技平台的作用，打造有特色的国际创新中心

科学园、数码港是香港较早建立和发展起来的科技平台，但发展不尽如人意，其重要原因是研发资源与国际水准有较大差距。尽管香港每年的研发经费都有所增加，但总研发开支仅占GDP的0.77%。因此，可以考虑与广东省科技部门共建科技合作平台，加大对香港科学园、数码港及其研发中心的投资力度，并完善和规范相关的运作程序，为加快发展高技术产业的合作提供必要的引导和支持。

4. 建立高技术产业发展专项基金，保障高技术产业的长远发展

高技术产业的发展离不开必要的资金支持。要设立扶持香港高技术产业发展

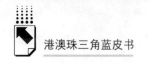

的专项基金，为高技术产业的发展提供融资和银行贷款的保障性服务，并提供信用评级、信用担保等服务。同时，深入探讨高技术产业发展专项基金的运作及营运绩效管理机制，促进高技术产业的进一步发展。

5. 调整产业结构，引导企业向高技术制造发展

以香港现有制造业发展为基础，以研发、创新和增值为重点，大力发展先进制造技术，加大对高技术制造业的投入，积极引导企业拓展高端生产，增加整体制造业的产品附加值。积极借鉴国际经验，推动高技术产业的发展。国际上一些国家和地区的企业通过研究开发拓展高新技术的经验，为香港大力拓展创新技术，促进高技术产业发展提供了示范和借鉴作用。

6. 优先发展生物医药和疫苗的研发及生产

在这一方面，香港的科技大学和研究部门已有优势：中文大学医学院研究"非典"短期疫苗，针对"非典"进行了多项关键性研究；香港生物科技研究院的"中药制程开发及生产中心"已获香港特别行政区卫生署颁发制造商证明书。2009年7月，中国科学院广东生物医药与健康研究院已在广东肇庆建立禽流感疫苗生产基地。因此，粤港两地整合各自优势，合作发展生物医药和疫苗的研发及生产有着广阔的前景。

7. 落实相关的政策措施，推动环保产业中的再生能源、环境污染控制、食品、药品安全等关键技术的研究、开发和应用

粤港合作协商行使跨境排污权等事宜。积极开展食品、药品等关键技术的开发应用与合作发展。通过粤港合作建立食品、药品等安全技术标准的协调机制，在粤港两地先行先试协商形成粤港之间大致统一的食品、药品的检测标准，并考虑按照国际惯例实施监管，提高这一地区居民的食品、药品安全系数，为共建大珠江三角洲优质生活圈打造良好基础。

8. 加强区域性的科技联系与合作，加快科学园区的建设和发展

充分利用香港与内地，特别是与广东省开展科技合作的优势和基础，提高区域科技合作的成效。利用广东省已建成的9个国家级和20个省级高新技术区的有利条件，[①] 全面加强和发展更紧密的科技合作，加大对科技园投入，完善和提升建设水平。加快深港创新圈等科学园区研发工程的建设。同时，利用香港的市

---

① 林业著、叶青：《广东科技创新"三箭齐发"加速产业升级》，2011年3月9日《南方日报》。

场营销和先进的管理经验等优势,开发高附加值品牌产品,积极拓展高技术产品的国际营销。

(三) 优势互补,加强粤港高科技产业合作,发展高技术产业

自从 20 世纪 90 年代末,广东开始大力发展高新技术产业,并联合国家有关部委自 1999 年起每年在深圳市举办一届中国国际高新技术成果交易会,深圳高新技术产业逐步成为深圳经济发展的支柱产业。到 2010 年年底广东省已有国家级高新技术开发区 9 个和省级高新技术开发区 20 个。香港在 1998 年设立了"创新科技委员会",建设和发展香港科技园,以后政府又成立创新科技署。近年来,又通过设立总值达 50 亿港元的创新及科技基金,支持科技园和数码港的发展。因此,广东省高新技术发展有一定的实力,香港高新技术也有一定的投入,加强粤港高科技产业合作已经具有良好的发展基础,这无疑为合作发展高技术制造业提供了有利的条件。

1. 粤港合作要突出拓展高新技术产业

(1) 香港发展高新技术产业的优势。作为国际金融中心、国际信息中心、国际贸易中心和全球知名的自由港——香港在推进科技创新和高科技城市建设具有明显的优势。完备的市场经济制度,使科技成果能够较快进入商品化以及产业化领域;国际金融中心的融资能力,国际信息中心所拥有的丰富信息资源和强大的服务能力,国际贸易中心较易获取的各种科技研究与开发所需的原材料元器件,可以大大缩短高技术研究和开发时间;此外,在降低成本能力等方面均是香港建设以高技术为导向的制造业的重要基础。与此同时,实施现代营销战略,也有利于促进高技术制造品的销售国际化。

(2) 全面实施 CEPA,为粤港产业合作发展带来新契机。由 2003 年 6 月 29 日签署的《内地与香港关于建立更紧密经贸关系的安排》(简称 CEPA),自 2004 年 1 月 1 日起正式实施以来,逐步实行商品贸易零关税,服务贸易降低门槛,贸易投资便利化,促进香港和内地之间的贸易额迅速增加,多领域的合作更加紧密。由于 CEPA 对"香港产品"的界定仅要求 30% 的工序在香港便可算作香港产品,香港的中小型高技术企业可以将大部分附加值较低的生产工序迁至内地,实现成本优先战略;而将部分附加值高的工序留在香港,实施差异化战略。这样在贴上"香港制造"的标牌后将可以取得显著的增值,大大提高边际利润率。

2004～2010 年，内地与香港共签署了 7 个补充协议，在货物贸易、服务贸易和贸易投资便利化三个方面对香港做出了优惠安排。CEPA 的签署和实施，促进了内地与香港经贸合作全方位、多层次、宽领域的开展，带动了香港经济的全面增长。在有关方面的通力协作之下，CEPA 实施进展顺利，并且展现了功效。在货物贸易方面，目前内地对原产于香港的产品全面实施零关税，并为香港未来制造业的发展预留了空间。在服务贸易方面，内地对香港在 44 个领域采取了 250 多项优惠措施，一些行业对香港投资放宽或取消股权限制，降低注册资本、资质条件等门槛，放宽投资地域和经营范围等限制。在贸易投资便利化方面，内地与香港在通关便利化、电子商务、法律法规透明度、商品检验检疫、食品安全、质量标准、保护知识产权和品牌等方面均加强了合作，为进一步促进中小企业及产业合作创造了良好的环境。

（3）实施《纲要》，为港资企业转型升级创造发展空间。客观认识和理解《纲要》实施的实质内容要与时俱进。《纲要》作为新时期国家级推进改革开放的纲领性指南，为国内特殊地区的先行先试率先发展有着重要的引擎作用。《纲要》的实施为香港企业在珠三角地区带来的发展机遇是肯定的，是划时代的。因此，香港企业应以世界区域一体化不可逆转的全新视角审视发展格局，高度重视和全面理解《纲要》实施的内容，并采取与本企业发展相适应的应对策略。

2. 粤港合作发展高技术产业是加强国际竞争力的必然选择

香港制造业要进一步发展，就必须坚持走自主创新的道路，提升企业的国际竞争力，珍惜和发扬已建立的香港品牌效应，开发新技术，并以创新设计作为增值的新亮点，把设计融入企业的业务及生产流程之中。同时，应加强与内地特别是广东省以及世界其他国家或地区的科技合作。长远来说，香港应充分利用内地尤其是广东省科技发展的优势，在继续发展现代服务业的基础上，实施产业结构的调整和升级，积极拓展高端制造业，并结合香港的市场营销和先进的管理经验，开发高附加值的品牌产品，通过发展现代服务业和高端制造业的"双轮"驱动，重振香港的国际竞争力。

在全球化和知识经济高速发展的今天，领先的技术优势（不是传统的比较优势）成为一个国家或地区在激烈的国际竞争中取胜的决定因素，高技术及其产业化与国家或地区的国际竞争力紧密关联。

因此，香港应当以现有制造业的发展为基础，调整、提高和优化加工贸易的升级，以研发、创新和增值为重点，大力发展先进制造技术，加大对高技术（高端）制造业的投入，积极引导企业拓展高端生产，提高整体制造业的产业附加值与核心竞争力。

（1）全面加强粤港产业合作，拓展高新技术产业。为抢占世界产业竞争的制高点，广东特别是珠三角地区这几年进行着史无前例的产业结构调整，一个高度融入全球产业分工体系的世界制造基地正在珠江口两岸加速崛起和成型。在大力推进以高新技术改造提升传统产业的同时，广东还在加速打造重化工业、高新技术和高级服务业这"三大增长板块"，并以此带动全省产业经济迈向高级化的高增值阶段。目前，在珠三角腹地以中海壳牌为首的大亚湾石化城，日本三大汽车巨头聚集的广州汽车城，钢铁造船为龙头的南沙重化工业区等一大批资金技术高聚集区域和项目，正在逐步形成具有珠三角特色的现代产业发展新格局。在高新技术产业发展方面，珠三角在全国高新技术发展中起着十分重要的作用。值得关注的是，过去产业聚集度相对滞后的珠江西岸地区，将随着港珠澳大桥、京港澳高速公路、广珠铁路、珠三角轨道交通和连接粤西高速公路网络的兴建和陆续竣工，使这一地区发展重化工业和基础产业的优势进一步显现出来，有望在未来20年成为广东新一轮经济发展增长极。[①]

2009年7月28日，粤港高新技术合作专责小组第六次全体会议在广州召开。会议总结粤港科技合作的工作情况，提出下一阶段粤港科技合作的工作重点。双方科技部门在粤港高新技术合作专责小组的统筹下，搭建粤港两地的科研机构和产业合作的新平台，以促进科技转移和成果产业化、商品化取得日益丰硕的成果。

（2）继续大力加强深州与香港高新技术的合作与发展。与香港毗邻的深圳是我国市场经济发展最快的地区之一，也是我国快速发展高技术产业的城市之一。30多年来，深圳已经发展成为我国智力与技术资源最密集的地区。每年一届的国家级盛会——中国国际高新技术成果交易会，深圳市成为大会的主办城市，通过广泛交流与合作，推动了高新技术产业的不断发展。对深圳来说，对未来的可持续发展进行定位及产业结构调整与升级，迫切需要同香港进行新时期的

---

① 梁钢华：《落实科学发展观：大珠三角经济一体化优势凸显》，新华网·时政快讯，2005年11月8日。

"深港"一体化合作。自 2007 年香港与深圳市签署了"深港创新圈"合作协议以来，深港双方积极推动各方面的工作并取得实效。2007～2008 年深港双方共推出的资助项目 12 个，拨款资助额达到 7300 万元，涉及的范围有电动汽车、电池关键技术、快速生物检测技术和节能环保等领域。2008 年 5 月，深港两地又成功邀请美国杜邦公司在香港设立全球薄膜光伏电研发中心及营运总部，并在深圳设立相关的生产基地，成为"深港创新圈"的首个重要项目，有助于推动太阳能在泛珠三角区域的研究和应用。深港创新圈建立发展的优势体现在较低的生产要素成本、高技术产业在国内外的辐射能力强、以市场为导向和企业为主体的技术开发体系以及政府对发展高技术产业大力支持等方面，同香港形成互补关系。港深两地高技术产业合作的领域，涉及技术基础设施、研发系统、企业技术网络和社会创新环境等多个方面。根据两地高技术产业发展不同阶段的合作需要，应当考虑通过发展研发工程（或项目）加大技术人员与资金投入，推动从产品创新与工艺创新到生产制造、市场推广和销售的技术创新链的完善。与此同时，充分调动发挥深港两地的企业、非政府组织之间以及政府与企业、大学等研究机构的功能作用，进一步形成和提高区域科技创新的国际竞争力。

会展与文化
创意合作

Exhibition and Creative Industries

B.11

粤港展览行业合作与发展研究

关红玲　郭永清*

摘　要：展览行业不仅能为各类企业构建一个高效率的交流平台，又能拉动旅游、餐饮酒店、零售、物流、金融保险等行业的发展。因此，随着经济的快速发展，各地都在积极发展展览行业。广东和香港作为中国乃至亚太地区最活跃的经济圈，一个是国际加工制造业中心，一个是亚洲国际商业枢纽，这为展览业发展提供巨大的有潜力的需求市场。目前香港已是亚洲会展之都，而广东展览业发展在国内也处于领先行列，因此若两地实施错位发展，联手打造大珠三角会展经济，将会为两地经济注入新的活力。因此，本文首先回顾广东与香港各自展览业的发展状况，分析比较各自展览业的优势与不足，寻求展览业合作的契合点；其次就CEPA中有关展览业合作的规定

＊ 关红玲，中山大学港澳珠江三角洲研究中心讲师；郭永清，中山大学港澳珠江三角洲研究中心馆员。

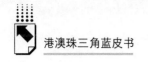

与目前展览业合作的现状进行分析，提出粤港展览业合作中遇到的问题，如未能形成共赢的合作机制、内地相关配套产业与法制等营商环境不成熟、管理体制存在差异等；最后为应对这些问题，提出若干发展对策，探讨如何使广东与香港的会展业错位发展，联手打造大珠三角会展经济带。

关键词： 展览业合作　会展配套产业　错位发展　行业协会

展览业具有集商品与服务展示、交易和经济技术合作为一体的功能，它以最有效的方式将商品与服务的供需双方连接在一起。因此在世界经济快速发展与全球经济一体化背景下，展览业作为第三产业，以其盈利性高，功能强大，越来越显示出巨大发展潜力与空间。它的功能强大不但在于为各类企业构建一个高效交流平台，同时对举办城市其他服务业产生关联效应，拉动旅游、餐饮酒店、零售、物流、金融保险等行业的发展。此外展览业也具有城市名片的美誉，国际展览成功召开，不但促进举办城市的市政建设，同时极大提升举办城市的国际形象与知名度。

粤港作为中国乃至亚太地区最活跃的经济圈，一个是亚洲国际商业枢纽，一个是国际加工制造业中心，这为展览业发展提供巨大的有潜力的需求市场。目前香港已是亚洲会展之都，而广东展览业的发展在国内也处于领先行列，因此若两地实行错位发展，联手打造大珠三角会展经济，将为两地经济注入新活力。

一　粤港展览业发展现状

（一）广东展览业的发展现状

1. 优越的展览设施

广东展馆设施，室内展出总面积一直居于全国第一位。目前广州国际会议展览中心的琶洲展馆，是亚洲最大的会展中心。2002年投入使用，建筑面积39.5万平方米，到2008年展示面积27万平方米。目前广东主要会展场地面积达到160多万平方米（见表1）。

表 1　广东各市主要会展场馆面积统计表

单位：万平方米

序号	城市	可供展览面积	序号	城市	可供展览面积
1	广州	70.62	8	湛江	1.27
2	佛山	37.75	9	阳江	1.10
3	深圳	12.10	10	潮州	1.00
4	中山	11.06	11	揭阳	0.64
5	东莞	19.62	12	珠海	0.43
6	江门	2.65	13	云浮	0.17
7	汕头	2.50	合计		160.91

资料来源：广东省经贸委会展处："粤港澳服务业合作与发展调研报告会展业分报告"（2009 年 7 月 10 日）。

目前广东展览设施已形成从面积到结构基本合理，展馆展览面积从 2 万平方米到 10 万平方米基本上是梯形结构，可满足不同层次的展览要求。以广州为例，展览馆形成"三足鼎立"现状，广州国际会展中心（琶洲展馆）主要承办大型展览会，锦汉展览中心举办相对小型的国际展览会，广交会展览馆主要举办国内的展览会（见表 2）。以上三大展览馆承办了广州市区 90% 以上的经贸展览会①。

表 2　广州大型展览场馆

序号	场　馆	可供展览面积
1	广州国际会展中心（琶洲展馆一二期）	26 个展厅,室内展示面积 27 万平方米
2	锦汉展览中心	2 展厅,展示面积 3.6 万平方米
3	流花路览馆	14 个展厅,展厅面积约 13.9 万平方米

资料来源：http://www.bidchance.com/bidchance/calggnew/2008/01/07/1155055.html。

2. 巨大的市场需求

广东是经济大省，2009 年广东 GDP 占全国 12%，工业总产值占全国 13%、贸易出口占全国 29%。工业形成了电子信息、电气机械及专用设备、石油及化工三大新兴产业，以及纺织服装、食品饮料、建筑材料等三大传统产业，此六大产业占广东规模以上工业总产值 60% 以上。其中电子信息、电气机械及专用设备、纺织服装、食品饮料、建筑材料等行业，在珠三角地区形成了一定规模的产

---

① 刘松萍：《广东展览馆市场运作模式及其相关分析》，《广州大学学报（社会科学版）》2005 年第 6 期。

业集群 123 个①。雄厚的经济实力催生展览业快速发展，广东会展每年以超过 20% 速度增长。

从全国重要展览城市与省份的比较中，在 2003 年广东的展览使用面积、展馆收入、展览收入、展览企业数量遥遥领先于全国，其数额占全国比重分别为：28.41%、37.50% 和 29.05%（见表 3）。正是由于广东珠三角作为世界加工制造中心这一外向型产业特征突出，催生对展览业的巨大需求。

表 3　2003 年广东、北京、上海、浙江、江苏五省占全国展览业主要指标比重

单位：%

省　市	使用面积	展馆收入	展览项目	展览收入	展览企业数
广　东	28.41	31.87	5.25	37.50	29.05
北　京	4.26	18.20	11.89	21.41	13.26
上　海	4.24	15.93	10.55	18.75	15.92
浙　江	13.43	14.11	9.04	13.17	3.78
江　苏	6.74	3.20	8.79	2.99	2.95
五省市累计	57.08	83.31	45.52	93.83	64.96

数据来源：中国际贸易促进委员会：《中国展览年鉴 2006》。

3. 展览业的地域分布

（1）带状分布的广东展览业。广东展览业在地域分布上，形成了以广州、东莞、深圳为中轴，包括佛山、珠海、汕头的珠三角会展经济带。

广东珠三角会展经济带上各城市，或基于历史地理机缘，或基于产业基础，形成了各自的品牌展览。广东的三大新兴产业和三大传统制造业在地域上集中于珠三角并形成产业集群，使珠三角呈现出中、东、西不同的特殊产业带。

珠三角中部的重工业：珠三角中部以广州、佛山、肇庆为中心，形成了汽车、电器机械、钢铁、纺织、建材产业带。

珠三角东岸的电子信息产业：珠三角东岸的东莞、深圳、惠州的电子及通信设备制造业成为全国最大的电子通信设备制造业基地，被称为"广东电子信息产业走廊"。

珠三角西岸的家电五金业：主要分布在珠海、中山、顺德、江门。

对应珠三角各地产业基础的展览业，广州较为知名的展览有被誉为中国第一

---

① 佟星：《要加快推进优化升级》，在广东省产业集群升级示范区建设工会议上讲话，2007。

展的"广州中国进出口商品交易会"（广交会）、"中国国际中小企业博览会"、
"广州（国际）汽车展"、"广州国际美容美发化妆品进出口博览"、"锦汉纺织
服装及面料展览"、"锦汉礼品及家具用品展"、"中国（广州）国际建筑装饰博
览会"；深圳较为知名的展览有"中国国际高新技术成果交易会"、"中国国际光
电博览会"（CIOE）、"中国（深圳）国际机械及模具工业展览会"（SIMM）；东
莞较为知名的展览有"国际名家具（东莞）展览会"、"中国东莞国际电脑资讯
产品博览会"；珠海较为知名的展览有"中国国际航空航天博览会"；顺德较为
知名的展览有"中国顺德家电展览会"。

（2）展览品质不断提升的广东展览业。广东展览业中的品牌展览不断涌现，
据 UFI① 公布数据显示，到 2010 年 7 月广东得到 UFI 认证的展览已达 15 个，其
中深圳 9 个、广州 5 个、东莞 1 个（见表 4）。包括中国国际中小企业博览、国
际家具展、中国高新企业展等，而同期国内共有 50 个被 UFI 认证的展览，广东
占国内被认证总数的 30%。

表 4　截至 2010 年 7 月广东获得 UFI 认证的专业展览会

序号	名　　　　称	举办城市	组　织　单　位
1	中国国际中小企业博览会	广州	中国国际中小企业博览会事务局
2	锦汉纺织服装及面料展览	广州	广州市锦汉展览有限公司
3	锦汉礼品及家具用品展	广州	广州市锦汉展览有限公司
4	中国工艺品交易会——厨卫洁具展	广州	广州益武国际展览有限公司
5	中国工艺品交易会——浴室厨房展	广州	广州益武国际展览有限公司
6	中国国际高新技术成果交易会	深圳	深圳会展中心管理有限公司
7	中国(深圳)国际文化产业博览会	深圳	深圳文化产业博览交易会有限公司
8	中国国际光电博览会(CIOE)	深圳	深圳贺戎博闻展览有限公司
9	中国社会公共安全产品博览会(安博会)	深圳	深圳社会公共安全产品展览有限公司
10	中国国际钟表、珠宝及礼品展览会(CWJF)	深圳	深圳市钟表行业协会
11	深圳国际服装交易会	深圳	深圳市亚太时尚会展有限公司
12	深圳国际礼品、工艺品、钟表及家庭用品展览会	深圳	励展华博展览(深圳)有限公司
13	深圳国际玩具及礼品展览会	深圳	励展华博展览(深圳)有限公司
14	中国(深圳)国际机械及模具工业展览会(SIMM)	深圳	深圳市机械行业协会
15	国际名家具(东莞)展览会	东莞	东莞名家具协会

资料来源：UFI 官方网站，http：//www. ufinet. org/pages/ufimembers/whoswho. aspx？PAGE = 2。

---

① 在国际展览业中，国际展览联盟（Union of International Fairs，简称 UFI），是国际同行业中享
　有崇高声誉与地位的行业组织。得到 UFI 认证的展览会议以及展览组织企业，是展览高品质、
　高服务水平的质量标志。

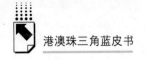
4. 展览业的行业结构

（1）展览业的行业构成。展览场地经营者、展览组织企业、展览辅助企业（包括展览的广告设计、物流运输、旅游推广、展览设备租赁）、展览业行业组织，共同构成了展览行业，而其中展览组织企业发挥了核心作用。

在欧洲，展览场地所有者往往是展览主办者，同时也存在专业展览主办者向场地所有者租借展览馆的情况。在美国，展览场地所有者与展览主办者截然分开，展览场地所有者只出租展览场地与设备，而展览主办者一般没有场地。在新加坡展览场地多为政府所有。

目前广东展览场地主要由政府所有，如广州国际会展中心；也有民营兴建的，如锦汉展览中心。在展览主办者方面，办展主体的多元化趋势明显，出现政府（包括政府及部门、政府临时机构、贸促会等半官方机构）、商协会、国有企事业、民营企业、外资企业，这五大办展主体。大型展览仍以政府为主，如广州中国进出口商品交易会（广交会），组织机构包括国家商务部、广东省政府、中国对外贸易中心；深圳中国国际高新技术成果交易会（深圳高交会），主办单位包括国家商务部、科学技术部、工业和信息化部、国家发改委等11个中央及地方政府部门。本地民营展览业规模小，其展览的辅助企业，包括展览的广告设计、物流运输、旅游推广、展览设备租赁等企业的专业化水平有待提高。

（2）展览组织企业的收益构成。展览组织企业的收益主要包括：参展企业缴纳的参展费用、参观者的门票收入、广告赞助及其他附属收入；其中大部分收益来自于参展企业的参展费；而观众的质量与数量，反过来影响参展企业的积极性，从而影响下一期展览的收益。新加坡励展博览集团总裁认为，展会参观者的质量要重于数量，有专业人士的参加，才能使参展商做成生意。成功的展览会必须是最优秀的企业，与最专业的参观者结合。因此举办一个品牌展览会绝非易事，一旦举办成功，展览组织企业便会获得高利润回报。

目前广东展览业的展馆收入与展览收入均走在全国前列。

（二）香港展览业发展现状

香港也是亚太地区重要会展城市，英国的《会议及奖励旅游》杂志连续多年将香港评为"全球最佳会议中心"。展览业同时对香港经济起巨大促进作用。

1. 完善的展览设施

香港展览馆采取政府投资,经营管理外包的方式,设施与管理水平先进。主要有三大会展场地:位于市中心的香港会议展览中心、毗邻机场的亚洲国际博览馆、坐落在湾仔的香港展览中心。香港展览中心始建于1984年,面积只有0.21万平方米;香港会议展览中心建于1988年,当时展览面积只有2.5万平方米,1997年香港会议展览中心新翼落成,展览面积拓展至6.2万平方米,2009年4月扩建完成,使展览面积达8.9万平方米;2006年香港亚洲国际博览馆落成,展览面积达7万平方米(见表5)。

表5 2009年香港大型展览场馆展览面积

序号	场 馆	可供展览面积	备 注
1	香港会议展览中心(Hong Kong Convention and Exhibition Centre)	一、二期展示面积8.9万平方米	1988年建成,1997年二期会展新翼落成
2	亚洲国际博览馆(Asia World-Expo)	展示面积7万平方米	2006年竣工并使用
3	香港展览中心(Hong Kong Exhibition Centre)	展示面积约0.21万平方米	1984年建成

资料来源:Hong Kong Trade Exhibition-An Industry Review,2009。

2. 成熟的相关产业、优越地理人文环境

香港展览相关配套产业十分完善。

(1)自由港、零关税体制。

(2)独立完善的法律制度,尤其是对知识产权的有效保护。

(3)优越地理条件,背靠经济快速发展的中国大陆;同时与亚太地区所有城市航空距离在5小时半径圈内。

(4)一流的物流服务和国际航运中心,有吞吐量在国际上名列前茅的货柜港和世界上最繁忙的航空港;香港的国际机场,每周有约5500次航班定期客机及货机来往香港。

(5)高素质娱乐以及餐饮、酒店服务。

(6)国际一流金融服务,处于世界时区中心,与伦敦、纽约构成全球24小时全天候运作的金融市场。

(7)便利的商贸平台、跨国公司地区总部,有大量海外买家在香港设采购

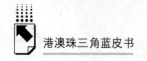
办事处，这些都为香港展览发展奠定良好基础。

（8）杰出广告设计服务。

（9）英语的普及程度高。

3. 狭小的本地市场、出色展览业

香港自 20 世纪 70 年代发展成为出口加工制造中心，随着内地改革开放、制造业迁移，香港逐步从制造业中心演变成商贸服务业中心。1970 年香港制造业占 GDP 比重 30%，到 2007 年下降到 2.6%。虽然香港本地市场狭小，但在从事轻工业产品加工制造向亚太地区服务中心的转变中，香港成功利用其形成的贸易网络，吸引高端参展商与专业的观众汇集香港。

（1）出色展览业。据 BSG 咨询公司研究[①]，香港展览业从展览的数量以及展览的收益看，在亚太区是首屈一指的。以 2008 年为例，香港平均每场展览收益 408 万美元，而同年日本是 207 万美元，泰国是 205 万美元，中国是 271 万美元。

2008 年香港举办的展览，若以总展览面积计算，比不上日本东京，但若以平均面积计算在亚洲太区内居首。2008 年香港平均每一个展览的面积达 1 万平方米，远高于新加坡的平均展览面积 0.34 万平方米。2008 年虽然受金融风暴影响，净展览面积比 2007 年下降 2.44%，但超过 1.8 万平方米的大型展览扩至 96 个。

（2）以轻工业为主的展览。香港举办的展览正如 BSG 指出的以轻工业为主，这充分反映香港经济结构从钟表、玩具、服装制造中心向贸易中心的成功转变。截至 2010 年，香港获得 UFI 认证的展览会议有 26 个，包括香港国际珠宝展、香港国际照明展、香港时装周、香港玩具游戏展、香港钟表展、香港礼品展等，香港当中的一些产品加工出口总额也曾名列世界前茅。正如波特指出，挑剔的客户造就有竞争力的企业，香港本地展览的市场狭小，制造业转移，却迫使香港发展商贸展览服务，面对挑剔客户，走高端路线。

（3）参展商的国际化。香港参展商的国际化十分突出，同时从参展商与参观者的构成看，充分反映香港作为世界与中国内地的桥梁作用。2008 年香港举办展览中，参展企业 55952 家，其中中国香港企业占 44%；中国内地企业占

---

① Business Strategies Group Limited（BSG）：*The Trade Fair Industry in Asia*（2009）.

29%；国际（美洲、欧洲、非洲、中东）企业占8%，亚太地区企业占19%；国外参展商（中国内地及港澳台之外的参展商）达到27%（见图1）。

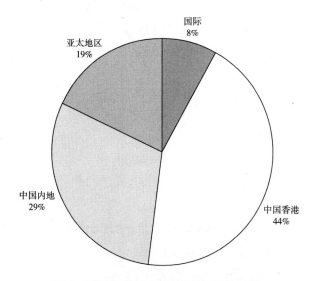

图1　2008年香港展览业参展商地区分布

资料来源：Hong Kong Trade Exhibition-An Industry Review，2009。

从参观者构成看，89%是香港的参观者，4%是中国内地的参观者，4%是国际（美洲、欧洲、非洲、中东）的参观者，3%是亚太地区的参观者；国外参观者（中国内地及港澳台之外的参观者）到达7%，超过了UFI规定作为国际展览，外国观众数量不少于总观众数量的4%的标准（见图2）。

4. 展览业的行业结构

香港展览业的出色表现，与其行业结构有密切关系。市场化的运作、高专业化程度、成熟的行业协会以及政府积极支持，是香港展览行业获得成功的重要因素。香港展览业专业化程度高，业内既有组织展览的企业，又有展览设计、施工、设备租赁、展览物流等专业化公司；拥有发挥重要作用的香港展览会议业协会（Hong Kong Exhibition & Convention Industry Association），该协会代表行业内各企业利益，起到沟通政府与企业的桥梁作用，为企业提供咨询与帮助，同时收集行业数据，及时反映行业发展状况。目前被UFI确认的香港展览组织机构有15家。

香港半官方机构——香港贸易发展局（HRTDC）是香港展览业组织者之一，对香港展览业发展功不可没。一直以来香港贸易发展局组织展览会的次数都在香

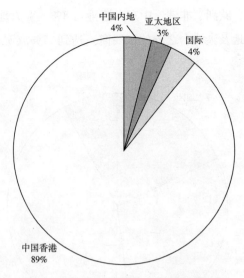

图2 2008年香港展览业参观者构成

资料来源：Hong Kong Trade Exhibition-An Industry Review，2009。

港名列前茅。从2008年香港展览企业组展的次数看，该局占市场份额的38%，第二位是环球资源（Global Sources）占12%，第三位是亚洲博闻有限公司（UBM Asia Limited）占8%（见图3）。

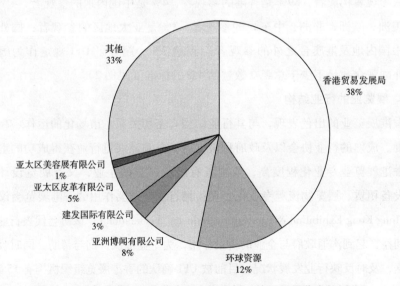

图3 2008年香港组织展览企业市场份额（按组织展览次数划分）

资料来源：Hong Kong Trade Exhibition-An Industry Review，2009。

按组织展览面积划分，香港贸易发展局占总市场份额的 45%，第二位是环球资源（Global Sources）占 16%，第三位是亚洲博闻有限公司（UBM Asia Limited）占 11%（见图 4）。

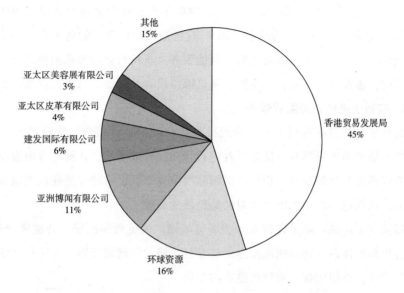

其他
15%

亚太区美容展有限公司
3%

亚太区皮革有限公司
4%

建发国际有限公司
6%

亚洲博闻有限公司
11%

香港贸易发展局
45%

环球资源
16%

图 4　2008 年香港组织展览企业市场份额（按组织展览面积划分）

资料来源：Hong Kong Trade Exhibition-An Industry Review，2009。

二　粤港澳展览业合作

（一）粤港展览业合作意义

1. 有利于促进两地产业结构调整

目前广东珠三角地区面临产业升级转型，工业从劳动力密集向资本与技术密集转型，在这过程中需要相关服务业的支撑。展览业就是其中一个有待大力发展的行业之一，这有利于产业升级转型。展览业具有强大的企业功能，为企业提供产品供需交流平台；还具有营销功能和信息交流的功能。这对珠三角企业升级具有巨大促进作用。珠三角企业升级，不外乎向产业链两端拓展，建立自己营销渠道，创新与打造自主品牌。而展览业就是为企业建立销售渠道，扩大产品营销，收集产品创新信息提供很好的平台。

香港产业结构在从加工制造中心向商贸服务中心转变的过程中，不断寻求巩固及拓展其服务业的地位与功能。而展览业，不但具有强大企业功能，同时具有强大的产业关联效应。据香港展览会议业协会公布的调查报告显示，展览业对香港经济发展起到功不可没的推动作用。2008 年展览业为香港经济带来 302 亿港元（38.7 亿美元）收益，为政府带来 9.20 亿港元的税收，创造了 6 万多个全职就业岗位。调查报告显示展览业对于其他服务及支持行业均带来消费开支，提供就业职位，惠及酒店、饮食、零售、展览摊位设计及搭建、物流及货运行业。①

2. 有利于提供资源配置效率

既然发展展览业有利于粤港两地推动各自经济持续发展，促进产业结构升级。那么如果两地根据双方优势互补进行合作，开放市场，让资源自由流动，使展览业资源得到合理配置，积极拓展国际展览业市场，将使展览业再次焕发出新的活力，从而进一步扩大展览业对两地经济的贡献。

展览资源包括：展览管理人才、展览场馆、展览营销网络、展览客户资源、展览客户服务体系。如果两地根据优势互补，错位发展的原则，让这些资源合理流动与共享，将极大促进两地展览业的发展。

（二）粤港展览合作的比较优势

1. 香港展览业的优势与不足

（1）香港展览业的优势（见表6）。

表6　香港展览业的优势：2008 年亚太地区部分城市展览业比较

城　市	场馆可供展览面积(万平方米)	举办展览次数	各市展览组织企业数	各市举办净展览面积(万平方米)
香　港	16	81	30	82
东　京	10	170	114	120
新加坡	20	69	44	24
悉　尼	3.48	60	38	21
广　东	160	574*	N	744*

*该数字为广州、深圳、东莞的总和。

数据来源：BSG, *Benchmarking Report 2009 for Tokyo*, Singapore and Sydney, 转引自 Hong Kong Trade Exhibition-An Industry Review, 2009；广东资料来自广东经贸委会展处：《粤港澳服务业合作与发展调研报告（会展业分报告）》，2009 年 7 月。

_____

① 香港展览会议业协会：《香港展览业调查报告》（2006～2008 年）。

第一，香港有先进的展馆设施，在亚太地区中展览场馆数量仅次于新加坡。

第二，香港会展业管理专业化、国际化程度高、市场化运作高。海外的参展商、参观者分别超过27%和8%。迄今被确认为UFI会员的香港会展组织机构有15家，获UFI认证的展览会26个，成为亚太区内重要的会展城市。2008年香港举办约100多个大型展览，其中7个是亚洲最大的展览会。英国的《会议及奖励旅游》杂志连续多年将香港评为"全球最佳会议中心"。香港展览业收益在亚太地区首屈一指，2008年香港平均每场展览收益408万美元，而同年日本是207万美元，泰国是205万美元。[①] 相关研究机构认为香港展览业在亚洲太地区处于领导地位。

第三，香港有成熟的相关产业、积累庞大的客户网络。香港具有自由港以及低税制等优越的营商环境，有发达完善的餐饮、酒店、零售、旅游、保险、贸易、物流、广告设计等相关服务业。香港同时是汇集跨国公司总部的亚太商贸服务中心，作为商贸中心香港已经过多年的培育，拥有57万个买家的客户网络，其中内地买家有21万个[②]。

（2）香港展览业的不足。

第一，香港展览场馆面积与广东相比相对狭小。香港展览场馆室内展览面积是16万平方米，而广东是160万平方米，单广州三大展览馆室内面积就接近35万平方米，是香港的1倍多。在每年展览旺季2~4月、9~10月展览馆的使用率一度接近100%。

第二，香港展览业缺乏本地制造业的支撑，本地市场需求小。由于香港本地制造业从20世纪70年代到达顶峰后，到2007年下降至2.6%，本地制造业的衰落，使其展览业主要依托内地珠三角，2008年中国内地参展商就占29%，这使香港发展受到限制。

第三，香港成本高昂。由于香港生活水平较高，尤其是展览管理及其专业人才薪酬较高，场馆等设施成本高，一定程度降低了香港展览业的竞争力。

---

① BSG, *Benchmarking Report 2009 for Tokyo*, Singapore and Sydney.
② 何玖、段恋：《会展业驶入发展快车道》，2010年7月15日《文汇报》（香港）。

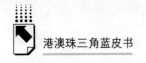

2. 广东展览业的优势与不足

（1）广东展览业的优势。

第一，广东展馆设施不断改善。广东大展览场馆展览面积达 160 万平方米，广州自 2002 年广州国际会议展览中心琶洲馆建好后，广州的室内展览面积已是香港 1 倍，达 35 万平方米。

第二，广东是制造基地，专业会展需求巨大。广东每年举办展览 1000 多场，展览面积近 900 万平方米，这些展览按面积计算依次集中在广州、深圳、东莞。2008 年，广州举办了 418 次展览，展览面积 405 万平方米；深圳举办 74 次展览，展览面积 184 万平方米；东莞举办 82 次展览，展览面积 155 万平方米。

第三，广东的会展业已有 15 个展览获得 UFI 认证。形成一批名牌展览，如广州中国国际进出口商品交易会（广交会）、中国国际高新技术成果交易会（深圳高交会）、中国中小企业博览会、中国国际航空航天博览会（珠海航展）、国际名家具（东莞）展览会等。

（2）广东展览业的不足。

第一，广东展览业市场化程度低。大型会展依赖政府组织举办，运作成本高，盈利水平低。虽然广东展览业在国内起步相对较早，但同样存在体制与展览业专业化水平问题。

市场化程度低，体现在不少大型展览由政府组织和提供经费等方面的支持，而且组展机构出现一枝独秀的局面。例如广州举办的中国第一展"广州中国国际进出口商品交易会（广交会）"、"国际中小企业博览会"等，均由政府部门参与，承办广交会的"中国对外贸易中心"为国家商务部直属事业单位，承办国际中小企业展览会的中国国际中小企业博览会事务局是广东省政府批准成立的事业单位。2007 年广州市政府直接参与主办的展会达 11 次；按展览面积计算，排在前 10 名的有 8 个是由政府（包括中国对外贸易中心）主办的。

在广东组展比较成功的组织机构中，中国对外贸易中心一枝独秀，除了成功组织高交会外，还成功举办中国（广州）国际家具博览会、中国（广州）国际汽车展览会。在 2006 年其组织展览收入达 18.24 亿元人民币，占广州市会展总收益的 61.77%。虽然在香港展览业中，半官方机构香港贸发局也是龙头老大，但是其所占的市场份额也只有 38% ~ 45%，而且是以市场化操作举办展览，即使政府补贴，也以基金的形式，企业申请，委员会甄别审批。

市场化程度低所带来的结果：

一方面使会展业盈利水平低。这种行业特征，在国内具有普遍性，在一定程度上抑制中国展览业的健康发展。由于管理体制的原因，我国大量展览活动都是由政府或半官方机构主办，这是有别于世界其他展览大国的显著特征。我国展览业的直接收入比许多国家都少，展览经济总量远小于发达国家，如2004年，德国展览业收入占其 GDP 比重的 0.29%，日本展览业收入占 GDP 比重的 0.13%，而我国同期展览业直接收入只占 GDP 比重的 0.08%，其差距可见一斑。[①]

另一方面导致会展行业协会发育迟缓。本来行业协会是行业自发组织，充当政府与企业联系的桥梁，是政府与市场间的协调机构，但由于政府直接参与展览业组织经营，使行业协会失去应有的组织协调地位。

第二，广东展览业管理专业化水平低，缺乏展览营销网络，会展人才不足。展览业的市场化程度低，相对应地影响展览辅助企业（展览的广告设计、物流运输、旅游推广、展览设备租赁）的发展水平。广东品牌展览多以综合性为主，专业性展览少，如广州 4 个综合展的展览面积，就占总展览面积68.6%；展览国际化远低于香港，被 UFI 认证的展览只有 15 个，而香港有 26 个。展览场馆使用率偏低也是管理专业化低的表现。

由于广东珠三角以加工制造业为主，销售与设计两头在外，因此组织展览的企业通常缺少较好会展营销网络，特别是参展商与专业采购商的客户资源。

会展专业人才不足。虽然广东高校设立会展专业或方向，但仍没有形成完备的转移体系。

第三，广东展览业相关配套产业不成熟、法律与管理制度不完善。广东展览场馆设施先进，但周边酒店、餐饮、物流、广告等服务设施有待改进。如广州国际会展中心（琶洲展馆）交通、停车位、配套服务场所（酒店、餐饮、购物、娱乐）、公共卫生条件、周边环境的管理、道路、排水管理等有待改进。政府多个部门涉及展览业的管理，造成政出多门，目前展览业管理部门有：国家对外贸易经济合作部、国家科技部、国家经贸委、中国贸易促进会、国家工商总局等。内地对参展的知识产权保护不力，使参展企业新产品容易受到剽窃。

---

① 沈丹阳：《中国展览业六大发展趋势》，载《中国展览年鉴 2006》。

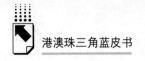

（三）合作制度基础与合作现状

1. 现有政策

CEPA 项下关于会展服务开放（见表 7）是一个从合作形式、到合作内容不断拓展，准入门槛不断降低的过程。

表 7　会议服务和展览服务（CPC87909）

CEPA 相关协议	具　体　承　诺
CEPA	允许香港服务提供者以独资形式在内地提供会议服务和展览服务（不含出国、出境展览）
CEPA 补充协议三	允许香港服务提供者在内地设立独资、合资或合作企业，经营到香港、澳门的展览业务
CEPA 补充协议四	1. 允许香港服务提供者以跨境交付方式，在广东省、上海市试点举办展览（须按照内地现行相关法律法规报商务部审批） 2. 允许香港服务提供者在广东省、上海市设立的独资、合资或合作企业，试点经营出国展览业务，参展企业应为该省、市注册的企业（须按照内地现行相关法律法规报中国国际贸易促进委员会审批）
CEPA 补充协议五	允许香港服务提供者在北京市、天津市、重庆市和浙江省设立的独资、合资或合作企业，试点经营出国展览业务，参展企业应为在该省、市注册的企业（须按照内地现行相关法律法规报中国国际贸易促进委员会审批）
CEPA 补充协议六	1. 允许香港服务提供者以跨境交付方式，在北京市、天津市、重庆市、浙江省、江苏省和福建省试点举办展览（须按照内地现行相关法律法规报商务部审批） 2. 委托广东省审批香港服务提供者在广东省主办展览面积 1000 平方米以上的对外经济技术展览会（含"中国"字头的展览会由广东省商务主管部门报商务部核准后审批） 3. 允许香港服务提供者在广西、湖南、海南、福建、江西、云南、贵州和四川等省、自治区设立的独资、合资或合作企业，试点经营出国展览业务，参展企业应为在该省、自治区注册的企业（须按照内地现行相关法律法规报中国国际贸易促进委员会审批）

2. 粤港展览业合作现状

CEPA 为粤港展览业合作提供了制度基础，为粤港双方进一步合作提供宽阔的空间。

（1）两地会展企业情况

据香港贸发局提供资料，目前香港成立了会展业协会，有与会展相关的企业，包括会展配套企业 99 家，其中会展组织机构 30 家，当中包括国际公司在香港设立的分支机构。

广东方面没有全面统计数据，据广州市统计局统计，2005年全市从事会展活动的企业（单位）有293家，其中以承办会展业务为主的只有172家，参与会展活动的主要宾馆酒店有91家；在172家会展企业中按注册类型分，私营企业141家，国有企业（单位）18家，三资企业（外商和港澳台投资企业）6家，集体企业1家，其他企业6家。① 从主体方面讲，广州民营的会展公司所占比例较大。

（2）两地会展企业合作情况

第一，合作机制初步形成。一是成立了粤港澳合作联席会议机制，这是从政府层面构建解决问题的机制，两地政府已共同举办或以应邀参加的方式合办会议，规模较大的展会包括"泛珠三角区域经贸合作洽谈会"、"粤港物流合作洽谈会"、"中国国际中小企业博览会"等。二是粤港澳会展业协会联盟成立，签订了《穗港澳会展业合作协议》；另外深圳与香港展览会议业建立了会展同盟。

第二，目前从香港会展协会以及香港工业署的资料显示，截至2009年6月30日，已有10家香港会展业企业取得香港服务提供者证明书。香港会展企业与广东相关企业合作形式多样。一是有些香港会展企业早就与广东展览企业以合作或参股形式开展业务，据不完全统计，此类合作方式，每年有10～15家②，如香港讯通展览公司、笔克远东展览公司等。二是香港会展企业以自然人方式提供跨境服务，在广东境内办展。三是广东珠三角大展览企业也纷纷到香港设立分公司，利用香港发达的展览服务体系。四是粤港两地展览企业组织珠三角企业到香港参展。

据有关专家指出，CEPA签署后，港澳会展企业在广州琶洲展馆举办展览达40多场次。如香港亚洲博闻展览有限公司每年在内地举办31场展览会，其中在广东举办15场，涉及珠宝、家具、美容保健、皮革时装及船坞制造等12个行业。特别是每年在深圳、广州举办的中国国际黄金珠宝玉石展，已成为香港品牌展览——香港珠宝展览珠三角地区的"姐妹展"。

① 广州市统计局贸易外经处：《2005年广州市会展业统计调查工作情况》。
② 广东经贸委会展处：《粤港澳服务业合作与发展调研报告（会展业分报告）》，2009。

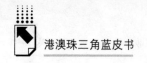

三 粤港展览业合作中的问题与发展对策

(一) 粤港展览业合作中问题

虽然两地会展展开了一定合作，但仍停留在规模较少、层次较低的水平上。

1. 未能形成共赢的合作机制

会展业可以促进本地酒店、餐饮、零售、旅游、物流、广告设计、法律、金融等相关产业发展，并带来巨大经济收益，而一旦形成国际知名品牌，就可以通过每年举办展览获取较为稳定丰厚的收益，因此虽然香港展馆面积紧张，而珠三角展馆出现空置，但是香港会展企业也不愿意将展览搬到展馆资源丰富的珠三角地区或者澳门地区，致使粤澳两地资源未能得到充分利用和整合。

2. 内地相关配套产业与法制等营商环境不成熟

由于内地知识产权保护力度不足，致使参展企业容易受到侵权，也是香港会展不愿组织到内地参展的重要原因之一。此外，相关旅游、酒店、物流服务不发达也是妨碍两地合作的主要原因。

3. 管理体制的差异，审批程序繁杂，阻碍两地合作

香港会展业以市场化运作为主；而内地要成功举办大型的国际展览，还需要政府部门协办，举办会展除了向主管部门提出申请外，还涉及包括海关、公安、消防等多个部门，没有政府背景难以成功。例如 2006 年广州国际性展览 34 场次，上海市是 349 场次。两地办会展的审批条件不同，上海举办国际展审批没有条件限制，上报就批；广州则要受到广东省外经贸厅对国际展审批，并要求国外参展商达到 20% 的限制。

另外在参展商摊位收费上，内地实行的是双轨制，香港参展商到国内参展交纳的摊位费是国内参展商的 5 倍，这直接影响香港展览公司在内地办展的客源与收益。①

4. 行业协会的缺失

内地行业协会功能缺失，如香港展览公司进入内地后，要取得内地举办国际

---

① 郭楚：《CEPA 实施遭遇"瓶颈"》，《珠江经济》2007 年第 4 期。

展的资格时，没有行业协会或相关专业团体以及政府部门进行组织认定。另外香港中小企业与内地企业联合办展过程中，经常抱怨内地企业的诚信问题，市场化运作的行业协会形成，有助于规范、协调行内企业，统一行业标准。

（二）粤港展览业合作发展对策

粤港展览业合作发展总体对策就是：错位发展，联手打造大珠三角会展经济带。会展行业是一个低成本、高收入、高盈利的行业，其利润率在 20% ~25%。它对于参展企业来说是重要的营销与获取信息的手段；对会展企业则带来门票、场租、会议费等直接收益；对其他服务行业有溢出效益，可以拉动旅游、酒店、餐饮、物流、广告及设计、金融保险等行业的发展。

1. 合作重点

会展业由于能够拉动本地一批关联产业产生可观的经济收益，提升当地城市国际形象，因此各地政府都高度重视吸引大型国际会展在本地举办。如香港政府成立了 1 亿港元的盛事基金，鼓励与赞助在香港境内举办大型会展活动。

目前由于粤港两地会展在国际地位、产业基础以及面对市场需求方面不尽相同，因此仍存在较大的合作空间。如香港服务业发达，而广东以制造业出名；香港展览主要面向国际需求，而广东展览国际化程度要低些。2008 年香港举办的主要展览，香港以外的参展商以及买家或访客占 26%，其参展商与买家都是高端客户。2006 年广州举办的展览，境外参观人次仅占总人次 5.04%。

因此，在维持香港作为国家的国际会议展览中心及基地同时，两地会展业可以通过错位发展，联合推介，加强在人才培训、管理与运作模式方面的交流与合作，联手打造大珠三角会展经济带。

（1）推动两地会展业错位发展。两地会展业共同协商应达成错位发展的共识：香港会展定位于亚洲乃至世界的高档消费品采购中心与服务业会展中心；广东主要作为制造业基地，会展业以制造类，尤其是大型制造业、出口贸易类专业展会为主，并鼓励广东会展向专业化发展。具体而言，香港会展应重点发展珠宝展、电影展、时装展、航运物流展、金融展；广东会展业侧重于电子信息展、机电展、汽车展等。两地错位发展，打造各自品牌会展，共同推动大珠三角会展经济带发展。

（2）联手推动两地会展联盟发展。从政府与行业协会两个层面建立会展联

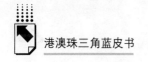

盟，共同打造大珠三角品牌会展。

第一，从政府层面上，香港的贸易发展局和中国国际贸易促进会等官方组织机构，可对两地相互认可的品牌展会，在关联的展览领域进行联合推介，突出宣传粤港会展业整体形象。

第二，通过两地行业协会建立联盟，在以下方面展开合作：一是以错位发展为宗旨，协调主题相同、性质相似的展览时间，保障参展商与会展组织者的利益，打造专业会展的品牌；二是商讨制定行业标准，监管行业质量、维护行业商业信誉；三是加强两地会展人才的培训、专业资格相互认证与人才流动，吸引香港品牌会展企业到内地办展，以借鉴香港会展经验，同时借助香港会展的国际化网络，提升广东会展业的国际化、专业化的水平。

（3）研究简化广东国际展览申办与相关管理的手续可行性。妨碍香港会展业进入广东的主要问题就是内地会展业的管理制度。一是审批权集中在中央，造成港资办会展要逐级申报，审批周期长；二是办会展涉及多个行政管理部门，手续繁杂，为此应研究如何协调工商、卫生、消防、公安、交警、城管、海关、检疫、知识产权等会展行政管理与服务部门，为会展业发展提供便利的制度环境。

2. 配套政策

（1）简化行政管理环节。

第一，利用广东"先行先试"的政策优势，争取中央下放申办国际会展的审批权，实行港资在内地办展可在属地审批，然后报上级部门备案，简化行政管理程序。

第二，由主管单位牵头提供一站式审批管理，简化审批环节，提高审批效率，实现会展管理规范化，部门协作程序化，服务标准化。开辟"会展业绿色通道"，实现网上申报、网上审批、电子监测。

第三，提高展览通关的效率，建立对参展人员和展品快速通关的绿色通道。

（2）培育扶持行业协会发展。

第一，对政府介入组织应该有明确规定，如什么展览应由政府参与，什么展览可以由政府名义支持，让展览业逐步市场化。

第二，明确行业协会以市场方式运作，政府人员不应担任主要职务，由龙头企业利用行业影响力推动协会工作的开展，以会展企业的自发自愿来加强行业自律。

第三，设立会展业专家咨询委员会（非政府机构），由业界资深人士以及会展研究专家为主、吸收少量政府相关部门的职能人员参与，为会展业重大决策提供政策咨询、协调争议等；提升业界资深人士的国际性与代表性。建立行业标准，逐步缩小与香港展览业的差距。

第四，成立会展基金。建议政府参照香港等地建立会展基金，培育广东品牌会展。基金主要资助和奖励：一是符合广东重点产业方向、可形成品牌效应、国际化程度高（国际参展商20%、海外买家4%）、有一定规模（3万平方米以上）的展会；二是品牌展会，如在广东举办的展览会获得UFI认证的会展或展览机构；三是落户广东的国外著名会展公司及国际著名展会。政府用于支持会展项目的财政支出，应采取"政府采购，公开招标，市场化运作"的模式。

（3）培养会展人才。

一是通过大专院校在管理或经济专业培养会展人才；二是通过两地行业协会，聘请香港或国际会展资深人士，对在职会展工作人员进行培训指导；三是通过行业协会，派出会展业员工到香港等会展业发达地区进行实习、观摩。通过培养人才，加快提升广东会展业的国际化、专业化水平。

B.12

粤港文化创意产业合作与发展研究

孙林 王磊*

摘 要：文化创意产业是未来的朝阳产业，在西方先进经济体中文化创意产业正在发挥越来越重要的作用。当前我国正处于经济发展方式和经济结构转型的过程中，文化创意产业必将成为其中一个有力的增长点。为落实《珠江三角洲地区改革发展规划纲要（2008～2020年）》、《内地与香港关于建立更紧密经贸关系的安排》（CEPA）及其补充协议，文化创意产业合作发展将成为粤港两地合作发展的重要内容。本文介绍了文化创意产业的发展背景、定义、特征和发展趋势，分别介绍了国外、内地、广东和香港的文化创意产业的具体发展情况；基于粤港两地文化创意产业发展情况，对两地文化创意产业发展的优势劣势和制约因素进行了相关分析。在分析的基础之上，对两地文化创意产业的合作发展提出相应策略。

关键词：文化创意产业 粤港合作 自主创新

文化创意产业被人们视为21世纪最有前途的朝阳产业之一，自从英国政府1991年采取促进文化创意产业发展的战略，文化创意产业已经在英国经济中取得了越来越重要的位置，并且支撑了英国经济结构的优化升级。

近年来，文化产业在各国经济中的地位越来越重要，已成为世界经济中的支柱产业之一。世界上主要发达国家的文化产业大多数达到了GDP的10%以上，意大利甚至达到25%。文化产业也是现代经济中最活跃、增长最快、最有前途的产业。据联合国教科文组织1998年报告显示，在全世界范围内，文化产业在

---

* 孙林，中山大学港澳珠江三角洲研究中心研究生；王磊，中山大学港澳珠江三角洲研究中心研究生。

经济领域的份额正以每年 11.3% 的速度增长。

与此同时，世界各国也都制定了相应的文化创意产业发展战略。随着我国国民经济的快速增长，以满足精神消费需求为目的的文化产品和服务将在社会总需求中占据举足轻重的地位。

珠三角地区作为我国三大重要经济区，加强在文化创意产业方面的合作，必将有助于推动粤港经济社会共同发展，为率先建设在全国乃至亚洲具有较强引领作用、更具活力、发展潜力和国际竞争力的世界级新经济区域提供有力支撑。

一　文化创意产业

1. 文化创意产业含义

文化创意产业指运用创造性智慧进行研究、开发、生产、交易的各种行业和环节的总和。主要包括创意产业和文化产业。

创意产业又叫创造性产业。指那些从个人的创造力、技能和天分中获取发展动力的企业，以及那些通过对知识产权的开发可创造潜在财富和就业机会的活动。它通常包括广告、建筑艺术、艺术和古董市场、手工艺品、时尚设计、电影与录像、交互式互动软件、音乐、表演艺术、出版业、软件及计算机服务、电视和广播，等等。此外，还包括旅游、博物馆和美术馆、遗产和体育等。

文化产业从国家有关方针政策和课题组的研究宗旨出发，结合我国的实际情况，主要是指：为社会公众提供文化、娱乐产品和服务的活动以及与这些活动有关联的活动的集合。

文化及相关产业的范围包括提供文化产品（如图书、音像制品等）、文化传播服务（如广播电视、文艺表演、博物馆等）和文化休闲娱乐（如游览景区服务、室内娱乐活动、休闲健身娱乐活动等）的活动，它们构成文化产业的主体；同时，还包括与文化产品、文化传播服务、文化休闲娱乐活动有直接关联的用品、设备的生产和销售活动以及相关文化产品（如工艺品等）的生产和销售活动，它构成文化产业的补充。

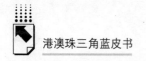

2. 内地与香港文化产业类别

2004 年国家统计局印发了《文化及相关产业分类》的通知，通知根据国内具体情况，指出文化产业分类还可组合出文化产业核心层、文化产业外围层和文化产业相关层（见图 1）。

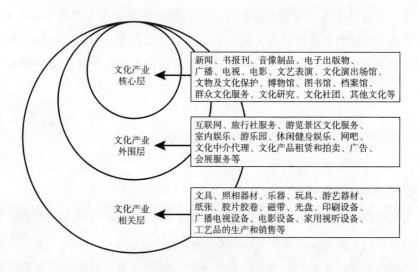

文化产业核心层 → 新闻、书报刊、音像制品、电子出版物、广播、电视、电影、文艺表演、文化演出场馆、文物及文化保护、博物馆、图书馆、档案馆、群众文化服务、文化研究、文化社团、其他文化等

文化产业外围层 → 互联网、旅行社服务、游览景区文化服务、室内娱乐、游乐园、休闲健身娱乐、网吧、文化中介代理、文化产品租赁和拍卖、广告、会展服务等

文化产业相关层 → 文具、照相器材、乐器、玩具、游艺器材、纸张、胶片胶卷、磁带、光盘、印刷设备、广播电视设备、电影设备、家用视听设备、工艺品的生产和销售等

图 1　文化产业层示意图

文化产业核心层包括：新闻服务、出版发行和版权服务、广播、电视、电影服务、文化艺术服务等。

文化产业外围层包括：网络文化服务、文化休闲娱乐服务、其他文化服务。

相关文化产业层包括：文化用品、设备及相关文化产品的生产和销售。

内地的文化创意产业分类与香港的相关分类整体上近似，相对而言内地分类中没有把公共文化服务体系和产业化的文化生产体系分开，整体上内地分类相对于香港更广泛。

3. 文化创意产业特征与发展趋势

文化产业资源消耗低、环境污染小，需求潜力大、市场前景广，进入门槛低、吸纳劳动力强，经济回报高、受益时间长，能对内增强凝聚力、对外扩大影响力，具有逆势而上的特点、反向调节的功能。作为知识密集型新兴产业的文化创意产业，它主要具备以下特征：

第一，文化创意产业具有高知识性特征。文化创意产品一般是以文化、创意理念为核心，是人的知识、智慧和灵感在特定行业的物化表现。文化创意产业与信息技术、传播技术和自动化技术等的广泛应用密切相关，呈现出高知识性、智能化的特征。如电影、电视等产品的创作是通过与光电技术、计算机仿真技术、传媒等相结合而完成的。

第二，文化创意产业具有高附加值特征。文化创意产业处于技术创新和研发等产业价值链的高端环节，是一种高附加值的产业。在文化创意产品价值中，科技和文化的附加值比例明显高于普通的产品和服务。

第三，文化创意产业具有强融合性特征。文化创意产业作为一种新兴的产业，它是经济、文化、技术等相互融合的产物，具有高度的融合性、较强的渗透性和辐射力，为发展新兴产业及其关联产业提供了良好条件。文化创意产业在带动相关产业的发展、推动区域经济发展的同时，还可以辐射到社会的各个方面，全面提升人民群众的文化素质。

自20世纪90年代以来，文化产业以其独特的魅力和惊人的成长性吸引了全球的目光。越来越多的国家开始将文化产业视为一种战略产业，加以谋划和推动。时至今日，文化产业在一些发达国家，已经成为一项重要的支柱产业，不仅推动着本国经济的发展，而且提升了国家参与世界竞争的"软实力"。从前景来看，文化产业具有广阔的发展空间，有着"无烟产业"、"朝阳产业"的美誉。大力发展文化产业，已经成为全球方兴未艾的大趋势。

英国创意产业之父约翰·霍金斯在《创意经济》一书中明确指出，全世界创意经济每天创造220亿美元，并以5%的速度递增。在一些国家，增长的速度更快，美国达14%，英国为12%。在美国，创意产业已经超过航空、重工业等传统领域，成为最大的出口产业；在最先提出创意产业概念的英国，创意产业产值超过了任何制造业门类对GDP的贡献。据联合国统计，全球创意产业产值已从2000年的8310亿美元上升至2005年的1.3万亿美元，创造的财富已大大超过制造业，成为世界经济增长的主要动力。作为世界经济不可或缺的一个重要组成部分，我国也提出要重视和发展创意产业，特别是在我国人民生活水平普遍提高的前提下，国家适时提出粗放型经济增长方式的转型，为创意产业的发展提供了条件和广阔的发展空间。

一般来说，当恩格尔系数在50以下，年人均GDP超过3000美元时，人们的文化消费在人的整个消费中就达到或超过30%。在欧美日等发达国家，由于人均 GDP 达到数万美元，其文化消费占个人消费总额普遍超过 30%。随着广大发展中国家经济的不断发展和产业结构的不断完善，人民生活水平将不断提高，越来越多的人将会有更多的时间参与各种文化娱乐活动。因此，文化产业将在许多发展中国家尤其是新兴国家具有越来越广阔的市场。初步测算，按照国际标准，目前我国的文化潜在消费能力存在着 6000 亿 ~ 7000 亿元人民币的市场空间和缺口可供开发。

二 文化创意产业的发展概况

1. 国外文化创意产业发展概况

本文以文化创意产业发祥地英国为例，描述文化创意产业的发展概况。自 1997 年英国提出发展文化创意产业以来，英国文化创意产业增加值由 1997 年的 297 亿英镑增长到 2007 年的 599 亿英镑。文化创意产业增加值占总体增加值的比例由 1997 年的 5.0% 增长到 2007 年的 6.2%。1997 ~ 2007 年间，英国文化创意产业增加值平均增长率为 5%，高于同期 2.6% 的 GDP 增长率。

2. 中国内地文化产业发展概况

中国内地文化产业及相关产业的总机构数由 1997 年的 31 万家，增加到 2007 年的 37 万家，十年间机构数目增长了近 20%。文化产业及相关产业的从业人员由 1997 年的 161 万人，增长到 2007 年的 195 万人，相对于 1997 年增长了 21%（见图 2）。全国文化产业增加值由 2000 年的 204 亿元增长到 2008 年的 762 亿元，

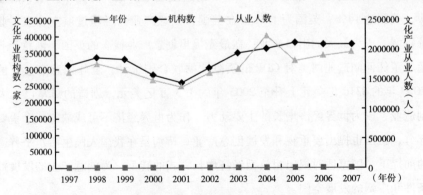

图 2 中国文化产业机构数和从业人数发展趋势

数据来源：历年中国统计年鉴。

增长了 274%；全国文化产业总产出由 2000 年的 342 亿元增长到 2008 年的 1315 亿元，增长了 284%（见图 3）。

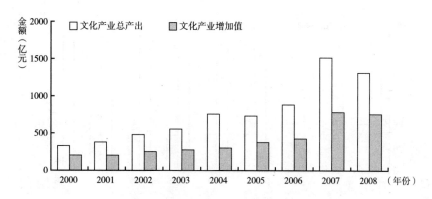

图 3 中国文化产业总产出和增加值

数据来源：历年中国文化文物统计年鉴。

3. 广东省文化产业发展概况

广东省文化产业及相关产业的总机构数由 2001 年的 1.6 万家增长到 2007 年的 2.1 万家，增长 31%；从业人数由 2001 年的 15 万人，增长到 2007 年的 19 万人，增长 27%（见图 4）。

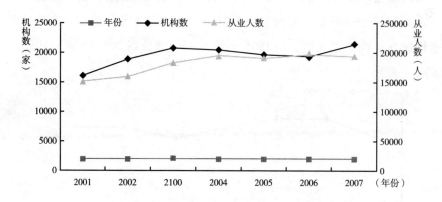

图 4 广东省文化产业机构数和从业人数发展趋势

数据来源：历年广东省统计年鉴。

广东省文化产业增加值由 2000 年的 39 亿元增长到 2008 年的 54 亿元，增长了 38%。广东省文化产业总产出由 2000 年的 81 亿元增长到 2008 年的 109 亿，增长 35%（见图 5）。对比文化产业指标不难看出，广东省近年在文化产业发展增长速度上并没有优势。

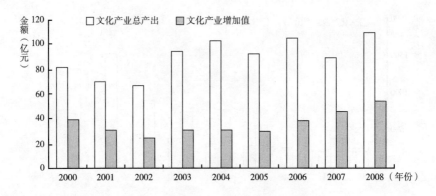

图 5　广东省文化产业总产出和增加值

数据来源：历年中国文化文物统计年鉴。

4. 香港文化创意产业发展概况

经过多年发展，香港文化创意产业已经形成相当大的规模，创造了令人称道的成就。相关产业对生产总值的贡献已超出 15%，并且在经济转型中发挥着巨大的催化和推动作用，促进整体经济向知识型经济迈进。香港创意产业增加值由 1995 年的 349 亿港元增长到 2001 年的 431 亿港元，增长了 23%；创意产业增加值与 GDP 的比值，由 1995 年的 3.46% 增长到 2001 年的 3.79%（见图 6）。

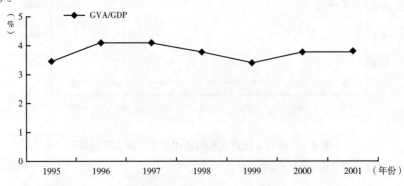

图 6　香港创意产业 GVA/GDP

数据来源：香港特别行政区政府中央政策组：《香港创意产业基线研究》。

三　粤港两地文化创意产业优劣势分析

香港与广东省在发展文化创意产业上，起步不同，制度不同，发展路径不同，但均在文化创意产业的发展中取得了初步成果，总结两地发展经验中的优点缺点，可以为发展两地文化创意产业提供借鉴，也可以为两地文化创意产业的合作发展找到实现结合的途径。

1. 香港文化创意产业的发展优势分析

香港文化创意产业得以快速发展并为香港经济提供强力支撑，得益于多方面的原因。

（1）健全的自由市场体制。香港的自由市场体制，表现在企业可以自由经营、自由贸易，无关税及配额，对外来投资和对外投资没有限制。同时，香港实行独立税收制度和低税政策，无外汇管制，港币可以自由兑换。作为独立的关税区，香港还可以"中国香港"的名义在 WTO 框架下进行商贸活动。正是由于香港具有健全的自由市场体制，使企业具备较强的适应性和灵活性，能够随国际政治、经济形势的变化，做出快速的经济结构调整和转变。

（2）自由市场主导下的政府角色。香港特区政府依照不同产业链的需要，承担着不同角色，尽量使文化创意产品实现自由生产和流通，政府只提供必不可少的法治基础和贸易环境。具体治理方面，香港采取事后机制，即市场的文化创意产品只在违法或受到市民正式投诉之后，政府才依法处理。在自由市场的主导下，香港政府的政策范围固然有限，但执行力度却很有效。在私人企业能力所不及的范围内，在符合公共利益和资源许可的情况下，政府才予以协助。

（3）积极有效的吸引创意人才机制。香港在吸引创意人才方面极具竞争力，对于人才引进，香港都持自由开放的态度，各类人才可以根据行业变化的需要，自由申请工作签证或以其他身份来港发展和定居。因此，在文化创意产业的很多方面，香港都拥有众多高水平的专业和治理人才。不同国家、文化背景出身的人才汇集在香港，不断产生交流及碰撞出创意的火花，增加了香港企业的创意与活力。

（4）公正的司法制度和法治精神。香港是法制社会，其独立的司法制度，保证了法律面前人人平等以及文化创意产业发展的法律环境。香港除了外交事务、国防及中国宪法外，终审法院是其他一切事务的终极裁决机关。公正的司法制度和法治精神，以及完善的知识产权保护法律体系，确保从事文化创意产业的企业和个人无须顾虑隐蔽不清的交易本钱，实现在贸易上的公平竞争。

2. 广东文化创意产业发展优劣势分析

广东文化创意产业经历了从起步到聚集、到专业园区，从自发到自觉的进程，积累了大量发展文化创意产业的经验。

（1）产业集聚程度高、覆盖领域广。广东文化创意产业主要集中在广州、深圳、佛山、东莞等珠三角地区，具有全国领先水平的"广深佛莞文化创意产业圈"已经初步形成。

（2）发展壮大中形成了一批领军企业。广东文化创意产业发展重点突出，有些行业处于全国领先地位。以广州市软件和动漫产业为代表的数字内容研发产业，在国内优势明显。以广州番禺长隆集团和深圳华侨城为代表的主题文化创意公园，是全国同类文化创意公园中具有代表性的成功案例。以互联网和软件开发为主业的腾讯公司，以文化传媒服务产业为主业的深圳华视传媒，以原创音乐产业为主的深圳 A8 音乐集团，以动画电影产业为主业的环球数码。这些文化创意企业由于起步较早，发展较快，凭借比较强的经验和实力，已成为推动广东文化创意产业发展的领军力量。

（3）形成各具特色的发展区域。产业园区布局基本上遵循了"一区一品"的发展模式，形成品牌效应。

（4）呈现多样化的发展模式。一是按投资主体可分为政府主导型，二是按融资渠道可分为国有资本型，三是按市场机制形成的高等职业院校模式和专业市场模式。

由于广东省文化创意产业基本处于政府推动阶段，不可避免存在一些问题，具体表现在区域发展不平衡，主要集中在珠三角，东西北地区较少；理论建设和人才梯队建设滞后于现实发展的需要；产业园区缺乏统一的规划，存在产业同质化和重复建设的现象；部分产业园区尚未形成完整的产业链，不具备产业链整合能力；文化创意产品的价值评估缺乏标准；投融资渠道不畅；部分产业园区缺乏公共服务平台，企业难以及时获得政策、市场和行业信息，无法开展上下游企业及同业交流、物流、服务、技术等资源无法共享，导致企业综合竞争能力低；相关的政策法规有待完善等等。

四 粤港文化创意产业面临的制约因素

1. 香港文化创意产业面临的制约因素

香港具备发展文化创意产业的基础条件。从硬件来看，香港的建筑和城市管理充分体现了创意的元素；而从软件来看，香港社会的高度开放和自由、全球国际贸易和国际金融中心的地位、健全的法制体制所提供的知识产权保护等方面均是香港发展文化创意产业的支撑。香港社会的多元化融进了中西文化，赋予了香港在发展文化创意产业的独特优势。但是随着香港政府推动文化创意产业的发展，许多过去依赖公共资源扶持、缺乏商业运营模式的"文化"与"创意"，开始积极导入"商品化"、"产业化"发展的路径，因此香港在发展文化创意产业时将不可避免地面临一些挑战和制约因素。

（1）香港文化创意产业在本地市场空间狭小，需要进一步拓展内地及海外市场。香港文化创意产业不能仅仅立足于本地市场，而是要定位在全球文化创意产业的一个世界级中心，并积极融入到海外及内地创意产业发展的大趋势中。

（2）香港的文化创意产业总体上还是以中小企业为主，在创业融资方面尚未充分发挥香港作为全球金融中心在融资方面的支持。

（3）欠缺完整和跨范围的政策来推动和发展文化创意产业。虽然香港现在已经开始积极探索与内地在文化创意产业上合作，但由于缺乏相关的政策推动，其发展将会受到制约。

2. 广东文化创意产业面临的制约因素

近年来，广东文化创意产业蓬勃兴起，这是产业升级的一个必然现象，文化消费市场发达以及民间资本活跃，为文化创意产业的发展提供了有利条件。虽然广东在发展文化创意产业方面具有得天独厚的优势，但也存在一些不利因素。

（1）创意产业人才匮乏。广东的创意产业虽然在全国发展较早，但创意人才仍然严重短缺，不仅缺乏创作者和具有世界影响力的高端设计人才，更缺乏通晓创意产业内容又擅长经营的管理者。

（2）产业链不长，核心创意产业发展不突出。按照国家统计局和文化部有关文化创意产业的划分范围看，广东省在与文化相关的创意产业方面发展较快，

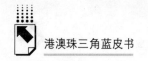

约占70%的产值，而完全属于文化创意产业概念的产值所占比重并不大。创意产业的核心层产业发展不理想，如出版业、电影业、设计等；创意产业核心层产业地方特色不明显电视、演出、古董、出版等发展相对滞后。从设计与创意角度分析，广东创意产业集群产业链条不长，物质产品开发的力度不够。

（3）创意产业自主创新能力不足。广东创意产业的总体技术含量不高，技术力量薄弱，运用现代科技手段明显不足，创意产业自身的产业链没能够有效整合和延伸，缺乏对核心技术的掌握和控制，创意设计产品还处于低端的水平，原创作品数量不多，质量也有待提高。

（4）创意产业集群的国际化程度不高。广东创意产业集群缺乏国际化发展整体战略，没有将国际化作为产业集群发展的重点，也没有明确的国际化发展路径，缺少引导企业、机构进行国际化发展的系统性政策。各创意产业集群的产品出口规模小，整体国际化水平不高。

除此之外，区域发展不平衡；理论建设和人才梯队建设滞后于现实发展的需要；产业园区缺乏统一的规划，存在产业同质化和重复建设的现象；文化创意产品的价值评估缺乏标准；投融资渠道不畅；部分产业园区缺乏公共服务平台，企业难以及时获得政策、市场和行业信息，无法开展上下游企业及同业之间地交流，物流、服务、技术等资源无法共享，导致企业综合竞争能力低；相关的政策法规有待进一步完善等，这些都是制约广东文化创意产业发展的不利因素。

五　粤港加强文化创意产业合作策略

为了突破体制障碍，拓展更紧密的文化交流与合作，实现粤港文化创意产业的互动与共赢，近年来，粤港双方都对此进行了积极的探索。

目前，双方就文化创意产业的合作事宜已达成了政策共识。

1. 合作重点

（1）建设粤港文化创意产业交流基地。积极探索建立以政府为主导、民间交流为主体、开发国际市场为中心的对外文化交流新机制，努力把珠江三角洲地区打造成为全国最具影响力的对外、对港澳台的文化交流基地。

（2）设立粤港文化创意产业合作发展基金。文化创意产业是特殊的产业，因此，粤港文化创意产业合作就必然成为具有特殊发展意义的合作。为了促进新时期粤港地区文化创意产业的协调和可持续发展，应当尽快创立粤港文化创意产业合作发展共同基金，以充分利用文化创意产业发展的利益协调机制和基金的"杠杆"作用，从根本上保证粤港文化创意产业合作的可持续发展。

（3）抓好粤港文化创意产业交流合作上的制度安排。坚持在"一国两制"下广东文化创意产业合作上的制度创新。以文化部批准广东作为内地对港澳文化交流工作基地和广东省委、省人民政府关于建设粤港澳文化创意产业试验园区等精神为契机，进一步宽松政策，引入必要的港澳资本发展文化创意产业，建立一批包括展览演艺场所、演出经纪机构、文化创意产业园区、信息共享平台等港澳文化交流示范单位，在演艺、文化网络资讯、文物博物、公共图书馆、非物质文化遗产、文化创意产业等方面扩大合作领域，强化交流合作的力度、提升合作层次和水平。

（4）加强与东盟国家或地区的文化交流与合作，探索如何拓展与西方发达国家文化交流的途径。努力争取国家主管部门将公务出国文化交流项目的审批权限下放给广东省，为广东文化率先"走出去"创造必要的条件。

2. 配套措施

（1）规划建设文化创意产业园区。进一步完善省级文化产业示范基地和文化产业园区，形成集群效应。重点建设珠三角国家级动漫基地、"珠江两岸文化创意产业圈"、"粤港文化创意产业试验园区"等，增强珠三角地区文化产业基地、园区的辐射能力，以提高国际竞争力。

（2）切实推进粤港的合作与联动，为文化创意产业走向世界开辟渠道。香港文化创意产业起步较早，发展较成熟，创意产业人才比较雄厚，国际投融资渠道畅通，融资能力较强；广东应通过深化文化体制改革，把文化创意产业的体制、机制及管理模式与国际发达国家和地区对接。加强粤港文化创意产业的区域性合作，进一步整合资源，实现区位功能互补，共同开发国际市场。

（3）编制粤港文化产业投融资项目指南。搭建相关文化产业交流交易平台。同时利用深圳文化产业博览会等有影响力的会展活动，带动粤港双方文化产业的交流与合作。

（4）通过加强粤港合作，引进国外文化创意产业先进的管理经营理念和市场化运作模式。吸引国际一流的文化创意人才来粤港创业，吸纳国外相关大公司

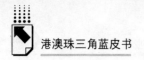

前来投资，在做大做强粤港创意产业的同时，把文化创意产品推销到国际市场。

（5）利用文化产业国际转移的契机，通过加强粤港合作，提高承接较高层次国际外包业务的能力。积极主动地参与高端分工，增强粤港文化创意产业参与国际合作与竞争的能力。

（6）建立和完善粤港双方的联络机制与双方高层的协调机构，统筹文化创意产业的合作与发展。粤港负责协调及联络的部门应该由广东省文化厅、香港特别行政区政府民政事务局组成。粤港双方依据各自的职责范围，加强统筹协调及联络，粤港双方各自委派专人负责联络沟通工作。由粤港文化合作会议形成的各工作小组召集方，牵头协调各方，商定小组工作细则、项目实施计划，检讨工作进度及成效。同时，在双方已有厅、局联络机制的基础上，建立粤港双方高层的协调机构，以统筹双方文化创意产业的合作与发展。

旅游业合作
Tourism

B.13

对等开放，深化粤港旅游合作

周 哲　洪国志*

　　摘　要： CEPA 实施标志着粤港旅游服务业合作进入新的发展阶段，针对在 CEPA 框架下如何发展粤港旅游合作已有大量学者进行讨论。随着时间的推移，粤港旅游合作又出现一些新的问题，因此本文在回顾粤港旅游合作发展现状的基础上，提出粤港旅游合作中存在的问题和发展机遇。目前粤港旅游合作主要存在观念上的认识误区、管理水平上的差距、粤港两地不同体制以及政府对旅游业的监管力度不够等问题。粤港两地应该在明确双方合作的基础上，制订区域旅游发展规划，提升粤港通关服务环境和水平，取消区域旅游地接制度，共享旅游资源和服务，联合开发使用旅游行业人力资源，深化联合促销和市场推广合作，合力打造区域标志性旅游品牌，有针对性地提高政府运作效率和透明度，建立多元化的协调机制，制定切实可行的配套政策，深化粤港旅游合作。

　　关键词： CEPA　挑战与机遇　粤港旅游业　合作

---

* 周哲，中山大学港澳珠江三角洲研究中心研究生；洪国志，中山大学港澳珠江三角洲研究中心研究生。

广东省是全国旅游业规模最大、旅游经济最发达的省份，香港是国际旅游中心，自 CEPA 实施以来，粤港两地旅游合作进入高速发展的阶段，两地旅游业合作交流频繁，旅游业各项经济指标增长迅速。在国际金融危机等不利因素的冲击下，粤港两地旅游业虽受到一定程度的影响，但依然保持平稳较快发展。在后金融危机时期，如何深化粤港旅游合作，是实现两地旅游业进一步发展的重点。

一　粤港旅游业合作现状

广东省的旅游业总收入、旅游创汇、入境总人数等主要经济指标一直位居国内前列，1978～2008 年，广东旅游入境总人数累计达 13.2 亿人次，年均增长 14.7%；旅游创汇累计 759 亿美元，年均增长 19%；全省旅游总收入从 1978 年的 10 亿元人民币增长至 2008 年的 2668 亿元人民币，年均增长 20.5%，是我国名副其实的旅游强省。2008 年，虽然受到南方冰雪灾害、汶川地震等自然灾害，以及国际金融危机影响，但广东省仍实现旅游总收入 2668 亿元人民币，占全国份额的五分之一，其中旅游外汇收入 91.75 亿美元，占全国份额的四分之一。作为全国国民休闲旅游计划的试行大省，广东旅游业在"后金融危机"时代率先复苏。

2009 年，广东省旅游业更进一步，全省实现旅游总收入 3068.4 亿元人民币，同比增长 15.0%，其中国内旅游收入 2383.5 亿元人民币，同比增长 17.4%；旅游外汇收入 100.3 亿美元，同比增长 9.3%；全省接待旅游人数 18413 万人次，同比增长 7.1%，提前完成"十一五"规划目标（见图 1）。

图 1　2006～2009 年广东省旅游收入和接待人数

资料来源：《广东省统计年鉴 2009》。

香港作为享誉全球的旅游胜地，拥有以"世界著名的自由商港"及"神秘的东方和现代的西方的文化交融体"为核心的"隐性旅游资源"、一定开发潜质的人文自然要素的"显性旅游资源"，以及支撑上述两类旅游资源开发的高水平的酒店服务、商业、对外交通、通信在内的"辅助性旅游资源"。这些因素使得香港成为名副其实的珠三角地区旅游中心。

　　近几年香港旅游业开发取得不少进展。迪斯尼开幕，西九龙文化项目的讨论以及对于香港海洋公园追加投资，这些项目的推出进一步提升香港经济在旅游业方面的竞争力。CEPA 的实施，更是对香港旅游业、香港经济起到了重要的推动作用。

　　中国内地游客在 CEPA 实施后快速增长，在 CEPA 实施前的 2003 年，内地游客为 847 万人次，而在 CEPA 实施的 2004 年，香港全年游客达到 2180 万人次，内地游客达到 1225 万人次，至 2009 年内地入港游客达到 1795.7 万人次的历史最高值（见图 2）。

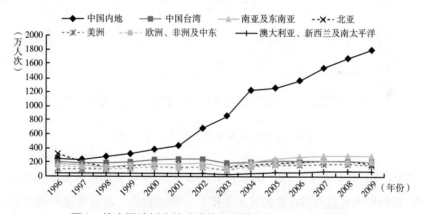

图 2　按客源地划分的香港旅客数量变化（1996～2009）

资料来源：香港统计年鉴。

　　从旅客客源地构成来看，内地游客占重要比例，2003 年内地游客占访港游客的 54%，其中"个人游"客 67 万人次。而在 CEPA 实施的 2004 年，内地游客占 56%；其中"个人游"客达 426 万人次，占内地旅客的 34.8%。至 2009 年，香港旅游业内地旅客人数比例上升到 61%（见表 1）。2004 年 CEPA 实施后，酒店入住率从 67% 上升到 84%，并一直处于较高水平，直到 2009 年才有所下降（见图 3）。

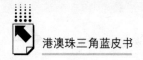

表1 2003、2004、2009 年香港游客来源地比例

单位：%

来源地 ＼ 年份	2003	2004	2009
中国内地	54	56	61
中国台湾	12	10	7
南亚及东南亚	9	10	10
北亚	8	8	6
美洲	6	6	5
欧洲、非洲及中东	6	6	7
澳大利亚、新西兰及南太平洋	2	2	2
中国澳门	3	2	2

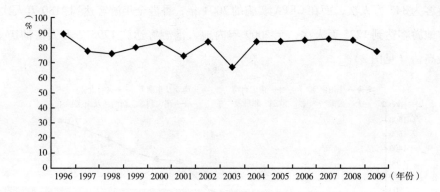

图3 香港酒店入住率变化（1996～2009）

2004 年 CEPA 协议实施，标志着粤港旅游服务业合作进入新的发展阶段。CEPA 提倡粤港双方加强在旅游宣传和推广方面的合作，建议香港开展以珠三角为基础的对外推广活动；规定香港公司可以独资形式在内地建设、改造和经营饭店、公寓楼和餐馆设施，并对香港旅行社在内地设立旅行社不设置地域限制，这些政策都促进了粤港合作。

根据 2007 年签署的 CEPA 补充协议四中提出，香港的服务提供者可在广东省及上海市试点举办出国展览，举办地支持和配合香港举办大型国际会议和展览会等，这一规定推动了广东省和上海市的会展业，也促进了这两地的旅游服务贸易。

2008 年 7 月 29 日，CEPA 补充协议五签订，其中有 10 多项规定与广东有关，中央把多个领域的审批权下放到广东，香港旅行社在广东设立合资或独资旅行社的审批不再需要经过国家旅游局的审批。香港相对于其他外资，获得了进入中国内地旅游市场的先发优势，不仅开拓了香港旅游业市场，也进一步整合了整个珠三角地区的旅游市场。此外，CEPA尝试为在深圳暂住一年以上的非深圳籍居民办理赴香港的定点团体旅游，进一步降低内地居民赴港旅游的门槛。

在2009年签署的CEPA补充协议六中，允许香港永久性居民中的中国公民取得内地出境旅游领队证，并可受雇于内地具有旅游业务经济权的国际旅行社和获得经营赴港澳团队旅游业务的香港、澳门旅行社。同时允许经营赴台旅游的内地组团社组织持有《大陆居民往来台湾通行证》及旅游签注（字头为L）的游客以过境方式在香港停留，便利了内地及香港旅游业界推出"一程多站"式旅游产品，更加开拓了粤港旅游业合作的平台与市场。

CEPA及其各补充协议的实施，为香港和广东省创造了丰厚的利润和就业机会，仅仅在CEPA实施的前三年，香港就因此新增了36000个职位和50亿港元的额外资本投资。在"个人游"的计划下，赴港的内地旅客也为香港带来超过220亿港元的额外消费。

二 粤港旅游合作存在问题

CEPA实施以来粤港旅游合作在深度和广度上都有较大发展，但是不可否认的是粤港旅游业发展面临的挑战。当前粤港旅游合作中主要存在观念认识、发展差距、体制约束、监管力度等方面的问题。只有粤港合作双方更新观念，正确认识差距，进一步解放思想，打破体制制约，加大政府市场监管力度，才能真正使粤港旅游合作上一台阶。

1. 观念上存在认识误区

粤港旅游发展具有较大优势，但同时也面临较大的挑战，首先是观念认识问题。CEPA出台后，有舆论认为，香港从中受益匪浅，是中央政府支持香港经济的表现，甚至有人认为这样安排将对内地制造业和服务业造成冲击。虽然粤港对CEPA的宣传做了大量工作，但因在宣传中偏重讲有利的一面，而对其双向的互利作用讲得较少，使部分人对CEPA产生片面认识。这些认识上的误区，一方面造成了广东旅游企业对于粤港旅游合作带来的发展机遇缺乏积极性；另一方面使得对香港旅游业过于乐观。改革开放以来，粤港澳经济合作走的是以民间自发合作为主的合作道路，在当前的合作中，合作各方仍然以各自的利益为重，这与CEPA 的宗旨相悖。粤港旅游合作要求双方走出认识误区，从整体利益的角度考虑问题。

2. 粤港旅游发展差距限制双方合作层次

粤港旅游合作使得广东旅游业将面临香港越来越严峻的挑战。一方面与高度发达的香港旅游业相比，广东旅游企业"小、散、弱、差"，处于明显弱势；在更加激烈的市场竞争中，冲击是必然的，这是由双方旅行社的规模和素质上的巨大差异决定的；面对港澳旅行社的品牌、网络和质量的竞争，广东旅行社将面临全面的压力。另一方面广东旅游业的国际化和现代化差距还十分突出，管理技术和管理水平相对落后；在粤港旅游合作过程中广东旅游业整体水平、创新能力、观念转变难以跟上香港的国际步伐，从而出现合作不协调问题。因此，粤港旅游业水平差距对于深化旅游合作将是重要限制因素。

3. 粤港两地不同的体制制约了旅游业深化合作

在粤港旅游合作中，香港拥有完善的市场经济体制，广东虽然作为内地改革开放的前沿，市场经济体制相对较完善，两地市场环境较为接近，但是随着改革开放的深入，广东体制改革的步伐跟不上经济发展的要求，这导致粤港之间深化旅游合作受到体制的制约；同时，粤港两地基本制度的不同也影响了两地的紧密合作，而地方保护主义也限制了粤港旅游合作。例如广东地区烦琐、低效的行政审批制度，对旅游项目的申报审批，都有一套严格的管理程序，审批权集中在中央及省级部门，层层审批导致投资者失去最好的商机，从而限制香港旅游开发商进入广东旅游市场。可见，虽然 CEPA 在政策方面为深化两地旅游合作提供了一个平台，但是如果其他配套措施不能跟进，合作也将是困难重重。因此，广东省要进一步解放思想的形势，打破行政壁垒、地方保护主义，才能深化两地旅游合作。

4. 政府对旅游业的监管力度不够

CEPA 实施以后，粤港两地旅游发展迅速，产业规模日益壮大，但是旅游行政管理部门对旅游业的宏观管理力度不够。深化旅游合作一方面要求转变旅游主管部门的职能，在宏观层面上加强指导，减少行政命令、行政计划，充分利用市场机制配置资源，营造良好的市场环境；另一方面旅游的市场秩序也需要进一步规范，杜绝港客、港商在粤被欺诈的现象，同时，也要坚决杜绝广东游客、投资者在港受到不公甚至歧视的现象，营造公平、平等的市场环境。这些需要两地主管部门加大监管和宣传力度。

三　粤港旅游业合作有利因素

1. 政策因素

CEPA 中关于"加强旅游合作、提高服务水平"的政策措施，对粤港旅游业的发展，无疑起到巨大的积极作用。广东省通过与香港公司的紧密合作，引进新的服务品种、服务规则和经营理念，建立集旅游交通、旅游农业、旅游工业、旅游商贸、旅游文化、旅游教育、旅游信息、旅游安全于一体的旅游产业群，有利于加快建立更加符合国际规则的运行机制，提升广东旅游业的国际化水平。

在 CEPA 实施之前，广东省许多旅行社由于规模小、档次低、人员素质差，以及体制上所存在的一些问题，不能满足国内外旅客的需求，但由于竞争压力小，也可以继续营业。而 CEPA 之后，香港旅行社无论是经营管理水平还是服务档次都高于广东，它们在广东省投资建立合资旅行社，可强化广东省旅行社的竞争意识，提高服务水准。如果它们与广东省本土原有的旅行社合并，可以使本土员工能力和素质得到提高，本土旅行社的管理体制更加完善。重要的是，粤港旅游服务业的资源共享，不仅使得广东旅行社能够获得香港旅行社原有的老客户、高层管理人员、高素质服务人员等资源，进一步提高旅游服务水平，还可以帮助香港旅行社开拓内地市场，实现粤港旅游业共同发展。

广东省于 2008 年 11 月 25 日颁布了《关于加快我省旅游业改革与发展建设旅游强省的决定》。在这个文件中提出，广东省旅游业应当努力提升粤港澳旅游合作水平，深化粤港澳三地旅游合作，加大三地联合推介促销力度，推广"144小时便利签证"措施，将粤港市场建设成最为活跃和国际化水平最高的世界旅游目的地。这些都为粤港旅游业的合作提供了政策支持。

2. 地理位置因素

香港由于特殊的历史背景，兼具有东方的含蓄和西方的风格，其得天独厚的地理位置使其贸易发达；其国际金融中心的地位，使来到香港的旅客，无论是观光，还是商务出差都是很好的选择。而粤港水陆相连，海陆空交通十分发达、方

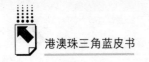
便，游客在一天内可抵达两地游览不同的城乡风貌。同时，广东省和香港也是世界上唯一跨越不同社会制度、不同经济、生活方式的综合性旅游区，这就为粤港旅游区增添了更大的魅力。

CEPA 为广东省提供了与香港合作的机会，如果广东省旅游服务业能够借助香港已有的名誉，用好与香港相邻的地理优势，就可以吸引香港已有的一部分客源，促进粤港旅游业的共同发展。

3. 文化因素

香港居民大多数的原籍是广东，两地语言相通、生活习惯相近、文化相同，沟通不存在障碍。双方旅行社在进入对方市场后，可以迅速适应市场环境，拓展旅游市场。

香港资讯发达，信息畅通，既方便获取各类信息，也便于发布有关信息使其迅速传往世界各地。信息便利、商业发达是香港吸引外来游客的一个重要手段。在海外游客访港目的中，商务、会议是最重要的目的之一，广东旅行社可以通过到香港设立分支机构，利用香港国际商贸平台的作用，最终走向世界。

四 深化粤港旅游合作策略

CEPA 的实施在很大程度上扫清两地合作障碍，改善两地经贸关系，降低旅游业市场准入门槛，使香港获得进入内地市场的先机。与此同时，广东省通过自身旅游发展优势与香港紧密联系在一起，提高国际竞争力，加快旅游业国际化的步伐。目前粤港旅游合作已进入新的发展阶段，两地应当及时认识到存在的问题及制约因素，推动粤港旅游合作上新的台阶。深化粤港旅游合作首先要明确双方合作的基础，在此基础上抓住合作重点，然后有针对性地实施配套政策。通过粤港更紧密的旅游合作，对等开放旅游市场，拓展无障碍旅游区，共享旅游资源，实现利益双赢。

1. 合作的基础

广东地域辽阔，山川秀丽，名胜古迹众多，旅游资源丰富，建筑、文化艺术、民俗风情、饮食风味和名优特产深受游客喜爱，是我国旅游大省之一。香港是国际旅游中心，亚洲最受欢迎的旅游目的地，中西文化交汇之地，是"购物天堂"，"美食之都"。但香港旅游发展空间小、旅游资源单一，只有依靠粤港合作，借助珠三角地区为平台扩大内地市场，同时也可以与广东旅游资源形成互补，取得"1＋1＞2"的效果，以粤港旅游区为整体，打造世界旅游品牌。粤港旅游区是我国经济最发达的地区之一，随着经济的高速发展，广东旅游基础设施建设日益完善，形成了以广州为省会的政治、经济、文化中心，以深圳为经济中心的高速公路、铁路、航空、航运立体交通网络，粤港水陆连成一片，海陆空交通十分发达、方便。这些都为粤港旅游合作提供了坚实物质基础。

2. 合作重点

（1）制定区域旅游发展规划。在国家有关部门的指导支持下，根据《珠江三角洲地区改革发展规划纲要（2008～2020）》（简称《纲要》）的总体要求和战略定位，粤港双方全面推进区域旅游合作，共同研制区域旅游发展战略，尽快编制《粤港区域旅游发展规划（2010～2020年）》，促进粤港旅游业资源共享、合作互动、优势互补、错位发展、互利共赢，打造"精彩粤港游"国际知名旅游区。

（2）提升粤港通关服务环境和水平。推动粤港口岸管理体制改革和技术升级，促进管理信息化、口岸联网一体化、通关时限全天化及查验手续简便化，试行人员货物"一地两检"和"单边验放"，实现服务人性化、通行高效化、环境优美化，营造良好的粤港通关环境。

（3）取消区域旅游地接制度。粤港双方协商取消旅游地接制度，允许双方旅行社组团在粤港区域内开展无障碍旅游活动。

（4）共享旅游资本和服务。加快广东对香港投资开放的进程，吸引更多有实力的香港投资商进入广东独资或联合开发旅游资源和产品。实施"走出去"战略，深入研究、引导、推动广东有实力的旅行社与香港旅行社合作，到海外旅游热点地区开设分支机构。

（5）深化联合促销和市场推广合作。全方位、多角度、多渠道开展联合促销，共同打造粤港区域国际旅游品牌。继续联袂参加境内外大型旅游宣传促销活动，有重点、分阶段、有选择地联合开拓客源市场。加快整合我国驻外机构、香港旅游发展局驻外办事处及广东友好城市等资源网络，联合制作发放旅游宣传促销资料，开拓推广"一程多站"旅游线路，研发"粤港澳台豪华邮轮游"等高端旅游产品，形成不同主题、不同区域、不同特色、不同档次的多元化旅游产品体系。

（6）联合开发使用旅游行业人力资源。深入贯彻 CEPA 补充协议，加快落实香港永久性居民在广东考取大陆导游证、领队证的政策。开展联合办学和行业培训，支持双方培训教育机构在区域内开展旅游行业专业知识教育和培训业务，在当地招收学员讲授旅游管理、旅游服务等从业技能知识。粤港互认旅游职业教育和行业培训专业资格职称证书。广东视市场需求状况为香港居民提供导游证资格考试考前辅导和培训便利，促进旅游人才合理流动；在 CEPA 基础上加快调整粤港相关法律法规，开放区域旅游从业人员市场，支持粤港居民考取从业证照并在证照许可地域范围内自由执业；加快旅游从业人员证照在区域内互认机制的制度研究，建立和完善劳动力职业技能培训、转移就业、职业技能鉴定和资格相互认证制度，争取在粤港领队证和导游证互认共通上先行先试。

（7）提高游客区域流动的便利性。双方积极争取逐步放宽粤港居民区域内流动的限制，继续鼓励非广东籍居民赴港旅游，努力提高粤港区域内游客流动的便利性，将便利内地居民赴香港旅游的试点措施扩展至广东全省。简化粤港通关签证手续，减少审批程序，提高审批效率，尽快实现通关审批的简单、快捷和便利。进一步优化"144 小时便利签证"政策，放宽"144 小时便利签证"政策对国际游客粤港游的行程顺序限制。对到香港旅游并持有与中国建交国家普通护照的外国散客，参照"144 小时便利签证"政策简化入境审批手续，逐步试行免签制度。

（8）合作打造区域标志性旅游品牌。品牌建设可以从条件较好的粤港大珠三角地区起步，逐步推广到整个泛珠三角地区旅游品牌。经过多年的旅游合作，无论是旅游资源、客源，还是市场，粤港旅游都达到了区域一体化合作的层次，但在区域标志性品牌的开发上明显滞后。目前，合作打造品牌的条件已经成熟，诸如迪斯尼乐园强化了香港"动感之都"的形象，多姿多彩的岭南文化和生机盎然的珠三角新兴城市群。如果能把这些具有特色的项目有机结合起来，并形成完善的配套服务体系，就可以共同打造出区域标志性品牌，提升区域旅游资源的吸引力，使更紧密地合作有一个坚实的基础。

3. 配套政策

（1）进一步解放思想。以世界眼光来谋划粤港旅游业合作，增强广东省对香港旅游业的整体吸引力。香港旅游开发商进入内地还面临着众多的政策限制，广东省应该解放思想，开拓争先，主动争取在粤港旅游业合作中采取先行先试的优惠政策，扩大开放的力度，力争审批权限下放，在降低门槛、放宽限制等方面实行更多的优惠政策。同时，在招商引资上向旅游业适当倾斜，尤其是借助国家政策将普遍优惠措施改为具有行业差别的优惠措施，加大对旅游业引资的力度。

（2）不断提高政府运作效率和透明度。广东各级政府要加大向服务型政府转型的力度，增强服务意识，提升服务能力。设立一站式的咨询点和集中办理窗口，增强部门之间的协作，减少来回往复，加快审批时间，简化审批程序和要求。有关部门还可以就近向香港政府部门学习，借鉴香港政府一些优秀的做法和经验。可以进一步向信息共享、审核互认迈进，尝试实现政府服务的对接，让香港开发商、游客在广东办理业务时也能感受到与在香港本地相似的政府服务。

（3）建立多元化的协调机制。落实《纲要》中关于粤港合作的要求，强化CEPA框架下的旅游紧密合作，通过改革政策法规体系以及建立完善政府间的磋商协调机制，以促进旅游资源的科学配置和效益多赢。

全面落实广东省《关于加快我省旅游业改革与发展建设旅游强省的决定》。按照广东建设"全国旅游综合改革示范区"的战略部署，先行先试，全面推动粤港旅游业的合作与发展。

继续抢抓CEPA先机，强化粤港旅游合作先行先试。深入落实"个人游"政策，整合旅游资源，实现优势互补，开展联合促销，促进客流互动，实现旅游信息共享。为保障粤港"个人游"的健康发展，两地旅游部门应不断完善定期会晤制度，强化信息通报、预警和协调机制。

（4）扩大外省籍中国公民在粤办理赴港旅游签证政策的实施范围。放宽个人办理赴港旅游签证政策，将"符合一定条件的非广东籍居民，可以在广东办理到香港'个人游'，办理一年多次往返香港旅游签注"的试点范围从广州、佛山、东莞、珠海等城市扩大到广东全省。研究试行凭居民身份证在粤港旅游区自由通行制度。

（5）进一步优化"144小时便利签证"政策，提高粤港区域内游客出入境的便利性。试行粤港区域旅游免签制度，发挥港澳在国际旅游市场上的"桥头堡"作用，鼓励和方便到香港的国际旅游者前来广东参观游览。进一步放宽对国际游客来粤港旅游的限制，探讨与中国建交国家的公民凭个人护照在"144小时便利签证"的基础上逐步推行落地签证制度，先在珠三角的城市进行试点，再逐步扩大到广东全省。

（6）建立粤港区域旅游人才特别是高素质人才的交流机制。合作培养人才，利用香港国际化程度较高、旅游职业教育发展比较成熟等优势，鼓励广东旅游从业人员通过多种形式学习其先进管理经验；引进香港高素质旅游人才加盟广东旅游教育培训行业，提高广东旅游教育培训师资队伍的素质和实力。调整香港相关法律法规，放开香港旅游从业人员市场，以配额的形式允许广东居民考取香港导游证、领队证，并持证在香港执业。加强旅游从业人员证照在粤港澳区域内互认机制研究，尽快实现粤港领队证和导游证互认共通。

（7）发挥粤港区域旅游合作执行机构和旅游行业协会的作用。贯彻执行粤港区域旅游合作决议，定期研究和推进解决粤港旅游合作中出现的问题。积极鼓励和引导广东旅游协会、旅行社协会、导游协会等民间组织与香港旅游协会组织建立沟通联系机制，推动旅游民间组织的交往。积极策划各种类型的业界交流会、推介会等，为两地旅游业界的交流合作搭建平台。巩固在市场开发、客源互换、信息共享、旅游线路推广等方面的合作成果，进一步加强在人力资源培训、行业监管、行业政策法规制定等方面的合作。

（8）建立完善粤港旅游风险监测和预警机制。建立完善联防共治机制，加强区域旅游的风险检测和预警，制定区域风险应急预案，共同抵抗旅游业发展的风险，确保粤港旅游业的可持续发展。

B.14

开创粤港发展福利赛马新领域的探讨

袁持平 张奕赟 安 婧*

摘 要：现代赛马已成为一项休闲文化活动。赛马业具有显著的福利性特征，对经济、社会发展和繁荣体育事业日益显示出巨大作用。目前，由于诸多原因，我国赛马业还处于较低的发展阶段，在各地赛马会的经营上也出现了很多问题，远没有发挥赛马业所带来的社会福利效应。香港赛马会的成功模式和经验值得借鉴，主要表现在高效的经营运作、监督管理和巨大的社会效益上。在粤港广泛开展合作的基础上，双方联合发展慈善赛马业具有重要意义。联合发展需要有良好的合作模式，以较为成熟的 BOT 模式进行合作有利于充分运用香港的经验，也有利于取得长效的发展。目前这一构想还需要包括立法、行政许可以及监管等方面的政策保障。

关键词：赛马 香港赛马会 监管

一 我国赛马业发展的特征与问题

1. 我国赛马业发展的特征

赛马是人类驾驭马匹进行的一种竞技活动，是世界性的传统体育活动。我国的现代赛马活动，始于 19 世纪 60 年代，到了 20 世纪 30 年代，除了香港的赛马业迅速发展外，上海有 2 个赛马场，天津有 3 个赛马场，全国的赛马场逐步发展到 20 多个。在 1952 年 8 月举行纪念"八一"建军节 25 周年的运动大会上，进行了赛马比赛；在 1959 年举行的第一届全国运动会上，来自 13 个省市的 226 名

---

* 袁持平，中山大学港澳珠江三角洲研究中心副主任，副教授；张奕赟，中山大学港澳珠江三角洲研究中心研究生；安婧，中山大学港澳珠江三角洲研究中心研究生。

选手参加赛马角逐；1960 年举行了全国马术锦标赛。由于历史的原因，一直到 1982 年之前，我国再也没有举行过赛马比赛。

1982 年，我国申请加入国际马术联合会。从当年起每年举行一次全国马术锦标赛。赛马被列入全国锦标赛正式比赛项目。20 世纪 90 年代，古城西安率先打响了现代赛马第一枪。

1991 年 4 月，新中国第一个赛马俱乐部在深圳诞生，第二年该部就举行了"猜头马"平地赛。1992 年 4 月 26 日，"金马杯中国马王广东邀请赛"在广州市郊黄村开锣。继广州马王赛之后，全国各地的赛马活动此起彼伏，在宁波、北京、武汉先后均有赛马活动举行，各级政府、企业与民众对于赛马的需求极为旺盛。

我国目前开展较为普遍的为平地赛马，该项目曾列入第一届全国运动会，由于经费短缺等原因曾一度中断，近年来逐渐恢复。随着休闲体育多元化发展，有着"贵族运动"之称的赛马运动被越来越多的中国人接受和喜爱。当赛马运动成为体育生活中一项重要而有趣的内容时，人们将体会到绿色、生命、健康、快乐的内涵。

2. 我国赛马业发展存在的问题

虽然全国各地有赛马会的诞生和运营，但有许多经营时间不长就关门停业，其中主要原因在于：

（1）缺乏法规的监管。国内赛马业的发展一直没有一个专门部门进行监管，对于赛马业的经营、发展没有一个职权部门给予管理意见，往往是出现了问题才想办法解决，解决不了就令其停业。在这种不健全的管理与监管机制下，马场经营就会出现漏洞，若得不到及时解决问题就会越积越多，进而导致马场经营不善，以致最终停业。

（2）粗放经营，缺乏有效管理。武汉、广州、宁波等地的赛马场多是与港资合资经营，由于在管理方面经济不足，过分依赖港方，在基础设施建设完成之后，对于以后如何发展设想得过于简单，粗放式经营在运行中就不可避免地出现入不敷出的情况。

（3）巧立名目，借赛马发展房地产行业。武汉的东方马城项目在武汉市金银湖畔划地 1600 亩，总投资达 2 亿美元，在这个项目的带动下金银湖片区成为武汉地价、房价涨幅最快的板块之一。目前，金银湖片区住宅价格已从 2001 年的 800 元/平方米，上升到 2009 年的 5000 元/平方米。金银湖片区的房价上涨，带动了整个东西湖地区地价的上涨。

（4）鱼目混杂，有违竞赛公平。马场赛马的场次多由建设者决定，马匹和骑手的选择对于观众来讲透明度不高，竞赛中有违公平的情况时有发生，而对于违规的处罚也没有明确法律法规解决，因此使赛事有失公正，不利于赛马业的发展。

（5）经营不善，遗留大量债务。广州赛马场停业时负债累累，原因之一就是赛马没有合法化，而管理不善也是重要原因。严格有效的管理制度的缺失，造成一边赛马一边亏损。停业后数年，赛马场一直在困境中求生，靠出租外围地皮维持生计。目前，赛马场商圈进驻了 100 多家商企，形成了餐饮业、康体娱乐业、汽车城三大经营板块，但由于赛马场停业时已负债累累，因此现在仍有 12 亿元的债务。

二 香港赛马业发展的历程与特征

1. 香港赛马的历史发展

香港不仅是全球最大的国际金融商贸中心，也是一个国际赛马之都。1846 年香港首任总督清理了黄泥涌一带沼泽地（现跑马地）开辟马场，取名"快活谷"。

1884 年，香港赛马会正式成立，自 1914 年 10 月更改会章后赛马会成为一个不牟利的慈善机构。时至今日，香港交纳善款最多的就是香港赛马会，每年拨款逾 10 亿元港元，几乎惠泽于香港市民生活的每个环节，如医院、体育、康乐设施、护老院、学校、文化设施、博物馆、香港海洋公园、香港大球场以及遍布港九的健康保健中心，等等。

香港回归祖国以来，依旧是马不停蹄，马赛不断。每年 9 月至次年的 6 月，每逢周末双休日和周三晚，跑马地和沙田马场马蹄奔腾，气氛火暴。

当香港成为奥运会协办城市后，在不足两年的时间里，建成一个长 1750 米、宽 10 米的越野赛道，13 个盛装舞步和障碍赛练习场地，能容纳近 1.9 万名观众的主场馆、空调室内训练馆，可容纳 200 多匹马的 270 间新式空调马厩，设备先进的马匹医院和全球顶级的赛事化验所等全套完善的比赛设施。国际奥委会主席罗格观看奥运马术比赛后表示："香港上演了绝佳的奥运马术比赛!"奥运会留下的马术比赛相关遗产,为香港又增添了耀眼的魅力,这将为今后香港旅游业增加了最新知识性、趣味性看点。

香港赛马会拥有150年的悠久历史,是全球最大的赛马机构之一。

2. 香港赛马业发展的特征

(1)机构特点。成立于1884年的香港赛马会没有股东,不设盈利要求,赛马所得盈余全部回馈香港市民,是全港最大的慈善公益资助机构;是香港最大的单一纳税机构,2007~2008年度共缴纳131.15亿港元税款,约占政府税务局税收总额的6.5%。赛马会以独特的非牟利模式经营,将所得盈余拨捐慈善,在全球备受推崇。在过去十年里,每年平均拨捐约10亿港元,资助数以百计的慈善和小区计划。香港赛马会是全球最大的慈善捐款机构之一,排名与美国洛克菲勒基金会相若。在香港,赛马的意义早已超越了娱乐层面,成为社会福利的重要保障。

香港赛马会是一家性质独特的机构,在香港甚至全世界都是独一无二的。它不是政府部门,不算社会团体,也不是私营公司,就连专业的大律师都说不清楚它到底属于什么性质。香港赛马会,是一家保证有限公司,由香港政府批准的唯一获发牌照在香港经营和管理赛马活动以及获授权经办奖状的慈善机构。

(2)完善治理结构。香港赛马会由董事局掌管,日常运作则由管理委员会负责统筹管理。董事局以主席为首,共有12位成员,他们均是义务任职,不收酬金。至于管理委员会,则由行政总裁领导,成员包括8位执行总监。

香港赛马会的最高领导机构是董事局,董事局由12名德高望重的人士组成,从200名遴选会员中选举产生,负责确定赛马会发展的重大事务。香港赛马会董事一般任期为三年,可以连任。每位董事均在企业及专业上拥有丰富经验,并且对赛马充满热诚。他们尽义务服务于赛马会,积极参与不同的小组委员会,发展及监察赛马会在业务经营和慈善捐款两方面的未来策略与方向。

赛马会没有股东,全部收入均来自赛马及投注业务。在支付赛马奖金、经营费用、税项,扣除为发送赛马及投注设施的投资后,所余款项,悉数捐献。

(3)慈善公益性。香港赛马会自1915年开始捐助社会公益事业。20世纪50年代,香港面对战后重建、大量移民涌入等问题,促使赛马会将慈善捐助工作纳入业务范围。1955年,赛马会正式决定实施将每年的盈余拨捐慈善公益计划。

1959 年，赛马会设立一家独立的香港赛马会（慈善）有限公司，专责管理捐款事务；而后香港赛马会慈善信托基金于 1993 年成立，继承处理马会慈善基金的捐款事宜。

香港赛马会一贯的宗旨，在于为整体社会带来最大的利益。因此，赛马会的慈善捐款无远弗届，惠及不同的公益慈善计划和项目。赛马会的捐款照顾到民生和社会需要，主要分为康体文化、教育培训、社会服务及医药卫生四个方面。香港赛马会所资助的公益设施主要有：位于香港中环商业区的香港公园，香港著名的旅游景点海洋公园，亚洲最大的康复中心香港东华三院赛马会康复中心，全香港最美丽的校园香港科技大学，香港第一个老年痴呆症综合服务中心赛马会耆智园。

香港赛马会与政府和其他非牟利机构携手合作，借以改善香港市民的生活素质，同时让有迫切需要的人士得到适时的援助。此外，马会还积极主动地开拓和发展慈善计划，以应付社会日后的需要。

2003 年，"非典"侵袭香港，马会即时采取行动，拨款给各学校、幼儿园及社区中心进行全面清洁。2005 年初，马会在各场外投注处、马场及会所收集市民及马迷的捐款，以协助受东南亚海啸影响的灾民，在数天内便筹得 5300 万港元。2008 年，中国内地先后两次遭受严重天灾，2 月份的雪灾侵袭数南方省份，5 月份的四川汶川大地震，赛马会两次及时伸出援手，向救灾组织送去紧急捐款，并发动筹款行动，呼吁市民捐款救灾。为表彰马会出色的慈善工作，国家民政部决定授予香港赛马会 2008 年度"中华慈善奖"特别贡献奖。

香港赛马会，2008/2009 年度的慈善信托基金总捐款额达 13.68 亿港元，为历史新高，较上年度上升 30%。

（4）高效运营。香港赛马会创造了 8 项世界之最。

第一，投注种类最多，包括连赢、独赢、位置 Q、位置、仔宝、三重彩、单T、三 T、仔 T、六环彩、三宝。

第二，投注渠道最多，包括场内投注、场外投注、电话投注、智财卡投注、互动投注、手机短信投注、网上投注、投注宝、无线投注机、电信运财宝投注。

第三，独有马匹卫星定位系统。

第四，赛马场内的大电视屏幕，长度与波音 747 客机相仿。

第五，赛马场内有最大规模的美食广场。

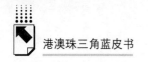

第六，场外投注站点最多，达116间。

第七，赛马日投注人次最多，约120万人次到各投注站点投注。

第八，举办国际赛事参赛的国家最多，投注金额与人口比例最高，能够吸引占本地总人口三分之一的人热心参与其中，参与赛马已经成为香港市民生活中不可缺少的一部分，每个马季比赛场数最多。美国、英国、日本都没有香港火暴。

香港赛马会是世界上独一无二的非营利赛马机构，是香港最大的税金来源和慈善机构。它的目标是"致力提供世界最高水平的赛马和体育及博彩娱乐，同时维持全港最大慈善公益资助机构的地位"。其使命是"竭诚令顾客百分之百满意，对于赛马观众、投注人士、奖券投注者、本会会员、公益团体、慈善机构、香港政府以及全港市民，都不能有负所望，务必置身全港最备受推崇机构之列"①。赛马会收入的81%返还彩民，3%用于自身的运作管理，14%作为博彩税和所得税上缴政府，2%用于慈善事业。仅就香港赛马会支持香港高等教育来说，历年来捐款总数若以现时市值计算，已超越51亿港元，相等于五个香港大球场的兴建费用。它兴建了博物馆来保存香港的赛马历史，普及公众对赛马运动的知识，进而也促进了民众对赛马会的关注。香港赛马会共有雇员4000多人，每到赛马日，至少有100万人通过到现场或者看电视的方式参与赛马，香港赛马会的4000多部电话要接受100万~200万个投注电话，而香港的总人口还不到700万。"在马会观马投注是最大的享受"，除了赛马会不断更新的高科技设备设施之外，最大的享受还莫过于各个团队提供的一流的购物、餐饮和娱乐等服务。马会之所以能这么好地为服务社会，在于它有一套良好的运作制度，赛马会由董事局负责制定决策，而日常会务则由以行政总裁为首的专业行政人员负责执行。"即使输了钱，也是支持了香港的慈善事业，行善积德"，这是对马会的信任也是马会的承诺。

为了香港赛事更健康地发展，马会在资讯发布方面加强投资，以给予马迷朋友更清晰的选马依据，而对会员、马主的福利照顾，摆放在优先处理位置。香港马场，具有现代化设施。跑道、荧幕、马房、饲料库、兽医院都有相当的规模，符合国际标准。

（5）严密的法律监管。在香港法律中有《博彩税条例》，对赛马事项有法律

---

① 香港赛马会：《2008年6月30日止年度报告》。

上的规定，政府有一个足球博彩及奖券事务委员会，这样的一个条例和一个委员会，为赛马会的运作提供法律上的规范管理。中间有律师、宗教、民政事务及教育界的人士。政府再从政务处、教育局、民政事务局中分别委托专人进行监控。对于增加场次，能否转播均由政府的监管委员会来确定。有法律的指导和相关部门的监管，就保证了赛马会健康高效的运营，使香港的赛事业绩好过全球。

（6）有益于社会安定。

第一，政府转移支付的有效补充。香港赛马（慈善）有限公司成立后，实行各项改革，大力促进赛马市场发展和完善，努力发展社会福利事业。1992 年统计，马会拥有马迷超过 30 万户、120 万人，5 个香港人当中就有一个马迷，占香港人口的五分之一。投注金额，1971/1972 年度投注额是 5.56 亿港元，1992 年投注金额猛升至 556.20 亿港元，增加近百倍；此后，投注金额年年提高，到 1997 年创历史最高纪录，达到 923 亿港元；最近年度香港赛马季完结，总投注额近 755 亿港元。

随着投注金额上升，香港政府的税金收入也猛增，在 1987～1996 年，博彩税是从 26 亿港元增至 103.26 亿港元，其中有几年是每年以 10 亿港元的速度递增，这个速度是没有哪个企业可以比拟的。据香港税务局公布的最新税务信息显示，2009/2010 年度的博彩税收入表现平稳，赛马税 82.9 亿元，比上个年度增长 3%。

第二，稳定社会经济。香港赛马会的收入，一是作备用投资基金，起着稳定社会经济的作用，例如 1987 年 11 月 26 日香港股市随世界股市出现狂跌，当日跌幅达到 33%，赛马会动用备用基金 3 亿港元支持政府，参与阻击，稳定了股市；二是造福社会，1991～1996 年香港赛马会每年捐资均超过 10 亿港元，其中 1991 年、1992 年超过 11 亿，1993 年、1995 年超过 12 亿。2002/2003 年度赛马总投注金额为 710 亿港元，缴纳 95 亿博彩税，赛马会缴纳的博彩税占香港总税收的 11.7%。2008/2009 年度赛马会慈善信托基金共捐资 13.68 亿港元支持慈善事业，创下历史新高，较上个年度增长 30%。自 1951 年以来，香港赛马会出资兴建海洋公园、维多利亚公园、九龙公园、香港科技大学、香港体育学院等公共福利设施。赛马会的捐助涉及教育、医疗、卫生、文化、艺术、体育、老人福利、残疾人事业、科学研究等，社会服务是广泛的。

第三，舒缓社会压力。众所周知，香港是一个生活压力特别大的地方，高楼里晚上 8、9 点钟还灯火通明，上升的房价、物价等一切都证明在香港生活压力

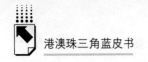

之大。长期生活在这种环境下，抑郁症的患者有上升的趋势。然而赛马的存在给这座城市的人们带来缓解压力的方式。

在赛马场上，随着神骏的纯血种赛马风驰电掣地冲出马闸，现场全体起立，跑道霎时尘土大起，喊声霎时震耳欲聋，"加油！"声不断，在这种呼喊声中，释放自己的压力，每每走出赛马场，即使没有中奖，也会觉得神清气爽。

第四，将私彩转换成各种公益彩票。观马博彩与赌博有质的区别，赛马博彩如同各种社会彩票的性质。赛马投注是一种马文化的参与，增长知识，提高分析、识别能力，追求的是身心娱乐，而赌博唯一的追求是强烈的金钱欲望，手段上又是损人利己，参与的人数少，盈亏数额巨大，最终的结局导致倾家荡产，给社会带来不安定因素。赛马参与的人数众多，香港一场足球赛吸引一两万人，而一场赛马却吸引四五万人入场，马文化已成为市民生活中的重要组成部分。赛马业满足人们精神文化生活的需要，给政府增加税收，解决就业，起到安定社会的作用，并且带动旅游、交通、通信设施、建筑等行业的发展，使整个社会经济纳入良性循环的轨道。赛马会的职能也起了质的变化，除了经济职能外，还担负起重要的社会福利、文化、娱乐等职能，所以，香港赛马会美称为"慈善"有限公司，它的宗旨是要为社会谋福利，为市民办实事、办好事，促进社会的稳定和繁荣。赛马会职能的转变，有利于我们解放思想，在新的时代，给赛马业赋予新的含义。

三 粤港联合发展福利赛马的重要性、必要性

1. 粤港联合发展福利赛马的重要性

健康、积极的休闲娱乐是人的天性，对风险与不确定性的体验是人类的本能，智力游戏源于人类挑战自我、认识自我的内在动机。基于上述性质的活动的开展有利于个人的身心健康，有利于实现个人的全面发展，有利于创造丰富而多样化的生活方式，集体性休闲娱乐活动有利于增加社区凝聚力。

赛马就是满足上述性质的活动之一，它是人类驾驭马匹进行的一种竞技活动，也是马术运动的一个主要项目。世界各国的事实表明，只要规则公平就可以实现赛马业的健康发展，既满足个人的休闲娱乐心理、人类挑战风险与不确定性的情绪体验，又可促进信息、会展、广告等相关行业的发展。

慈善赛马会是集娱乐、体育、比赛、马文化为一体的综合活动。实践证明，现代赛马场的建立是社会经济文化高度发达的必然趋势，有奖智力公益赛马模式具有强大的生命力和市场吸引力，适合国情，有利于物质文明和精神文明建设。在国际性大都市兴建高档次、大规模、设施先进、多元化综合经营的现代化赛马场可获得最佳经济效益和社会效益。

实践表明，那些经济发展水平比较高、公民素质好、社区较成熟、治安良好、政治开明、价值观念多样化、尊重个性自由的国家和地区，大都允许商业赛马业的发展，支持与鼓励慈善赛马业的发展。

2. 粤港联合发展福利赛马的必要性

发展赛马尤其是福利赛马，在主观上可以满足个人挑战风险的情绪，陶冶个人情操；在客观上可以促进社会的和谐发展。

广东省已经进入工业化后期阶段。在微观层面上，居民工作压力大、娱乐方式单一、缺乏合适的情绪发泄渠道，各种因精神问题导致的社会问题层出不穷，具有亚健康等心理问题的人数日益增加。在宏观上，广东经济社会正处于历史剧变时期，社会安全隐患增加，经济与社会的矛盾比较突出。各种风险加剧，政府应对各种风险与灾害的财力不足；通过旅游、公务出差等各种途径，中国大量资金流入到境外博彩业；地下六合彩屡禁不止，大量资金流失。同时，社会事业发展艰难、带有纯公益性质的慈善捐助工作难度大、效果差，难以满足日益增长的巨大的社会需要。

粤港联合发展福利赛马，有利于将个人的冒险天性疏导成为发展社会的强大动力，有利于打击地下博彩业，有利于减少闲散资金外流。在宏观上，粤港联合发展赛马业对于促进广东经济、社会和谐发展，对舒缓社会压力、应对风险，促进社会稳定，发展社会事业都有重要意义。

四 粤港联合发展福利赛马的基础与条件

1. 香港赛马业的作用与贡献，优势与不足

赛马在香港有着悠久的历史，是香港最受欢迎的运动之一。经过多年的发展，香港的赛马水平已经接近世界先进国家。香港赛马业在促进体育进步、发展慈善事业、扩大香港的国际影响等方面作出巨大贡献。赛马业促进了香港的旅游、咨询、媒体、信息等相关行业的发展，对香港经济发展、社会稳定作出重要贡献。

香港赛马业有较大的优势与良好的基础。香港的赛马业管理制度规范、运行机制高效、游戏规制公平、资金运用透明。经过多年发展，香港在监管、规章制度、运行机制等方面积累的丰富经验，培养了大量优质马匹、积累了许多人才，建立了完善的分工与产业配套体系。

但香港腹地窄、人口少、经济规模小。这些因素使赛马会在香港的发展受到很大限制。同时，香港经济发达、社区成熟，无论是个人还是社会，抗风险能力都较强。香港赛马业虽然非常发达，但积累的大量资金在香港地区难以发挥最佳作用。

2. 广东的优势、基础与不足。

广东省在赛马方面有一定的历史经验。早在 20 世纪 30 年代，广州的赛马业就有一定发展。在新中国成立之初，广州也一度存在过赛马业。由于众所周知的原因，在计划经济时代，广东赛马业被取消。改革开放之后，深圳与广州的赛马业有所发展。尽管广东赛马业曾经一度被取消，但广东在发展赛马业方面还是积累了一定的经验与教训，为慈善赛马业的未来奠定了一定的基础。

发展福利赛马是广东经济、社会发展的内在要求。经过长期发展，广东经济总量连续 24 年居全国第一位，居民生活水平持续提高，经济结构总体上进入工业化的中后期阶段，现代服务业的重要性越来越突出。信息、咨询、媒体、休闲娱乐等行业的发展需要一个新的突破，需要新的动力来源。

工业化中期之后，广东也同时步入"风险社会"。在经济、社会的急剧转型过程中，广东面临着许多不确定性和风险。居民的生活节奏快、工作压力大，缺乏正常的、多样化的压力舒缓渠道。经济、社会的巨大需求是粤港联合发展慈善赛马业的巨大内在动力。

广东发展福利赛马面临着新机遇。新形势下实施 CEPA 给广东赛马业带来机遇。2009 年 5 月 9 日，经国务院批准，内地与香港签署 CEPA 补充协议六，对香港共采取 37 项具体措施，新增加了房地产、印刷、会展、公用事业、视听、分销、旅游、文娱等开发领域。协议允许粤港在探索合作模式，完善合作机制方面"先行先试"。赛马也是扩散效应极其显著的产业，它有机地将文娱与房地产、咨询、视听、印刷、旅游等行业联系起来，带动相关产业的发展，从而促进广东现代服务业的发展。

2010 年 6 月国内最大赛马场在广州建成，占地面积 2200 亩，可容纳 6000 名观众和 192 匹赛马。这个赛马场的落成，为广东赛马业的腾飞奠定了基础，为粤港赛马业的合作创造了良好的条件。

国家颁布的《珠江三角洲地区改革发展规划纲要（2008～2020 年）》（简称《纲要》）给广东福利赛马提供新的契机和丰富的想象空间。《纲要》明确将"优先发展现代服务业"纳入珠三角地区现代产业体系的框架之中，并着重强调要与香港地区错位发展的国际航运、物流、贸易、会展、旅游和创新中心，对粤港澳"共建优质生活圈"寄予极大期待。CEPA 和《纲要》的出台为粤港联合发展慈善赛马业，进而为在广东地区引入现代生活方式，发展广东国际时尚业，进而带动服装设计、流行音乐、模特表演等创意产业和高端生活服务业，提供了历史性机遇。

广东发展福利赛马业的不足与劣势。除了法律环境之外，广东发展慈善赛马业在组织管理、有效监管、投资运营等方面都存在经验不足的问题；相关配套产业的缺乏也进一步加大了广东自身发展赛马业的难度。

3. 合作双赢，共同促进粤港福利赛马的发展

香港在组织管理、监管、运行与配套产业发展等方面存在着丰富的经验、基础与优势。香港的优势在于可以运用广东巨大的市场需求、较强的辐射能力等，为粤港联合发展福利赛马奠定了扎实的基础，使双方通过合作发展赛马业成为现实可能。

五　粤港联合发展福利赛马的指导思想、原则与基本思路

1. 粤港联合发展福利赛马的指导思想

以 CEPA 和《纲要》为契机，强化与密切粤港合作，坚持优势互补、合作双赢、发展社会，促进粤港的更紧密合作，加快建设经济强省、文化大省、法治社会、和谐广东的步伐；促进香港现代服务的优化、升级和持续发展。

2. 粤港联合发展福利赛马的主要原则

——实事求是。坚持实践是检验真理的唯一标准，坚持发展是硬道理的基本

原则，以人为本，适时发展有利于群众身心健康的休闲娱乐等相关产业。

——优势互补。实现香港人才、马匹、管理与运作经验等优势和广东的市场腹地、人口与经济规模优势相结合。

——合作双赢。充分调动香港与广东的积极性，以分工促进联合，以双赢实现可持续发展。

——回报社会。坚持社会目标优先。以经济手段调动资源，以慈善方式促进教育、科技、文化与体育等发展，促进高端生活服务业的发展，促进设计等高端先进生产服务业的发展，促进社会公平与社会和谐。

3. 粤港联合发展福利赛马的基本思路

——解放思想，实事求是。坚持发展就是硬道理，坚持以人为本，适度发展慈善赛马业，促进经济、社会的和谐发展。

——按照合作模式联合发展粤港赛马业。基于福利与公益性质，在现行制度框架内大胆创新，通过合作方式实现粤港赛马业的共同发展。

——完善合作机制、打造合作平台，实现合作双赢。

——完善保障机制，加强组织领导，优化协调机制，确保粤港合作发展慈善赛马业健康、和谐与持续发展。

六 粤港联合发展福利赛马的基本模式

1. 资产与经营权相分离模式

采取国家单独出资，由国务院或者地方人民政府授权本级人民政府国有资产监督管理机构履行出资人职责的有限责任公司形式，即由广东政府投资建设，香港赛马会来经营的方式，优势是国家集中力量好办事，建设速度可能会更快，但其中的问题，也值得权衡。

第一，建设赛马场是一项大型工程，没有融资渠道，单靠国家财政拨款来解决所有的资金问题有些不现实，单一的投资主体也大大增加了国家的风险。

第二，政府将赛马场建立起来后，将经营权外包，赛马业的内部运作政府无法了解详情，不利于经营透明化，不利于对运营的监管。

第三，经营模式风险大，政府不具有操作权，回收成本时间长，无法预知风险。

纵观国内外赛马业发展比较好的国家和地区，均未发现运用此种经营模式，因此，不推荐粤港合作采用这种模式。

2. 股权投资方式

股权式战略联盟是由各成员作为股东共同创立的，使其拥有独立的资产、人事和管理权限，但股权式战略联盟也存在一定的风险，股权式战略联盟一般被认为是知识转移的沃土。很多公司选择股权式战略联盟的动机之一就是获取合作伙伴的先进知识和技术。

当合作伙伴在联盟中合作以后，就会暴露自己潜在的知识、技术和其他有价值的资源。因此一些合作伙伴会由于选择股权式的战略联盟结构模式而失去了对其核心竞争力的控制。在某些战略联盟中，当一方从其合作伙伴那里获得了所需要的知识、技术后就会突然撤出联盟。

若广东福利赛马业采取股权式模式，不利于港方知识产权以及技术的保密。长期看来，不利于赛马业的发展。

同时，选择股权式战略联盟也意味着增加了绩效风险，因为公司在联盟中拥有股权，所以，如果联盟失败，投入的资金将化为乌有。较高的绩效风险还来自于其较高的控制成本。因为共同拥有股权不仅使公司战略的灵活性降低，而且，可能由于组织中文化方面的差异，使得联盟公司之间决策的联合制定和实施也更加困难。若广东福利赛马业采取股权式模式，就难免会出现之前的那种成本居高不下，负债累累的状况。

3. "建设—经营—转让"的"特许权"合作方式

赛马业投资数额大，建设周期长、风险大，单靠政府或个人的力量，无法筹集如此大规模的资金，也无力承担项目失败的风险，且传统的融资方式也满足不了上述项目的需要，在这种情况下出现了项目融资这一方式。无追索权项目融资和有限追索权项目融资作为项目融资的两种基本类型在实践中不断被发展和完善，比较成熟的模式是"建设—经营—转让"（简称BOT）的"特许权"合作方式。

BOT方式在中国出现已经十年有余，其中广州白天鹅宾馆就是BOT项目实施的一个很好的典范。

在广州，爱国港商、著名实业家霍英东先生采用BOT方式建设了白天鹅宾馆，即由中方提供土地，外方投资建设，由外方经营若干年后无偿交给中方。

1979 年 1 月，霍英东先生得知内地决定对外开放，开始与广东省政府接触，他提出要在广州建造一家高级宾馆——白天鹅宾馆，他投资 1350 万美元，由白天鹅宾馆再向银行贷款 631 万美元，合作期为 15 年（以后又延长 5 年），这是继建国饭店、长城饭店后又一家中外合作的高级酒店。

在 20 世纪末的后 10 年中，亚洲地区每年的基建项目标底高达 1300 亿美元。许多发展中国家纷纷引进 BOT 方式进行基础建设，如泰国的曼谷二期高速公路，巴基斯坦的 Hah River 电厂等等，从 BOT 在这些国家的成功运用中，可以反映出该运营模式的优势，也是符合我国国情的一种运营方式，相信在粤港联合发展赛马业的过程中，也会发挥其优势，为我们带来更多的效益。

香港在马场建设，运营方面均有充足的经验，可以将这些经验运用到内地市场，在广州建设赛马场，赛马的规则可以由内地政府相关部门和香港赛马会协商确定。运营也交由港方负责，在上缴部分应纳税金后，采取谁经营谁收益的原则，相信香港赛马会以其多年的经验一定会在广州这片更大的市场上发挥出其威力，取得较好的效益。当然，收回赛马产业的经营权的时间问题，还需要内地政府和香港赛马会协商，达成一致。

七 粤港联合发展福利赛马的配套政策

1. 解放思想、实事求是

赛马是一种国际公认的体育运动，赛马业也是一项国际普及性的活动。慈善赛马业既能带动文娱、酒店、房地产等相关产业的发展，也有助于树立开放、时尚、个性自由和价值观念多元化的现代文明社会形象；既能满足个人对风险与不确定性的心理体验，又能舒缓社会压力，促进和谐社会建设。它以市场化的方式筹集源源不断的善款，将公民个人的冒险心理体验与福利事业发展有机结合起来。

2. 争取社会各方支持、营造良好的制度环境

长期以来，基于意识形态和认识上的偏差，加上一些赛马会运作的非规范性所带来的不良社会影响，我国曾经禁止一切形式的赛马活动。于是，一方面使我国慈善捐赠事业发展举步维艰，另一方面巨额资金通过个人境外旅游等途径流入中国香港、中国澳门乃至马来西亚和美国等国家和地区。民间地下六合彩屡禁不

止，甚至愈演愈烈，既恶化社会风气又使大量资金流出境外。粤港双方要争取更多的社会支持，将慈善赛马纳入 ECPA 框架，或者以民间团体形式获得国家民政等部门的制度认可。

3. 加强管理，确保规范运作

公平、公开、公正是慈善赛马业的生命与灵魂。粤港联合发展赛马业，务必要严格按照香港的成熟做法，杜绝舞弊等各种不良现象。实施集约经营，保障有效管理；杜绝巧立名目，借赛马之名发展房地产行业等各种不规范现象；确保竞赛公平、公开进行；妥善处理历史债务。同时，防止衍生贩毒等各种不良社会现象，加大对地下六合彩的打击力度。

4. 切实加强组织领导

香港赛马会取得香港特别行政区政府的理解和支持。在广东，相关行政主管部门要加强合作，要与慈善总会、国际红十字等各种社会团体进行合作，要加强与中央政府相关部门的沟通协调。按照务实、高效的原则，各方共同组织好、管理好、经营好粤港福利赛马。

5. 完善行政许可与立法

粤港福利赛马若想取得长足发展，首先要得到中央的政策许可，使得经营行为有政府的支持。与此同时也要完善福利赛马的相关法律、法规的建设，凡事有法可依。

6. 有效规制与监管

福利赛马是一项特殊的行业，它的正常运营发展除了要有政府的行政许可、法律的保障外，有效的规制和监管也是其良好运营不可缺少的必要条件。

八　粤港联合发展福利赛马对香港的益处

1. 提高福利赛马的参与比例，增加收入

粤港联合在广东发展赛马业后，广东这一广阔的市场存在着数目可观的潜在客户，他们的积极参与毫无疑问会大幅提高赛马业的收入，从近几年的体育彩票销量就可以看出广东市场的潜力巨大。2008 年仅广州市体育彩票总销量就达11.3 亿元，可以预见，赛马业在广东开始运营后，很多之前的彩迷以及赛马爱好者的参与都会给赛马业增加不菲的收入，这有利于增加香港赛马会的收入，进一步可以促进赛马会投入更多的资金用在慈善事业方面。

2. 发挥香港赛马会优势经验，保持赛马业现存的积极作用

香港赛马会在一百多年的运作中积累了很多经验，粤港联合发展赛马业后，这些经验可以在广东范围内发挥更加积极的作用，可以将赛马收入的部分慈善捐款用在建设希望小学等公益事业上。内地慈善事业的发展远远不及香港，但社会中弱势群体需要帮助的量要比香港多，在内地赛马，可用部分收入造福内地的老百姓，有利于香港赛马会在内地树立良好的形象。

3. 面对更大的市场，有利于经营方式的开拓创新

香港赛马会在多年的经营中形成了特有的经营方式，取得了良好的效果，粤港联合发展赛马业后，可以将这些经营方式在广东运用，在更大的市场上发挥其作用。同时，在联合发展的过程中也会有新的情况出现，具体问题具体分析，有助于香港赛马会在运营方式上开拓创新，找到更新更好的运营形式，使赛马会的发展与时俱进，取得更大的进步。

4. 带动香港育马业等相关产业发展

粤港联合发展福利赛马业后，对马匹尤其是优良纯种马匹的需求会大大增加，这就会带动香港育马业及其相关产业的发展。育马业作为赛马业的重要支撑，毫无疑问是赛马业良好发展的基础之一，由于香港市场需求有限，育马的技术水平还有待提升。广东实行福利赛马业后，有利于从基础层面提升香港育马业的发展水平。

5. 提供大量的就业机会

赛马业能够提供大量的就业机会。除了马会聘有大量雇员之外，它还能带动育马场、饲养员、技术员及交通运输、报刊出版等一系列行业发展。粤港联合发展福利赛马业后，香港赛马会可以提供更多的就业岗位，这些岗位一部分是提供给香港市民，一部分是提供给内地的人员，香港方面不仅可以通过这一途径解决一部分人的就业问题，还会得到内地相关受惠群众的好评。赛马及其相关产业的发展会提高其在国民收入中的地位，使其向着"无烟工业"的称号迈进！

教育合作
Education

B.15

粤港高校合作的现状、问题与对策

陈广汉*

摘　要： 粤港高校的合作是中国内地改革开放的结果，并伴随着内地特别是粤港两地的经济发展与合作的进程而发展。本报告从人才培养、科学研究、师资交流、学术交流等方面分析了粤港高校合作的现状；探讨了粤港高校办学实力、办学体制、办学理念等方面的差异及其对粤港高校合作的影响；分析了广东高校和港澳高校的比较优势与合作潜力；结合粤港澳区域经济社会发展与中国内地高等教育国际化的现实，对粤港高校合作的思路、模式与政策提出一些建议。

关键词： 教育合作　优势互补　师资交流　联合培养

本报告的主要观点是：第一，虽然粤港与内地高校合作取得了很多的成绩，但是从总体上看粤港与内地在教育方面的合作明显落后于经贸方面的合作，深化

---

* 陈广汉，中山大学港澳珠江三角洲研究中心主任，教授。

粤港高校的合作需要解放思想，创新合作体制与合作模式，充分发挥广东与香港高校的优势，寻求两地高校合作模式与合作机制的创新生长点，为粤港经济社会的深度整合与新一轮经济大发展提供有力的支撑，搭建有效的平台，为内地高等教育国际化提供改革开放的试验区。第二，高等教育的发展自然有不同于经济发展与合作的特点和规律，粤港高校的合作可以借鉴经贸合作的一些成功的经验。在经济全球化和科学技术高速发展的今天，知识和科学技术快速转化为生产力，从而对企业、区域和国家竞争力发挥决定性影响，作为高等教育更应该为社会经济发展服务。香港回归祖国，香港高等学校在内地办学与合作的政策要不同于国外，国家在教育领域中需要有一个类似于 CEPA 的制度框架，促进和规范香港高校与内地高校的合作和发展。第三，由于广东与香港特殊的地缘、人缘以及社会、经济和文化的联系，教育部可以赋予广东高校在对香港高校合作中有"先行先试"的权利，并得到中央有关部门以及广东、香港特别行政区政府的政策和资金支持。第四，深化粤港高校合作不仅有利于提升两地高校的办学和科研水平，也可以为珠三角、粤港澳的经济转型和产业升级提供人才和科技的支撑。

一　粤港高校合作现状和形式

随着粤港两地经济交往日益密切，经贸合作不断深化，高等教育合作领域不断拓展，合作水平逐渐提高，合作内容不断丰富，合作成效日益显著。

（一）人才培养与合作办学

合作办学是人才培养的主要途径。合作办学的主体主要是粤港两地的高校，也有其他的教育机构和基金会。到目前为止，广东高校在香港合作办学 8 项，香港方面参与合作的高校和教育机构有香港大学（2 项）、香港理工大学（3 项）、香港城市大学（1 项）、香港专业进修高等学院（1 项）、香港工会联合会业余进修中心（1 项）等；广东方面参与的高校有中山大学、暨南大学、华南师范大学、广州大学、广东药学院等。从合作办学的层次看，硕士层次的教育项目最多，占 34% 左右；专科层次其次，占 31% 左右；本科占 28% 左右；还有少量的非学历教育。从合作办学的专业类型看，按照比例从高低排列，依次是语言文学类（汉语言、英语、日语）、医药类（护理、中药等）、经济类（国际经济、国际贸易、财政学、金融学等）、工商管理类（工商管理、市场营销、会计学、财务管理、人力资源管理、旅游管理），其他的专业有心理、计算机科学等。

香港在广东合作办学的项目有香港大学3项、香港中文大学2项、香港公开大学2项、香港理工大学1项、李嘉诚海外基金会1项等。在粤参与合作的高校有中山大学、汕头大学、清华大学研究院（深圳）、北京大学研究生院（深圳）、北京师范大学珠海分校、哈尔滨工业大学——深圳国际技术创新研究院、广东广播电视大学等。从合作办学层次看，香港高校在广东合作办学以非学历教育为主，学历教育为辅，职业技术教育合作和交流相对不足。从专业分布看，工商管理类专业比例最多，其次是经济类，再次是语言文学类、心理学、计算机等专业。在粤港高校合作办学中，项目合作居多，机构合作较少，其中办学机构仅有北京师范大学——香港浸会大学联合国际学院（珠海）和长江商学院。

粤港两地高校合作培养本科生的方式主要有"2 + 2"模式和交换生模式，其中最具特色的是中山大学工学院与香港大学土木工程系签订了联合培养土木工程方向的学生的协议，即"2 + 2"办学模式；大学生一、二年级在中山大学学习，经考察合格且有能力承担香港大学学费和生活费的同学，第三、四年级在香港大学学习。双方相互承认学分，学生修满学分、各科考试合格并符合学位条例要求者，由中山大学颁发"土木工程"专业毕业证书，香港大学颁发"工程学士（土木工程）"证书。这一办学模式受到学生的普遍欢迎。

研究生培养的形式主要有联合开设课程、互派学生参观学习和互派学生参与研究项目或从事研究助理工作等。如中山大学肿瘤学院与香港大学专业深造学院、香港玛丽医院合作开办专科护理研究生课程班，培养重症监护（ICU）和肿瘤专科护士，其中研究生必修课程（约占全部课程的50%）由中山大学负责，专科护理课程（约占全部课程的50%）由香港大学专业深造学院负责，专科临床实习由玛丽医院负责，取得不错的教学效果。

中山大学与香港高校合作开展专业学位教育，充分发挥各自的优势，整合双方的优质教学资源，联合培养高层次的复合型应用人才。2001年2月，该校肿瘤医院、护理学院、香港造瘘治疗师学会和香港大学专业进修学校共同开办了中国内地第一家造口治疗师（WCET）学校——中山大学造口治疗师学校。学校面向全国招生，招收具有注册护师资格、有相关专科实践经验的临床护士。

学员学完全部课程，通过理论和实践考核后，由学校颁发造口治疗师结业证书，该证书获世界造口治疗师协会的认可。目前，该学校累计招收了8期共84名学员，培养造口治疗师73名，为提高当地的造口专科护理技术水准发挥了积极的作用。

华南理工大学与香港岭南大学于2005年签订互派本科生进修学习协议，每年选派二、三年级的大学生到对方学校做交换生，修读双方都开设的学科，获选派的交换生于对方大学就读一个学期或一学年，双方互相承认交换生在对方大学所修读的课程及学分。岭南大学的授课语言、教材及考试均以英文为主。学生按各自所属学校收费标准缴纳学费和住宿费，学生往返旅费、学习期间的生活费等由学生本人自理。该项目受到学生欢迎。

近年来，粤港两地联合培养博士研究生也在一些高校展开。这种合作利用香港在培养经费比较充足和国际交流比较便利的优势，同时发挥内地人才和研究的优势，产生了较好的效果。

广东省教育厅有关负责人介绍，2006年内地招收港澳台学生的本科院校有158所，其中广东地区有19所，招生对象以本科学生为主。2005年，前往内地读大学的香港学生约3000人，有1600多名澳门高中毕业生投考内地高校，其中一半以上集中在广东地区高校。

由于广东与香港、澳门地缘相近、文化同源、语言相通，成为港澳学生在内地求学的主要地区。

案例　香港科技大学与中山大学合作培养研究生项目招生说明①

香港科技大学与中山大学研究生联合培养项目

香港科技大学与中山大学将合作开设电子科技学理学硕士课程（下文中简称 MSc-ELET）、计算机科学与技术理学硕士课程（下文中简称 MSc-CST）。MSc-ELET、MSc-CST 两个合作办学项目由中山大学信息科学与技术学院和香港科技大学霍英东研究院共同主持，由香港科技大学在广州市注册的法人单位"广州市香港科大霍英东研究院"负责管理和实施。这两个项目于2010年招收硕士研究生，具体实施办法说明如下：

---

① 中山大学研究生招生网。

一　招生情况说明

1. 招生对象

（1）中国内地各高校获得计算机科学与技术、电子通信自动化或其他 IT 相关专业（含专业学位）推荐免试资格的应届本科毕业生，且通过由中山大学和香港科技大学共同组织的面试。

（2）达到中山大学全国硕士研究生报考条件，参加 2010 年全国硕士生入学考试，报考专业为计算机科学与技术、电子通信自动化或其他 IT 相关专业。

（3）由于所有课程均以英语授课，申请者的全国大学英语六级考试的成绩不低于 426 分。

2. 录取方式

入学考试分初试和复试两个阶段进行。初试为全国统考，报考中山大学的考生初试成绩需达到中山大学规定的所报考专业学科门类的复试分数线，报考其他高校的考生同时需达到国家规定的所报考专业学科门类的复试分数线方可进入复试。复试由中山大学和香港科技大学共同组织，将设立联合遴选委员会，共同进行面试，择优录取。录取的考生由中山大学和香港科技大学共同颁发入学通知书。

3. 招生人数：每个课程名额 30 人（两课程合共 60 人）。

4. 录取的考生不转档案，不转户口。

5. 入学时间：首批学生拟于 2010 年 9 月入学，实际开学时间以中山大学的正式通知为准，学生在中山大学办理注册登记及体检手续。

二　培养管理情况说明

1. 学籍管理：学籍管理由香港科技大学负责，同时在中山大学备案。

2. 教学安排：项目课程采用英语授课的形式，其中 2 门课由中山大学教师担任，其余 6 门课由香港科技大学安排教师授课。

3. 教学组织督察：中山大学同香港科技大学联合组成学术委员会，负责推荐、聘请双方派出任课教师，评价任课教师的工作，处理合作项目中涉及的教学和学术问题。

4. 香港科技大学通过广州市香港科大霍英东研究院，为项目的管理和实施提供行政支持，提供包括在南沙校区的办公室、教室、计算机房以及在香港科技大学香港校区的配套设备等必要的教学资源。另外，协助学生申请赴港学习的签证（学生须另交纳有关签证费），为学生提供在南沙校区及在香港清水湾校区的

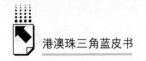

住宿安排（学生须依照当地标准另行交纳有关住宿费及杂费），并为学生提供在学期间的医疗保险。

三　学制与学位授予

1. 学制和学习地点：选修 MSc-ELET 和 MSc-CST 的学生将在香港科技大学南沙校区学习两个学期，暑期课程在香港科技大学香港校区进行。

2. 香港科技大学为顺利完成全部学业的相应项目的学生分别授予理学硕士（电子科技学）学位（MSc-ELET）、理学硕士（计算机科学与技术）学位（MSc-CST），中山大学发给研究生学习证明。

四　学习费用

每位学生缴付人民币 50000 元的学费，由中山大学财务处统一收缴。学生在读期间的食宿、交通费用自理。

五　学习时间和费用安排

学费主要部分（占85%）由香港科技大学收取。学生在一年的学业中，其中在广州南沙学习 10 个月（两个学期），香港学习 2 个月（暑假课程）。由于学生在读期间的食宿、交通费用完全自理，按照收费标准，这个项目应该可以自负盈亏。

（二）在科学研究方面的合作

随着粤港高校科技合作和人才交流日益增多，科研合作尤为活跃。广东高校成为教育部对港澳合作的基本依靠力量，探索出合作学术工作坊、合作创办刊物、合作共建研究中心或实验室、合作申请科研课题与合作开展科研项目的研究等多种科研合作形式，初步形成了深港产学研基地、广州南沙科技园、深圳虚拟大学园区、粤港科技合作资助计划、深港科技合作资助计划等合作平台和合作机制。合作的项目主要集中在自然科学、工程与技术科学、人文和社会科学三个领域。在参与问卷调查的广东 16 所高校中，共有粤港澳科研合作项目 236 项，其中自然科学与工程技术科学项目 120 项，占 50.8%；人文社会科学研究项目 77 项，占 32.6%；医药科学项目 33 项，占 14%；农业科学项目 6 项，占 2.54%。①

---

① 此资料转引自广东省教育厅的一份未公开发表的研究报告。

在236个项目中粤港合作项目占绝对优势，澳门所占份额较少。目前，粤港关键领域重点突破项目招标以支柱产业、共生产业、实用技术的攻关为切入点，主要集中在信息与通信、重大装备及精密制造技术、新材料、生物制药与中药现代化、新能源、节能与资源环保技术、现代农业等领域。从合作的投入方式看，广东高校主要提供人力支持，香港方面主要投入资金和设备，香港是粤港澳高校科技合作的主要资助力量，在所选高校的150个项目中有79.3%的经费来自香港。"香港高校"是所选学校中与港澳科研合作项目资金来源单位最多的，占34.7%，主要集中在香港大学、香港科技大学、香港中文大学、香港理工大学、香港浸会大学等香港大学教育资助委员会资助的大学。

中山大学华南肿瘤学国家重点实验室是广东省医科的第一个国家重点实验室。在此基础上，中山大学提议与香港中文大学共同向科技部申请在香港建立"华南肿瘤学重点实验室"，于2006年11月获得批准并正式挂牌。目前两校可以开展合作研究，但是国家没有经费的投入，共同申请项目的工作正在探讨中。

中山大学会计学系与香港城市大学会计系联合创办了《中国会计学刊》（*Chinese Journal of Accounting Research*）于2008年6月正式创刊。《中国会计学刊》由国际著名的出版机构 Lexis Nexis（Hong Kong）发行，按照国际学术刊物模式运作，是目前国内唯一的全英文会计杂志，也是中国一流的会计杂志。

中山大学数学与计算科学学院院长朱熹平教授与香港中文大学教授曹启升教授在关于"曲线流"的研究和"平均曲率流"等方面有着长期的合作，他们的研究成果都已在国际著名的杂志上发表。朱熹平教授还与香港中文大学数学所所长丘成桐教授在"Ricci流"和"复几何"等方面做出了杰出的工作，朱熹平教授在描述"高维单值化"问题的"Greene—伍鸿熙—丘成桐猜想"方面取得了突破性进展，并且彻底解决了关于"复流形上全纯维度函数估值"的著名的丘成桐猜想问题，这些成果已被国际同行所认同。

香港科技大学利用广州南沙科技园开展与中山大学、华南理工大学等高校的合作，为珠三角的产业升级和企业技术创新提供技术支撑，而同时开展研究生教育的合作，也取得了良好的效益。香港理工大学、香港城市大学等高校在深圳建立产业科技园区，开展产学研合作，也得到深圳市政府的大力支持。中山大学与香港中文大学建立全方位战略合作伙伴关系，在不少领域取得了实质性的合作成果。

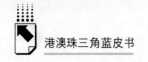

（三）在师资交流方面的合作

在人才培养的过程中，教师始终是关键。师资交流成为粤港高校合作的重要内容，其形式主要有访问学者、聘请客座或兼职教授、吸收优秀人才来广东高校任教和聘请专家担任学术带头人等。

中山大学化学学院聘请香港高校教师进行全英语专业基础课教学，完成了2003级化学基地班和2006级首届逸仙班"有机化学"的全英文教学实践，使学生不仅学到了有机化学知识，同时也学习到专业英语，收到很好的效果。

坚持"引进与培养相结合"的方针，通过启动"百人计划"人才引进工程和营造公正、宽松的学术环境等措施，引进了一批学术带头人。2003年，中山大学药学院聘请中国科学院院士、香港理工大学应用生物及化学科技学系主任陈新滋博士担任院长。

此外，香港一些著名高校的优秀博士研究生纷纷到广东的一些高校任教，充实了广东高校的师资队伍。同时，中山大学、华南理工大学的一些教授也接受邀请到香港的一些大学讲学或合作研究项目。多种形式的人才引进和互派，不仅促进港澳与内地高校的学术研究和交流，而且提升了教学水平。

（四）在学术交流方面的合作

广东高校与香港高校之间的学术交流更频繁、内容更丰富、层次也更高。学术交流不仅开拓了师生们的学科视野，启发了他们的学术思维和学术兴趣，提升了双方的学术研究水平，同时双方也建立了深厚的友谊。广东高校与港澳高校之间的学术交流，主要包括双方共同举办学术会议或学术论坛和师生之间的互访活动。

近年来，粤港高校合作，共同举办了一些影响力较大的学术论坛和会议。教育部人文社会科学重点研究基地、中山大学港澳珠三角研究中心与香港大学、香港岭南大学多次举办粤港澳区域合作与发展的国际研讨会，探讨香港经济转型、港澳与内地特别是粤港澳区域合作的理论和政策。中山大学地理科学与规划学院的城市与区域研究中心和香港大学城市规划及教育管理研究中心联合举办的城市规划研讨会，每十年举行一届。从1983年的第一次会议至今已经成功举办了三届，每一届都见证了我国不同时期城市发展与规划的历程，为我国的城市规划和

城市规划教育做出了巨大的贡献。2008年5月9日和10日，中山大学管理学院
与香港理工大学旅游及酒店管理学院共同举办了"第二届中国酒店品牌建设国
际化论坛暨中山大学管理学院旅游酒店管理系二十周年系庆"，该论坛是酒店管
理学术界高级别的国际会议，对中国酒店业的发展和品牌建设具有重要意义。

广东高校近年来组织了形式多样的港澳学生访问团活动，包括穗港两地学生
的知识交流活动、小型学术研讨和团队建设活动等。如中山大学管理学院会计系
和香港城市大学会计系学生举办"中国会计学习体验团"，并且每年都会筛选成
绩优秀的博士生到香港城市大学进行访问和交流。2008年5月1日和2日，管理
学院市场学系九位教师应邀去香港岭南大学参加学术交流会，双方通过发表教学
经验与方法的主题演讲方式，面对面的交流，汲取了对方本科教学的宝贵经验。

粤港高校的合作卓有成效，但也存在一些亟待解决的问题。因此，我们应在
现有合作基础上，进一步创新合作方式，拓展合作领域、丰富合作内容、提升合
作层次、完善合作机制、探索合作的新路子，把两地高校的合作推上一个新
台阶。

二　粤港高校合作存在的问题

粤港高校的合作也存在一些问题和障碍，这些问题和障碍在一定程度上是由
于内地和港澳地区高校之间的差距造成的，这些差距既体现在办学实力上，也表
现在办学体制和办学理念上。

（一）办学实力方面的差异对其合作的影响

1. 财力方面的差距及其影响

香港高校有充足的办学经费，这一方面得益于政府强有力的财政支持，另一
方面是他们能从社会上募集到大量的办学经费。与香港高校相比，广东一些高校
办学经费就相形见绌。虽然中山大学、华南理工大学近几年政府的投入有较大的
增长，但总体而言广东高校的经费投入与经济发展的水平不相适应，这对两地的
合作产生不利的影响。

2. 设施方面的差距及其影响

因为粤港两地高校在硬件和软件设施方面的差距，在教学和科研合作过程

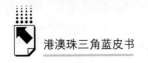

中，由于文献资源和试验条件限制的差异，增添了合作的困难，在一定程度上影响了两地学者合作的积极性。

3. 师资方面的差距及其影响

在师资方面，香港高校在全球范围内高薪聘请教师，其中海外学历的教师占全体教师的93%，师资和研究的国际化程度较高。广东高校虽然近几年也从国外引进了不少教师，但是总体上看内地高校师资的国际化程度还不高。这也在一定程度上影响了粤港高校的合作与交流，进而影响广东整体教学与科研水平的提高。

（二）办学体制方面的差异对其合作的影响

粤港高校在办学体制和办学自主权方面的差异会对合作产生不利影响。

在专业设置方面，香港高校可以根据社会的变化和需求决定开设专业和课程，并颁发相应的资格证书和学历学位，而且学位数额的调整也会受到政府认可。而内地高校目前在这方面的限制则更多，高校新开专业必须报教育主管部门审批，专业人数调整也需要向上级申报并获批准，绝大部分高校的专业设置还在沿用计划经济时期的做法。上述差异给双方的合作造成了一定困难。根据目前教育部的规定，与港澳联合办学招生并颁发学位必须通过教育部的严格审查，而且通过审批的难度较大，这在很大程度上阻碍了粤港高校在联合办学方面的合作。很多时候，学校只能想方设法绕过政策规定打擦边球，或是不颁发学位，或是仅进行职业培训方面的合作等，既加大了学校办学的风险，也不利于内地与香港高校教学合作的扩大和深化。

在院系管理方面，香港与内地也有很大差异。如香港法令规定，大学的最高决策机构是校董事会；校董事会主席由香港特首任命，董事会成员需由主席提名，并经特首批准通过；来自校内的董事，则由校长、各学院院长以及一些著名教授组成；学校中最重要的决策均要通过校董事会。学校日常的工作主要是由教务委员会来处理；教务委员会是由教授和学生代表组成，其中教授占多数。这种管理体制被称为"教授治校"，是一种学术内行的自主管理。相比较而言，内地高校的管理体制行政色彩较浓，高校办学自主权难以全面落实。最近几年，许多高校向全球招聘高水平的院长或系主任，其中就有香港教授到内地和广东高校任职，但结果并不理想，他们要么因为内地的管理体制的限制和束缚较多不能发挥个人才能而业绩平平，要么就是忍受不了这种约束和限制而中途辞职。

根据 2003 年 9 月 1 日起施行的《中华人民共和国中外合作办学条例》第五十九条规定"香港特别行政区、澳门特别行政区和台湾地区的教育机构与内地教育机构合作办学的，参照本条例的规定执行"。这一条例将香港高校和办学机构视同国外合作方，堵塞了其在内地和广东独立办学的可能性。

（三）办学理念等方面的差异对其合作的影响

粤港两地高校在办学理念方面也有明显差异。如从学术研究角度看，香港教师因受英国学术传统和学术"价值中立"观点影响，他们往往强调其学术性，而忽视其现实性，在一定程度上忽视教学与研究为现实服务。与此不同，内地高校的学术研究不仅强调研究的学术性，而且强调研究的应用性，强调学术研究为现实服务，包括为政治服务。这些方面的差异在一定程度上影响双方学术研究合作的顺利进行。在教学内容方面香港高校的国际化程度较高，英语授课，英文教材，比较注重实践能力培养。广东高校本土特色较浓，比较注重理论基础的学习。

在人才培养方面，内地高校强调的是综合素质包括政治素质的培养，而且政治理论课被视为对人才政治素质培养的重要保证，非常重视意识形态对教育的指导作用。香港高校在人才培养上则似乎更强调业务素质，教育的体制和理念向欧美看齐。这种差异导致双方在合作办学过程中，对是否设立政治课产生不同的看法。香港高校往往要求尽量减少甚至取消与专业不相干的政治理论课程，认为这挤占了学生的大量学习时间，而内地方面基于制度安排则坚持要求讲授政治理论课程，这些往往会影响粤港高校在人才培养方面的合作。

三 粤港高校的比较优势

地处广东的中山大学和华南理工大学是教育部"211 工程"与"985 工程"的重点大学。暨南大学长期与港澳和海外华人、华侨学生有着密切的联系，为港澳培养了大量的人才。广东外语外贸大学、广东工业大学、深圳大学等高校办学水平也不断得到提高，与香港高校的合作逐渐拓展。香港有 8 所政府全额出资的高校，其中香港大学、香港中文大学、香港科技大学在国际高等学府排名居前，

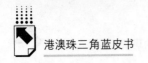
它们连同香港城市大学在 2007 年被《泰晤士报高等教育特刊》列为世界最佳 200 所大学之列，其中香港大学排第 18 位。随着珠三角地区经济高速发展，对科技和人才的需求日益增加，粤港两地日益紧密的社会、经济和文化的联系，为两地高校合作提供了坚实基础和现实需求。

（一）合作的地缘、人缘与文化优势

广东高校与香港高校合作的最大优势在于地域、语言、文化相通，这为两地高校合作提供了极为便利的条件。

广东高校不少学院的教师曾在香港高校学习、工作、访问过，与香港高校建立了密切的联系，他们成为两地高校联系的桥梁。如中山大学信息科技学院 120 位教师中就有 30 多位教师曾经在香港学习过，他们与香港的教师保持着密切的联系，为合作提供了便利。

（二）发展空间及生源优势与粤港中西文化汇聚形成优势互补

香港高校，无论是历史悠久的香港大学和香港中文大学，还是发展历史较短的香港科技大学都比较完整地承袭了英美高等教育的办学理念和模式，同时还具有研究中国社会、经济和文化的优势。香港地区有着中西方社会、经济和文化交融的特点，使香港高校既能吸引到欧美学生，也对内地学生具有吸引力。

香港提出了发展"国际教育枢纽"的目标，其境内高校即将改革四年制本科生课程。但香港各大学都没有额外的土地发展空间，无从增建宿舍等配套设施，这些必然会限制香港高校的长远发展。香港一些高校已经在深圳和珠海建立了产学研基地与合作办学的平台，与广东相关学校联合培养硕士和博士研究生。这不仅缓解了香港高校在办学空间方面的限制，也为香港高校的科研成果和国际化程度比较高的教学模式引入内地创造了条件；不仅为香港高校引进了优质生源和科研力量，也为内地和广东培养了国际化的人才。

（三）国内市场优势与香港教育国际化优势互补

香港产业高度集中于服务业，这使得香港高校一些学科的发展和研究缺乏强有力的产业依托；而且香港地域狭小，人文社会科学难以以本地社会文化为主要研究对象，这些都对高等教育全面发展形成障碍。广东地处中国内地改革开放与

经济发展前沿，尤其是珠三角经济发展已处于产业转型与工业升级阶段，对人才与科技需求巨大，为高校学科发展提供了巨大动力。而且广东作为中国改革开放与经济发展先行区，已成为国际了解和研究"中国"的最重要的窗口与平台，随着中国这个拥有几千年悠久历史的文明古国的再次崛起，"中国研究"也成为国际人文社会科学争相研究的内容。广东高校在与国际联系方面不如香港高校，内地多数教师是国内培养出来的人才，以中文为教学语言，英语教学不足，这限制了与国外大学的合作。而香港高校教师的国际化程度较高，如中文大学有海外学历的教师约占全体教师的93%；香港科技大学有75%的教授在北美62所一流研究型学府取得博士学位，香港城市大学有900余位分别来自22个国家的教师；其他高校教师也大部分毕业于世界各著名大学。香港高校以英语为教学语言，为其开拓欧美高校联系提供极为有利的条件。

粤港高校合作，广东高校可利用香港高校的国际化教育资源，而香港高校也可利用广东高校的平台，拓展其教学与科研发展的广阔空间。

（四）师资与学科优势互补

改革开放以来，由于经济发展的需要和支持，使广东高校的发展水平有了显著提高，具备了与港澳高校合作的实力，在不少学科方面具有自己的优势。例如中山大学在中国历史文化等人文学科方面具有较强的优势，在基础理论、医学等方面的教学和研究方面也具有实力。中山大学现有11位中国科学院院士、3位中国工程院院士，15位国家级有突出贡献的中青年专家，39位国家杰出青年科学基金获得者，18位教育部"长江学者"特聘教授，18位卫生部突出贡献专家。华南理工大学在工科、建筑、交通等学科和研究领域具有较强的实力，特别是对国内相关学科的发展和需求非常了解。香港高校教师优势主要是具备了国际视野、西方文化以及国际交流的条件。香港高校尤其是香港大学、中文大学、科技大学拥有一流的师资队伍，中文大学有诺贝尔奖、菲尔兹奖、杜林奖获得者以及中国科学院和中国工程院的院士在校任教。香港科技大学各级教授全部拥有博士学位，城市大学有9位世界级院士、逾500名在海外知名学府获得博士学位。

1. 文科方面互补优势

香港在商科、经济、法律、社会学等社会科学领域具有优势，广东一些高校在文史哲与中国文化等人文学科方面具有优势。

香港大学在总结其第一个百年时认为：其主要成就在实用学科，成为"政务官培育所"和"专业人才培育所"。据统计数据显示，香港拥有"商科课程"以上教育程度的人口比例已由 1996 年的 26% 增至 2006 年的 32%。香港中文大学、香港大学的工商管理硕士课程（MBA）分别在亚洲区排名第一位与第二位；科技大学商学院则是亚洲首家获得两所国际顶级认可机构"美国工商管理学院国际协会"及"欧洲管理教育素质改进系统"双重认证的商学院；香港城市大学商学院是中华区获得工商管理硕士课程协会、国际管理教育协会及欧洲评审组织三家机构认可资格的大学。香港理工大学的酒店及旅游业管理学院 1999 年就被世界旅游组织指定为全球认可的教育及培训网络中心之一。

地处广东的中山大学，在文史哲尤其是中国文学、中国历史、中国哲学等中国文化学科具有明显优势；哲学、中国语言文学、历史学均被评为国家级基础科学研究和人才培养基地，在国际上有着重要影响。

2. 理、工、医学科方面互补优势

相对而言，香港高校应用型的工科与医科具有优势，广东的中山大学、华南理工大学、暨南大学在理、工、医的相关领域也具有优势。

香港中文大学优势学科包括生物医学、信息科学、地球科学，其研究人员与美国康乃尔大学合作解开人脑如何将短期记忆转化为长期记忆的关键在于一种名为脑源性神经营养因素的蛋白质这一科学之谜；香港大学新发传染性疾病国家重点实验室及脑与认知科学国家重点实验室获"中华人民共和国国家重点实验室"称号，其研究人员与美国麻省理工学院合作发现纳米止血技术；香港科技大学具有优势的学科包括纳米科技、生物技术、电子学、环境科学；香港城市大学物理及材料科学达到国际先进水平；香港理工大学设计学院被美国《商业周刊》评选为全球最佳设计学院之一。

中山大学具有优势的学科在于物理学、化学、生物学等基础学科，这 3 个学科均被评为国家级基础科学研究和人才培养基地。有"光电材料与技术"、"生物防治"、"华南肿瘤生物学"等国家重点实验室，"水生经济动物繁殖、营养和病害控制"、"植物基因工程"等国家专业实验室，及"基因工程"、"聚合物、复合材料及功能材料"、"热带病防治研究"等教育部重点实验室。华南理工大学在工科、建筑、城市规划和设计、交通等领域具有优势。粤港两地高校完全可以在互补的基础上开展合作与交流，为本区域的社会经济发展做出更大的贡献。

四　深化粤港高校合作的思路与建议

（一）深化粤港高校合作的思路

深化粤港高校合作的思路是：充分发挥广东与港澳高校合作的现有优势，寻求两地高校合作模式与合作机制的创新，为粤港经济社会的深度合作与新一轮区域经济发展提供有力的支持，搭建有效的平台，为中国内地高等教育国际化提供改革开放的试验区。

1. 深化粤港高校的合作需要解放思想，创新合作体制和合作模式

第一，目前粤港两地在教育方面的合作明显落后于经贸方面的合作，这种状况要通过解放思想，改革开放和体制创新解决。

第二，港澳回归祖国，香港和澳门高等学校在内地办学与合作的政策要不同于国外，国家需要在教育领域中需要有一个类似于 CEPA 的制度框架，为香港高校到广东和内地独立办学提供法律依据或政策扶持，促进和规范香港高校与内地高校的合作与发展。

第三，由于广东与香港特殊的地缘、人缘以及社会、经济和文化的联系，教育部可以赋予广东在对香港高校合作中有"先行先试"的权利。

2. 通过合作进一步促进粤港经济社会发展与整合

目前，粤港两地的经济发展都面临结构调整和产业升级转移的问题。在这一轮三地经济结构调整的过程中，深化粤港高校的合作，可以进一步促进粤港经济社会的发展与整合。

（1）粤港高校合作对广东的经济转型和产业升级有重要的促进作用。

第一，通过加强粤港高校的科技合作，设立高校科技试验园，利用各自学校的优势资源深入研究，并将成果应用于广东相关产业的升级换代，从而对广东经济实现产业升级发挥积极作用。

第二，广东高校可以与香港科技大学的有机液晶显示屏技术和香港理工大学的设计产业以及香港城市大学的创意产业等领域进行有效合作，从而为广东发展新兴支柱产业提供有力的支持。

第三，相对于长江三角洲、京津唐等区域的经济发展，珠三角具有明显的人才资源瓶颈，通过加强粤港高校合作，可以有效缓解广东省经济发展的人才资源瓶颈。

（2）粤港高校合作对香港高端服务业深化与新兴产业的形成具有重要的促进作用。

第一，香港是珠三角区域内国际化程度很高的城市，是国际金融和航运中心。高端服务业的不断深化发展要求在高端服务人才方面有充足的供应，对此可以通过两地高校之间在人才培养方面的合作来改善。香港高校对培养符合香港服务业发展需要的人才有经验，广东高校可以发挥内地人才资源丰富的优势与香港高校合作，联合培养出更多适合香港服务业未来发展的人才。

第二，通过与香港高校的合作，可以为香港的科技产业、生物医药等新兴产业的形成提供人力方面的支持。

3. 通过合作建立我国高等教育国际化的试验区

欧美国家走向世界领先的根基是拥有培养世界精英的优质高等教育。当前，在欧美处于金融危机与经济衰退后的复苏时期，许多国际顶尖的华裔人才都在寻求新的发展机遇。因此，我国的民族复兴面临一个固本强基的发展机遇；同时内地学生赴国外留学的热潮不减，大量的教育投资流向海外。面对这种机遇和挑战，通过深化粤港高等教育合作，借鉴香港科技大学用短短十七年就成为国际一流大学的成功经验，树立创办国际一流高等教育的全新理念与机制，引进香港优质的教育资源，开启我国高等教育国际化的新路径。通过与香港的合作，为引进与有效利用国外或境外优质高等教育资源，促进我国高等教育的改革与发展，为提高我国高等教育的国际竞争力提供经验。1978 年，我国开始着手探索各种形式的中外合作办学活动。20 世纪 90 年代中期，随着我国经济的发展和教育国际化程度逐步提高，中外合作办学受重视程度也随之提高，其发展规模日趋壮大。但是，我国高等教育国际化的进程仍处于初级阶段。因此，深化粤港高校合作，对内地高等教育国际化进程有着积极的促进意义。

（1）深化粤港高校合作，可以为内地高等教育国际化提供值得借鉴的经验。近年来，特别是自 CEPA 签署与实施后，粤港地区高校之间的合作出现了快速发展的局面。《珠江三角洲地区改革发展规划纲要（2008～2020 年）》也对深化粤港高等教育合作提出了要求。同时，在合作过程中也出现一些具有普遍性与特殊性的问题与障碍，如何有效地从根本上解决这些合作中出现的问题与障碍，实现粤港高校合作的双赢，可以成为内地高等教育国际化先行先试的试验课题。

（2）深化粤港高校合作是广东发展优质高等教育的有效选择。加强与国外及中国香港高校的合作，可以引进国际上优秀大学的管理、课程、师资等元素，可以近距离地研究、分析优质高等教育发展的规律，可以有效节省我国发展优质高等教育的成本。香港高等教育既有浓重的国际化标记，又有鲜明的本土特色。通过粤港高等教育的合作，可以找到一条既吸收借鉴国外先进文化成果，又传播发扬本国优秀文化成果的道路。广东与香港高校开展实质性合作，可以搭建起两地高校平等对话的平台，同时实现两地高等教育资源的优势互补，从而为发展内地的优质高等教育开辟新的路径，提升广东高等教育发展水平。

（二）创新粤港澳高校合作的模式

深化粤港高校合作可以从人才培养、科学研究与学术交流和社会服务等方面来进行分析。

1. 粤港高校在人才培养方面合作的模式

第一，联合培养。联合培养模式主要体现在粤港两地学校之间的交换生计划和"2＋2"共同培养等方面。中山大学、华南理工大学等高校与香港高校已经开展交换生工作，双方在本科教学领域的合作与交流取得了良好效果。中山大学于2005年开始与香港大学合作"2＋2"项目，联合培养土木工程专业本科生，取得很大成功。目前，香港的高校希望在更多的专业与中山大学进行类似"2＋2"项目的合作。政府主管部门应积极创造条件，扩大这方面的合作路径。

第二，联合办学。联合办学是国际教育资源整合的一个最为方便和有效的途径，不同国家分别利用自身的优势资源，实现在教育领域的国际合作。联合办学可作为广东高校走向国际化的有益探索，为此，应该大胆地摒弃阻碍事业发展的管理体制和用人制度，借鉴国外成功的管理经验。合作办学可以实行董事会领导下的校长（院长）负责制，赋予学校更大的办学自主权。

第三，粤港高校联合培养研究生。提升研究生教育的水平是我国高等教育为社会培养高素质人才，提高高校办学水平的重要环节。国内高校在合作培养研究生方面是有先例的，上海交通大学与美国密西根大学共建 SJTU－UM 机械工程学院，办学实行"4＋2＋3"的教学计划。中山大学、华南理工大学、暨南大学等实力较强的广东高校可以借鉴这个经验，与香港高校签订协议，加强在研究生培

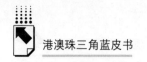

养上的合作。此外，广东应该在有条件的高校与香港高校共同建立研究生院，统一招生，利用各自优势联合培养。将现存的个别自发的项目合作和个别交流纳入计划，统一在研究生院规划下进行培养。

第四，加强两地在职业培训和在职教育方面的合作。随着珠三角的产业升级，需要大量高素质的白领劳动者和技术工人。香港高校在这方面有比较好的课程和教学模式，可以引入珠三角。以此，弥补粤港教育合作中职业教育不足的缺陷。

第五，允许香港高校在广东独立办大学。根据我国的国情，可以借鉴经济特区的成功经验，在深圳和珠海试办教育特区，进行深层次的教育改革。政府应该采取创造性思维，建立国际高等教育特区或国际高等教育中心，允许香港某些通过审查的高校在该特区内独立建校或设立分校，在全国及世界范围内招收学生，毕业生可面向全球择业，从而加快中国本土的高等教育进入世界前列的进程。

2. 粤港高校在科学研究方面的合作模式

粤港高校在科研方面合作的模式是：以遵循科学研究规律为基础的，以自发合作方式为主体的，以政府提供科研平台和优惠政策为条件，以科研服务于全国及粤港经济社会发展为皈依，充分发挥两地高校的学科优势，为国家和本区域的科技创新和社会经济发展提供支持。广东高校与香港高校深入开展在科学研究方面的合作，未来的方向应以经济社会的发展需求为导向，充分利用政府、社会和境内外的多种资源，实现两地优质科研力量的有效整合，使高校合作在粤港两地的经济发展中发挥更大作用。教育部可以对广东有实力的高校赋予其对香港高校在科研合作方面享有"先行先试"的权利。政府部门及上级部门应加大对这些学校在粤港联合科研项目的政策和经费支持力度，为一些重点建设项目提供专项资金，为更多的合作创新提供投入与优惠政策方面的便利。

3. 粤澳高校的学术交流以及学生交往方面的合作模式

广东高校应与政府相关部门通力合作，充分利用地缘、人缘和文化方面的优势，制订与香港各阶层学术交流与人员培训的中长期计划，发挥广东高校的优势，通过共同主办学术会议、定期互派访问学者、短期学术交流等多种形式，提升两地高校的学术交流水平。

（三）加强粤港高校合作的政策建议

香港高等教育发展存在生源不足、发展空间有限等问题，而这方面正好是内地、广东的优势所在。粤港高校通过对资源的交流和整合，实现高等教育发展的优势互补，必然会带来共赢的局面。

1. 在有序的总量控制下，逐步开放办学模式的政策建议

两地高校的合作要树立正确的原则导向。要实现各校之间的利益协调，使各项措施符合经济社会发展的要求。国家教育主管部门可以在广东选择 1～2 所重点大学作为试点，确立一个规模递增，专门用于粤港高校联合招收本科生、研究生的招生计划。

在这个方面，政府应该采取的保障措施：一是不断扩大粤港两地高校交换生的名额，并提供相应的经费；二是将中山大学与香港大学"2＋2"的联合培养模式扩大到其他高校及其他专业，两地政府在名额和经费上给予支持。

2. 在服务于经济社会发展需要的原则下，开放科研合作模式的政策建议

两地高校通过在科研方面开展合作，为粤港地区的社会经济发展服务，前景广阔。在这方面的合作，必须由两地区的政府、高校进行共同管理和规划，应成立两地高校教育合作管理部门，建立合作与竞争并存的机制。两地政府可以通过政府设立资助合作研究的专款，以支持新研究中心的基础设施建设，对推行期间的研究中心采取"科研特区"的优惠政策，对合作产生的科研成果转化项目给予多方面的经济支持，促进两地高校的科学研究与合作。

在这方面，政府要采取的保障措施：一是提供专项资金支持两地高校联合申报课题；二是支持两地有实力的高校在相关的优势学科和研究领域共建国家实验室和科研平台；三是支持两地高校共建适应广东产业升级的研究院与研究孵化基地；四是鼓励两地高校在科研合作模式和合作机制上进行创新，并解决合作中资金使用和管理体制方面存在的问题，为深入开展合作创造良好的体制条件。

3. 关于发展我国优质高等教育资源的创新试验区建议：以深圳和珠海为依托在珠三角开办粤港高校合作的大学园区

可以考虑以珠海、深圳现有的大学园区和产学研基地为依托，在珠三角建立香港大学园区。香港的大学由于政策体制、教学方式等方面与内地都有很大的不同，凭借自身力量很难在内地独立开办大学。广东可以选择 1～2 所实力最强的大学与香港高校进行合作，为香港高校在内地合作或者独立办学提供便利。香港浸会大学在北师大珠海校区已经创办了合作模式，其他香港的高校也有这种合作的愿望。如果国家能放宽香港高校在广东合作办学的政策，赋予广东境内有条件的高校在这种合作中拥有较多自主权，这对于引进香港的教育资源，探索香港的国际著名高校在大学园区独立办学的新模式，促进广东高等教育发展，服务于珠三角和华南地区的经济发展有着十分重要的意义；同时也有利于加强香港高校与内地的联系，为香港发展成为区域性国际教育枢纽奠定基础。

附　录

附表　香港受教育资助委员会资助的院校在广东省/深圳开设的课程
（截至 2009 年 5 月）

本港院校	课　　　程	内地合作伙伴
香港城市大学	短期培训（非学历）	中国招商局（深圳）
	高级工商管理课程培训项目（非学历）	中国工商银行广东省分行景顺长城基金（本课程主要在广州举行）
	国际会计学硕士课程	哈尔滨工业大学深圳研究院
	清华大学深圳研究生院与香港城市大学研究生院联合培养研究生	清华大学
	北京大学深圳研究生院与香港城市大学研究生院联合培养研究生	北京大学
香港浸会大学	工商管理学硕士课程	哈尔滨工业大学深圳国际技术创新研究院
		广州中山大学管理学院
	工商管理（应用经济学方向） 工商管理（财务学方向） 工商管理（会计学方向） 工商管理（文化产业管理方向） 计算器科学与技术 统计学 食品科学与工程 环境科学 政治与国际关系学 国际新闻学 社会工作与社会行政学 影视学 英语作为第二语言教学 公关及广告学	北京师范大学（北京师范大学香港浸会大学联合国际学院）

续表

本港院校	课 程	内地合作伙伴
香港教育学院	"课堂学习研究"培训班	深圳市南山区教育局
	中文课"课堂学习研究"	中央教育科学研究所深圳市南山区实验学校
香港中文大学	财务策划行政课程	中国银行深圳分行
	工程学院2+2本科课程	中山大学工程学院
	高级管理人员物流和供应链管理学硕士课程	清华大学深圳研究生院
	金融财务工商管理硕士课程(深圳)	
	生物技术理学硕士课程	
香港理工大学	工商管理硕士课程	西安交通大学
	酒店管理本科课程	
香港科技大学	理学硕士(集成电路设计工程)	北京大学香港科技大学深圳研修院
	计算器科技理学硕士(正招生)	中山大学
	电子科技理学硕士(正招生)	
	2+2本科课程(正招生)	
	计算器科技、电子科技、大气环境研究、尖端物料工程等工学硕士课程	本港授课,与广州市香港科大霍英东研究院进行研究
香港大学	短期培训(非学历)	中共中山市委组织部、统战部
	短期培训(非学历)	广东上市公司协会及广东证券业协会
	短期培训(非学历)	广州市科技进步基金会
	土木工程学士	中山大学

B.16
走向新时代的粤港澳
教育发展与合作研究

冯增俊　周红莉　邹一戈*

摘　要： 21世纪是知识经济时代，高科技迅猛发展催生了一系列的高新产业，经济发展面临着产业升级的大趋势。要实现产业转型升级，既要研发高端技术，又要培养大量高级专门人才，更要通过建立高水平大学与培训组织来集聚高尖端的人才，提升竞争力。粤港澳三地同样如此，通过加强三地教育的互动，发挥三地各自的教育优势，克服各自难以解决的问题，以合作三赢的新思维整合各自的教育资源，对推进粤港澳克服自然资源的短板，应对高科技产业兴起，有着重要的意义。因此，粤港澳教育合作与交流是三地未来发展的大势趋，是构建大珠三角大都市优质生活圈的关键一环，对周边地区形成巨大的辐射作用和帮扶效应，也是推动三地经济一体化、推进现代教育改革以实现引导社会发展的关键举措。本文就通过分析广东、香港、澳门三地各自的教育发展态势与定位，提出三地教育合作的战略重点与重要领域，并为粤港澳教育未来发展与合作提出若干政策保障及措施。

关键词： 教育互动　现代教育转型　职教模式　科研交流

中国现代化的三个重大发展阶段都与广东、香港和澳门三地紧密联系，加强粤港澳合作，强化三地教育互动，克服自然资源的短板，策应高科技产业兴起，跃上发展新阶段，已成为粤港澳教育走向未来的大事。

---

* 冯增俊，中山大学教育现代化研究中心主任，教育学院教科所教授，博士生导师；周红莉，中山大学教育学院教科所博士研究生；邹一戈，中山大学教育学院教科所博士研究生，广东工程职业技术学院讲师。

一　粤港澳教育发展与合作态势分析

粤港澳教育很早以来就呈现出日益互动发展的态势，从广东早期科举制对全境教育的影响，澳门在 16 世纪开埠时开展的各种教育活动，特别是创立亚洲历史上最早的欧式高等学校对广东的积极作用，到鸦片战争后香港开埠移植英国学校对三地的推动以及当下广东全面推进教育现代化对三地教育发展的促进，都构成了举世瞩目的重大事件。新中国成立后三地教育的发展互动态势主要经历了三个不同的阶段。

（一）扩大教育规模以满足发展需求

20 世纪 50～70 年代，三大要素促使粤港澳教育发生重大转型，一是新中国成立后广东迫切需要发展教育以满足民众接受教育要求，而港澳人口的剧增促使教育需求骤起；二是工业化迅猛发展对人才提出了新的要求；三是民主化运动高涨，要求以往服务于少数上流社会的精英教育转向面对大众的普及教育。正是这些要素，促使当时三地教育形成了以扩大教育规模、满足发展需要为特征的第一波初等教育普及浪潮，第一次致力于改革以英式、葡国古典教育为主体的，以培养少数上层精英为主的传统教育模式，满足当地民众的求学愿望。在这一时期，以大力发展初等教育为主，为解决大量战后儿童出生率骤增而面临的就学问题。经过 10 多年的努力，到 20 世纪 60 年代后期基本上是以普及小学教育为主。但是，由于社会制度不同，广东全部实现了公办学校制；而港澳绝大多数学校是得不到政府资助的民办私校，尤其澳门更甚。在港澳推行的是推动改革殖民教育体制，倡导从古典人文教育转向发展实用科技为主的新教育，尤其是大力举办职业培训，倡导教育为经济发展服务。随着港澳经济逐步复苏并走向繁荣，刺激了职业技术教育的发展，商训夜校、圣若瑟中学师范部等职业教育机构开设了多样化专业技术教育，较好地适应了日益多样的经济发展的需要。

（二）推进教育现代转型　服务地区发展

20 世纪 70 年代以后，新的社会形势和高新科技革命迅速兴起，促使粤港澳积极推进教育转型，创立服务于地方的新教育体系，掀起一场推进现代教育的热

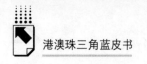

潮，以发展高科技产业的第二波教改浪潮。

第一，政府高度重视本地教育。例如广东普及九年义务教育，改革学制、中心城市办大学等；香港政府先后成立教育统筹委员会、教育委员会、大学及理工教育资助委员会、职业训练局等机构，制定中长期教育规划，如香港于1978年发表了《高中及专上教育发展白皮书》，扩大高中教育规模，成立更多工业学院；澳门于1991年颁布了第一部教育基本法——《澳门教育制度》，开启了澳门教育发展的新阶段。

第二，扩大基础教育和高等教育规模，提高普及教育水平。如澳门1981年成立第一所现代意义上的高等院校——私立东亚大学，该校后为政府收购，1991年易名为澳门大学，随后澳门理工学院、公开大学等一批高等院校相继创办；中小学在校生从1988年的54509人增至1998年的102187人，大大提高了教育普及率。

第三，建立系统的多类型科技教育体系。此时的香港科技教育发展很快，1991年香港接受不同层次的科技教育人数为10万人，到1995年达20余万人。

第四，大力发展成人教育。广东举办各种成人高校和自学考试；香港公开大学和亚洲（澳门）国际公开大学的成立是开发港澳人力资源的重要力量。

（三）创建"重优质、倡自主"的特色教育体系

20世纪90年代中后期以来，粤港澳在高新技术发展的推动下出现产业转型升级，对教育提出了全新的要求。尤其是港澳相继于1997年、1999年回归祖国后，自主、创新、优质、可持续发展更成为这一地区教育发展的主题。

1. 强化科研意识，注重培养优质型人才

广东出台学校等级评估及建设教育强省策略，推进重点学科、重点实验室及重点大学的建设；香港大力倡导优质教育，成立优质教育基金，创建科技大学，大力培养科研人才，加速发展研究生教育，提出建立具有世界水准的"卓越学科中心"，重视扶持高校科研活动，加大科研投入，1995年审批项目454项，平均每个项目投入45.15万港元，而1996年则达到每个项目投入55.26万港元；澳门由原来只有澳门大学一所高校有资格授予学位发展到现在的5所，2000年创办的澳门科技大学第一年就招收硕士学位研究生731人。

2. 注重高等教育规模化发展，推进高等教育从大众化走向普及化

广东高校大规模扩招，使广东普通高等院校在校生从 1998 年的 174740 人到 2007 年的 1267997 人；香港各"专上院校"招生规模一再扩大，入学率从 1990 年的 9% 增至 2006/2007 学年的 64%；澳门高等教育十分注重澳门本地人才的培养，1985/1986 年度澳门本地学生仅占全区学生总数（当时在澳门的学生中以香港学生为主）的 27.3%，目前约占九成以上，2007/2008 年度达到 13004 人。

3. 强化教育质量

广东先后启动多种分层次办学，突出质量管理，对重点院校加大扶持力度；香港确立以"终身学习、全人发展"为 21 世纪的教育目标，注重学术评估与院校角色划分，明确问责制，努力提高教育质量和水平。

4. 建构新型的教育体系

广东提出创建有广东特色的现代教育体系；香港致力于推动从原来高校之间的梯级分工体系转变为以专业分工为主的校内层次分工的新教育体系，适应了新的产业转型升级；澳门推行一套规范的人才培养体系，形成了由高级专科学位到博士学位的培养制度。

5. 大力推进教育国际化

粤港澳各层次各类型的学校都十分注重教育国际化，在招生、师资、教学、教育资源等方面加强国际间的交流与合作。

二 粤港澳教育发展基本经验

为了对三地教育发展与合作有充分的把握和了解，有必要考察三地教育发展的基本经验。

（一）广东教育发展基本经验

1. 加速普及教育

广东的教育经验是加速教育普及进程，全面提升民众素质。广东省于 1985 年在全国率先普及小学教育，1996 年在全国率先普及九年义务教育和基本扫除青中年文盲。同时，积极推动幼儿教育和高等教育发展，在全国范围内最先开展中心城市办大学活动，推动了广东教育的发展。

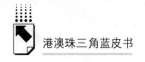

2. 推进多元化办学体制改革

积极推进办学体制改革，倡导多元化教育体系，为广东社会和经济发展，培养大量高素质人才。这既是大工业革命以来现代教育发展的基本规律所在，也是广东坚持改革教育结构，促使教育开放，实行多元办学，发展社区高校，重视教育转型和优质扩招的基础。其中，特别突出了两个发展重点：一是重视科技带头作用，把科教兴粤放在首位，不仅要建构广东生产力发展需要的科技教育体系，而且更重要的是要致力于创建一种以推动科技发展为导向的科技驱动型教育体系；二是把职业技术教育纳入主轨道，大办职业教育，培养大批应用型人才。正是由于遵循现代教育发展规律，才涌现出大批新型办学模式，如最早创办的深圳职业技术学院、地方性师范专科学校向综合型高等院校的转制等，着力建构起普通与专业教育、公立与私立教育的互动的多元办学体系。

3. 创办特色教育

改革开放来广东教育本着"发展是硬道理"的思想，既重视从广东属于后发展型现代化的实际出发，重视学习借鉴国内外先进教育经验，但又不盲目照搬和攀比所谓世界一流教育发展指标。而是从实际出发，使广东完成了从适应性改革到体制性改革再向制度创新迈进的历程，在重视普及性教育的同时，率先展开地方办高等教育的活动，既推进荷塘农工型职业高中模式、顺德工业型职业教育模式和深圳科技型职业教育模式等职业教育的创新，又发展多渠道社会集资办教育的体制，重视开展"扶贫改薄"的教育项目，形成按区域要求，分类指导、梯级推进、优势互补的有广东特色的区域教育模式。

4. 积极推进教育现代化

积极把握机会推进教育现代化，在全国率先发起研究教育现代化，启动珠江三角洲教育现代化工程，极大地推进广东教育的发展，对全国的教育改革起到了重要影响。这个"工程"一是把一切教育改革都纳入到教育现代化框架下进行，将这些改革与广东整体发展相联系，使目的性和计划性更加明确；二是重视规划的主导功能，使教育改革与未来发展紧密联系；三是积极推进教育国际化，积极学习借鉴国外教育经验，推动创新发展；四是积极推动教育信息化，将其作为教育现代化的重要形式。这些都取得了重大成果。

5. 均衡协调持续发展

重视城乡教育，注重省内各地市间教育的协调均衡发展。关注和扶持农村教育及弱势群体教育，在全国率先出台一系列扶持农村教育政策，积极推进农村免费义务教育，强化三农教育，积极通过深化改革来实现均衡协调，促进广东教育持续发展。

（二）香港教育发展基本经验

20世纪50年代以后，香港教育发展迅速，目前已建立起从幼稚园到高等教育培养各级各类人才的系统教育体系，实施12年普及义务教育。2009年有幼稚园学童137600人，小学生369000人，中学生511500人，12所注册"专上院校"（8所为教育资助委员会资助）在校生30290人，有64%的适龄青年接受高等教育。2009年度教育经费759亿港元，占公共开支总额的24.1%，占本地生产总值的4.5%；经常性开支（2008/2009年的修订预算）503亿港元，占政府总经常性开支的23.3%；设立180亿港元研究基金，支持高校科研工作。香港重视教育为社会发展服务，积极推动教育改革，在这方面积累了丰富的教育实践经验。

1. 实行全人发展下的全民普及教育

坚持全人发展的教育理念，致力于培养香港未来发展需要的各种人才。香港的全人教育理念经历了从争取基本受教育的权利到20世纪70年代的普及义务教育；从早期重视升学到20世纪80年代的倡导以人为本的教育理念，再到走向新世纪积极推进创建终身学习、全人发展的教育目标，倡导人本、均衡、优质的教育理念，到2007年，在17～20岁年龄段的青年人中，专业教育普及率已达到64%（见表1）。

表1　2000/2001～2006/2007学年17岁～20岁年龄组"专上教育"普及率

单位：%

2000/2001	2001/2002	2002/2003	2003/2004	2004/2005	2005/2006	2006/2007
33	38	43	47	57	66	64

资料来源：香港专上教育界别检讨督导委员会，《专上教育界别检讨第二阶段检讨报告》，2008年4月。

2. 市场运营下的多元化与特色发展互动

香港教育的成功也在于创建出教育与市场密切联动的运作体系，形成与社会需要紧密结合的教育分层体制，以规划为主导的办学机制。这有利于特色办学，建立各自独具特色的办学模式，避免专业设置重复及盲目升格等问题。如香港大学和香港中文大学追求综合性研究型大学，香港科技大学定位于理工科研究型大学，香港理工大学及香港城市大学定位于高端应用研究型大学，香港岭南大学和香港浸会大学则致力于博雅教育；香港教育学院、职训局所属各学校及各类型专上学校重视应用型专业教育；中小学设立了包括普通学校、特殊学校和职业先修学校等，以满足不同的社会及人才的发展需要。

3. 建立脱颖而出的优才培育体系和质量提升机制

香港教育的另一个重要经验是重视构建一个市场调节、系统严密的人才培养与评价体系，使各种优秀人才能以不同的方式脱颖而出。一是全面实施普及义务教育，倡导多元教育体系，以不同方式使具有不同发展需要的儿童有机会得到合适的教育脱颖而出。二是全力倡导优质教育，资助优质教育发展，并且推出高校"卓越学科计划"，如香港中文大学卢乃桂、李子健等人主持的"香港跃进学校计划"和"优质教育改进计划"先后获得4600万和3000万港元的研究资助，参与的中小学校达800多所。三是设置多样的学业考核体系，从不同环节和方式来考核甄别以达到提升教育质量。四是建立各种系统学位制度为人才发展提供条件，强化学生的多样化发展。

4. 促进产业升级与强化技能为本的职业技术教育模式

香港把职业技术教育作为产业发展的发动机，是其实现经济腾飞的奥秘所在。香港自20世纪30年代开始就设立了职业培训机构，逐步转型升级，到现在已建构起一个职业教育与产业互动共进，主导未来香港发展的重要模式。其经验一是建构多元化办学体系，促进本地产业升级。二是建构政府、行业、市场相协调的职业技术教育发展体系，使政府重视职业技术教育和市场调节及企业积极参与相结合。三是"一条龙"式的职业技术教育证书体系，形成职业预备教育、中等与高等三个职业技术教育培养层次以及同普通教育相互衔接的职业技术教育体系。

5. 全力建构开放性的教育国际化体系

坚持开放办学，致力于推进教育国际化体系。一是坚持开放办学，根据香港的实际要求创办国际性教育，设计相关院校框架和办学理念、课程专业设置及人才培养标准等。二是在港内外广泛聘请高水平教师到大中小学任教。三是开展广泛的国际教育交流与合作项目，这对提升香港高校办学水平有着极为重要的意义。四是开展广泛多样的海外学生交流项目。

（三）澳门教育发展基本经验

1. 坚持教育立法，走教育法治道路

在澳门回归之前一直实行的是葡萄牙的教育政策，把90%以上的资源用于仅占7%的少数官办的葡文学校，绝大多数的中文学校得不到基本资助。1987年中葡联合声明发表后，澳门的教育问题引起各界的严重关注，开始实施多种改革，颁布多种法案。1991年颁布了《澳门教育制度》，开启了澳门教育发展的新阶段；现已颁布各种教育法规达40余项，初步建立起系统的教育法规体系，有力推动了澳门的教育改革。

2. 强化市场机制，推动高等教育发展

澳门曾经创办了亚洲第一所高校，然而直到1981年成立了私立东亚大学才真正开启了澳门现代高等教育的发展历程，目前已拥有10所高校，成为世界上人均高校数量最多的地区。其中一个重要因素就是，重视市场调节，强化多元教育互动，建立教育主导的教育市场体制。同时还重视强化教育与经济及产业发展相互对接，推动高等教育国际化。目前，澳门高校开设了各种不同层次的课程，以满足多种社会发展需要，同时也引进各种不同风格的学校，以满足市场的多样化需求。

3. 职业教育培训规划配合产业人才需求

澳门教育发展重要经验之一是澳门职业教育积极服务于澳门独特的产业发展和布局体系，不仅确立了以旅游博彩等服务业为主体、带动其他行业协调发展的战略思路，而且形成自身独有的发展特色。一是积极配合和推进产业转型升级。二是积极发展特色职业教育，如成立专门的旅游学院，创办旅游博彩技术培训中心等。三是着力建构多元化职业教育发展新体系。通过多元化办学，实现了中等职业与高等职业、高等职业与高等专科以及与普通高等教育课程的紧密衔接。

4. 全面开放办学，推进教育国际化

澳门教育开展多元化办学，呈现出丰富多彩的形式和内涵，是澳门教育的最大特色，也是澳门教育魅力之所在。一是自由开放的教育体制派生出依据求学目

的不同而形成的 4 种不同学制的竞争态势，① 是澳门教育具有独特活力所在。二是自由开放的教育保证了澳门教育能依据自身特点和社会需求自由办学，形成以多样化形式面对多样化需求的新体制。三是自由开放推动了澳门教育与国际相关学科的全面合作。澳门高校创办时间短，但正是凭借着与国际合作使其获得迅速发展，现有的 10 所高等院校，都有国际合作项目。如澳门高校同联合国大学国际软件技术研究所、欧洲研究学会等合作开展各种重大项目；仅澳门理工学院就与澳大利亚莫纳什大学、皇家墨尔本科技大学、昆士兰大学、维多利亚大学、葡萄牙雷利亚大学等十几所大学有合作关系。

（四）粤港澳教育发展现状分析简表

以下用列表方式对粤港澳三地的教育发展现况和特征作一个简要的描述（见表 2）。

表 2　粤港澳教育发展现状分析简表

项目分析	广　东	香　港	澳　门
教育理念	提倡素质教育、重视分数排名	终身学习全人发展	多元化教育
教育制度	六三三四制	六三三四制	六三三四制下的多元学制
普及教育	1. 从普及 9 年义务教育走向普及 12 年义务教育； 2. 2007 学年高校入学率 28%	1. 2008 年施行普及 12 年义务教育； 2. 2005 学年起高校入学率 64%	1. 普及幼儿教育在内的 15 年义务教育； 2. 2008 学年高校入学率 60%
教育结构	1. 普通教育与职业教育分立为两个系统； 2. 公立为主，民办教育为辅	1. 除少量职业学校外，主要实行综合性高中，高校分设不同类型； 2. 公私立学校互动，私办公助为主	1. 政府和社团创办 3 所职业中学，其余为普通中学； 2. 私立公助为主，公办为辅
教育与产业的关系	1. 教育配合经济发展 2. 重点扩大规模，增加入学率； 3. 按国家要求分层次重点发展； 4. 学术综合 3/10，人文社科 3/10，科技研发及应用 4/10； 5. 面对产业：第一产业 3/10，第二产业 3/10，第三产业 4/10（中等科技研发为主）	1. 教育引导经济发展； 2. 重点强化与产业适应性，突出高端发展； 3. 按市场要求，突出第三产业发展； 4. 学术综合 2/10，人文博雅 2/10，科技研发及应用 6/10； 5. 面对产业：第一产业 1/10，第二产业 3/10，第三产业 6/10（科技信息高端为主）	1. 教育适应经济发展； 2. 重点扩大规模； 3. 按市场主导，实用型发展为主； 4. 学术综合 2/10，人文博雅 4/10，科技研发及应用 4/10； 5. 面对产业：第一产业 1/10，第二产业 3/10，第三产业 6/10（博彩旅游业为主）

① 4 种学制是指：中国内地学制，中国台湾学制，葡萄牙学制和港英学制。

续表

项目分析	广　东	香　港	澳　门
教育特色	1. 教育规模大； 2. 政府强力推进教育发展，教育整体规模发展较快； 3. 有选拔机制； 4. 建立起系统的教育体系，高等教育发展较快； 5. 实行重点与非重点大学及学科的分层管理	1. 教育与产业结合紧密，市场机制和服务功能突出； 2. 普及教育水平较高； 3. 外语教育水平较高，教育国际化水平高； 4. 教育投入较高； 5. 形成高校分层分类与产业互动机制，使人才脱颖而出，形成特色大学	1. 民众关注教育度高，全开放性； 2. 普及 15 年教育，水平高； 3. 高教发展迅速； 4. 教育向国际化及多元化发展
存在的主要问题	1. 教育整体水平不高，高等教育发展水平尚需提高； 2. 开放性较低，国际化需要加强； 3. 职业技术教育科学体系尚未建立，产业层次较低，教育与产业发展应更紧密联系； 4. 中小学应试教育现象严重，高考改革势在必行； 5. 学术与技术教育亟须协调，职业技术教育水平尚需提高； 6. 普及教育水平较低，特别是大学教育普及率低； 7. 城乡教育差距过大，要重视均衡协调发展	1. 中小学双语教育问题多，需要创新； 2. 国际著名学科专业较少，缺乏特色著名学科，难以形成国际龙头专业； 3. 受国际评估指标影响较大，缺乏面对国际的高等教育评估体系，较多地依据他地大学排行榜评判本地教育； 4. 高校生源受人口下降影响，大学提升因此受到相应制约，大学缺乏优秀生源带来的问题日益明显； 5. 目前未普及幼稚园教育	1. 各级学校教育质量较低，有待整体提高； 2. 办学体制较为传统； 3. 高等教育水平参差不齐，缺乏特色著名学科； 4. 职业技术教育层次较低，缺乏行业高端人才，难以产生以高端科技发展为主导的教育体系； 5. 师资水平亟须提高，教师教职制度亟须建立； 6. 缺乏较为正规的教育评估体系

　　注：学术分类及面对产业比例是依据相关大学比例及主要专业在校生数量比例作的相对分析，并非准确计算，且专业划分也需要考证，仅供参考。

三　粤港澳教育发展与合作的战略定位分析

　　当前粤港澳教育正面临着从早期扩张教育规模以满足民众读书要求，到目前迫切需要实现转型升级以应对高科技发展催生的高新产业和社会发展，除了要培养大量高级专门人才外，更重要的是建设一个研发高端技术和通过高水平大学聚集高尖端人才的高科技产业集群，带动经济和社会的发展。为此，既不可能靠传统的办学模式来解决，也不可能单靠粤港澳某一方所能推动。依据国家发改委发布的《珠江三角洲地区改革发展规划纲要（2008～2020 年）》，以新视野来考察

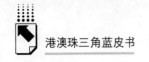

三地的教育战略定位问题，可以看到，三地教育各有优势，也存在各自难以解决的问题，要突破当前三地的地域局限，就必须以合作三赢的新思维加以整合，扬长避短，促进三地教育优势互补转型升级。

（一）广东教育发展与合作的战略定位

1. 广东教育发展与合作的战略优势

同港澳相比，广东教育发展的优势，首先在于广东有较好的资源条件，地域广阔，学生生源丰富，这些为广东教育发展提供重要的支持；其次近年来政府加大教育投入，使广东的教育得到发展迅速，在国内最早普及小学教育及九年义务教育，也最早发起了中心城市办大学活动；再次是广东教育正处于崛起过程中，有顺势而发的优势。同时，广东与世界各国联系紧密，毗邻港澳，观念开放，有敢为天下先的气概，教育改革热情高。

2. 广东教育发展与合作面临的问题及挑战

与港澳相比，广东教育面临的问题和挑战较多。

第一，广东教育转型升级迫在眉睫。一是广东经济发展本身需要将原有产业布局转向以知识型高端研发为主的高科技产业，即使是制造业也必须迅速提升技术层次，而目前传统应试教育不足以担此重任。二是香港第一、二产业转移到内地后也迫切需要广东转变教育模式以便与香港教育形成犄角互动之势，要求广东教育实现模式转型。三是广东要走创新发展之路，才能真正摆脱原发展模式的困境，这就需要创新教育体制，培养大批高水平的国际化科技人才。

第二，广东教育亟待协调均衡发展。其中，最大的问题是城乡教育差距大，缺乏均衡发展机制。目前，在农村实施学前到高中免费义务教育方面还存在着很大差距，现行教育制度缺乏对农村经济发展的支持，因此有必要改革应试教育体制，解决农家子弟读书难，促进农村经济发展。

第三，广东教育转型任重道远。同港澳相比，广东职业技术教育层次要提升，体系要完善，需要建立良好的市场运作方式。高等教育发展规模近年扩张迅速，但总体规模和水平依然偏低，缺乏培养研发型高科技人才长远规划。同时，广东教育国际化水平还较为落后，引进和创建国际名校是广东经济社会发展的迫切需要。

3. 广东教育发展与合作的战略目标

广东教育发展战略的总目标：全面推进以人为本、全人发展的教育理念，以创建中国首善之区为目标，实施教育强省战略，推进城乡协调发展，联合港澳，全面提升教育水平，加强职业技术教育，打造一批不同类型的著名大学，创建南中国高端科技发展区和国际教育发展中心。

（1）未来五年发展与合作重点。

第一，全面提升普及教育水平。实行小学到高中的普及12年义务教育，幼儿入园率达到80%；适龄青年上大学入学率达到40%以上，其中珠三角地区达到65%；职业技术教育普及率达到45%以上，其中珠江三角洲地区达到70%。

第二，强化教育国际化和粤港澳合作。创建教育合作特区，致力于发展与开发高端产业相结合的新型职业技术教育体系；引进国际上3~5所特色大学，联手一批国际知名大学，创建多个联合型高科技创新平台，并与港澳合作创建国际教育服务中枢。

（2）五年以后的发展与合作重点。

第一，全省实现普及15年义务教育；高等教育普及率达到60%以上，职业技术教育普及率达到80%以上，并建立起从初级到高级的培训机制和完善的技术型职业制度。

第二，与香港职业技术教育部门和高等院校发展多种形式的合作机制，建立全省职业教育统筹机构，引进香港多所特色的大学，建立起主导产业发展的职业教育和高等教育体系：一是结合广东产业发展状况，重点扶持部分高等职业院校作为龙头，创建与国内外专业、产业、行业相结合的多层次职业教育体系和高端产业推动机制。二是以广东未来产业发展和重点投资为带动，组合广东高校科技力量和企业，施行学科专业与产业、行业发展相配合，形成投资、科研与产出互为一体的配合机制，创建包括尖端科技、制造业、信息业、物流业、高端服务业以及现代农业在内的若干高科技创新的合作方式，搭建起广东未来产业和科研发展的平台。

第三，全面推进教育国际化，实施从创建"教育特区"到全省教育国际化战略，全面推进中英文双语教育，创建包括与港澳在内的多元联动的教育国际化体系。

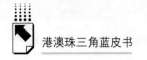
（二）香港教育发展与合作战略定位分析

1. 香港教育发展与合作的战略优势分析

第一，香港教育的最大发展优势在于建立了与产业紧密结合的体系，积极推动服务于香港发展的市场调节机制，能依据产业转型升级不断调整发展布局，从早期扩张规模，到重视质量，升格 5 所大学，再到创建高校分类、分层次服务于不同产业的体制；同时创建多元衔接的教育体系使各种突出优秀人才脱颖而出。香港教育与产业发展形成一种相互倚赖的关系，为香港的发展发挥了重要作用。

第二，香港重视教育投入，教育普及水平高。香港积极推进新学制改革，自 2008 学年开始推进 12 年免费义务教育，学前教育的义务教育也在积极推动中，2006 年适龄青年受到高等教育的人数已达到 64%，进入普及阶段，为亚洲较高水平。

第三，香港重视外语教育，水平较高，因而全港教育的国际化水平高。

从总体上看，香港教育是粤港澳地区中水平最高、普及率最高、国际化水平最高的"三高"典范，多所大学被各种大学排行榜列入前 100 名。

2. 香港教育发展与合作面临的问题及挑战

第一，香港面临经济空心现象，教育模式亟须转型升级。香港回归以来，虽然经历过国际性的经济危机，但在与内地联动下的经济迅速实现转型升级，促使第一、二产业向内地成功转移的同时，却无形中使香港经济出现了中空现象，如何建立起新的引导经济发展的互动机制，是一个在新的起跑线上实现新的高速发展的大问题。这也是香港教育所面临的巨大挑战。这是一种培养创新人才的全新教育，不可能像以往那样移植国外教育就能做到的。为此，香港教育既要从重文凭转向重创新能力培养，从强调分数转向重视自主学习、自主思考和独立人格的新教育，更要从培养低层次技术人员转向培养高层次的研发型技术人才。

第二，香港基础教育虽然存在许多优势，但也存在严重的中文与英文对立问题；教育质量备受民众非议问题；教师一周 20～30 课时量过重而影响教育质量和教师健康问题，以及目前近万名港籍学童在深港跨境读书问题。

第三，香港高等教育是香港的骄傲，但如今也面临新的问题。香港高等教育从适应经济发展须要而形成的按校分层分工模式，使不同类型的学校处在不同的层面上。在 20 世纪 90 年代 5 个学院升格为大学后，香港教育形成按校分工分层模式，每所不同类型大学对应不同社会需求，靠校内自设不同层次专业来培养本类型不同层次人才。在目前香港经济空心化情况下，香港高等教育如何面对这个新挑战，按发展高端科技来创建新的发展体系；同时，香港依靠优秀人才取胜的优势也受到人口出生率下降，生源日益萎缩的影响，特别是面对广东新发展的需求，香港高校如何以新的方式，建构起连接国内外的高等教育枢纽，实现新的模式转变，成为未来发展的重大课题。

第四，新经济发展赋予香港职业技术教育更加艰巨的任务。一是在实现劳动力技术转型提升的同时实现劳动力结构调整，使大量失业劳动力转向新兴的技术性行业；香港回归后职训局创立专业教育学院，把中专提升为专科教育，极大地推进了劳动力转移，但是卓越学科不多，以往短平快的培训体系也面临模式转变。二是随着香港产业技术的提高，如何创建高科技培训基地，建立更新劳动力技术和孵化新技术的链条，并与内地合作提高职业教育的层次和力度，也是一个重要课题。

第五，香港新时代学校道德教育面临挑战。转变被英殖民者煽动的各种对立情绪，树立民族认同感，塑造区域新社会道德价值体系，是香港今日的大问题。

3. 香港教育发展与合作的战略目标

香港教育发展规划的总目标：积极推进"终身学习，全人发展"的教育理念，提升优质教育质素，继续深化教育普及化、优质化、国际化改革，营造"持续发展，与时俱进"的教育机制，全力推进教育香港、人才香港和科技香港的发展战略，配合经济和社会发展，把香港建成著名的国际教育枢纽和发展中心。

（1）未来五年发展与合作重点。

第一，普及教育战略：推动包括幼儿园 3 年在内的 15 年义务教育，完成对"六三三四"新学制的改制实施，普及免费高中教育，使适龄青少年入学率达95％以上；强化双语教学，取消中英文学校单一体制，创建小学融"两文三语"① 为一体、中学实施"自主双语教学"的新双语课程方案和双语教学模式。

第二，优质教育战略：更深入推进优质教育，实施全港优质教育规范评估。

---

① 两文三语是香港推行的语言政策。两文是书写为中文、英文并行，三语是口语为粤语、英语、普通话兼顾。

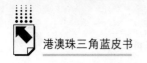

第三，推进高等教育名牌战略，实行"引外联内"的"成龙高教工程"，全力缔造具有前瞻性的新高等教育发展计划；拟在3年内研制出一套以香港数十年高等教育在发展中服务于社会、推动产业发展经验为基础的长远战略措施；促进职业教育与内地实施全面合作。

（2）五年以后发展与合作重点。

第一，创建香港特色的全人发展的基础教育体系。实行多元化招生的新学制，实施双语教学体系和高级人才培养计划。

第二，建立全方位立体式的新型高等教育体系。形成以研发高端科技为主体的多类型、创新的高等教育体系，树立东方的新大学品牌和新理念；创立与内地职业教育互动的多层次、多类型以及主导产业发展的职业教育新体系。

第三，实施服务于香港的优质学科发展计划。进一步倡导服务于香港发展的精神，深化学术自由、科研至上的高校办学原则。一是强化"卓越学科"建设，依据香港现有高校学科特色及主体产业升级与高科技发展的要求，聚集高端人才，投入重资打造香港最具前景的20个重要学科和"国家重点实验室"，推动香港高等教育走向世界前列。二是重点建设5～10个最具特色的人文社会学科，形成中西文化交融合璧、彰显现代中华文化创新的重要成果。

第四，实施国内外教育联动，重点实施与广东全面合作、联动发展，创建南中国高等教育枢纽的高等教育国际化示范区和跨区域职业技术教育新模式，占据新的高级职业发展的制高点。

（三）澳门教育发展与合作战略定位分析

1. 澳门教育发展与合作的战略优势分析

第一，澳门教育发展起步较慢，但发展迅速，其最重要的优势是开放性。澳门教育积极倡导全面开放的自由教育，实行多元化学制，允许各个社会团体在法规规定下自由办学。开放性为其带来很高的教育国际化。

第二，澳门民众有积极参与教育的优良传统，办学积极性很高。以往，澳门有90%的中文学校都是由民众集资创办的，澳门教育的每个进步都同澳门民众的作用息息相关。

第三，澳门普及教育速度快。澳门现代教育体系是踏入回归进程之后才真正开始的，在这期间已建立起普及15年义务教育制度和世界上密度最大的高等教育体系，其发展速度之快，堪称奇迹。

2. 澳门教育发展与合作面临的问题及挑战

第一，澳门教育受博彩业影响较大，使传统教育体系难以变革。澳门经济一直以博彩业为主，因而受经济形势影响巨大，而博彩业这一低层次畸形产业致使读书无用论抬头，传统教育得不到批判。面对未来，澳门如何从根本上实现教育模式转型，促使教育转向为高科技生产服务，是影响澳门发展的重大问题。

第二，澳门学制混乱，教育质量备受质疑。澳门教育历来以自由办学著称，因不同升学渠道而形成的英式、中式、葡式等学制，使办学缺乏主体性，教育质量参差不齐，多元化办学变成一种放任自流。尽管回归后的澳门政府致力推动教育改革，但要改变私校简陋的条件，形成新的机制，依然是澳门教改的大问题。

第三，澳门高等教育发展速度较快，这种快速发展的跨越性给澳门教育带来严峻挑战。澳门要走出产业单一化且层次过低的格局，需要澳门高等教育发挥关键作用，但是由于大学创办时间短，最长的澳门大学也只有30多年，学术积累单薄，其他大学多数是专门学院或近几年创办且设施简陋的私立院校，要成为著名高校也勉为其难。

第四，澳门职业教育亟待变革。一是受到博彩业独大的影响，职业教育在类型和层次上并未形成强有力的高端发展态势，缺乏与产业之间建立起走向高级互动的条件。二是长期以来都以中等职业教育为主，高等职业教育也仅限于旅游业，这些都限制了职业教育对澳门产业发展的主导作用。

3. 澳门教育发展与合作的战略目标

澳门教育发展规划总目标：全面倡导全人发展、终身教育的教育理念，实施"创新澳门、教育澳门"把澳门建设成为亚太地区具有全面开放特性的多元化教育中心的教育发展战略。

（1）未来五年发展与合作的重点是普及并提升教育质量。

第一，全面普及从幼儿3年至高中毕业的15年义务教育，创办特色名校，全面提升办学质量。

第二，制定更高的中小学办学标准，全面规范中小学学校办学资质。

第三，大力提升教师水平，争取在2015年使80%以上的中小学教师获得硕士学位或具有中级以上的职称。

第四，制定澳门未来教育发展中长期规划，大力倡导多元化高等教育发展体

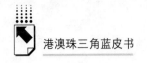

系，发展有澳门文化特色的高校，到2015年使70%以上17～22岁适龄青年接受高等教育学习。

第五，积极发展全民职业技术教育，按澳门产业发展要求，创建一个配合推动澳门新产业发展的新型职业技术教育模式。

第六，强化澳门教育文化建设，实施持续的全员成人教育，提升澳门整体文化素质和教育水平。

（2）五年以后发展与合作的重点是，全面实施教育带动澳门的发展战略，用10～20年时间把澳门建设成为亚太地区具有全开放特色的多元化教育中心。

第一，制定提升澳门基础教育质量长效计划，包括鼓励创建澳门风格的特色学校，到2020年形成20所颇具澳门文化风格的基础教育特色学校。

第二，实行全面提升师资水平的教职人员工薪制。

第三，鼓励社会各界不拘一格举办多种特色高等教育，创建以澳门大学为龙头的高等教育发展体系，开辟教育市场，成立澳门文化大学和澳门外事与翻译学院，扶持部分欧洲语言文化特色的高校及特色学科，如澳门天主教会举办特色神学院，创建国家级人才重点培训基地，等等。把澳门建设成为面向以欧洲和拉丁语系国家的远东教育中心、亚洲澳葡留学中心。

第四，重视和加强高端科技职业技术教育的发展，推动澳门产业进步，促进澳门的长远发展。

四　粤港澳教育整体发展与合作战略目标及重点

广东产业转型升级需要与港澳教育合作，引进新大学，创建新教育体系；香港教育区域狭小，迫切需要与广东合作发展，以提升办学层次，塑造国际教育品牌是唯一能在竞争中胜出的法宝；澳门教育层次较低，资源匮乏，加强与国内外合作是其获得新的资源和实现跨越式发展的关键所在。因此，粤港澳教育合作与交流是三地未来发展大趋势，是构建泛珠三角地区大都市优质生活圈的关键一环，对周边地区具有巨大的辐射作用和帮扶效应，也是推动三地经济一体化、推进现代教育改革以实现引导社会发展的关键举措。

粤港澳教育交流与合作有优良的传统，目前的合作项目主要体现在四个方面。

第一个方面是合作办学，进行专业合作培养学生与合作设立学校，在专业合作中广东在港澳有 29 项，港澳在广东有 14 项；合作创办的院校有与李嘉诚基金会合作创办的汕头大学，香港浸会大学与北京师范大学珠海校区合作创办的联合国际学院等。

第二个方面是合作开展各项科学研究，包括项目合作等形式。多年来合作项目达 238 项，其中中山大学有 73 项，华南理工大学有 92 项，暨南大学有 24 项，广东工业大学和汕头大学各有 10 项。

第三个方面是合作培训教师和举办各种学术研讨会，如合作培训汉语和英语教师，部分学校结为姐妹学校或开展各种交换学生的交流活动。

第四个方面是合作招生，近年来港澳在内地招生异常火暴，仅 2008 年澳门 6 所高校在内地 25 个省市招生，报考的内地学生有 10807 人，注册人数为 1736 人。

综合以上分析，提出三地教育合作的战略重点。

（一）粤港澳教育整体发展与合作战略目标

1. 粤港澳教育发展与合作的总目标

粤港澳教育交流与合作的总目标应当是：立足本地，放眼国际，全面合作，资源共享，互补互助，共同发展，共同繁荣，以三地教育国际化、优质化发展为目标，促进区域教育与产业经济的良性互动，在构建区域教育高地进程中实现"大珠三角优质生活圈"。

2. 粤港澳教育发展与合作三大战略重点

第一，在打造"珠三角高科技产业体系"下创建联合型高端科技创新机制。实施以三地公认的未来高端产业为主体，创建若干联合科技创新平台及联合人文科学创新基地，分工合作，创建引领国际高端科技发展大潮的新高地。

第二，全面合作办学。一是创建教育合作特区，建构异地独立及合作办学体制，促进港澳多所大学进入广东办学，营造与未来高端产业发展互动的新型大学模式；二是加大专业合作办学，强化院校间、专业间的互动合作，促进三地高校在合作中全面提升；三是在双语教学上进行合作研究，实现课程改革和教学模式转变，创新中国基础教育模式。

第三，继续推动在科研项目、教育研究上的交流合作，共享办学经验以及共

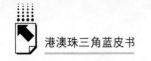

同推进学校改革，继续推动三地师资培训和交流；共同营造"大珠三角优质生活圈"下"共谋发展"的新教育文化，促进三地共同繁荣。

（二）粤港澳教育发展与合作的重点领域

粤港澳教育合作重点主要突出在以下领域。

1. 设立粤港澳教育合作特区

依据"一国两制"的现实和粤港澳教育未来发展的要求，在广东境内包括深圳、东莞、珠海等设立若干教育特区，例如珠海横琴教育特区。教育特区可以允许港澳乃至外国高校在遵守中国国家宪法下，按"校本教育"模式独立办学，自主管理，包括课程设置、教学语言等。教育特区既可以解决港澳高校扩张提升上的生源问题，又能满足广东发展新型高水平大学群以推动广东产业发展的需要，也有利于解决澳门高校土地缺乏带来的困境，促进学术交流，有利于形成互动的共同繁荣的发展格局。教育特区实行特区管理，给予办学自主权，鼓励引进国际最先进的教育理念和科研成果，把特区院校创办成在特定领域中的顶端高水平院校和科研机构，培养出亚洲乃至世界著名的大学。

2. 引进名校到广东办学或合作办学

重点引进港澳地区知名高校在广州、深圳、珠海、东莞及惠州等地办学，这些名校可在教育特区中举办（如已设教育特区的情况下），也可择地另建，积极探讨合作办学或独立办学的新模式，制定在"一国两制"下港澳名校独立办学的政策和基本运作方式。其重点主要有：支持香港若干大学进入深圳虚拟大学园区，支持香港高校在深圳等地设校区；支持在珠海横琴设立"澳门发展实验区"及"教育特区"，支持澳门高校及相关高科技企业到横琴发展；支持汕头大学在专业发展上进一步同香港名校合作，转变办学机制，提升办学水平等。

同时，强化粤港澳三地合作招生机制，鼓励各高校合作招生合作培养，推进"本土留学"，扩大港澳大学的优质生源。

3. 创建粤港澳高校联合创新平台——"南方科学院"

推动粤港澳联合成立组合式"南方科学院"，统筹联合科技创新平台。香港空心经济缺乏战略性纵深，难以做大做强，需要广东第一、二产业的支持配合；广东不仅第一、二产业水平技术层次低，第三产业的科技含量也不高；澳门有全开放的优势，但缺乏高科技引导难以形成产业力量，因此可以通过"南方科学院"这一组织形式促进三地相互合作达到优势互补，以推动创建国际名校和争取高端科技创新的建设。开展包括联合创建国际性高水平实验室，联合成立高端工程技术研发中心，创建高校联合科技创新园区等高科技研发项目，协调产业进入与创新平台、科技开发等相关的事宜。

在"南方科学院"的主持下定期举办粤港澳地区高校科技学术论坛和研讨会，定期主办高层次国际科技学术会议等。

4. 扩大三地职业教育合作规模

三地职业技术教育合作空间巨大，一是建立"粤港澳职业教育合作协调组"，促进三地互动。二是推动三地高层次职业技术教育的合作与发展，提高在能源、海洋、热带农业、汽车制造、工程、电子信息方面的合作力度，加大开拓新工种和新职业。三是加大职业教育在广东创建新农村上的合作，推进农村产业发展。

5. 强化粤港澳教育科研交流合作

继续完善目前三地通报型政府教育首长会议，同时设立定期举办的"粤港澳教育高峰论坛"，沟通对教育改革的最新看法，促进三地教育政策交流；探讨三地不同教育项目的合作形式，共享教育科研成果，寻求中国大学推进创业教育，实施人才标准为核心的教育改革，等等。

（三）粤港澳教育发展与合作的政策保障及措施

1. 成立领导机构协调粤港澳教育发展与合作工作

成立相应机构有助于协调粤港澳教育合作和发展，有三种形式：一是建立"三地教育行政长官联席会议"制度。二是成立"粤港澳教育发展与合作协调委员会"。三是成立"粤港澳教育发展与合作研究中心"，负责具体研究工作等相关事务，主办论坛，出版三地教育发展与合作刊物等，推动三地全面交流互动。

2. 制定三地教育发展与合作规划

为了使粤港澳教育发展与合作持续有效地进行，三地都应以一定的方式分别制定《粤港澳教育合作与发展中长期规划》，努力与《国家中长期教育改革和发展规划纲要（2010～2020年)》及《珠江三角洲地区改革发展规划纲要（2008～2020年)》的基本要求相衔接，使发展与合作能在未来发展中更清晰地明确今后的发展目标、措施、保障等，增强合作的可操作性。

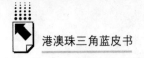

3. 制定推进三地教育发展与合作的相关政策

为了保障粤港澳教育合作顺利进行，必须相应地制定有关三地教育合作的政策。如广东应依据《中外合作办学条例》、《珠江三角洲地区改革发展规划纲要（2008～2020)》、CEPA 及六个补充协议，针对中央政府创建"澳门大学横琴校园"政策以及三地未来发展需要等，制定新的教育政策，其中包括制定《创办教育特区条例》、《粤港澳合作办学条例》、《粤港澳人才资源共享协议书》以及编制《广东省中外合作办学专业指南》等。

基础设施合作

Infrastructure

𝔹.17
大珠三角港口群枢纽港分工合作研究[*]

赵大英[**]

摘　要： 珠三角一向被称为"世界制造业基地"，制造业的蓬勃发展也促进为制造业提供生产服务的物流业尤其是港口货运行业的发展。随着珠三角和香港地区产业和劳动力"双转移"战略的展开，香港、广州、深圳等各大主要枢纽港之间的合作越来越紧密。但是，在2008年国际金融海啸的冲击下，珠三角制造业面临升级转型和转移的过程中，使物流业遭受重创。在港澳甚至有观点认为：在货流量下降的情况下，大珠三角的航运物流业将前景不在。在这种背景下，从大珠三角港口群的枢纽港角度对大珠三角港口群未来发展前景与合作态势进行研究有着重要的现实意义。本文从"双转移"战略对大珠三角地区货运影响的角度，分析了影响港、深、穗三大枢纽港未来合作态势的交通因素；通过对香港港口、广州南沙港区和深圳大铲

＊　本研究受"中山大学'211工程'三期重点学科建设项目'粤港澳区域合作研究'"资助，教育部人文社会科学重点研究基地项目资金资助（08JJD820170）。

＊＊　赵大英，中山大学港澳珠江三角洲研究中心讲师。

湾港区的比较，确定大珠三角承接香港港口转移货物的外贸枢纽港作用，并以此为据提出若干建议。大珠三角几大枢纽港通过合理分工和安排在市场主导和区域统一规划引导下，形成合理的分工，与众多中小港口一起，共同打造具有国际竞争力的大珠三角组合港。

关键词： 双转移　集装箱枢纽港竞争力　港口吞吐量　转运枢纽港

改革开放30年来，港澳大量制造企业转移到珠三角，促进了珠三角世界制造业基地的形成，为广东成为经济大省起到了重要的支撑作用；同时，也加快了港澳产业结构的优化升级，保持了港澳经济的持续增长，使粤港澳成为亚太地区最具活力和竞争力的经济增长区。粤港澳物流交流与合作加快了这一进程的实现，初步形成了以经济带动物流、以物流促进经济发展的良性互动局面。但是，在2008年国际金融海啸的冲击下，珠三角制造业面临产业升级转型和转移，使主要为制造业提供生产服务的物流业遭受重创。在港澳甚至有人认为，珠三角发展制造业的时代已经过去，在货流量下降的情况下，大珠三角的航运物流业将前景不在。在这个背景下，从大珠三角港口群的枢纽港角度对大珠三角港口群未来发展前景与合作态势进行研究具有重要的现实意义。

一　珠三角产业"双转移"和《纲要》实施对港口货运的影响

《珠江三角洲地区改革发展规划纲要（2008～2020年）》（以下简称《纲要》）首次系统地明确了对包括广州在内的珠三角各个城市的发展定位。《纲要》提出，珠江三角洲地区要以广州、深圳为中心城市，建设世界先进制造业和现代服务业基地，建设与港澳地区错位发展的国际航运、物流、贸易、会展、旅游和创新中心。

（一）《纲要》实施后珠江三角洲地区城市经济布局及其对货运的影响

未来，珠三角将形成以广州、深圳为中心城市，在珠江口东岸和珠江口西岸形成具有一定特色的产业分工体系。

1. 中心城市

广州市将建成国家中心城市、综合性门户城市；面向世界、服务全国的国际大都市。是高端服务业和先进制造业基地。广州将着力发展汽车和装备产业，产业所需的原材料、零器件、半成品和成品运输将带来大量的货运。

深圳市是经济特区的窗口、试验田和示范区；全国经济中心城市和国家创新型城市；中国特色社会主义示范市和国际化城市。发展科技研发和高端服务业等主导产业，带来高值、即时的货运需求，特别是空运需求。

2. 珠江口东岸地区城市

以深圳为核心，包括东莞、惠州等城市。面向世界大力推进国际化，加快发展电子信息高端产品制造业，打造全球电子信息产业基地。

深圳：着力建设通讯设备、生物工程、新材料、新能源汽车等先进制造业和高技术产业基地；东莞：加快加工制造业转型升级，建设松山湖科技产业园区；惠州：积极培育临港基础产业，建设石化产业基地。

珠江口东岸高端制造业的发展，将形成大量的大宗、高值货柜运输业务。

3. 珠江口西岸地区城市

以珠海市为核心，包括佛山、江门、中山、肇庆等城市。规模化发展先进制造业，大力发展生产性服务业，打造若干具有国际竞争力的产业集群，形成新的经济增长极。

珠海将发展成为珠江口西岸交通枢纽和现代化区域中心城市，发展珠海高栏港工业区、海洋工程装备制造基地、航空产业园区和国际商务休闲旅游度假区等主导产业；佛山：机械装备、新型平板显示产业集聚区；中山：临港装备制造、精细化工和健康产业基地；江门：先进制造业重点发展区；肇庆：传统优势产业转型升级集聚区。

珠江口西岸的规模化先进制造业的发展，将形成大量散货、件杂货以及货柜运输需求。

4. 港澳与珠三角的经济一体化和产业协调发展

粤港澳三地优势互补，坚持上下游错位发展，联手参与国际竞争；支持合作发展服务业，加强金融业的合作，共同发展国际物流产业、会展产业、文化产业和旅游业，加强高新技术产业等方面的合作。

大力支持和巩固香港作为国际金融、贸易、航运、物流和高增值服务中心的

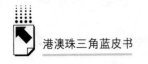

地位；巩固澳门作为世界旅游休闲中心的地位。

珠三角是深化改革先行区，扩大开放的重要国际门户，世界先进制造业和现代服务业基地，全国重要的经济中心。

未来，一方面大珠三角将发展成为近6000万人口的大市场，年人均地区生产总值达13.5万元的高消费市场，对商品的需求量大增，从而带来货运的增长。另一方面大珠三角将成为最具竞争力的大都市圈之一，国际国内门户枢纽与区域内地级市、县级市及几百个专业镇之间频密的经济活动将带来不断增长的货物运输。

（二）珠三角产业"双转移"对货运的影响

1. "双转移"带来的不利影响

珠三角产业结构升级转型，使即时运输和高附加值运输增加，劳动密集型产品及原材料运输相对减少。

第一，未来伴随珠三角产业结构的升级转型，珠三角的先进制造业和装备产业的大幅增长，使生产链延长，原材料、半成品、成品运输大幅增加，将带来运输总量的大幅增加；尤其是汽车、造船、石化所需要的各种原材料、零部件及整车、船舶的运量大增。

第二，先进制造业下的货运结构不同于劳动密集型产业，先进制造业所需的各种原材料及件杂货，很多是适合水运的。

第三，与发展先进制造业所带来的货运量增长相比，劳动密集型产业缩减所带来的轻纺运量的减少就不足为道了。因此，未来十年，货运量的增长仍然是可观的。

2. "双转移"形成的有利因素

产业和劳动力的"双转移"不仅不会减少港口群的吞吐量，相反，还会增加转移目的地至珠三角的陆上和水上运输。

第一，珠三角产业转移的规模不会太大。因为，珠三角产业集群、产业配套体系具有相当的稳固性。产业转移后所减少的土地、劳工成本也会被运输距离和运输费用的增加所抵消。

第二，即使产业发生转移，往往转移到珠三角西部、粤东、粤西和粤北，大部分仍然要运到珠三角港口群进出口。因为，粤东、粤西的港口大部分是中小港口，仅起喂给港的作用。只有湛江、汕头港稍具规模，但未来十年仍不足以和珠三角港口群竞争，甚至仍要运到珠三角港口群中转出洋。

二　影响港、深、穗三大枢纽港未来合作态势的交通因素

港、深、穗三大枢纽港拥有相同的陆向腹地，三者中间的博弈关系除了受到宏观经济和区域经济的影响，还受到国际航运业趋势和区域重大工程项目的影响。

（一）集装箱船舶大型化的国际趋势

由于集装箱运输存在很强的规模经济效应，因而直接导致了集装箱船舶的大型化趋势，正在计划中的马六甲最大型集装箱船舶规模将达到 18154 标准箱。随着集装箱船舶往大型化发展，受到运营成本、运输周期、港口规模等诸多因素的影响，大型化国际集装箱船舶只能挂靠主干航线上有限的几个有效率的港口，通过喂给网络与其他港口连接，以增加航行时间和降低港口使用费。为了获得稳定的货源，港口必须提供以全球性主干航线和区域性支线航线相结合，以地区枢纽港和地方喂给港相配套的运输体系保障。

港口的腹地货源和支线网络条件是集装箱枢纽港的必备条件。集装箱国际枢纽港的发展可以为内河航运带来巨大的发展空间和潜力。未来随着吞吐量水平的增长，对港口集疏运体系的要求也将大幅增强，提高水路集疏运能力对推动港口的发展和相关物流业的发展将起到决定性的作用。因此，对未来中转港的发展，在河网密集的珠三角地区，便利的河运集疏运作用重大。江海联运作为水路转运的一种形式，其发展将极大地拉动水水转运量的增长。

（二）港珠澳大桥和深中通道建设

由于港珠澳大桥最终采用"单 Y"方案，放弃"双 Y"方案，因此广东省为连接珠江两岸，建设深（圳）中（山）大桥。港珠澳大桥和深中通道对经香港中转出海的货运的冲击不大。珠江两岸已建成一系列港口，大都采用水运至香港进行船转船的中流作业，[①] 运费比陆运低，每个标准箱要便宜 500 元左右。港

---

① 中流作业是指船只不须靠上码头卸货，而是船上直接装卸货柜，利用趸船将货物送到附近码头起卸的一种方法。

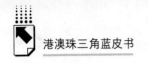
珠澳大桥投资大，银行贷款高达 220 亿元，不论收费高低，将是粤港间唯一的收费通道。

深中通道对珠江口西岸经广州南沙港和深圳港出海的货物会造成分流，珠海、肇庆、中山港中的高值货物会因深中大桥更加快速而改水运为陆运方式。港珠澳大桥会对珠三角水运到香港机场中转出境的货物造成分流。此外，港珠澳大桥的建设大大缩短了珠三角中部、西岸到香港国际机场的陆路运输距离，使一些赶时间的和高值的航空货运会将水运改陆运，但是，这些货物会同时改变陆运的途径：现在经东岸陆路运输到香港机场的货物会改道经港珠澳大桥到香港国际机场；而珠三角西岸（如珠海、江门和中山）经广州机场出境的货运也会被部分吸引经香港机场出境。

（三） 珠三角轨道交通网迅猛扩张与延伸

根据 2004 年初国务院原则批准的《中长期铁路网规划》，以广州、成都枢纽为重点，调整编组站，完善枢纽结构；在广州、深圳、昆明、成都建设集装箱中心站，大力组织开行集装箱班列，促进泛珠三角区域集装箱运输和物流发展。至 2020 年，泛珠三角区域铁路营业里程将由 2003 年年底的 1.9 万公里增加至 2.9 万公里，而广州将成为泛珠三角的货运重点。

按照广东省发改委 2004 年 11 月编制的《广东省铁路建设规划建议》，到 2020 年，广东省铁路营运里程将达到 4500 多公里，比 2004 年的 1883 公里增加近 1.4 倍，广东成为经济强省和铁路大省。到 2020 年，广东省连接周边省（区）的铁路通道增加到 12 条，从珠三角向外辐射，形成以"三纵二横"为主干线，贯穿东西南北，打通广东通往华中、西北、大西南的铁路动脉。其中，已通车的南（宁）昆（明）铁路、广深铁路和正在建设的南（宁）广（州）铁路，将形成一条铁路大西南通道，这条大通道对欧亚大陆桥的桥头堡选择有着重要的意义。

（四） 上海建设国际金融中心和国际航运中心

到 2020 年，上海将基本建成与中国经济实力和人民币国际地位相适应的国际金融中心，具有全球航运资源配置能力的国际航运中心。同时，上海与广州、深圳、东莞、珠海一样对港澳贸易实行人民币结算。

目前，上海航运中心吞吐量已超过香港，吸引中部、湖南和福建等竞争腹地的货物，影响到大珠三角枢纽港口的腹地范围。

（五）第三亚欧大陆桥的建设

第三亚欧大陆桥以港、深、穗为代表的广东沿海港口群为起点，由昆明经缅甸、孟加拉国、印度、巴基斯坦、伊朗，从土耳其进入欧洲，最终抵达荷兰鹿特丹港，穿越亚欧 21 个国家，全长约 1.5 万公里。

2010 年 1 月 1 日，中国—东盟自由贸易区正式全面启动。自由贸易区建成后，中国与东盟的贸易额将超过中国与日本的贸易额，因此要拓展中国广东和香港与东盟的海陆空客货运。2008 年中国与南亚 8 国贸易总额为 660 亿美元，比 2000 年增近 12 倍，因此要进一步拓展中国与南亚的货运服务。

一方面第三亚欧大陆桥的建设将带来大量中国与东盟、中国与南亚以及中国与中东和欧洲的大量长途货源，特别是水水、水陆联运将因此向泛珠三角、东盟扩展；另一方面从云贵川三省通过缅甸出海要比目前经中国东南沿海通过马六甲海峡进入印度洋行程缩短 3000 公里左右。因此，未来云贵川三省往中东、欧洲的货物可能经第三条亚欧大陆桥从缅甸出境。

三　香港港口的发展前景

从长远来看，广州、深圳、上海国际航运中心的建成和其他沿海港口远洋干线的增加，以及内地国际空运能力增加，必将对香港出口及转口货运形成压力，从而对香港港口货运处理量的增长空间带来压力。

（一）香港港口货源市场特征

由于香港拥有与广东省毗连的特殊地理条件，再加上香港长年以来都受惠于中国内地落实改革开放的政策，使香港与内地的经济发展建立起极为密切的关系，并担任着重要转口港的作用。

1. 货源严重依赖内地市场，但对内地进口物流的依赖性较大

从 1999 年到 2009 年间，香港与内地的商品贸易在香港与所有商品贸易总计中所占的百分比一直呈上升趋势：整体出口所占比例从 33.3% 上升到 50.8%；

进口所占比例从 42.8% 上升到 45.5%。2009 年，在香港整体出口货值中，陆运的 98.3%、空运的 25.4%、海运的 12.4% 及河运的 88.0% 都是运往内地；在整体进口货值中，陆运的 96.7%、空运的 13.0%、海运的 17.8% 及河运的 98.4% 则是来自内地（见表 1）。

表 1   按运输方式划分的香港与内地商品贸易简表

运输方式	贸易种类	1999 年		2004 年		2009 年	
		亿港元	百分比*	亿港元	百分比*	亿港元	百分比*
空运	整体出口	247	8.3	1053	18.5	1949	25.4
	进　口	163	4.5	726	9.4	1367	13.0
陆运	整体出口	2994	100.0	6174	100.0	8794	98.3
	进　口	4963	100.0	6798	99.9	8951	96.7
海运	整体出口	540	8.1	757	10.4	857	12.4
	进　口	436	9.2	924	16.1	1060	17.8
河运	整体出口	705	89.7	858	92.2	938	88.0
	进　口	408	97.3	584	96.9	873	98.4
合计	整体出口	4486	33.3**	8842	43.8**	12538	50.8**
	进　口	5970	42.8**	9032	42.8**	12251	45.5**

＊与内地的商品贸易在有关运输方式的总计中所占的百分比。
＊＊与内地的商品贸易在与所有贸易伙伴商品贸易总计中所占的百分比。
注：整体出口包括转口和本地出口。
资料来源：香港特别行政区政府统计处：《按运输方式分析的香港对外商品贸易》，《香港统计月刊》2010 年 5 月号。

随着内地特别是珠三角地区港口的崛起，香港作为中转角色逐渐从更多依赖内地出口转向更多依赖内地的进口。

2008 年香港和内地之间的载货货柜运输，占香港的港口载货货柜吞吐量的比重由 2003 年的 34%，增至 36%；香港和内地的港口载货货柜运输中，71% 是香港和珠江三角洲之间的港口载货货柜运输。①

2. 香港港的转运货物持续增长，但增速放缓

香港政府统计处出版的《香港统计月刊》指出，在 1998～2003 年间，香港和内地之间港口转运货物量占香港的港口货物吞吐量的比重持续增加，每年平均

---

①   香港特别行政区政府统计处：《香港统计月刊》2009 年 4 月号。

增长18%，2003年达到45%。其中，香港和珠三角地区的港口转运货物量表现尤为突出，香港和珠三角之间的港口转运货物量，占香港与内地之间的港口转运货物量的比重由1998年的52%上升至2003年的75%。

从表2中看到，香港和中国内地中间的港口转运货运量以及香港和珠三角之间的港口转运货运量所占比例在2003年达到高峰后，逐渐下降，到2007年，只有68%。这主要是因为，随着内地，特别是珠三角的深圳港和广州港的发展，越来越多经港转运的货物转向经内地港口直接付运。

表2　香港和中国内地之间的港口转运货柜量

考　察　区　间	年份	2000	2003	2005	2007	2000~2005年平均增长率%	2000~2007年平均增长率%
中国香港和所有国家/地区之间的港口转运货运量	万吨	6132.5	9070.5	10887.4	13278.6	12.2	11.7
	百分比	100	100	100	100		
中国香港和内地之间的港口转运货运量	万吨	2646	4126.9	4769.5	5484.1	12.5	10.8
	百分比*	43	45	44	41		
中国香港和珠三角之间的港口转运货运量	万吨	1708.3	3096.8	3538.4	3729.2	15.7	11.8
	百分比**	65	75	74	68		

*占中国香港和所有国家/地区之间的港口转运货运量的百分比。
**占中国香港和内地之间的港口转运货运量的百分比。
资料来源：香港特别行政区政府统计处网站。

深圳经香港港口转运的货柜量所占份额大幅下降，从2005年的21%下降至2007年的16%（深圳加蛇口/妈湾/赤湾）。珠三角其他地方和中国内地其他地方经香港港口转运的货柜量所占比例呈增加趋势（见图1）。

（二）香港港口物流模式特征

由于香港对内地进口物流的依赖大于出口物流，而香港本地产品出口占整体出口货值的比例一直呈下降趋势，从1998年的14%下降到2003年7.0%，到2008年仅占3.2%。对此，有必要对香港港口的物流模式特征进行探讨。内地经香港中转的物流路线可分为两段，第一段是国外至香港的物流模式即抵港物流，基本上是以集装箱形式进口至香港港口卸下或转运的航运过程；另一段是香港至

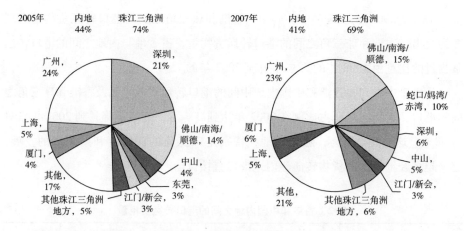

图1　香港和内地之间的港口转运货柜量分布图（2005年，2007年）

注：珠江三角洲的百分比是指在内地和香港之间转运货柜量中的比例。

资料来源：香港特别行政区政府统计处网站。

内地的物流模式即离港物流，2009年仅占6.8%，对此不作讨论。我们研究的重点是货物抵达葵涌港①后经过港口物流平台处理后再中转至内地的陆运、内河、公铁联运几种物流模式。

1. 陆路运输物流

自2007年起，陆运已取代海运成为香港整体出口的最主要付运方式。香港的陆运对外商品贸易主要是与中国内地有关。在1999～2009年间，经陆运输往内地的整体出口货值由2994亿港元上升至8794亿港元，平均每年增长率达11.4%。陆运占香港整体出口货值的比重由22.2%上升至36.2%，占香港输往内地的整体出口货值的比重由66.7%上升至70.1%（见表3），陆运是香港物流的命脉。基本的物流线路是：进口货物在葵涌港卸下（或经仓储）→拖车在港口装货→香港港口海关通关→香港落马洲/文锦渡/沙头角口岸通关→深圳皇岗通关→广东省各城市。

香港陆路运输包括公路和铁路运输，由于香港处于铁路末端，粤港两地铁路规划建设时间不衔接、不联网、货站接受能力不对等、内地铁路与香港铁路未开通直通联运等原因，加上香港无货运专线，东铁总长度不超过300公里，不能发

---

① 香港葵涌港处理的货物量超过全港货物总量的80%，因此，本节的举例的数据全部采用该港，但不代表所有的货物都在葵涌港处理，香港另有中流作业及屯门内河码头等货物处理区。

表 3　按运输方式划分的香港与中国内地的商品贸易（1999～2009）

运输方式 贸易种类	1999 年		2004 年		2009 年	
	亿港元	百分比*	亿港元	百分比*	亿港元	百分比*
整体出口	4486	100	8842	100	12538	100
空运	247	5.5	1053	11.9	1949	15.5
陆运	2994	66.7	6174	69.8	8794	70.1
海运	540	12.0	757	8.6	857	6.8
河运	705	15.7	858	9.7	938	7.5
进口	5970	100	9032	100	12251	100
空运	163	2.7	726	8.0	1367	11.2
陆运	4963	83.1	6798	75.3	8951	73.1
海运	436	7.3	924	10.2	1060	8.7
河运	408	6.8	584	6.5	873	7.1

＊计算的百分比为经各种运输方式进口的商品货值占经所有运输方式进口的商品货值的比例。

资料来源：香港特别行政区政府统计处：《按运输方式分析的香港对外商品贸易》,《香港统计月刊》2010 年 5 月号。

挥铁路的规模优势，又因通勤、过境双功能而过于饱和，粤港的铁水联运也不成气候。铁路货运从 2000 年起（2002 年例外）一直走下坡路，逐步退出香港货运市场。因此，目前的陆路运输主要是道路运输。

进口货物铁路物流模式为：在葵涌港卸下（或经仓储）→拖车在葵涌港装货→经港口公路运输→香港海关铁路站通关→港口铁路货站装货→经京九铁路运输到各城市。

道路模式充分利用了香港与广东陆路接壤优势，但耗时长且费用昂贵。香港物流企业经营一辆跨境拖车大概每日的成本会达到 2000 港元以上。货物运抵东莞的费用一般在 2000～2400 港元左右，而相同的货物如果选择由深圳盐田港直挂进口，转运到东莞的运输费一般仅在 1200～1400 人民币左右，较香港便宜1000 多港元，广州港则更为便宜。速度方面，由于交通堵塞的原因，从香港葵涌港出发到收货人地点至少要比选择深圳港口多出 5 个小时左右。口岸拥挤、通道配套设施不全、香港方面运力明显不足、香港货柜车司机的营运成本较高等都是导致粤港跨境货运道路拖运成本高昂的原因。高昂的成本严重削弱了香港航运业的竞争力和吸引力，往返香港与内地的货运车辆（包括普通货车和货柜车）不论绝对数还是相对比例（见表 4）都在走下降坡路。

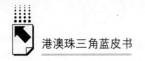

表4 经各口岸和各种交通方式的跨境车辆架次及比例（1992～2008）

单位：万架次，%

时间	过境车辆总数	经落马洲	经沙头角	经文锦渡	经西部通道*	私家车	巴士**	普通货车	货柜车	货运车辆
Year	Y	X1	X2	X3	—	X4	X5	X6	X7	X6 + X7
1992	654.9 (100)	231.5 (35.35)	67.4 (10.29)	356.0 (54.36)		18.5 (2.82)	9.0 (1.37)	477.8 (72.96)	149.6 (22.84)	627.4 (95.80)
1997	946.4 (100)	568.4 (60.07)	70.3 (7.43)	307.7 (32.52)		69.9 (7.39)	22.5 (2.38)	481.3 (50.86)	372.7 (39.38)	854.0 (90.24)
2002	1215.5 (100)	849.5 (69.89)	86.0 (7.08)	280.0 (23.04)		206.5 (16.99)	39.0 (3.21)	493.2 (40.58)	476.8 (39.23)	970.0 (79.80)
2007	1483.8 (100)	1091.0 (73.53)	83.8 (5.65)	251.9 (16.98)	571 (3.85)	454.4 (30.62)	22.6 (1.52)	541.3 (36.48)	402.9 (27.15)	944.2 (63.63)
2008	1537.5 (100)	1020.5 (66.37)	87.9 (5.72)	213.1 (13.86)	2159 (14.04)	546.6 (35.55)	93.0 (6.05)	502.4 (32.68)	359.5 (23.38)	861.9 (56.06)

* 西部通道于2007年7月1日启用。

** 2007年和2008年巴士的统计数据只包括口岸的旅游巴士，未包括落马洲口岸的穿梭巴士，因此 X4 + X5 + X6 + X7 之和少于 Y。

资料来源：香港运输资料年报。

目前，粤港两地的货柜车有4000部停驶，其余12000部靠着内地与香港成品油价差价维持，每辆车在内地加油100多升与香港比，差价有600多港元，仅此一项，一年就是60多亿港元。

2. 内河运输物流

香港的河运对外商品贸易也主要与内地有关，与货车相比，内河运输利用疍船运输货物可节省成本多达三分之二，并有效改善路面的拥挤情况，因此被物流实业界和学术界认为是降低香港物流成本的法宝之一。在1999～2009年间，经河运输往内地的整体出口货值由705亿港元上升至938亿港元，平均每年增长率达2.9%；河运占香港整体出口货值的比重由5.8%下降至4.3%；占香港输往内地的整体出口货值的比重由15.7%下降至7.5%（见表3）。进口货物在葵涌港卸下（或经仓储）/接驳至内河货船→内河货船在葵涌货柜码头装货→香港港口海关通关→内河货船运输到珠江内河港口（如南沙）→卸货后由卡车运输到各城市。

虽然经河运输往内地的整体出口货值比例呈下降趋势，但经内河运输的跨界货运量一直呈增长态势，并保持最大增幅（见图2），内河运输对航运业的贡献正日益扩大。

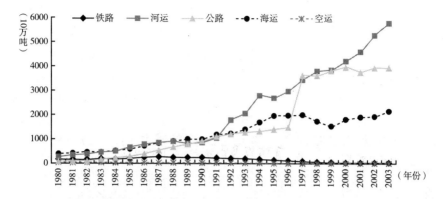

图2　历年各运输方式香港与内地之间货运量变化趋势图（1980~2003）

资料来源：中交公路规划设计院、华杰工程咨询有限公司：《港珠澳大桥 OD 调查及资料收集分报告：交通需求分析专题研究报告》，2004。

但是，近年以来，由于香港10号货柜码头迟迟未能兴建，而码头首先满足大船公司的需要，导致大量的内河船到达香港码头时轮候时间过长，平均轮候时间达2日，有时甚至3日，大大地增加了轮船的运作成本（一般驳船的租船成本是66元/时）。同时，香港的内河运输在近几年受到来自深圳西部港区的严峻挑战（深圳西部港区目前开发的华南公共驳船快线发展迅猛），以及广州南沙港内河运输的挑战。深圳西部港区距离珠三角各个内河港口的距离更近，成本更低，使香港港口未来面临的威胁会更大。

3. 公铁联运（铁路—公路拖车）运输

进口货物在葵涌港卸下（或经仓储）→拖车在葵涌港装货→香港港口海关通关→拖车经装/卸后转运至火车→火车从港口铁路至深圳平湖站/东莞站→货车配送到珠三角各城市。

据顾问公司 AECOM 测算，这条线路将为内地中转货物节省大量的时间成本，但目前的运输成本则较道路运输稍贵。[①] 2003 年 9 月开通的东莞—香港集

---

① AECOM, *Competitive Strategy and Master Plan for HongKong as the Preferred International and Regional Transportation and Logistics Hub-Master Plan Bridging Project*（2002）.

装箱班列即属该模式。广深铁路与九广铁路合作，为东莞的产品提供"门到门"服务，客户只需委托常平镇东莞铁路货场或九广铁路公司办理运输业务，便可坐享集装箱的"门到门"一站式物流服务，直接在东莞常平二级口岸报关、清关，实行定时、定线运输。南行班列从东莞常平站出发，经深圳笋岗口岸转关，12 小时内到达香港；北行班列从香港出发，经深圳笋岗口岸转关，10 小时内到达常平站东莞货场办理清关，避免了在深圳及东莞汽车口岸的轮候。

（三）香港港口低增值、劳动密集型的货物向珠三角港口转移是未来趋势

随着广东"三环十八条射线"的建设以及南沙、大铲湾等港口的发展，从珠三角到香港的公路货运将难以再增长。香港海运业要继续发展，必须兴建 10 号货柜码头和港口铁路货运专线。然而，由于和黄集团出售葵涌码头 20% 股权给新加坡港务集团，因此香港铁路货运专线和 10 号货柜码头建设的可能性都不大。

1. 海运在香港对外商品贸易中所占比重呈下降趋势

从海运在香港对外商品贸易中所发挥的作用来看，这个曾经一直占据整体出口和进口龙头的行业地位近年迅速出现逆转。2007 年，海运作为香港整体出口最主要付运方式的地位被陆运取代，海运占香港整体出口货值的比重，由 1999 年的 49.6% 下降至 2009 年的 27.9%；自 2003 年开始，陆运和海运作为进口货品最主要运输方式的领导地位被空运取代，海运占香港进口货值的比重，由 1999 年的 33.9% 大幅下降至 2009 年的 22.1%。

2. 涉及中国内地外发加工贸易呈下降趋势

构成粤港间的直接货物运量主要来源的广东省来料加工贸易在广东省海关外贸进出口中所占比重呈下降趋势（见表5），广东省主要加工贸易方式已由来料加工向进料加工转移。同时，粤港间的中转货物运量的主要来源的转口贸易，增长速度放缓。香港外发加工贸易的比率表明，输往中国内地的转口货品中涉及外发加工的比重从 2000 年后出现持续下降趋势；从中国内地进口的货品中涉及外发加工的比重从 1998 年开始持续下降，占来源地比例的下降说明外发内地加工产品直接付运的增加（见表6）。

表5 按贸易方式划分的广东省海关外贸进出口统计（1997～2007）

单位：亿美元，%

年份	进出口总计金额	一般贸易		来料加工		进料加工		其 他	
		金额	比重	金额	比重	金额	比重	金额	比重
1997	1301.20	241.48	18.6	328.92	25.3	608.90	46.8	121.90	9.4
2005	4280.02	1018.21	23.8	688.98	16.1	2232.10	52.2	340.73	8.0
2007	6340.35	1748.01	27.6	895.88	14.1	3138.04	49.5	558.42	8.8

资料来源：《广东统计年鉴》相关各年。

表6 涉及中国内地外发加工的贸易的估计货值及估计比率（1993～2007）

单位：亿港元，%

年份	输往中国内地的港产品出口		输往中国内地的转口货品		输往中国内地的整体出口货品		从中国内地进口的货品		原产地为中国内地经香港转口往其他地方的货品	
1993	451.41	74.0	1150.37	42.1	1601.78	47.9	2952.03	73.8	3645.36	80.8
1998	421.84	77.4	1790.89	44.1	2212.73	48.1	4777.43	82.7	5597.26	87.6
2000	393.04	72.7	2429.29	49.7	2822.33	52.0	5670.00	79.3	6473.38	85.1
2002	288.48	69.8	2488.01	43.5	2776.50	45.3	5310.34	74.0	5947.08	82.5
2004	248.25	65.7	3616.10	42.5	3864.35	43.5	6615.43	72.0	6851.47	79.3
2006	207.17	51.6	3892.24	34.9	4099.41	35.5	7693.17	64.5	8147.93	80.7
2007	191.61	47.3	4323.71	34.1	4515.33	34.5	7799.94	58.6	8410.48	78.4

资料来源：香港特别行政区政府统计处：《香港统计年刊》，1998、2004；《1995～2005年香港涉及外发中国内地加工的贸易》，2006；《香港对外商品贸易》，2008。

3. 选择内地港口直接付运的公司数量呈上升趋势

香港贸发局最近的一项调查显示，在3000多家受访公司中，44.1%的受访公司表示，在过去3年已将付运方式改为离岸贸易（即香港公司直接向美国接单，生产地点在内地，直接由内地发货运往美国，这些出口生意算作内地出口，不再统计到香港出口）。对于原因，70%的受访公司认为是运费较低，49.6%是根据客户要求，29.3%的受访公司是因为付运时间较短。而一些港商则表示，部分外资大企业如沃尔玛及玩具反斗城等，已要求将产品直接由深圳盐田港或内地其他港口付运。

受到能源紧张的制约，未来国内经济的增长方式亦将从粗放型向集约型转变，国家一些新法规的相继实施（"两税合一"①、调整出口退税政策等），广东

---

① 《中华人民共和国企业所得税暂行条例》和《中华人民共和国外商投资企业和外国企业所得税法》合并，并在2008年1月1日开始实施《中华人民共和国企业所得税法》。

省励志"腾笼换鸟",促进产业的转移、转型和升级,为数不少的出口型企业倒闭、迁移和转型,虽然转移到两翼或粤北的企业仍然会使用珠三角港口,但基于成本的考虑,必然会选择经由珠三角港口直接出口。当然,香港港口仍有其航线频密和管理等软环境优势,这个优势在最近的 5～10 年应该还可以保持,一些附加值稍高、赶时间的货物仍会选择香港。

四 深圳大铲湾港和广州南沙港承接香港港口货物的竞争力比较

香港港口处理的低增值、劳动密集型的货物逐渐向珠三角港口转移已是大势所趋。当前,珠三角港口可供选择承接香港港口转移出来的低附加值货物的外贸航运的新兴港区可以由广州南沙港区和深圳大铲湾港区承担,成为大珠三角承接香港港口转移货物的外贸枢纽港。

(一) 集装箱枢纽港竞争力比较的指标选择

有关研究表明,不论全球范围还是亚洲范围,影响港口竞争力和发展为枢纽港前景的前 4 个最重要因素是基本一致的:港口区位、港口成本、港口设施、港口的经营和管理(服务水平)。其中,港口区位(接近货源地和国际主航线,可以降低运输成本)和港口成本(包括引航费、泊位费、货物处理费及其他相关成本)是航运公司选择挂靠枢纽港时考虑的最重要两个因素。本文取三项研究的平均水平作为判断南沙港和大铲湾港竞争力的标准(见表7)。

表7 影响枢纽港竞争力的五个最重要因素

评价标准	Lirn 等(2004) 船公司		Lirn 等(2004) 港口管理局		Song 和 Yeo (2004)		Yeo (2006)		综合计算加权平均水平	
	指标权重	重要性排序	指标权重	重要性排序	指标权重	重要性排序	指标权重	重要性排序	指标权重	重要性排序
港口区位	0.3512	2	0.2960	2	0.452	1	0.25	1	0.286	1
港口成本	0.3812	1	0.3305	1	—	—	0.20	2	0.247	2
港口设施	0.1638	3	0.2309	3	0.198	2	0.18	4	0.166	4
货物流量	—	—	—	—	0.178	3	0.21	3	0.176	3
服务水平	0.1038	4	0.1426	4	0.174	4	0.16	5	0.125	5
合 计	1.000		1.000		1.000		1.000		1.000	

（二）集装箱枢纽港竞争力具体比较

1. 港口区位比较

在 Lim et al[1] 的研究中，港口区位主要包含三个方面的内容：接近主航线的程度、接近喂给港的程度、接近进/出口地区的程度；在 Song and Yeo[2] 和 Yeo[3] 的研究中，则以班轮公司的服务频率进行度量，笔者认为这个方法是合理的，因为班轮公司在决定挂靠港口和挂靠频率的时候，都会考虑到上述三个方面。

从远洋航线的服务频率看，香港、深圳和广州港相比较，香港港口和深圳港口在非洲、澳洲、北美、欧洲/地中海、中东/波斯湾和中南美等远洋航线上每周都有航班；广州港没有澳洲航线。香港港口和深圳港口相比较，香港港口的绝对优势在东南亚、欧洲/地中海和中东/波斯湾地区，而深圳港的相对优势在俄罗斯/远东、美洲和非洲地区（见表8）。而深圳港口和广州港口相比，深圳港口主要提供远洋航线服务，而广州港口主要是为中国北方的内贸航线服务。即使是以大铲湾港区的赤湾港口与广州港口相比较，赤湾港口在北美航线、欧洲/地中海航线、中南美三条主要的远洋航线都具有绝对的优势。

表8　华南主要沿海港口班轮公司的服务频率（每周的国际航班数）

港　口	合计	非洲	澳洲	北美	欧洲/地中海	港澳台	日本	朝鲜	中东/波斯湾	中南美	俄罗斯/远东	东南亚	其他
香港港	362	6	14	31	61	49	20	19	28	40	1	61	32
深圳港	180	4	4	29	48	17	7	9	13	32	2	14	1
盐　田	110	2	2	21	30	13	4	4	4	21	1	7	1
赤　湾	35	1	1	6	8	3	1	2	2	8	0	3	0
蛇　口	35	1	1	2	10	1	2	3	7	3	1	4	0
广州港	9	1	0	2	2	0	0	0	2	1	0	1	0

资料来源：锦程物流网 www.jctrans.com。2007 年 4 月 15 日至 21 日共一周，通过对每日的航线查询，将所得的所有船期查询结果整理而得。

---

① Lim, T. C., et al., An Application of AHP on Transshipment Port Selection: A Global Perspective. *Maritime Economics & Logistics* 6 (2004): 70 – 91.
② Song, D. W. and Yeo K. T., A Competitive Analysis of Chinese Container Ports Using the Analytic Hierarchy Process. *Maritime Economics & Logistics* 6 (2004): 34 – 52.
③ Yeo, G. T. and Song D. W., An Application of the Hierarchical Fuzzy Process to Container Port Competition: Policy and Strategic Implications. *Transportation* 33 (2006): 409 – 422.

事实上，大铲湾港区水路距香港 20 海里，距广州 40 海里，背靠外向型经济发达的珠江三角洲东岸，不仅陆路交通网络发达，且面向珠江水系，具有内河运输优势，是一个难得的河口深水良港。

2. 港口成本比较

航运公司港口成本包括引航费、泊位费、货物处理费及其他相关成本（见表 9）。涉及航线或轮船公司的收费，对所有港口应该是一样的，比如美洲航线加收反恐舱单费（AMS），欧洲航线加收燃油附加费（BAF）和货币调整附加费（CAF），这是所有开通美欧航线的港口都收取的。由于大铲湾码头还在建设，因而采用深圳港口的收费标准。通过比较发现，大铲湾港口成本略高，主要在于南沙港口为吸引轮船公司和货主，免收码头操作（吊柜）费（THC）。深圳港口加收本地出口附加费（ORC），一般在华南地区使用，和上海港口附加费（SPS）类似，为华南地区出往美国航线和欧洲航线时使用，而且，美洲所有国家均收此费用。因此，本地出口附加费不是深圳港口才收取的。

表 9　广州南沙港和深圳港口的港口成本比较

港口	广州南沙港	深圳港口	深圳港口与广州南沙之差
项目费用	码头费：免收	码头装卸费：RMB370～560 或 USD45～68	+370
	文件费：RMB125 或 USD15	文件费：RMB125 或 USD15	0
	报关费一般贸易：RMB260/SET；三资、来料加工：RMB202/SET	报关费：一柜一票，RMB250/票一票多柜，第一柜 RMB250每加一柜 RMB100	-10
	转关费：RMB80/关封	无该项收费	-80
	植检换证：RMB80/票	商检费：RMB150/票	+70
	码头内装包干费：RMB800/1200（包一票报关费，各船公司略有差别）	电放费，改单费等费用：根据船公司标准收取	0
	欧洲（含经欧洲中转）航线：其费用在海运费基础上加收 BAF、CAF	欧洲（含经欧洲中转）航线：其费用在海运费基础上加收 BAF、CAF	0
	BAF：USD205/410；CAF：O/F * 8.6%	BAF：USD205/410；CAF：O/F * 8.6%	0
	暂无资料	ORC（本地出口附加费）：USD141/269	
	暂无资料	美洲航线加收 AMS：USD25/BILL	0

资料来源：百度文库：《中国口岸杂费明细》。

综合而言，航运公司在深圳港口的港口成本高于广州港，如果随南沙港发展，也收取 THC 费用（事实上，营口、重庆、张家港、上海、青岛、天津、宁波、大连、厦门、连云港都收取 THC，标准统一，THC 都为 370/560，这是以远东班轮公会为主的众多航运机构统一制定，并且，从 2002 年 1 月 15 日起，THC 是向货主收取），则南沙港口和大铲湾港口收费相差不大。在企业所得税方面，大铲湾港区为 15.5%，而南沙港区为 25%。

3. 货物流量比较

大铲湾港区是深圳西部以集装箱运输为主的重要港区，大铲湾集装箱码头一至三期工程都将在 2020 年前建成。三期工程完成后，整个港区的规划吞吐能力约 1800 万 TEN（标准集装箱）。根据规划，深圳港 2020 年总共吞吐能力为 2800 万 TEU，2008 年深圳港吞吐量为 2100 万 TEU，其中，大铲湾港区为 500 万 TEU。假定未来吞吐量的增加全部由大铲湾港完成，大铲湾港到 2020 年的最大集装箱处理量可达 1200 万 TEU。

根据《广州港总体规划》，未来广州港的外贸集装箱运输将主要由南沙港区完成。南沙深水港分三期建设。2010 年南沙港集装箱吞吐量为 750 万 TEU；2020 年南沙港区集装箱吞吐量为 1800 万 TEU。根据规划，广州港 2020 年集装箱总共吞吐能力为 1500 万 TEU，2008 年广州港集装箱吞吐量为 1100 万 TEU，其中，南沙港为 653 万 TEU，假定未来吞吐量的增加全部由南沙港来完成，南沙港 2020 年的最大集装箱处理量约为 1200 万 TEU。

因此，未来大铲湾港区和南沙港区的集装箱吞吐量相若。但是，外贸集装箱（包括进口、出口和转运）所占比重应该是大铲湾港区略高。南沙港区 2007 年完成约 440 万 TEU，但外贸货柜只有约 60 万 TEU。

4. 港口设施比较

港口设施主要以港口的水深和泊位长度度量。

广州南沙港是珠三角西岸最重要的深水码头，位于南沙龙穴岛，南沙航道水深只有 11.5 米，需要疏浚。根据《广州市南沙区龙穴分岛（港区）控制性规划》，龙穴岛东侧发展集装箱深水泊位，包括沿海及近、中、远洋泊位，西侧发展江海联运泊位，深水泊位与内河泊位相匹配。三期共建设 16 个深水泊位：一期 4 个 5 万吨级，集装箱年吞吐能力为 100 万 TEU；二期 6 个 10 万吨级深水泊位，最深可为 17 米，集装箱年吞吐能力为 420 万 TEU；三期 6 个 10 万～15 万吨级深水泊位。另建江海联运码头，可满足靠泊 11 艘 1000～3000 吨级集装箱船的要求。

大铲湾位于珠江东岸，矾石深槽北段，经疏浚后，具备通行世界最大集装箱船舶的水域条件。远洋泊位岸线 5930 米，可以建 6000 TEU 以上的大型集装箱远洋泊位 15 个。一期岸线 1830 米，5 个 6000 ~ 8000 TEU 泊位；二期岸线 1700 米，4 个 8000 TEU 泊位；三期规划，岸线 1425 米拟用于兴建 6 个 2000 TEU 泊位，为东南亚及日本航线等近洋的集装箱泊位或内贸泊位；三期预留岸线 2621 米，用以兴建驳船泊位。

港口设施比较结论：南沙港的水深条件不如大铲湾港；两者的深水泊位数量相当；但南沙港的驳船岸线不足大铲湾港的 1/3。

5. 服务水平比较

服务水平以信息服务系统和货物在港的周转时间度量，信息服务系统包括货物处理、货物跟踪和港口管理信息系统。而货物在港的周转时间往往与航班频率呈反比，从前面国际航班挂靠频率可知南沙港的货物周转时间会较大铲湾港区的货物周转时间长。

就信息服务系统而言，大铲湾港一期和二期分别由香港现代货柜码头公司和国际航运巨头马士基集团营运，吸收国际先进的服务经验，可以提供与深圳盐田港相当的服务水平。南沙港二期由国内航运巨头中远集团营运，相信两者的差别并不明显。

服务水平比较结论：大铲湾港的服务水平优于南沙港。当然，随南沙港国际远洋航线的开辟，两者由于竞争关系，服务水平应该相当。

（三） 比较的结论

综合以上比较分析，深圳大铲湾港作为转运枢纽港的前景优于广州南沙港。广州南沙港的优势主要在于成本较低和水铁联运功能。如果南沙港为了吸引大船公司，不收 ORC（本地出口附加费），则南沙港的每个 TEU 成本将比深圳大铲湾港低 1000 ~ 1200 元。但这种低价竞争并非长远之计。

现实情况，第一，广州港的集装箱率、外贸货物率和外贸箱率在全国主要港口中都偏低（见表 10），原因就在于广州港主要是以内贸为主的港口；实际上，广州港也是香港的喂给港，外贸货柜的九成在香港中转。第二，东莞是珠三角产业双转移任务最重的地区，在东莞出口货柜中，大约有七成货柜经由深圳港口出海，三成货柜转由香港港口出海，选择深圳大铲湾港更符合货物的流向。第三，通过 R 型因子分析法所得到的深圳港的物流枢纽指数也比广州港高出近10%（见表11），由此可见深圳港作为转运枢纽港的前景优于广州港。

表10 2005年全国主要港口的有关评价指标

单位：%

指　标	深圳	广州	厦门	宁波	上海	青岛	天津	大连
集装箱率	105.5*	18.9	70.1	19.4	32.8	33.8	19.9	15.7
外贸货物率	69.3	24.7	68.4	47.8	33.6	75.9	51.1	37.3
外贸箱率	89.7	20.7	86.9	94.7	92.8	87.9	72.3	78.7
因子分析值	1.29	1.17	0.12	0.82	5.0	0.93	1.43	0.53

＊集装箱率是按1万标准箱相当于10万吨货物的标准转换的，因此深圳出现105.5%的现象。
数据来源：《中国港口统计年鉴2006》。

表11 相关城市的物流枢纽指数及指数排序

城　市	枢纽指数	等级	城　市	枢纽指数	等级	城　市	枢纽指数	等级
上海市	5.007	1	广州市	1.170	2	厦门市	0.115	3
天津市	1.428	2	青岛市	0.925	2	东莞市	0.108	3
北京市	1.361	2	宁波市	0.821	2	福州市	0.087	3
深圳市	1.293	2	佛山市	0.237	3	珠海市	−0.016	4

注：此表枢纽指数采用 R - 因子分析法计算得出；等级系采取聚类方法确定。

因此，中长期来看，作为珠三角承接香港港口转移出来的低附加值、劳动密集型出口货物，大铲湾港更有发展潜力。当然，南沙港和大铲湾港的竞争力会不断变化，需要根据有关政策特别是一些重大项目的建设进行动态评估。

五　大珠三角港口群枢纽港未来合作态势

2008年大珠江三角洲地区有3个排名世界前20名的港口，香港排名第3，深圳排名第4，广州排名第7。其中广州港发展最快，南沙港的崛起加剧了珠三角港口的竞争。现阶段，港、深、穗三大枢纽港未能整合。未来，随着粤港澳综合交通运输体系的形成和完善，大珠三角几大枢纽港将在市场主导和区域统一规划引导下，形成合理的分工，与众多中小港口一起，共同打造具有国际竞争力的大珠三角组合港。

集装箱中转运输服务迅速发展，促进了集装箱转运模式的改进，相继出现了集散式转运、航线交汇式转运（新加坡）及加工服务和物流式转运（香港和新加坡）等模式；① 同时形成中转型集装箱枢纽港（如新加坡）、腹地引致型集装箱枢纽港（如鹿特丹港和纽约港）和复合型集装箱枢纽（如釜山港，全国近90%的国际集装箱在釜山港装卸）。从这个角度看，香港港口是中转型集装箱枢纽港；深圳具有独特的区位优势、良好的港口资源和发达的制造业基础，深圳港更像复合型集装箱枢纽，深圳西部港区具有东江及西北江小批量低值货流；而广州港则像腹地引致型集装箱枢纽，南沙港具有大运量的铁路中转货流及北江、西江、东江小批量低值货流。

综合各城市的物流枢纽指数排序，以及大珠三角未来的城市经济和交通体系格局，提出以下分工策略建议。

（一）香港港——高增值、即时远洋集装箱中转枢纽港

香港港口转口港地位弱化以及转口贸易增长放缓是不争的事实。香港航运业将向高增值、即时转运发展，而香港港口处理的低增值、劳动密集型的服务将逐步向珠三角港口转移。

香港是自由港，香港港口不仅在交易成本和效率方面具有更明显的优势，而且在软环境方面还具有深圳港和广州港不可比拟的优势。航运的班次多、密度大，约有近百家国际航运公司，每周提供超过500班集装箱货轮班次，往返全球600多个目的地；在法制、低税项、管理人才、国际金融、国际采购市场、国际航班以及国际贸易等方面，都受到全球商界的肯定。比如，香港有9100多家与航运有关的公司，提供海事保险、法律、仲裁、船舶融资、船舶经纪及注册等方面的优质服务。另外，还有国际金融中心和商业服务中心的综合优势，但这些软环境的改善和发展比硬环境要缓慢得多。因此，高值、赶时间及追求服务质量的货主仍会选择香港，香港港口是高端物流服务的首选港口。

香港港的国际中转能力特别突出，2008年，上海港的集装箱国际中转量仅为5%，而新加坡则高达85%、香港达60%、韩国釜山达45%。香港港是集装

---

① 常思：《洋山港建设集装箱转运中心透视》，《中国港口》2006年第11期。

箱运输的国际中转枢纽港，并且是全球供应链上的主要枢纽港，是深港两地港口的管理中心、信息中心、结算中心。

（二）深圳港——沿海运输和近洋运输枢纽，远洋集装箱的复合型枢纽港

深圳港与香港港口比较，深圳港具有在岸线、土地供应、物流操作成本、与内地市场接近等方面的优势。从大铲湾港和南沙港的竞争力比较得知，深圳港的优势在于提供远洋集装箱枢纽港服务。因此，深圳港是远洋集装箱枢纽港，承接从香港转移到珠三角的低增值、劳动密集型产品；同时，提供沿海和近洋服务。

深圳港基本实现与国际知名干线大港的全面通航，成为珠江水系重要的出海口和内地国际集装箱班轮航线最多、覆盖范围最广的港口。深圳市90%的生产物资、70%的生活物资、60%的外贸物资以及广东省内外贸集装箱生成量35%左右的运输份额都是由水运完成的。深圳港是复合型枢纽港，其中盐田港是深水港，努力为国际大型的远洋船只提供国际航线较为完善的服务，其目前主要客户有美国的沃尔玛集团等；蛇口港由于自身的服务与国际水平尚有一定差距，以及其地理位置的限制，收费较盐田港低廉，可以为廉价的工业产品生产商提供选择；大铲湾港区与香港、东莞地缘相接，与香港港口处同一片水域，以集装箱远洋干线运输为主，承接从香港转移到珠三角的低增值、劳动密集型产品。东部盐田港、中部蛇口港和西部大铲湾港形成深圳港的整体组合优势。

珠三角产业转型和企业外迁，对深圳港本地货源的生成量形成冲击；深圳港努力拓展内陆腹地，将海铁联运业务由沿海向内陆地区延伸，分别在广东大朗、黄埔，湖南株洲、云南昆明、江西赣州等地开设海铁联运业务。

（三）广州港——内贸和沿江运输综合枢纽港，集装箱运输的引致枢纽港

从大铲湾港和南沙港的竞争力比较已知，南沙港区的优势在于提供内贸服务，南沙港的配套设施都是按照内贸设计，也拥有比较完善的内河航运和公路运输网络系统。广州港集装箱外贸与内贸的比例约为3:7。在集装箱运输方面，从航道和远洋航线来讲，香港和深圳港在珠江口前沿，使其集装箱业务发展受到一定制约，因此，南沙港未来的目标是引致型集装箱枢纽港。在综合运输方面，广

州港将依托江海联运优势，成为煤炭、油气品、钢材、原材料运输的综合性枢纽港。

2008 年 10 月 18 日，广州南沙保税港区获批，规划面积 7.06 平方公里，包括 3 个地块：地块一包含广州港南沙港区一期工程、南沙港区二期工程和公共查验区；地块二包含物流园区一期、江海联运码头一期工程；地块三是广东南沙出口加工区。

保税港是我国与自由贸易区政策功能最为接近、开放层次最高、功能最齐全、政策最优惠的海关特殊监管区域。南沙港建成以后，将对重工业比如化工、钢铁、造船、汽车等产业的运输产生极大影响。

（四）珠海港——珠三角西岸的沿海、近洋、江海联运的综合性枢纽港

在国家规划和广东省规划中，珠海港都作为主要港口定位，是珠三角西岸的枢纽城市。珠海市未来将发展飞机制造业、化工行业。磨刀门水道及出海航道未来可通过 3000 吨级海船，崖门水道及出海航道未来可通过 5000 吨级海船，这些使珠海高栏港具有发展成为集装箱枢纽港的前景。2008 年 12 月，高栏港两个 5 万吨级集装箱码头试运行，标志着珠江西岸没有大型国际集装箱码头历史的结束，使珠海港的吞吐规模和运作层次得到了显著提升。

B.18
以制度创新开创粤澳合作的新局面

袁持平　周琼娜 *

摘　要：随着《横琴总体发展规划》（简称《横琴规划》）的出台和《粤澳合作框架协议》的签订，粤澳合作已经成为国家区域发展战略的重要组成部分。粤澳合作不能照搬粤港模式，需要在粤澳合作现状和澳门的特殊情况上有所创新。本章重点分析了粤澳合作中的合作通关、离岸金融、离岸税制等制度的现实状况和创新意义。作为粤澳合作创新的重要载体，横琴具有区位优势、政策优势、土地资源优势和生态优势。基于以上优势，横琴发展重点定位为商务服务、休闲旅游、科教研发和高新技术产业等四大产业。结合国内外产业园区建设的经验教训、粤澳合作的特殊性和横琴本身的发展现状，分析了横琴产业发展中需要重点注意的知识产权保护、医药审批制度、高新技术企业融资环境等问题，并提出一系列政策建议。

关键词：横琴　通关便利化　金融创新　高端服务业

澳门回归以来，在中央政府的大力支持和 CEPA 的有效实施下，澳门和广东地区的贸易额、直接投资额和人员流动量都在逐年增长，广东取代香港成为澳门的最大贸易伙伴、最主要的进口来源地、最大游客来源地、最主要的投资目的地和投资来源地。粤澳经贸关系取代了过去港澳经贸关系，对澳门的影响，成为推动澳门经济快速发展的重要支撑与动力。粤澳合作让大珠三角经济区域框架实现了无缝对接，使区域功能更加完善，为其经济发展提供了更大的空间和平台。一方面粤澳合作有利于澳门资源向珠三角其他区域扩散；另一方面内地可以通过粤

---

* 袁持平，中山大学港澳珠江三角洲研究中心副主任，副教授；周琼娜，中山大学港澳珠江三角洲研究中心研究生。

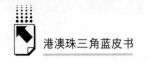

澳的合作向澳门展示其投资环境和资源条件的窗口。

粤澳合作不能照搬粤港模式，需要在粤澳合作特殊现状上有所创新。制度创新作为粤澳合作创新的重要步骤，可于部分区域先行先试，通过逐步探索，最终达到促进区域合作和经济适度多元发展的目的。横琴岛作为珠海市第一大岛，与澳门三岛隔河相望，处于"一国两制"的交汇点和"内外辐射"的结合部，有着极为优越的地理位置。因此，横琴当仁不让地成为粤澳合作的重点区域和粤澳合作创新的试验场。

本文结合《横琴总体发展规划》和《粤澳合作框架协议》，分析粤澳合作中的合作通关、离岸金融和离岸税制这三种制度的现实状况和创新举措。重点阐述了作为粤澳合作的创新实验场——横琴的发展现状和在商务服务、休闲旅游、科教研发和高新技术产业等四大重点产业的发展定位。结合国内外发展经验和教训，分析了横琴在知识产权保护、医药审批制度、高新技术企业融资环境方面需要注意的问题，并提出了建议。

一 粤澳合作在制度方面的创新举措

（一）通关便利化的创新

澳门回归以来，粤澳的人员和物资流动量逐渐攀升，粤澳通关压力逐渐增大。内地向澳门的人员流动是以前往澳门旅游博彩的游客为主。澳门旅游博彩业所占比重极高，约占澳门经济的43%。2009年澳门的入境游客达到2175万人次，内地赴澳门的游客人数达到1098万人次，而其中广东2009年赴澳门旅游人数的达到850万人次。内地是赴澳门旅游的最大客源市场，广东则是内地赴澳游客最主要的来源地，占内地赴澳旅游人数的将近80%。内地是澳门的最大贸易伙伴，2009年广东与澳门的贸易占内地与澳门贸易的78%，内地与澳门的贸易实际上主要是广东与澳门的贸易。

基于粤澳的人员和物资流动的迅速增长，粤澳的通关便利发生了翻天覆地的变化。截至2009年底，珠海市经国家批准对外开放的一类口岸有8个，其中，陆路口岸3个（拱北、横琴口岸，珠澳跨境工业区专用口岸），港口口岸有5个（珠海港、斗门、九州、万山、湾仔码头）；经省政府批准对外开放的二类口岸有 7 个。同时，粤澳新建了珠澳跨境工业区口岸、横琴口岸旅安联检大楼，重建了横琴客货车辆通道；全国首创的客车"一站式"电子验放系统和港澳居民自助查验系统率先在拱北口岸启用并逐步推广运用；拱北口岸客运、横琴口岸货运实施延长开放时间等。

总体上看，虽然粤澳基础设施建设对接和通关便利对两地建设发挥了积极的作用，但与当前的现实要求还存在一定差距。一是赴澳签证限制多，手续较为繁琐，限制了两地人员往来。二是对商务、公务人员没有放宽到"一次多签"，给两地商务往来及开展公务活动带来一定的障碍。三是口岸规模小，设施设备落后；按规划，拱北口岸出入境大厅最多可同时容纳 5200 名旅客，目前日均接近 22.5 万人次，平均每小时验放近 1.3 万人次，高峰时刻出入境大厅候检旅客经常超过 7000 人；湾仔口岸设计年通关能力 18 万人次，目前已超过 60 万人次。

随着一系列政策文件的落实和粤澳合作的发展，粤澳的人员和物资流动将更加频繁，现有的粤澳通关口岸制度和承受能力已经不能满足经济发展的要求。对此，粤澳双方必须要从交通"硬件"建设进行布局创新，从通关"软件"建设进行制度创新。

在"硬件"方面，大力推进港珠澳大桥、广珠城际轨道、广珠西线高速公路等一批重点交通项目建设，并加快拱北口岸改扩建工程、调整珠澳跨界工业区口岸功能，加快横琴口岸建设等口岸基础建设项目，通过推进基建项目提速，为粤澳两地融合奠定基础。其中拱北口岸旅安检查大楼改扩建工程拟新建旅安检查通道 150 条（出境 70 条，入境 80 条），设计日通关流量为 35 万人次，并预留了 15 万人次的增幅空间，届时可达到 50 万人次的日通关量。

在"软件"方面，通关创新的重点在横琴。推动横琴开发一项重要内容就是要创新口岸通关模式，目前提出了横琴口岸"分线管理"的新通关模式。所谓"分线管理"，即对现有的横琴口岸功能进行调整，实施人员、交通运输工具和货物的进出境查验功能分开，人员和交通工具的通关仍按目前通关模式运作放在一线查验，货物的进出境查验功能后移至二线。具体就是，在横琴与澳门之间的口岸设定为"一线管理"（现横琴口岸）：一是对进出境人员查验，与目前查验模式一致；二是对进出境交通运输工具，粤澳两地牌照车辆维持现行进出境查验模式，澳门牌照车辆由广东省政府根据国务院授权与澳门特区政府签订相关协定可进出横琴岛，仅限在横琴岛内行驶；三是对进出境货物采用报备制，不再承担报关、报检查验功能。横琴与内地之间设定为"二线管理"（新设立通道），主要承担货物的进出境报关、报检等查验监管功能，并承担对人员携带的行李物品和交通运输工具载运的货物的检查功能。按照"分线管理"的实施方案，未来经澳门进出横琴的人员和交通工具查验会更简便快捷。新型通关模式真正实施后，对横琴吸引投资、开发旅游、经营会展物流、货品仓储和加工将产生积极的推动作用。

除了实行分线管理的通关模式，创新口岸通关模式还表现在对以下领域的探索：实施货物"单一窗口"通关；逐步延长口岸通关时间，争取拱北口岸实现24小时通关；率先在珠澳跨境工业区专用口岸通道探讨两地申报单证统一；对一次性临时过境车辆管理，制定并实施澳门机动车进出横琴（仅限在横琴行驶）的管理规定；实行双方便利换领小型汽车驾驶证工作；推动建立两地检测结果互认和信息共享机制，提高货物通关速度，等等。一系列方便通关的具体政策，可以大大便利两地民众的往来，为区域一体化的长久发展奠定了基础。

（二）粤澳合作金融创新

在粤澳贸易增长的同时，粤澳金融业的发展也面临着巨大压力。澳门是一个完全对外开放的市场，有经营成本低、基础建设完善、金融系统稳定、流动性高等优点。澳门具有自由港制度和低税赋制度，而且交通便利，通信设施完备，加上优越的地理位置，可以通过对各种离岸金融业务予以免税等鼓励政策，使澳门成为一个开放的离岸金融中心。澳门的金融优势对广东地区的影响正逐渐扩大。从澳门对广东的投资来看，2009年，粤澳进出口贸易额达23.5亿美元，广东吸收澳门直接投资项目167个，实际利用澳资3.2亿美元。从广东省对澳门的投资来看，截至2009年底，广东经核准在澳门设立企业147家，协议投资额为1.34亿美元，其中2009年在澳门设立企业10家，协议投资额为1529.41万美元。

虽然两地的贸易额和直接投资额有一定基础，但是两地金融合作仍处于起步阶段。具体而言，内地市场准入门槛仍然较高。目前澳门银行的规模和业务发展弱于香港，在同样的市场准入标准下，进入内地市场较香港银行有难度。而且虽然两地货物、人员、资金往来频繁，粤澳地区跨境贸易人民币结算工作、粤澳银行机构对重大跨境基础设施建设项目提供银行贷款等工作仍缺乏经验和实践。资金上的缺乏对粤澳企业转型和升级带来了较大压力，在粤澳之间相互投资和贸易同时增长的背景下，加强金融创新与合作，对粤澳双方提升经济发展层次都具有十分重要的意义。

立足粤澳两地金融业发展现状，粤澳合作需要在部分金融业务领域有所创新和先行先试。作为金融创新，在横琴有望取得新突破。在横琴新的发展规划中，金融领域提出了"探索推进粤澳资本项目交易使用人民币结算"，支持"粤澳金融机构跨境互设分支机构"，支持探索双方企业跨境抵押申请贷款方式等政策。同时，"开展产业投资基金试点"、"探索在横琴开展个人项下人民币与澳门元、港元在一定额度内的双向兑换试点"、"探索在横琴推广使用多币种金融IC卡"、"探索粤澳跨境集中代收付业务的双向开展"、"支持小额多用途预付卡的跨境使用"等政策的出台，为横琴金融发展乃至横琴总体发展提供良好政策框架，也为澳门金融业界进入横琴创业发展提供良好条件。

总之，"相互开放、互设机构"是粤澳金融合作的明显特点，这也是粤澳双方积极适应现代服务业发展要求的一种尝试。

（三）离岸税制创新

澳门和内地税制有着很大不同。澳门实行以直接税为主体的"避税港税收制度"，具有税种少、税率低、税负轻、实施收入来源地税收管辖权等特点。澳门税率偏低，主要表现在：所得补充税最高只是盈利的百分之十二，[①] 是全球低税率地区之一；只有在澳门地区内经营业务或工作所收取的收益，才属于课税收益；所得补充税A组纳税人的年度亏损，可以在续后三年的盈利内扣除；自置物业办厂者，无论个人商号或有限公司组织，都可以申请豁免房屋税；不动产即使在使用的首个年度已经按月摊折，第二年仍然可以将其全年摊折率增加至20%，以示优待；离岸公司有更多项税务豁免。

在澳门低税制的前提下，需要对澳门经营商进行相应的税制调整，否则会影响到内地对于澳门居民以及外来投资者的吸引力。横琴新区作为中国经济特区中的特区，在税制方面目前已经有了新的突破。根据《横琴规划》，澳门居民到横琴工作、生活适用内地劳动就业制度及社会保险制度。澳门居民也可按照《中

---

① 澳门特别行政区于2005年6月发布《修改〈所得补充税规章〉》（第4/2005号法律），将课税级别由原16级简化为6级，最高税率由15%调低至12%。

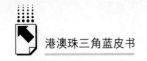

华人民共和国个人所得税法》规定，扣除附加减除费用。《横琴规划》支持横琴争取国家服务外包示范城市优惠政策。经国务院批准后，横琴经认定的技术先进型服务企业，可享受国家现行的税收优惠政策。

目前《粤澳合作框架协议》已经签订，但具体的细则条款还需要两地政府不断通过努力落实。粤澳两地制度不同，税制创新富于挑战性，充满了很大发挥的空间。

二　粤澳合作创新的载体——横琴

（一）横琴发展现状

横琴位于广东省珠海市南部，东临澳门，与澳门三岛隔河相望，最近处相距200米，距澳门机场3公里，距珠海机场约8公里，距香港41海里。横琴是珠海146个岛屿中最大的一个，全岛南北长8.6公里，东西宽约7公里。横琴于1992年被广东省定为扩大对外开发的四个重点开发区之一；2004年，横琴被确定为泛珠三角经济合作区；2009年8月14日，国务院正式批准实施《横琴总体发展规划》，将横琴岛纳入珠海经济特区范围，要逐步把横琴建设成为"一国两制"下探索粤港澳合作新模式的示范区。

与国内尤其是珠三角地区其他开发区相比，横琴具有四项独特优势。

1. 区位优势

横琴属于"一国两制"的交汇点和"内外辐射"的结合部，建成了连接珠海市区的横琴大桥、与澳门相连的莲花大桥和国家一类口岸横琴口岸，实现了桥通、路通、水通、电通、邮通和口岸通，为经济发展打下了良好的基础，是承接港澳辐射尤其是高端服务业转移的首选之地。

2. 政策优势

作为继上海浦东新区、天津滨海新区之后，第三个由国务院批准的国家级新区，横琴新区将在区域经济合作、通关管理制度、产业发展模式等方面享有更多的优惠和更大的自主权。

3. 发展优势

横琴新区土地资源丰富，现有陆地面积67平方公里，全部开发后将达86平方公里,是澳门现有面积的 3 倍左右。岛上可供开发土地面积 53 平方公里,现仍有 40 平方公里土地未开发。粤澳两地,尤其是珠三角核心地区土地资源稀缺,充足的土地资源有利于横琴开展大规模建设项目。

4. 生态优势

横琴拥有保存完好的海洋、森林、湿地等三大生态系统,为旅游业发展提供了良好条件。

基于以上优势,横琴当仁不让地成为粤澳合作的重点区域,也是粤澳合作创新的试验场。粤澳合作对于澳门拓展发展空间、优化产业结构、完善管理体制等都具有重要意义。通过横琴这一合作新载体,为澳门解决了土地资源有限和劳动力相对短缺的劣势问题,逐步改变澳门经济结构比较单一的问题和促进澳门经济适度多元发展,使澳门优势产业得到延伸扩充,最终实现澳门全方位携手周边地区共同发展。同时,横琴的开发有利于珠海和澳门经济、产业对接及配套发展。珠海通过加强与澳门合作,可以大力吸纳国外和港澳的优质发展资源,打造区域产业高地,这也重塑珠海发展新优势,促进珠江口西岸地区产业升级,符合双方一体化利益。

(二) 横琴发展定位

基于横琴在粤港澳结合部的优势地理位置和发展现状,横琴的发展初步定位为带动珠三角、服务港澳、率先发展的"一国两制"下探索粤港澳合作新模式的示范区;深化改革开放和科技创新的先行区;促进珠江口西岸地区产业升级的新平台。

具体而言,从产业发展方向上来看,横琴岛将充分发挥区位、环境和政策优势,发展以高端服务业为主导的现代产业,重点发展商务服务、休闲旅游、科教研发和高新技术产业四大产业。

1. 商业服务

在发展商务服务产业上,横琴可以充分利用香港国际金融中心、贸易中心及资讯中心的地位,拓展澳门作为国际性商贸平台的带动效应,鼓励港澳的商务服务优势向横琴拓展。在此前提下,横琴可以重点发展信息服务、外包服务、商业贸易等产业,为珠江口西岸地区及广大内陆地区提供错位发展的机会,从而成为珠江口西岸地区率先承接港澳服务功能的区域性商务服务基地。

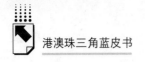

2. 休闲旅游

在发展休闲旅游产业上，横琴可以利用香港、澳门对国际高端旅游资源的吸引力，结合横琴的海岛型生态景观的资源优势发展休闲度假产业，将自身打造成为与港澳配套的世界级休闲旅游胜地。同时发展高品质度假旅游项目，把粤港澳特色旅游资源串联成"一程多站"的旅游线路，开辟旅游共同市场，增强澳门旅游业对珠江口西岸地区的辐射力。

3. 科教研发

在发展科教研发产业上，横琴可以依托港澳科技教育资源优势和内地人力资源优势，加强粤港澳三地的科技合作与交流，重点发展研发设计、教育培训、文化创意等产业。横琴可以作为服务港澳、服务全国的区域创新平台，从而促进澳门传统产业的转型升级，提升珠江口西岸地区的自主创新能力。

4. 高新技术

在发展高新技术产业上，横琴可以充分利用珠海现有的高校资源及珠海软件园、珠海航空产业园的技术及珠三角的技术力量，依托国内的市场需求，吸引港澳及珠三角的知识密集型制造业到横琴扩大生产。另外，横琴可以和澳门分工协作，横琴重点发展 CEPA 协议中原产于港澳，享受免税政策的电子信息、生物医药、新能源及环保技术、航空制造等产业，支持澳门发展技术含量和附加值相对较高的工业，从而把横琴打造成为珠江口西岸地区融合港澳优势的国家级高新技术产业基地，提升珠江口西岸地区的产品附加值。

（三）横琴产业发展中可能出现的问题及建议

随着横琴在粤澳合作中的重要地位和发展定位的确立，以及粤澳合作通关、离岸金融、离岸税制等创新政策的出台，横琴的发展已经进入到一个项目实施的阶段。目前，珠海市已经启动了横琴市政基础设施、横琴岛多联供燃气能源站、珠海长隆国际海洋度假区、珠海十字门中央商务区等四大重点项目。按照《横琴总体发展规划》要求，粤澳将共建粤澳合作产业园区，面积约 5 平方公里，重点发展中医药、文化创意、教育、培训等产业。

但是因为横琴发展涉及到三地不同的社会制度和不同发展现状的问题，所以横琴建设还面临很多制度上的和现实的问题。结合国内外产业园区建设的经验教训、粤澳合作的特殊性和横琴本身的发展现状，分析横琴产业发展中需要重点注意的知识产权保护、医药审批制度、高新技术企业融资环境问题，提出解决建议。

1. 知识产权保护问题

知识产权制度是保护技术创新的重要手段。在缺乏知识产权制度的情况下，技术创新的溢出效应使创新者不能得到应有的收益补偿，这将抑制企业的创新行为。知识产权的设立则授予了创新者在一定时期内独占创新市场收益的权利，解决了具有公共属性的技术创新成果因"溢出效应"而导致的"搭便车"问题。

科教研发和高新技术是横琴开发的重点产业，知识产权保护是这类产业发展的先决条件。知识产权保护在港澳地区的发展已经比较完善，但由于这项制度在中国起步较晚，所以在中国还处于发展的阶段。在法律上，中国知识产权保护的条文虽然已经达到相当的高度，但法律的执行力度不够，所以并不能起到相应的效果；在社会上，企业和民众知识产权保护意识都比较薄弱。

在外资企业进入国内之后，如果不解决知识产权保护的话，会使得外资企业出于自身的利益，而采取严格的技术保密，这样就会减少与本地创新合作伙伴的交流，降低与本地创新系统的互动和技术扩散的效应。缺乏知识产权保护的保障，外资进入产业园区的积极性也会受到影响。为了园区的发展，必须要求政府对知识产权进行干预和产权设置，加强知识产权保护力度，既可激励企业技术创新，又能促进先进技术成果扩散。

同时，政府对知识产权的管制要坚持适度的原则。政府一方面可以通过知识产权的保护方式，给予创新者"一定时间内对其创新的独家使用权和垄断"，另一方面可以通过反垄断措施消除阻碍技术创新的因素。过于松散的管制会危害技术创新的社会和经济环境，将使技术创新者失去创新的积极性；而过于严厉的管制又对技术创新产生负面影响，比如延长了新产品的开发时间以及等待政府管制部门的批准，会影响到新产品和新工艺进入市场的时机，同样会对技术创新产生不利影响。因此，必须注意实行适度监管、适度竞争的方针，坚持实施知识产权管制的同时，减少技术创新过程中的官僚程序，消除各种抵制和阻碍技术创新的不利因素。

2. 医药审批制度问题

《粤澳合作框架协议》决定在横琴岛上共同建设粤澳合作中医药科技产业园作为粤澳合作产业园区启动项目。该举措为未来 10 年粤澳在中医药产业、医疗

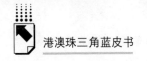

服务业、公共卫生等领域的合作指明方向，也为中医药产品走向国际市场提供了良好的契机和平台。

横琴中医药科技产业园和一般的工业园区不同，不只是引进某一类型的企业，更是在建园方式和建园理念方面都有了突破。在中医药走向世界的过程中，最大的问题之一是中医药标准难以统一。因此，粤澳双方合作的重点将落在"共同探索符合中医药特点及规律的中成药开发、检测的产业化标准"，及"加强中医药服务标准、知识产权推广与应用等方面"的合作。建成后的科技产业园将由多家大学和众多国内外研究专家、企业组成的产学研"联盟"进驻，探索形成符合中医药特点及规律的产业化标准；支持澳门设立中医药重点实验室和检测中心，推进联合实验室建设，加强科技合作和质量标准研究，争取在名贵中药和中药饮片的质量评价方面取得进展。产业园将探索创新相关认证制度和加强品牌建设，为提升中医药产业的国际竞争力创造条件。

在中医药科技产业园的合作建设方式上，粤澳双方提出的合作思路是广东以土地形式出资，占股份的49%；澳门以现金方式出资，占股份的51%，计划于2011年动工。澳门特区政府成立一个公营企业，来开发中医药产业园。澳门的中医药筹备办公室还继续和广东沟通增加资金投入，以便开展除了土地之外其他成本投入。澳门政府希望在园区建设管理中，采取以澳方为主导的模式。当园区建设正式启动后，澳门方面希望用建设澳门大学横琴校区相等的时间（澳门大学横琴校区建设计划用3年时间完成）完成对中医药科技产业园的建设。

作为横琴岛上的粤澳合作产业园区建设的启动项目，粤澳合作中医药科技产业园是横琴发展重要载体，也是粤澳制度创新的重要体现。但是在中医药审批制度方面，澳门和内地审批存在很大不同。目前澳门是亚洲唯一没有中药注册法规的地区，品种注册快速简单，对制药企业生产条件的各项要求较内地宽松。同时，按照CEPA协议，中药原材料及产品进出澳门和内地均享受零关税待遇。而中国内地的药品审批程序中对审评时限虽然有具体时间的规定，但是缺乏相应的监管和惩罚机制，拖延审评时间的情况时有发生。而且，药品审批权力集中、运行过程封闭、信息透明化低、法规不健全，所以内地新药品上市的过程常常被延迟。

药品审批的标准、程序和效率问题关系到民众的用药安全，也对新药的研制和投产速度起着关键作用，是外资来内地投资药厂的重要考虑因素。欧洲药品生产在世界医药市场上的占有率在 1994 年为 32%，而到了 2004 年降至 25%。为了与美国竞争，欧盟委员会采取缩短新药审批时间措施，这为欧洲的制药业和新药研发赶上美国奠定了基础，使每年流往美国达数百亿美元的新药研发资金中有相当一部分转向欧洲。因此，如果中医药科技产业园区选择内地的药品审批制度，在保障公众的生命健康安全的前提下，如何缩短药品审批的周期，对中医药科技产业园区吸引外资，提高园区企业生产能力和研发积极性非常重要。

3. 高新技术企业融资环境问题

高新技术产业具有资金投入量大、成功率低、风险度高的特点。以生物科技医药为例，在美国，一个有知识产权的新药从研究开发到上市，一般需要 5 亿 ~ 10 亿美元的资金运作，所以小型生物高技术企业，往往很难独立完成将新药从研究开发到推向市场的整个过程。因此，高新技术企业的发展需要成熟的资本市场运作或者政府财政来提供资金支持。

美国高新技术产业之所以能在全球独占鳌头，主要原因是美国政府和私人机构的资金支持。美国高新技术产业筹集资金有多种渠道，其中包括联邦政府拨款或资助、州政府拨款或资助、大公司出资、设立基金、贷款、风险投资等。许多州设立了科学技术基金、研究基金、风险投资基金、烟草基金、种子基金等。政府还利用税额优惠（如减免高技术产品投资税、高技术公司的公司税、财产税、工商税）等税制来间接刺激投资，各州政府也为高技术产品开发提供经费补贴。大部分州都有针对研究和发展的课税扣除，一般是和联邦研发课税扣除联合使用。另外，也有些州提供销售、使用税豁免和投资税款减除。在政府优惠政策的刺激下，企业也加大了对生物技术开发的投入力度。目前，以大公司为代表的民间高技术研究投资总额已超过政府资助。

从美国的经验来看，资金投入强度直接影响高科技产业的发展速度，发育良好的资本市场是高科技产业发展的基础。基于美国的发展经验，高科技产业要建立既有政府拨款，又有非政府自筹资金等多元化投资体系。在资本运作中，应大力发展风险投资，不断扩大融资范围，与商业资本和民间资本合作；采取积极措施，鼓励社会上的资金管理公司参与风险投资，吸引国际风险投资资本积极参与。总之，横琴的运作需要形成既有金融贷款，又有国外资本投入；既有政府无偿资助的经费，又有有偿使用资金的多渠道、多形式投融资体系。此外，要加大

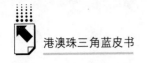

对基础研究方面的投入，政府可以设立技术创新基金、实行无息贷款，以及用减免新产品税、调节税的方法鼓励企业自己设立技术创新基金。

三　结束语

经过改革开放以来的高速发展，目前广东特别是珠三角地区正处于调整转型、重装上路的历史阶段；澳门回归后在经济方面取得长足发展进步，但也面临经济结构单一等制约因素，拓展经济多元发展的问题已摆上议事日程。粤澳两地如何深化合作、重新整合、优化配置，在新的历史条件下实现新的飞跃，需要粤澳双方从制度开始，进行各项创新合作，而横琴则是各项创新合作的试验田。粤澳合作在通关制度、金融体制、税收体制等方面的创新为粤澳合作特别为横琴的发展提供了制度保障。

与国内尤其是珠三角地区其他开发区相比，横琴具有处于"一国两制"的交汇点和"内外辐射"的结合部的区位优势；国家级新区和"特区中的特区"的政策优势；未被开发的土地资源丰富的发展优势；海洋、森林、湿地三大生态系统的生态优势。基于以上优势，横琴的产业发展定位是以高端服务业为主导的现代产业，重点发展商务服务、休闲旅游、科教研发和高新技术产业等四大产业。但是因为横琴发展涉及三地不同的社会制度和不同发展现状，所以横琴发展还面临很多制度上的和现实的问题。对此提出一系列解决建议。

粤澳合作对于澳门拓展发展空间、优化产业结构、完善管理体制等都具有重要意义。同时，通过加强与澳门合作，珠海可以大力吸纳国外和港澳的优质发展资源，打造区域产业高地，这对重塑珠海发展新优势，促进珠江口西岸地区产业升级产生积极的作用，符合双方一体化利益。通过实施比经济特区更特殊的对外开放政策，率先探索建立合作方式灵活、合作主体多元、合作管道顺畅的新机制，促进人流、物流、资金流和信息流在粤澳地区高度聚合与高效流动，横琴岛将为进一步推进粤港澳紧密合作提供示范和经验。

共建优质生活圈

High Quality Community for Living

B.19

大珠三角环境保护合作进展与
区域环境管治分析

马小玲*

　　摘　要：粤港澳三地的环保合作已开展多年，尽管取得一定成效，但却始终未形成一套可持续发展的合作机制。随着《珠江三角洲地区改革发展规划纲要（2008~2020)》、《大珠江三角洲城镇群协调发展规划研究》、"绿色大珠三角优质生活圈"的相继推出，粤港澳三地的环保合作迈入新的关键时期。本文通过对粤港澳三地环境保护现状的分析，阐述了三地环境管理模式的差别以及实现区域合作的可能。目前，粤港澳三地区域环境保护工作与经济合作发展不对称、仅限于政府层面的环境合作、区域性整体环境政策缺失、非对等合作等因素的存在是造成区域环境保护合作未见成效的重要原因。为此，可以通过借鉴国际区域环保合作经验，提出解决制约粤港澳三地环保合作障碍，建立环境保护合作长效机制的相应对策。

　　关键词：环境保护合作　区域合作　环境管理　区域环境政策

＊　马小玲，环境保护部华南环境科学研究所研究员，高级工程师。

香港、澳门回归祖国以来，粤港、粤澳政府相继建立政府联席会议制度，在原"粤港环境保护联络小组"和"粤澳环境保护联络小组"的基础上分别成立了"粤港持续发展与环保合作小组"和"粤澳环保合作专责小组"，并积极开展小组的专题合作研究。经过多年跨境环境合作，三地共同研究和推行了一系列的措施，在环境污染防治措施和管理手段方面取得一定成效。但是，上述环境保护合作主要集中在协调区域局部环境污染治理和解决跨境环境影响问题上，区域环境保护停留在政府部门对跨境环境污染事务"一事一议"方面，缺乏从全局出发考虑区域环境可持续发展的长远打算。因此，区域性生态环境改善没有取得太大的突破性进展。

2008 年 12 月国家发展和改革委员会发表《珠江三角洲地区改革发展规划纲要（2008～2020 年）》（简称《纲要》）。2009 年 10 月由粤港澳三地规划部门共同合作研究完成了《大珠江三角洲城镇群协调发展规划研究》（简称《大珠三角规划研究》)①。目前，粤港澳三地政府开展的"绿色大珠三角优质生活圈"（简称"绿色生活圈"）的规划工作正在进行中。《纲要》和《大珠三角规划研究》以及"绿色生活圈"的规划研究与落实成为三地环境保护合作转移到向区域全局和向纵深发展的一个新局面，共同着眼于未来，将各自环境保护融入区域社会经济可持续发展之中。

一　大珠三角环境保护合作的新进展

（一）《纲要》有关环境保护的安排

《纲要》是国家对珠三角未来 12 年发展进行指导的纲领性文件，其中"环境保护"是《纲要》中提出改革的重要领域之一。

《纲要》将"加强资源节约和环境保护"列为规划需着力解决的重点问题之一，提出节约集约利用土地；大力发展循环经济；加大污染防治力度；加强生态

---

① 广东省住房和城乡建设厅、香港特别行政区政府发展局、澳门特别行政区政府运输工务局，《构建协调可持续的世界级城镇群——大珠三角城镇群协调发展规划研究》汇总报告，2009 年 10 月。

环境保护。要求坚持预防为主、综合治理的方针，提高环境管理水平，创新环境管理机制，切实解决危害人民群众身体健康和影响经济社会发展的突出问题；加强水环境管理，着力加强粤港澳合作，共同改善珠江三角洲整体水质，减少整体水污染量，提升污水处理水平；着力解决大气灰霾问题；制定更严格的区域环境标准，统筹环保基础设施建设，鼓励环境管理体制机制创新和先行先试，充分利用价格、财政、金融等经济手段，率先建立政府、企业、公民各负其责、高效运行的环境管理机制；优化区域生态安全格局，构筑以珠江水系、沿海重要绿化带和北部连绵山体为主要框架的区域生态安全体系；探索建立流域、区域统筹的生态补偿机制等。

2010 年 3 月 25 日，环境保护部与广东省人民政府在广州签署《共同推进和落实〈珠江三角洲地区改革发展规划纲要（2008～2020 年）〉合作协议》。环境保护部和广东省将从深化环保规划、环境政策和环保科研等方面共同推进珠三角地区环境保护工作。如，共同推进规划编制和实施；共同开展环境功能区划研究；共同推进规划环境影响评价；开展经济与环境形势分析；研究建立生态补偿机制；推进排污权有偿使用与交易试点工作；开展绿色经济政策合作研究；探索广东特色的环境管理体制机制；共建环境规划与政策研究中心；共建广东省环保科研平台。[①]

（二）《大珠三角城镇群协调发展规划研究》

《大珠三角规划研究》是经国务院港澳办和粤港澳三地政府同意，在"一国两制"框架下，由三地城市规划主管部门——广东省住房和城乡建设厅、香港特别行政区政府发展局和澳门特别行政区政府运输工务司通过"粤港城市规划及发展专责小组"和"粤澳城市规划及发展专责小组"这两个合作平台，首次开展的策略性区域规划研究，是我国第一个跨不同制度边界和空间协调的规划研究。从某种意义上说，是粤港澳地区由市场主导的"非制度性"合作，是政府和市场双轮推动的"制度性"合作转变的开创性重大举措。

《大珠三角规划研究》于 2006 年 3 月正式启动，历时 3 年，经历了专题研究、技术报告编写和成果汇总三个阶段。开展了 26 个专题研究。根据 2007 年下

---

① http：//www. gdepb. gov. cn/gzdt/shbdt/201004/t20100423_ 75193. html.

半年以来国内外宏观形势的重大变化，以及实施《纲要》的工作要求，进一步完善研究内容。期间，粤港和粤澳专责小组的专家对各阶段研究成果进行了审核，包括 31 位内地和港澳知名专家组成的"专家顾问团"对各阶段成果进行的技术审查。研究成果最后经粤港和粤澳专责小组联席会议审查通过。《大珠三角规划研究》就主要的规划议题提出策略性建议，为粤港澳三地政府制定区域合作及跨界政策提供参考，可视为是一份高层次纲领性的研究报告。有关规划建议需国家、广东省和两个特区政府在政策和资源配置上多方配合，进一步确定其可行性。

《大珠三角规划研究》是在"一国两制"框架下，基于三地建立"更紧密合作关系"的共同愿望，以及共建"世界上最繁荣、最具活力的经济中心之一"的高度共识下而形成的联合发展项目。它以前瞻性的视野考虑和分析大珠三角城镇群的发展方向、区域空间结构、跨界交通、地区合作及生态环境保护为重点制定的空间协调发展策略、行动计划及协调机制，旨在提出可促进区域整体经济发展、社会融合和环境改善的空间发展策略。

《大珠三角规划研究》的主要内容包括 5 个方面：大珠三角城镇群总体发展战略；跨境交通运输与邻近地区合作战略；区域战略性环境影响评估及资源保护利用；协调发展机制与近期重点协调工作建议；香港、澳门与珠江口两岸地区协调发展。《大珠三角规划研究》主要选择了区域空间结构、跨界交通和生态环境三个重大空间要素，并将着眼点放在关涉粤港澳三地可以采取共同行动的层面。这是因为《纲要》已经从国家层面给予珠三角及其各城市以明确的功能定位，对经济、社会、环境管理的改革发展也已经进行了全面系统的安排。因此，《大珠三角规划研究》更多地关注粤港澳三方协调中存在的问题及需要三方协调解决的问题，对于三方的责任、利益平衡以及大珠三角城镇群协调发展的重要性、切入点和落脚点均基于各自城市已有的各类规划以及发展战略协调机制的基础之上。

《大珠三角规划研究》的优质环境策略是，构建区域整体生态安全环境格局，合理推进区域环境治理，落实各地环境保护责任。构建区域整体生态安全环境格局是，着力保护对区域有重要生态影响的功能源点和生态节点，构建以绿水青山为主体的网状生态空间结构，并以区域绿地作为重要的景观要素构建大珠三角城镇群环境的点线面结合的网状生态安全格局。合理推进区域环境治理，是指合力推进区域大气环境、流域水环境治理，强化重点污染源及重点区域环境综合整治，共同保护珠江口生态环境安全，打造宜居"湾区"的优质生态环境核心。落实各地环境保护责任，是指进行生态用地建设与保护责任分区，明确各地在生态用地建设与保护中的职责；共同落实区域生态环境治理工程及相关技术措施，提升环境保护水平；推进共同环境目标的实现，以保障区域生态环境保护的阶段性成果。

（三）大珠三角绿色优质生活圈

2008 年香港特别行政区行政长官曾荫权提出粤港共同打造"绿色珠三角优质生活圈"的构想，曾荫权说，香港特区与广东省政府已取得共识，共同打造以环境保护、可持续发展为基础的"绿色大珠三角地区优质生活圈"，提升广东省和珠三角地区的竞争力和吸引力。为落实这个构思，两地将在 2010 年以后的减排、优化发电燃料组合、开发及推广再生能源、减少汽车排放、加强自然保育及绿化，以及科研和宣传教育等多方面开展合作。[①] 这个构想得到广东省政府和澳门特区政府的积极回应，国家发改委在 2008 年 12 月发表的《纲要》中支持大珠三角共建优质生活圈，并进行了合作内容的具体安排。至此，建设大珠三角绿色优质生活圈已提升为国家的区域发展战略。

《纲要》将共建优质生活圈，作为推进与港澳更紧密合作的重要平台。《纲要》提出，支持粤港共同研究合作发展清洁能源及可再生能源，实施清洁生产等方面的合作，建设具有经济效益的区域能源供应销售网络；确保输入港澳农副产品和供水的优质安全；支持粤港澳合作推行清洁能源政策，逐步实现统一采用优于全国其他地区的汽车燃料、船舶燃油与排放标准，力争改善珠江三角洲地区空气质量；支持发展珠江三角洲区域的循环经济产业，鼓励粤港澳开展物料回收、循环再用、转废为能的合作，研究废物管理合作模式；鼓励建立污染联防联治机制，开展治理环境污染、共建跨境生态保护区、保护水库集水区。由此可见，《纲要》将粤港澳跨界环境污染防治的合作，进一步扩展到能源、资源、生态环境保护、循环经济产业等关系区域社会经济可持续发展的领域合作，将资源环境保护提升到民生问题加以规划解决。

①　香港特别行政区行政长官曾荫权 2008 年 10 月 15 日施政报告。

粤港澳三地分别处在不同的经济发展阶段，合作共建优质生活圈并不局限在资源环境保护问题，还涉及在食品、农产品卫生、防疫、教育、医疗、社会保障、文化、应急管理、知识产权保护等方面开展合作。使原先主要由三地环境保护部门进行环境事务协调的合作，扩大到资源管理、环保产业、循环经济等公共管理与市场运作的领域。共建优质生活圈，意味三地要在诸多领域开展全面合作的新局面。在区域环境保护设计上从强调控制和保护扩展到从战略和政策上促进可持续发展的转变。

按照国家发改委的部署，"绿色生活圈"将纳入国家"十二五"经济发展规划。目前，有关部门正在与粤港澳政府合作开展"绿色生活圈"的规划研究。

二 区域环境合作情况

（一） 三地环境管理状况

大珠三角是中国经济最活跃地区，2008 年三地 GDP 总量为 6699 亿美元，其中广东珠三角为 4280 亿美元、香港为 2155 亿美元、澳门为 264 亿美元；人均 GDP 珠三角为 9020 美元、香港为 30883 美元、澳门为 39324 美元。[①] 与区域经济发展不相适应的是，区域性环境保护发展滞后。虽然粤港澳从 20 世纪 80 年代初就开始进行跨界污染治理协调，至今也取得较好的合作进展，但区域性环境污染治理效果并不明显。

1. 粤港经济社会环境比较

依据《香港环境保护白皮书（1989 年）》介绍，香港 1989 年环境污染达到高峰，此时香港的 GDP 为 7574.80 亿港元。广东珠三角于 2000 年 GDP 达到 8421.32 亿元人民币，2000 年也是广东珠三角环境污染最严重时期；此时的广东珠三角与当时（1989 年）香港经济发展规模相当。1989 年香港人均 GDP 达到 133565 港元，2008 年广东珠三角人均 GDP 为 62644 元人民币[②]。如果从经

---

① 国家统计局国际统计信息中心：《长江和珠江三角洲及港澳台统计年鉴（2009）》，中国统计出版社，2009。

② 香港的数据来自香港特别行政区政府统计处、广东珠三角的数据来自广东省统计局。

济发展规模看环境污染发展趋势，广东珠三角经济发展规模和环境污染高峰期的到来与香港比较滞后 10～20 年。香港于 20 世纪 80 年代开展环境执法，广东珠三角于 2000 年开展严格环境管理和执法活动，由于经济发展规模与环境污染处在不同阶段，广东珠三角环境管理经验积累相对于香港落后 10～20 年。因此，区域内粤港经济发展水平以及环境污染和管理水平都处在不同的发展阶段。

2. 粤港环境管理比较

香港回归祖国以后，根据《香港基本法》，广东省同香港处在两个不同的社会制度环境中，由于经济发展水平与环境保护发展处在不同的发展阶段以及制度上存在着差异，两地环境保护管理机制也存在着较大差异（见表 1，表 2，表 3，表 4），两地环境污染治理以及资源环境保护协调与合作需要互相尊重对方的实际情况和管理能力。

表 1　粤港经济社会与环境管理比较

	广　东　省	香　　　港
2008 年人均 GDP*	37588 元人民币	236989 港元
2008 年三个产业比例	5.5∶51.6∶42.9	第三产业比重达到 90%
2008 年城市化水平	珠三角:80%	城市化
环境污染类型	大气、水、噪声、固体废物	大气、水、噪声、固体废物
环境污染高峰期	2008～2009 年	1989 年环境污染达到高峰
环境问题特征	区域性污染	大气、水受跨境污染影响
环境执法	2003 年 9 月 1 日执行环境影响评估	1997 年颁布执行环境影响评估
环境污染特征	大气复合性污染、水资源短缺、垃圾围城、生态环境恶化	空气质量、饮水安全、固体废物再生利用等

* 广东省的数据来自《广东统计年鉴 2009》；香港数据来自香港特别行政区统计处。

表 2　粤港环境行政机制比较

广　东　省	香　　　港
依法行政	依法行政
大政府(自上而下)	服务型政府(自下而上)
资源配置依赖行政手段	资源配置以市场为主导
公众参与环境保护评论活动	政府聘任环境咨询委员会
建立城市政府部门联席会议制度	环保部门设立跨境事务协调机构

表3　粤港环境法制管理比较

广 东 省	香 港
立法趋于完善,执法不断强化	环境执法严厉
强制执行环境目标	政府与企业约定执行环境目标
环境投诉案件增多	市民环境意识强烈
环境司法有待完善	环境污染上诉委员会处理环境纠纷
城市间签约环境协议	跨界污染依赖行政协调

表4　粤港环境管理市场机制比较

广 东 省	香 港
缺乏有效的环境经济政策	积累了市场运营的管理经验
资源价格体系没有建立起来	自然资源匮乏
自然资源国家产权不明晰	特区政府享有自然资源产权利益
环保产业市场局限于地区化	环保产业市场空间狭小

3. 澳门环境保护管理状况

澳门回归祖国以后,人口急剧增长,经济快速发展,其人口从1998年约43.05万人增加到2009年的约53万人,陆地面积也由1998年的23.6平方公里增加到2008年的29.2平方公里。澳门经济以旅游博彩业为主,回归祖国以后澳门经济向多元化发展,在未来一段时期内澳门经济开发活动还将增加对生态环境的压力。由于土地狭小,自然资源匮乏,澳门经济的快速发展凸显了对环境的负面影响,自2002年以来,澳门环境空气质量呈下降趋势,酸雨问题较突出。受周边地区环境污染影响,沿岸水体富营养化和部分重金属污染恶化趋势明显。

澳门特区政府环境保护局于2009年6月成立,至此澳门环境管理纳入政府管理的议事日程。澳门政府的环境保护工作长期以来主要依赖于政府环境保护咨询委员会及其技术办公室开展日常环境宣传与教育,通过普及环境保护知识和宣传环境保护技能,教育公众参与环境保护。2006年政府规划与环境整治支出占政府总支出的7.3%,投资项目包括固体废弃物的收集处理、下水道网络、都市重整、生态保护区维护、气象与空气质量研究、危险品设施建造、水质污染调查、固定空气污染源研究以及环境噪声监测、环境信息系统等。从管理效果看,澳门在控制大气污染尤其是机动车尾气污染、污水处理和城市垃圾等方面取得了成效。澳门市民的环境意识不断提高,节约资源、绿色消费和环境友好型企业的发展崭露新角，各种社会经济发展规划、活动开始务实考虑环境诉求，可持续发展观念逐渐进入社会发展的主流文化。但由于澳门人口的急剧增长和经济的快速发展，加上资源短缺和历史遗留问题，澳门仍未有效扭转环境质量逐渐下降的趋势。

（二）制约区域环境合作的因素

1. 三地环境保护诉求不同

由于粤港澳的经济社会和环境保护处在不同的发展阶段，各自的环境保护诉求不同。

根据《纲要》，广东省提出推动珠三角"一年开好局，四年大发展，十年大跨越"的发展目标。"一年开好局"，即珠三角要在2009年城镇污水处理率达到67%，城镇生活垃圾无害化处理率和工业废水排放达标率分别达到70%和95%以上。"四年大发展"，即珠三角到2012年城镇污水处理率要达到80%，城镇生活垃圾无害化处理率和工业废水排放达标率要分别达到85%和95%以上。"十年大跨越"，即2020年珠三角在全国率先基本实现社会主义现代化，地区生产总值达到72500亿元；人均地区生产总值达到135000元（约19400美元）；城镇化水平达到85%，生态环境明显改善；建成社会主义市场经济体制，建成世界先进制造业、现代服务业基地和全国创新型区域；全面建立城乡一体化的社会保障体系，实现公共服务均等化；与港澳紧密合作共同建成亚太地区最具活力和国际竞争力的城市群。

香港特区政府对"绿色生活圈"的环境诉求，在空气环境目标和环境标准方面以WHO空气质量指标制定珠三角地区空气质量指标，争取2015年达标；制定珠三角分区空气污染物排放容量，逐步收紧分区总量上限；减少温室气体排放目标，到2030年以前将能源强度在2005基础上减少40%；对机动车尾气排放标准、车用燃料标准以及主要污染源和高能耗工业空气污染物实施排放管制，等等。

澳门特区政府环境保护尚处在规范化管理的初级阶段，需要建立各项规章制度和政策法规，由于澳门地域狭小，自然资源贫乏，搞好澳门的环境保护必须加强与周边地区的环境协调与合作，在解决自身环境污染的同时，尽快改善生态环境状况，促进澳门以旅游业为主的多元化服务业健康发展。

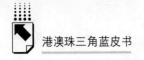

2. 三地交界地区环境功能不同

在实现区域资源环境保护规划过程中，由于三地边境地区环境功能不协调等客观因素的存在，也将增加区域生态环境保护的难度和成本。如，与香港东面水域大鹏湾交界的广东深圳地区，在共通水域里，一边是香港海洋海岸带自然保护区，而深圳一边是盐田港码头工业区；珠江口水域是广东省海洋渔业保护区，而水域交界的香港一边存在维多利亚港水域排污区（香港回归以前还存在海上倾废区）以及担竿岛以南的香港海洋排污区。另外，澳门污水处理厂的废水也是直接排放到澳门半岛水域。在一个水域相通的跨界地区，各行政管辖区的环境功能划分不协调，实现区域环境的统筹规划管理，将会涉及到各自的环境利益。

3. 三地社会制度不同

三地社会制度不同，需要克服"一国两制"方针下折射出的区际环境法律冲突问题，以及处理解决共通水域和气域分别实行不同环境质量标准的管理差异等。如，珠三角空气质量标准差异（广东省同香港两地实行不同的空气质量标准）；跨境机动车燃料标准差异；东—深供水的水质标准等。这些问题的存在，对区域性环境管理需要推行共同的环境技术政策，并在区域环境管理实践中进行制度创新。

（三）区域环境合作的主要特征

1. 区域环保市场与经济合作发展不对称

中国政府推行改革开放政策以来，中国内地特别是广东省珠江三角洲地区与港澳地区在经济领域的合作取得长足的全方位深入发展。相比之下，区域环境保护合作主要体现在环保监测、科技研究、学术交流等层面，而对于粤港澳民间环保交流活动以及企业跨界参与环保事业投资不够，反映出内地环保市场对外开放程度不够，政策不到位，市场规则以及环保市场法制缺失，使港澳及海外准备投资广东环保项目的外商望而却步。如，粤港政府环境部门经过三年协商设计的"珠三角火力发电厂排污交易试验计划"自 2007 年 1 月公布以来，至今没有成交一例。又如，长期向香港供水的"东江—深圳供水工程"经过多次修建完善，解决并保障了香港生活饮用水安全，在处理上游水源地清洁供水问题中，由于内地的自然资源国家产权不明晰等因素，使上游地区缺乏对水源地保护的积极性；而香港用水方又难以介入水务市场活动，致使目前仍然维持行政协商配水的低效率供水活动。区域环保市场的发展跟不上区域经济领域活动频繁的发展状况。

2. 三地的环境合作仅限于政府层面

目前，处理区域环境问题的跨境合作机构主要是，粤港政府联席会议制度下成立的"粤港持续发展与环保合作小组"和粤澳政府联席会议制度下成立的"粤澳环保合作专责小组"。在广东省还成立了跨市环境保护协调机构，如"广东省珠江综合整治工作办公室"及城市或地方政府部门之间建立发展联席会议制度等。这些合作机构以政府为主导，在体制上解决了区域（流域）上级政府同下级政府之间的权利互动与协调，强化和扩大了政府内部对资源环境管理的权力和规模，加强了政府对资源环境管理的调控和执法能力。现行跨境环境合作推动是由政府高层进行政治动员，然后政府行政部门逐级贯彻，政府环境职能始终带有行政的色彩。

1999 年以来，"粤港持续发展与环境合作小组"对影响区域性环境保护的重大问题如大气、水质、林业、海洋资源、区域环境管理和东江饮用水水质等 9 个专题进行了研究，在管治能力建设方面取得一定成绩，但在区域污染改善方面却没有取得实质性突破。粤港澳三地由于处在不同的经济社会发展阶段，环境目标不一致，区域层面环境治理停滞在科学探索、交换意见和能力建设阶段；区域多层次合作的决策制度只限于政府内部，在公众及利益相关方面（如企业等）尚缺乏参与决策的机会。

3. 区域性整体环境政策缺失

粤港澳在政府层面的环境合作，主要是通过政府联席会议制度下的环保合作小组的活动展开，如粤港林业及护理专题小组，粤港海洋资源环境保护专题小组，大鹏湾及深圳湾（后海湾）区域环境管理专题小组，珠三角水质保护专题小组，珠三角空气质量专题小组，东江水质保护专题小组，粤港两地企业开展节能清洁生产专题小组，粤澳水浮莲治理小组；取得的合作成果主要有：不断完善东江水质保护措施，大鹏湾及后海湾（深圳湾）水环境调查与管理研究，签订《泛珠三角区域环境保护合作协议》（9＋2 共同打造一个"绿色"的泛珠三角经济区），建立了珠三角水环境模拟的水质模型，开展了珠三角空气质量监测与管理研究，建立了粤港珠三角区域空气监测系统，共同推出《珠三角火力发电厂排污交易试验计划》，促进珠三角港资企业清洁生产，研究治理澳门周围水域的水浮莲污染问题。尽管粤港澳在环保合作方面做了大量的工作，但是相关合作仅

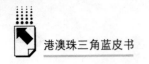
限于"一事一议",缺乏对区域性可持续发展远景的整体环境战略及政策研究,使关乎区域性环境发展的整体环境政策缺失。

《纲要》、《大珠三角规划研究》和"绿色生活圈"从不同层次、不同要素和多个层面融入了对区域资源环境保护的要求,是将三地可持续发展需求作为一个整体进行前瞻性规划和综合设计,将三地各自为政的资源环境保护目标统筹规划,并纳入国家"十二五"发展规划实施,进一步推动区域环境合作不断深入。

4. 非对等合作

现阶段,港澳经济已经进入以服务业为主导的生活消费模式,而广东珠三角尚处在后工业化阶段,面临劳动密集加工型产业向现代高新技术升级和转型的关键时期,要求生产性消费模式转变为节能减排的低碳经济和循环经济。由于消费模式的差异,三地污染排放数量以及污染物排放种类存在差异,环境保护目标及其任务也处在不同的管理阶段,面对各自不同的环境诉求,存在地区环境利益的冲突与协调。因此,粤港澳环境合作需要具有更加长远的考虑和务实精神,在解决处理好各自环境问题的基础上达到实现区域性生态环境安全与可持续发展。

三　区域环境管治分析与对策

粤港澳政府跨境环境合作在国家区域发展战略的推动下,大珠三角区域环境管治正在从行政区各自为政的环境控制向区域公共管治转变。善治和环境善治的关键因素包括,技术和管理的能力;组织能力;可靠性、可预见性和法治基础;负责精神;透明性和信息公开制度以及可参与性。从全球环境管治经验和过程看,全球环境管治是基于共同生态系统国家之间或地区之间的区域合作,与传统的控制和以命令手段为主、由国家配置资源的治理不同,管治是指通过多种集团的对话、协调、合作以达到最大程度动员资源的管治方式以弥补市场交换和政府调控的不足,最终达到"多赢"的综合公共管理。

与北美、欧盟和东南亚的环境合作性质不同,大珠三角是国内区域公共管理问题。粤港澳三地在经济融合和环境保护合作中的制度上差异,一方面会产生制度摩擦而减少区域竞争力;另一方面在一国之下,受区位要素供给的可获得性和要素供给成本的影响,在跨界合作中为提高区域的总体竞争力,必然会不断发现和选择降低成本的有效规则、制度。在中央政府的推动下粤港澳共建"绿色珠三角"规划已被纳入到国家发改委 2009 年 1 月发布的《纲要》和国家"十二五"经济发展规划实施。《大珠三角规划研究》和珠港澳大桥建设动工（2009年）等，已经由粤港澳三地政府协商分别出资出力共同建设和规划区域性公共交通基础设施和构建区域公共服务体系（制度）及基础设施，是以区域空间结构、跨境交通、地区合作及生态环境保护为重点制定的空间协调发展策略、行动计划及协调机制。将会大大提升大珠三角的综合竞争力，并带动周边地区的迅速发展。因而，在"一国两制"的政治框架下大珠三角环境管治更富有制度创新机遇。从大珠三角环境协调与合作进程和发展看，实现区域公共管治是区域政府环境战略、行为和机制创新机会，必将发生区域环境制度创新变化。

（一）区域环境政策一体化

大珠三角在城市化进程中，城镇密集的景观是区域特定的地理条件及其在改革开放政策下与港澳经济紧密协作的结果，区域经济竞争优势及其协调组织的程度都已超出城市范畴逐步扩大到区域甚至国家层次，在这种背景下的环境管理更需要在资源环境配置上满足发展一个公平、公开又具竞争力的环境管治和协调系统的要求。

粤港澳合作打造"绿色生活圈"的规划并不局限于环境问题，还涵盖交通、能源、旅游、金融、邮政、医疗卫生、教育等多个领域的合作，使三地协商治理区域环境问题从单个的环境专题研究与行动，发展到共同设计一个全方位的可持续发展的合作框架。

绿色大珠三角优质生活圈的规划与建设将促进三地共同突破社会经济制度上的更多障碍，如，珠港澳共同建设跨越三地的海上大桥将使得港澳与广东西部地区交通快捷便利，促进区域经济和流通领域发展；开展跨境建设项目的环境影响评价和区域战略的环境影响评价合作；港澳居民到广东珠三角地区购房、生活、养老和就医保险等，使三地居民更加关注区域环境质量。这些发展民生的措施将促使三地政府从各自为政的行政区的行政治理模式转变到跨行政区的区域公共管治上，寻求区域环境政策一体化。

（二）以市场机制促进区域环境资源的合理配置

在计划经济时代，运用行政命令的手段对国有企业进行污染控制可以起到有效的管制。但在市场经济转轨时期，特别在珠三角地区对于占90%以上为个体经营、私营以及外资的工商业而言，用行政命令的手段控制环境污染问题缺乏激励措施并使环境监管的难度加大。

2007年1月30日，粤港双方历时三年磋商完成《珠三角火力发电厂排污交易试验计划》（简称《试验计划》）实施方案公布，预示中国排污权交易政策进入一个以利用市场机制推行的新阶段。两地政府为珠三角地区空气污染排污权交易初步建构起一个交易平台，为区域空气污染治理措施提供了一个可供选择的政策工具。《试验计划》方案决定，粤港政府共同制定和推行珠三角地区空气污染防治措施利用市场机制，让区内火电厂在自愿参与原则下，运用排污交易方法为污染源提供更大弹性以实现政府制订的减排要求。该《试验计划》方案具体规范了污染排放配额的分配、买卖、排放配额交易管理、监测以及超额排放的处理规定。

虽然因为各种原因至今尚未曾发生交易案例，但从长远发展来看，建立和完备排污权交易规则将是区域政府环境职能改革和完善区域法治基础的重大机遇。因为，市场机制的环境管治须建立和维持良好的环境保护市场秩序，其核心应当是必要的制度完善、法制建设、道德教化、中介组织发展以及政府行政管制的自我完善，在此基础上进行各种利益主体之间的利益关系的重构与协调，消除各种经济主体之间、政府机构之间及政府与经济主体之间的利益冲突。①

维护环保市场秩序，一方面使建立在交易各方当事人之间利益关系得到协调，另一方面使政府与市场之间关系得到协调。区域政府共同规制和维护环保市场秩序，其中，政府既是市场内在规则的保护者，又是市场外在规则的设计者，政府要为市场提供环保制度基础，如法规、监管、仲裁等。运用市场机制使工商业和消费者以及利益相关者在维护自身权益的过程中承担起环境保护责任，同时可以克服地区之间环境标准不统一、法律冲突、地区行政体制差异等行政和法律制度上的障碍。

（三）提高合作规则的权威性

1. 安排环境合作的职能机构

《纲要》要求珠三角实现在地理上"同城化"，区域经济一体化，粤港澳实

---

① 纪宝成：《转型经济条件下的市场秩序研究》，中国人民大学出版社，2003。

现更紧密合作关系。在国家和区域政府实现区域环境可持续发展诉求的新形势下治理大珠三角区域环境问题，如何组织、设计、安排一整套三地共同参与的区域环境合作制度的保障系统已经紧迫地摆上议事日程。

目前，关注大珠三角区域环境问题的现行粤港、粤澳政府高层联席会议制度下的环境合作小组，是大珠三角区域内两个松散的、不定期的以及"一事一议"的工作机制和体制。根据国际环境管治的理论和实践经验，粤港澳三方还需协商产生出包括政府和非政府机构以及利益相关方在内的不同层次的、功能特殊的、相互配置的区域性职能机构，处理日趋复杂的区域性环境事务，有利于增强和扩展区域环境管治的有效性。这种合作体制的实际效应，将使政府和非政府机构、工商企业等共同担负起环境保护的责任，使原来只强调地区环境执法的弱点通过区域公共管治得到更好的改善。

安排环境职能机构是国际合作和区域合作的一个重要经验，这个机制为国家和地区寻求跨境环境保护长期合作政策提供了一个有效途径和开展合作的具体方式。经济与发展合作组织（OECD）、世界环境与发展委员会（WCED）建议：跨境合作机构的结构，包括政府之间的合作和政府与有法定资格的组织合作；合作内容的安排除加强国家间解决磋商共同关注的问题外，也包括对共享自然资源进行信息交换、传播、通知、开展联合科学研究等。这样，在机构配置上的多种职能的管理可以突破各自为政的管理。在功能上，区域性环境机构是区域环境事务的执行机构，负责区域性环境污染和资源管理的监测、信息披露、咨询、定期审查、监督、协商等，逐步实现多功能的"一体化"管理。

区域环境政策制度的基础建设，需要有效的政策监督与评估机制。大珠三角可借鉴国际经验，建立一个三地共同参与的相对稳定的机构或处理跨境环境事务的特定组织，为寻求跨境环境问题的有效解决提供实际操作的场所。

2. 创建区域环境合作的法制基础

实现区域环境政策的合法、合理和高效治理，需要建构一个法治的基础。

建构大珠三角的法治基础也有其特殊的方面。1997 年和 1999 年香港和澳门先后回归中国，中国政府对香港和澳门特别行政区实行"一国两制"方针，因此，大珠三角区域内出现了"一国、两制、三法域"的局面。目前国家尚没有居于三地之上的法律协调机制，区际环境法律冲突是实现区域环境政策一体化的制度障碍，会增加处理跨行政区污染和保护共享资源的交易成本。粤港澳三地协

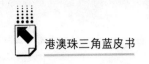

商构建一个法治基础，也是克服法律制度障碍的积极办法。妥善处理三地法律制度差异及环境法律冲突问题，正在考验三地政府的智慧。

区域环境管治是对区域公共资源配置与环境保护供给问题，隐藏着多重利益博弈关系。克服地区间以及各种主体的利益竞争与博弈是建设一个区域的政策制度基础。从现行的制度运行看，包括港、澳在内的大珠三角区域管治是行政区政府跨界合作，主要依赖行政机制。目前，大珠三角单以行政机制进行区域制度安排与香港、澳门的法制社会管理是不相适应的。国际环境管治经验表明，国家或地区环境合作的正式制度对合作运行有约束作用。如，正式的机构和制度主要是政府和法律规范，如环境公约、信息公开和传播、环境标准、公众参与、跨境环境影响评价等法律规范，对完善区域环境合作机制和保障区域环境政策的效力有非常重要的作用。

当前大珠三角正处在社会经济重大变革时期，从区域发展来认识，不能忽视法制建设对公共管理制度创新的先导作用。

（四）研究利益协调与补偿机制

在全球化影响下大珠三角经济正在与世界经济接轨，经济体系在运行中已经由市场机制发挥主导作用，企业、公私营经营机构、消费者等是市场主体，由于环境管治滞后，这些主体却没有担负起环境保护的责任。以东江流域为例，流域环境综合整治的主要矛盾是上、下游城市之间对资源环境开发与利用矛盾，以及东江对流域外供水的消费者权利与义务不对称，涉及不同层级政府（或发展主体）之间、同级政府之间以及港澳特别行政区之间的权利互动关系，流域管治需要政府、企业、消费者合作参与公共管理决策，以及流域内多层次的政府、非政府组织和利益相关方的合作与协商。对于大珠三角这样一个城镇密集区，需要寻求到一种公平与效率并重的区域管治方式。

港澳地区土地面积狭小，目前香港已有的三个废物堆填区将陆续使用期满，固体废物处置以及固体废物循环再造利用都需要土地空间。澳门也存在同样的困难，其垃圾焚化炉的飞灰以及焚化残渣处理填埋缺少土地资源。与此同时珠三角也正在发生垃圾围城的现象。寻求生活垃圾处理和电子废物等循环再造方面，如何发挥区域土地资源优势开展互惠互利的区域环境合作，是港澳地区的困境，也是珠三角的难处。从区域资源环境可持续发展的共同利益考虑，三地政府需要为区域固体废物循环产业提供公共服务，开展相关合作是在解决环境污染的同时创造循环经济产业的机会，需要建立成本分担和利益分享机制，研究合理分担共建固体废物循环产业基地所占用的土地、资源、环境等隐性成本及其生态环境补偿机制，以及三地政府须继续加强固体废物环境污染的监管。

　　《纲要》、《大珠三角城镇规划》和"绿色生活圈"为粤港澳环境合作打造了新的平台，将区域环境保护提升到一个新的水平提出了更高要求，区域环境合作前景广阔。粤港澳需要在"一事一议"合作模式基础上与时俱进，从区域经济、社会、环境全面发展的角度综合研究环境合作目标，切实解决区域民生问题。

B.20

参考文献

澳门高等教育辅助办公室，澳门高等教育资料库，2000。

澳门教育暨青年局网站，http：//www.dsej.gov.mo。

澳门经济学会：《澳门与珠江三角洲地区经济一体化策略研究》，2005。

澳门特别行政区统计暨普查局网站，http：//www.dsec.gov.mo/Home.aspx。

澳门发展策略研究中心、澳门经济学会联合课题组：《澳门2020——未来20年远景目标与发展策略》，2000。

蔡晓天：《论CEPA的原产地规则》，《社科纵横》2008年第1期。

陈大红：《中国产业结构与就业结构的关联性研究》，《当代经济》2007年第3期。

陈恩、唐洁、张景东：《CEPA框架下粤港会展业合作策略探析》，《特区经济》2005年第2期。

陈恩：《CEPA下内地和香港服务业合作的问题与对策》，载于《2005~2006年中国区域经济发展报告》，社会科学文献出版社，2006。

陈广汉等主编《香港回归后社会经济发展的回顾与展望》，中山大学出版社，2009。

陈凯：《服务业结构升级与就业之间相关关系研究》，《城市问题》2008年第7期。

陈诗一、阴之春：《中国建立自由贸易区的动态经济效应分析——长期均衡和短期调整》，《世界经济与政治论坛》2008年第3期。

陈文鸿、钟民杰：《澳门经济结构优化及在珠江三角洲都会区的定位》，《当代港澳研究》2009年第1期。

陈迎：《不同城市造就不同的会展》，载于《中国展览年鉴2004》。

崔亮、艾冰：《对产业结构与就业结构关系的探讨》，《财经问题研究》2008年第6期。

大珠三角商务委员会珠江三角洲地区改革发展规划纲要特别小组：《回应〈珠江三角洲地区改革发展规划纲要〉研究报告》，2009。

董观志：《CEPA 背景下粤港澳旅游合作创新战略研究》，《特区经济》2004年第 8 期。

杜荣：《德国展览业成功因素分析》，《德国研究》2002 年第 1 期。

封小云：《香港经济结构转型初探》，《经济前沿》2007 年第 7 期。

冯增俊：《澳门教育概论》，广东教育出版社，1999。

冯增俊：《走向新纪元的粤港澳台教育》，人民教育出版社，2003。

《改革开放 30 年广东服务业发展情况分析》，广东统计信息网，2008。

龚唯平：《CEPA 对广东旅游业的影响及其对策》，《特区经济》2004 年第 5期。

龚唯平：《CEPA 框架下泛珠旅游合作的探讨》，《经济前沿》2005 年第 2期。

龚唯平：《粤港区域服务贸易自由化的困境及其对策》，《广东社会科学》2007 年第 6 期。

谷世权：《中国体育史》，北京体育大学出版社，1997。

顾军：《中国孵化器发展现状及其对策研究》（硕士学位论文），上海海事大学，2005。

顾乃华、李雨珣：《浅论粤港澳商务服务业合作》，《岭南学刊》2009 年第 2期。

顾作义、颜永树：《广东文化创意产业现状及发展思路》，《学术研究》2009 年第 2 期。

关晓萌：《CEPA 六年：积极促进香港经济发展》，2009 年 6 月 24 日《中国日报》。

广东经贸委会展处：《粤港澳服务业合作与发展调研报告》，2009。

广东省对外经济贸易厅：《关于推进在粤港资加工贸易企业转型升级的调研报告》，2009。

广东省统计局历年统计年鉴，http：//www.gdstats.gov.cn。

《广东省统计年鉴》，2009。

广州赛马会：《广州赛马指南》，花城出版社，1992。

广州市对外经济贸易合作局:《广州会展发展综合报告》,2009。

国际博览会联盟（UFI）: http://www.ufinet.org。

国家体委:《中国体育年鉴 1992~1993》,人民体育出版社,1998。

国务院港澳事务办公室港澳研究所:《港澳经济年鉴 2008》,港澳经济年鉴社,2006。

郝雨凡、吴志良:《澳门经济社会发展报告》,社会科学文献出版社,2009。

《横琴总体发展规划》2009。

洪兰、李野、何文威:《美国生物医药产业政策及启示》,《中国药房》2005年第 23 期。

胡元佳、汴鹰、邵英、王一涛:《国内外医药产业政策比较》,《中国药业》2004 年第 5 期。

黄启桓:《试谈中国的现代赛马》,1999 年 10 月 15 日《南方日报》。

计佑铭:《制造业兴衰攸关持续发展》,2006 年 1 月 11 日《文汇报》（香港）。

李江帆:《第三产业经济学》,广东人民出版社,1990。

李敏:《香港制造业外迁促经济转型对内地的启示》,2008 年 9 月 3 日《中国信息报》。

李蒲弥:《回归后的澳门发展与港澳关系研究》,香港焊点文化出版公司,2003。

李雁玲:《澳门产业结构与就业结构变动研究》（博士学位论文）,暨南大学,2008。

李媛媛、冯邦彦:《CEPA:实施效应、存在问题及发展趋势》,《暨南学报（哲学社会科学版）》2007 年第 6 期。

林江、夏育松:《CEPA 效应下香港与内地贸易流量的实证分析》,《广东社会科学》2004 年第 6 期。

林荣策:《港澳高等教育的比较与发展探析》,《黑龙江教育学院学报》2008 年第 11 期。

刘松萍:《CEPA 下粤港澳会展业联动发展模式探析》,《特区经济》2008 年第 9 期。

刘晓芳:《会展产业推动区域经济发展》,载于《中国展览年鉴（2004）》。

刘旭、郝洁、陈长缨、王悦、张一、李大伟：《加强粤港服务业合作研究》，国家发改委宏观经济研究院，2008。

刘岳治：《加强法制建设，促进体育彩票健康发展》，《体育工作情况》1999年第8期。

卢乃桂、曾荣光：《香港特区教育的再发展：论董特首的第二份施政报告》，香港亚太研究所，1990。

罗若愚、周立群：《产业结构调整中的就业结构优化问题研究——以天津市为例》，《理论与现代化》2005年第1期。

马春辉、陈振旺、张坚胜：《广东文化创意产业集群发展现状与策略》，《开放导报》2008年第6期。

马建会、李萍：《广东产业结构与就业结构平衡性分析》，《工业技术经济》2008年第7期。

马小宁：《美国制造业"大"在高端位定位》，2008年4月25日《人民日报》。

迈克·波特：《国家竞争优势》，华夏出版社，2002。

慕亚平、卜凌嘉：《推进CEPA框架下我国内地与港澳旅游业合作的法律思考》，《学术研究》2008年第4期。

《内地与澳门关于建立更紧密经贸关系的安排》（CEPA），2003。

《内地与香港关于建立更紧密经贸关系的安排》（CEAP），2003。

《内地与香港关于建立更紧密经贸关系的安排》补充协议五，2008。

《内地与香港关于建立更紧密经贸关系的安排》补充协议六，2009。

《内地与香港关于建立更紧密经贸关系的安排》补充协议七，2010。

欧江波、伍庆：《CEPA实施以来粤港服务业合作状况与改进策略》，《珠江经济》2008年第9期。

祁湘涵：《粤港澳创意产业合作的历程、现状及未来构想》，《国际经济合作》2009年第2期。

曲凤杰：《内地与香港贸易发展现状与前景展望》，《经济研究参考》2008年第42期。

全毅、廖秋兰、高军行、谭春风：《CEPA对两岸四地经济的影响与对策》，《亚太经济》2007年第6期。

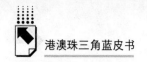
饶记东、周进强:《现代赛马产业性质与特征探讨》,《体育科学》1998 年第 4 期。

饶小琦、钟韵:《CEPA 演进的作用解读——以香港商务服务业对广州同行业的影响为例》,《国际经贸探索》2009 年第 3 期。

沈丹阳、俞华:《中国展览业六大发展趋势》,载于《中国展览年鉴 2002》。

谭崇台:《发展经济学》,山西经济出版社,1999。

香港特别行政区教育局网站,http://www.edb.gov.hk/。

香港展览会议业协会:http://www.exhibitions.org.hk。

香港展览会议业协会:《香港展览业调查报告 2002~2008》。

香港展览会议业协会:《香港展览业对香港经济的整体贡献研究报告》,2004、2006 年。

香港特别行政区政府网站,http://www.gov.hk/sc/residents/。

香港中文大学课题组:《香港经济研究:经济转型、竞争力与经济增长可持续性研究报告》,香港特别行政区政府中央政策组网站,2009。

谢安邦:《加快发展高教促社会经济》,2009 年 7 月 24 日《澳门日报》。

谢鹏飞:《广东发展之路》,广东人民出版社,2009。

解思忠:《体育经济政策研究》,人民体育出版社,1997。

熊薇:《横琴的粤港澳合作新模式初探》,《粤港澳市场与价格》2009 年第 11 期。

熊训林:《从欧美比较中看欧洲展览会的办展风格与特点》,载于《中国展览年鉴 2002》。

许焯权、欧阳桎:《香港创意产业的分析、培养有关人才的方法和产业聚集的概念》,香港特别行政区政府中央政策组网站,2009。

杨小川、熊文佳:《CEPA 背景下粤港旅游业的发展》,《特区经济》2006 年第 7 期。

杨育智、黄真、康承东:《〈横琴总体发展规划〉出台实施后广东银行业的机遇与对策》,《南方金融》2010 年第 6 期。

于绯:《CEPA 实施后粤港服务贸易合作的实证研究》,《经济管理》2009 年第 10 期。

余佩琨:《五年来中国内地与香港之间服务贸易的发展及其启示》,《国际贸易》2007 年第 3 期。

俞友廉：《珠海横琴开发区在泛珠合作中的功能探讨》，《现代乡镇》2006 年第 2 期。

俞肇熊、王坤：《CEPA 对香港和内地经济的影响与发展前景》，《世界经济研究》2007 年第 6 期。

《粤澳合作框架协议》，2011。

曾荫权：《迎接新挑战》（2008～2009 年施政报告），中国评论新闻网，2008 年 10 月 16 日。

詹晓慧、区慧敏：《广东广告中的广东文化》，《广告大观（综合版）》2008 年第 10 期。

张殿元：《CEPA 背景下广告业改革的再思考》，《中国广告》2004 年第 8 期。

张光南：《香港制造业的就业结构与产业结构效益分析》，《统计与预测》2003 年第 6 期。

张光南、周苗苗：《珠江三角洲制造业的就业结构与产业结构效益分析》，《珠江经济》2004 年第 12 期。

张俊森、伍晓鹰、宋恩荣：《就香港未来发展、巩固和优化现有支柱产业及发展优势产业的跟进研究报告》，香港特别行政区政府中央政策组网站，2009。

张俊、王举明：《产业结构、就业结构与经济规模和生产要素效率的关系分析》，《中国商界》2009 年第 3 期。

张丽、哈永安、梅李玉霞、沈丹阳、朱裕伦：《回归十年看香港会展业风云变幻》，《中国会展》2007 年第 13 期。

张曙光：《新加坡会展经济的启示》，载于《中国展览年鉴 2002》。

张伟华：《关于体育彩票的思考》，《体育工作情况》1999 年第 7 期。

张宇燕主编《亚太地区发展报告（2009）》，社会科学文献出版社，2009。

张振纹：《专业运动博彩活动的作用日益明显》，《国外体育动态》1995 年第 8 期。

赵佳莹：《香港制造业的转型历程及其经验》，《企业经济》2008 年第 4 期。

赵楠楠：《城市管制视角下的金融服务业集聚机制研究》（硕士学位论文），广州大学，2010。

郑新安：《广告服务：创意 VS 资本》，2007 年 3 月《民营经济报》。

《中国大百科全书·体育》，中国大百科全书出版社，1982。

中国国际贸易促进委员会广东省分会：《CEPA 框架下香港生产性服务业进入广东发展调研报告》，2007。

《中国展览年鉴（2000 ~ 2006）》。

中华人民共和国商务部台港澳司统计资料，http：//tga. mofcom. gov. cn/

钟明华、冯增俊：《教育现代化的伟大实践——广东教育发展 30 年》，广东人民出版社，2008。

钟韵、闫小培：《改革开放以来香港生产性服务业对广州同行业的影响》，《地理研究》2006 年第 2 期。

钟韵：《粤港合作新阶段香港服务业发展前景分析》，《广东社会科学》2008 年第 2 期。

周爱光：《公益性赛马与赌博的本质区别探析》，《广州体育学院学报》1999 年第 3 期。

周勤、吴利华：《产业结构、产业竞争力和区域就业差异》，《世界经济》2008 年第 1 期。

周运源：《区域一体化——香港在泛珠三角的作用研究》，社会科学文献出版社，2009。

《珠江三角洲地区改革发展规划纲要（2008 ~ 2020 年）》，2008。

邹飞：《香港经济低迷的成因分析及解决途径——兼论珠三角经济一体化》，《商场现代化》2006 年第 36 期。

The Chinese University of Hong kong & BMT Asia Pacific：*Hong Kong Trade Exhibition-An Industry Review*，2009.

图书在版编目（CIP）数据

粤港澳区域合作与发展报告.2010~2011/梁庆寅，陈广汉主编.
—北京：社会科学文献出版社，2011.6
（港澳珠三角蓝皮书）
ISBN 978-7-5097-2356-2

Ⅰ.①粤…　Ⅱ.①梁…②陈…　Ⅲ.①地区经济-经济合作-
研究报告-广东省、香港、澳门-2010~2011　Ⅳ.①F127.6

中国版本图书馆 CIP 数据核字（2011）第 085351 号

港澳珠三角蓝皮书
粤港澳区域合作与发展报告（2010~2011）

主　　编／梁庆寅　陈广汉

出 版 人／谢寿光
总 编 辑／邹东涛
出 版 者／社会科学文献出版社
地　　址／北京市西城区北三环中路甲 29 号院 3 号楼华龙大厦
邮政编码／100029

责任部门／皮书出版中心（010）59367127　　责任编辑／任文武　高　启
电子信箱／pishubu@ssap.cn　　　　　　　　责任校对／宋建勋
项目统筹／任文武　　　　　　　　　　　　责任印制／董　然
总 经 销／社会科学文献出版社发行部　　（010）59367081　59367089
读者服务／读者服务中心（010）59367028

印　　装／北京季蜂印刷有限公司
开　　本／787mm×1092mm　1/16　　印　张／22
版　　次／2011 年 6 月第 1 版　　　　　　字　数／376 千字
印　　次／2011 年 6 月第 1 次印刷
书　　号／ISBN 978-7-5097-2356-2
定　　价／59.00 元

盘点年度资讯 预测时代前程

从"盘阅读"到全程在线阅读
皮书数据库完美升级

·产品更多样

从纸书到电子书,再到全程在线阅读,皮书系列产品更加多样化。从2010年开始,皮书系列随书附赠产品由原先的电子光盘改为更具价值的皮书数据库阅读卡。纸书的购买者凭借附赠的阅读卡将获得皮书数据库高价值的免费阅读服务。

·内容更丰富

皮书数据库以皮书系列为基础,整合国内外其他相关资讯构建而成,内容包括建社以来的700余种皮书、20000多篇文章,并且每年以近140种皮书、5000篇文章的数量增加,可以为读者提供更加广泛的资讯服务。皮书数据库开创便捷的检索系统,可以实现精确查找与模糊匹配,为读者提供更加准确的资讯服务。

·流程更简便

登录皮书数据库网站www.pishu.com.cn,注册、登录、充值后,即可实现下载阅读。购买本书赠送您100元充值卡,请按以下方法进行充值。

充值卡使用步骤:

第一步
· 刮开下面密码涂层
· 登录 www.pishu.com.cn
  点击"注册"进行用户注册

社会科学文献出版社
SOCIAL SCIENCES ACADEMIC PRESS (CHINA)　皮书系列

卡号:0216939711751592
密码:

(本卡为图书内容的一部分,不购书刮卡,视为盗书)

第二步
登录后点击"会员中心"
进入会员中心。

SSDB
社科文献资源库
SOCIAL SCIENCE
DATABASE

第三步
· 点击"在线充值"的"充值卡充值",
· 输入正确的"卡号"和"密码",即可使用。

如果您还有疑问,可以点击网站的"使用帮助"或电话垂询010-59367227。